2024

Abitur

Original-Prüfungsaufgaben
mit Lösungen

Gymnasium · Gesamtschule NRW

Sozialwissenschaften

STARK

17. ergänzte Auflage
www.stark-verlag.de

Inhalt

Abiturprüfung 2020 – Grundkurs

Abiturprüfung 2020 – Leistungskurs

Abiturprüfung 2021 – Grundkurs

Abiturprüfung 2021 – Leistungskurs

Abiturprüfung 2022 – Grundkurs

Abiturprüfung 2022 – Leistungskurs

Sobald die Original-Prüfungsaufgaben 2023 freigegeben sind, können Sie sie als PDF auf der Plattform MyStark herunterladen (Zugangscode vgl. Umschlaginnenseite).

Autorinnen und Autoren:
Tobias Bock (GK2020/2, LK2020/3, GK2021/1, LK2022/3)
Karsten Huneke (Übungsaufgabe 1)
Peter Jürgensen (LK2020/1, 2, LK2021/1, 3, LK2022/1)
Henning Kötter (GK2020/1, GK2022/3, LK2022/2)
Dr. Fritz Schäffer (Übungsaufgabe 4)
Stephanie Schneider (GK2020/3, GK2021/3, GK2022/1, 2)
Katrin Stemper (Übungsaufgabe 2)
Nadine M. Zenses (Hinweise und Tipps; Übungsaufgabe 3,5)
Redaktion: GK2021/2, LK2021/2

Vorwort

Liebe Schülerin, lieber Schüler,

Sie bereiten sich gerade intensiv auf Ihre Abiturprüfung 2024 im Grund- oder Leistungskurs Sozialwissenschaften vor.

Dieser Band mit den **Original-Prüfungsaufgaben** der Jahre 2020 bis 2023 hilft Ihnen bei der optimalen Abiturvorbereitung. Die ausführlichen **Lösungsvorschläge** zu allen Prüfungsaufgaben dienen Ihnen als Orientierung bei Ihrer eigenen Beschäftigung mit den Aufgaben. Vor den Lösungsvorschlägen zu den Teilaufgaben finden Sie wertvolle **Hinweise**, die Ihnen bei der Erschließung der einzelnen Arbeitsanweisungen helfen.

Übungsaufgaben im Stil des Zentralabiturs – inkl. einer Gestaltungsaufgabe – und **eine mündliche Prüfungsaufgabe** mit ausformulierten Lösungsvorschlägen sowie nützliche **Hinweise und Tipps zur Abiturvorbereitung** bieten Ihnen zudem zuverlässige Übungsmöglichkeiten und Unterstützung im Vorfeld der Abiturprüfung.

Lernen Sie gerne am PC, Tablet oder Smartphone? Auf Seite 18 finden Sie detaillierte Hinweise zu den digitalen Zusätzen zu diesem Band. Auf der **Plattform MyStark** haben Sie Zugriff auf:

- Aktuelle **Original-Prüfungsaufgaben 2023** mit Lösungsvorschlägen
- **Interaktives Online-Training** mit Aufgaben
- **Lernvideos** zu wichtigen Methoden und Inhalten

Sollten nach Erscheinen dieses Bandes noch wichtige Änderungen in der Abiturprüfung 2024 vom Kultusministerium bekannt gegeben werden, finden Sie aktuelle Informationen dazu im Internet unter:
www.stark-verlag.de/mystark

Verlag und Autoren wünschen Ihnen eine effektive Vorbereitungsphase und eine erfolgreiche Abiturprüfung!

Stichwortverzeichnis 2020 – 2022

Hinweise und Tipps

1 Die schriftliche Abiturprüfung

1.1 Vorgaben für das Zentralabitur Sozialwissenschaften

Die Prüfungsaufgaben in Nordrhein-Westfalen für die schriftliche Abiturprüfung werden zentral gestellt. In Aufbau und Inhalt orientieren sich die Prüfungsaufgaben v. a. an drei Vorgaben:

- an den gültigen Richtlinien und Lehrplänen Sozialwissenschaften Sekundarstufe II – Gymnasium/Gesamtschule,
- an den bundesweit gültigen Einheitlichen Prüfungsanforderungen in der Abiturprüfung (EPA),
- an den jährlichen Vorgaben zu den unterrichtlichen Voraussetzungen für die schriftliche Prüfung im Abitur in der gymnasialen Oberstufe und
- am „Referenzrahmen Schulqualität NRW".

Außerdem gilt die „Rahmenvorgabe Politische Bildung 2001". Dort sind auf den Seiten 16 bis 18 die zu erwerbenden Kompetenzen aufgelistet. Diese sind dort in drei große Bereiche unterteilt:

- „Kompetenzen, die für eine selbstständige und begründete Beurteilung politischer Ereignisse, Probleme und Kontroversen und das Verständnis sozialer und ökonomischer Zusammenhänge erforderlich sind (**politische Urteilskompetenz**);
- Kompetenzen, die für das Auftreten in der politischen Öffentlichkeit und die aktive Teilnahme an Politik, Wirtschaft und Gesellschaft erforderlich sind (**politische Handlungskompetenz**);
- Kompetenzen, die erforderlich sind, um sich immer wieder neu in den ständig wechselnden Themen der Politik orientieren und das eigene Weiterlernen organisieren zu können (**methodische Kompetenz**)." (Rahmenvorgabe, S. 16)

Hinzu kommt selbstverständlich der Erwerb von **Sachkompetenz**. Auch der schulinterne Lehrplan ist zu berücksichtigen. Dieser muss die Bestimmungen der Rahmenvorgaben, der Richtlinien und die Vorgaben des Schulministeriums einhalten. Es ist sinnvoll, die Fachlehrerin oder den Fachlehrer (oder ein Mitglied der Schülervertretung) um eine Kopie des schulinternen Curriculums Sozialwissenschaften (bzw. Sozialwissenschaften/Wirtschaft) zu bitten.

Alle für Sie wichtigen Informationen für die Prüfung finden Sie in den anschließenden Hinweisen. Im Internet können Sie sich zusätzlich auf folgender Seite informieren:

www.standardsicherung.schulministerium.nrw.de/cms/zentralabitur-gost/faecher/

1.2 Bearbeitungszeit und Hilfsmittel

Bei den schriftlichen Abiturprüfungen werden Ihnen drei verschiedene Aufgaben vorgelegt, von denen Sie eine zur Bearbeitung auswählen. Für Auswahl und Bearbeitung stehen Ihnen bei einer **Leistungskursklausur 300 Minuten** (inkl. 30 Min. Auswahl) und bei einer **Grundkursklausur 240 Minuten** (inkl. 30 Min. Auswahl) zur Verfügung. Zugelassene **Hilfsmittel** sind ein deutsches Wörterbuch und ein Taschenrechner.

1.3 Inhaltliche Schwerpunkte

Die drei Prüfungsaufgaben, unter denen Sie 2024 im Fach Sozialwissenschaften bzw. Sozialwissenschaften/Wirtschaft wählen können, beziehen sich im Kern auf **vier** Inhaltsfelder der integrativen Teildisziplinen Ökonomie, Politologie und Soziologie:

Inhaltsfelder	Gegenstände
Inhaltsfeld 4	Wirtschaftspolitik
Inhaltsfeld 5	Europäische Union
Inhaltsfeld 6	Strukturen sozialer Ungleichheit, sozialer Wandel und soziale Sicherung
Inhaltsfeld 7	Globale Strukturen und Prozesse

Trotz der Schwerpunktsetzung ist Wissen aus allen sieben Inhaltsfeldern für die Abiturprüfung nötig! Für 2024 wurden die folgenden inhaltlichen Schwerpunkte für das Zentralabitur im GK und LK festgelegt:

Fach Sozialwissenschaften

Wirtschaftspolitik (Inhaltsfeld 4):

- Legitimation staatlichen Handelns im Bereich der Wirtschaftspolitik
- Zielgrößen der gesamtwirtschaftlichen Entwicklung in Deutschland
- Qualitatives Wachstum und nachhaltige Entwicklung
- Konjunktur- und Wachstumsschwankungen
- Wirtschaftspolitische Konzeptionen
- Bereiche und Instrumente der Wirtschaftspolitik
- Europäische Wirtschafts- und Währungsunion sowie europäische Geldpolitik (nur LK)

Fach Sozialwissenschaften/Wirtschaft

Wirtschaftspolitik (Inhaltsfeld 4):

- Legitimation staatlichen Handelns im Bereich der Wirtschaftspolitik
- Zielgrößen der gesamtwirtschaftlichen Entwicklung in Deutschland
- Qualitatives Wachstum und nachhaltige Entwicklung (nur GK)
- Konjunktur- und Wachstum (nur LK)
- Konjunktur- und Wachstumsschwankungen (nur GK)
- Wirtschaftspolitische Konzeptionen
- Bereiche und Instrumente der Wirtschaftspolitik
- Ökonomie und Ökologie (nur LK)
- Europäische Wirtschafts- und Währungsunion sowie europäische Geldpolitik

Fach Sozialwissenschaften

Europäische Union (Inhaltsfeld 5):

- EU-Normen, Interventions- und Regulationsmechanismen sowie Institutionen
- Historische Entwicklung der EU als wirtschaftliche und politische Union
- Europäischer Binnenmarkt
- Europäische Integrationsmodelle
- Europäische Währung und europäische Integration (nur LK)
- Strategien und Maßnahmen europäischer Krisenbewältigung

Strukturen sozialer Ungleichheit, sozialer Wandel und soziale Sicherung (Inhaltsfeld 6):

- Erscheinungsformen und Auswirkungen sozialer Ungleichheit
- Sozialer Wandel (nur GK)
- Wandel gesellschaftlicher und wirtschaftlicher Strukturen (nur LK)
- Modelle und Theorien gesellschaftlicher Ungleichheit
- Sozialstaatliches Handeln

Globale Strukturen und Prozesse (Inhaltsfeld 7):

- Internationale Friedens- und Sicherheitspolitik
- Beitrag der UN zur Konfliktbewältigung und Friedenssicherung
- Internationale Bedeutung von Menschenrechten und Demokratie
- Merkmale, Dimensionen und Auswirkungen der Globalisierung
- Global Governance (nur LK)
- Internationale Wirtschaftsbeziehungen
- Wirtschaftsstandort Deutschland

Fach Sozialwissenschaften/Wirtschaft

Europäische Union (Inhaltsfeld 5):

- EU-Normen, Interventions- und Regulationsmechanismen sowie Institutionen
- Historische Entwicklung der EU als wirtschaftliche und politische Union
- Europäischer Binnenmarkt
- Europäische Währung und die europäische Integration (nur LK)
- Wirtschafts-, Fiskal- und Strukturpolitik in der EU (nur LK)
- Strategien und Maßnahmen europäischer Krisenbewältigung

Strukturen sozialer Ungleichheit, sozialer Wandel und soziale Sicherung (Inhaltsfeld 6):

- Erscheinungsformen und Auswirkungen sozialer Ungleichheit
- Tendenzen des Wandels in der Arbeitswelt (nur GK)
- Wandel gesellschaftlicher und wirtschaftlicher Strukturen (nur LK)
- Modelle und Theorien gesellschaftlicher Ungleichheit
- Lohnpolitische Konzeptionen (nur LK)
- Sozialstaatliches Handeln

Globale Strukturen und Prozesse (Inhaltsfeld 7):

- Internationale Friedens- und Sicherheitspolitik
- Internationale Bedeutung von Menschenrechten und Demokratie
- Merkmale, Dimensionen und Auswirkungen der Globalisierung
- Internationale Wirtschaftsbeziehungen
- Institutionen zur Gestaltung der ökonomischen Dimension der Globalisierung
- Wirtschaftsstandort Deutschland
- Globalisierungskritik
- Global Governance (nur LK)

1.4 Aufgabenstellung und Aufbau der Prüfungsklausur

Die drei Abituraufgaben entsprechen folgenden Vorgaben:

1. Die Themen stammen aus den vier Halbjahren der Qualifikationsphase. Dabei werden die Schwerpunktthemen vorausgesetzt.
2. Die zur Auswahl gestellten Aufgaben greifen unterschiedliche Themen aus diesen inhaltlichen Vorgaben auf. Zur erfolgreichen Bearbeitung einer Aufgabe ist Wissen aus unterschiedlichen thematischen Bereichen notwendig, da jede Abiturprüfungsaufgabe über einen einzelnen Schwerpunkt hinausreichende Bezüge enthält.
3. Die Aufgabenstellung folgt den folgenden **Aufgabenarten:**
   A: Analyse – Darstellung – Erörterung
   B: Darstellung – Analyse – Erörterung
   A: Analyse – Darstellung – Gestaltung
   B: Darstellung – Analyse – Gestaltung

   Die Aufgaben sind so gestaltet, dass von Ihnen Leistungen auf drei aufeinander aufbauenden Niveaus, den sogenannten Anforderungsbereichen (vgl. S. 6), verlangt werden.
4. Jede Aufgabenstellung ist **in mehrere Teilaufgaben** gegliedert. Eine Teilaufgabe kann sich dabei auf mehr als einen AFB beziehen.
5. Mindestens eine der Teilaufgaben ist direkt auf die **Materialgrundlage** bezogen, die aus **Text** und/oder einer **Karikatur** und/oder einer **Statistik** bestehen kann. Sie sollen zeigen, ob und inwieweit Sie in der vom **Operator** (vgl. S. 7–9) verlangten Weise auf dem jeweiligen Schwierigkeitsniveau mit dem Material umgehen, ihm Informationen entnehmen und diese verarbeiten können.

Aufbau der Prüfungsklausur

Den **inhaltlichen Schwerpunkt** einer Prüfungsklausur im Fach Sozialwissenschaften stellt **eine der drei Teildisziplinen**. Dieser Schwerpunkt ist mindestens mit Inhalten aus einer der anderen beiden Teildisziplinen verschränkt.

Der inhaltliche Schwerpunkt pro Prüfungsaufgabe wird im **Fach Sozialwissenschaften/Wirtschaft** bei **zwei von drei Prüfungsaufgaben** durch die **Teildisziplin Ökonomie** gestellt. Dieser ökonomische inhaltliche Schwerpunkt ist interdisziplinär mindestens mit Inhalten aus einer weiteren Teildisziplin verschränkt. Die **dritte Prüfungsaufgabe** hat **entweder** einen inhaltlichen Schwerpunkt aus der Teildisziplin Soziologie **oder** aus der Teildisziplin Politologie. Der Schwerpunkt dieser dritten Prüfungsaufgabe ist als Untersuchungsgegenstand interdisziplinär mindestens mit Inhalten aus einer weiteren Teildisziplin verschränkt, kann aber auch auf Inhalte Bezug nehmen, die aus zwei weiteren Teildisziplinen stammen.

1.5 Zusammenfassende Übersicht der wichtigsten Punkte

Orientierungshilfe für das Zentralabitur 2024 Gymnasium/Gesamtschule

Fach Sozialwissenschaften und Fach Sozialwissenschaften/Wirtschaft
Schriftliche Abiturprüfung Grundkurs oder Leistungskurs

Im Fach Sozialwissenschaften

Zur Auswahl: 3 Prüfungsaufgaben aus den Inhaltsfeldern 4, 5, 6, 7 der Teildisziplinen Wirtschaftswissenschaft, Soziologie, Politikwissenschaft.
Eine Prüfungsaufgabe enthält eine Aufgabenstellung, ein Thema und eine Materialgrundlage.

Zu einer Prüfungsaufgabe gehören drei bis vier Arbeitsaufträge.

• Pro Prüfungsaufgabe	• bildet jede Teildisziplin einmal den inhaltlichen Schwerpunkt, allerdings sind die Themen inhaltsübergreifend angelegt.
• Pro Aufgabenstellung • Pro Teilaufgabe	• 3 Anforderungsbereiche • Operator(en) nach Anforderungsbereich(en)

Im Fach Sozialwissenschaften/Wirtschaft

Zur Auswahl: 3 Prüfungsaufgaben aus den Inhaltsfeldern 4, 5, 6, 7, schwerpunktmäßig entweder aus den Teildisziplinen Wirtschaftswissenschaften und Soziologie oder aus den Teildisziplinen Wirtschaftswissenschaften und Politikwissenschaften.
Eine Prüfungsaufgabe enthält eine Aufgabenstellung, ein Thema und eine Materialgrundlage.

Die Prüfungsaufgaben im Grund- und Leistungskurs unterscheiden sich hinsichtlich Umfang und Komplexität des Materials. Die grundlegende Struktur der Aufgaben ist gleich.

• Prüfungsaufgaben	• Zwei der drei Prüfungsaufgaben beziehen sich entsprechend der ökonomischen Schwerpunktbildung auf die ökonomische Teildisziplin. Die Themen sind inhaltsübergreifend angelegt. • Eine der drei Prüfungsaufgaben bezieht sich schwerpunktmäßig auf die soziologische oder die politologische Teildisziplin.
• Pro Aufgabenstellung • Pro Teilaufgabe	• 3 Anforderungsbereiche • Operator(en) nach Anforderungsbereich(en)

Für das Fach mit/ohne Schwerpunktbildung gilt

Zugelassene Hilfsmittel: Deutsches Wörterbuch und Taschenrechner
Auswahl- und Bearbeitungszeit: Grundkurs: 240 Minuten, Leistungskurs: 300 Minuten

1.6 Die Anforderungsbereiche (AFB)

In der Abiturprüfung erwarten Sie Aufgabenstellungen, die klar definierte Anforderungen sowohl an Ihre Verstehens- als auch an Ihre Darstellungsleistung stellen. Diese Anforderungen und die zugehörigen Arbeitsanweisungen lassen sich den **Anforderungsbereichen I bis III** zuordnen, die aufeinander aufbauen und von Ihnen einen zunehmenden Grad an Komplexität und Abstraktionsfähigkeit verlangen.

Jede Prüfungsaufgabe setzt sich aus Elementen dieser drei Anforderungsbereiche zusammen, die drei Leistungsstufen entsprechen. Dies bedeutet, es werden von Ihnen bei der Bearbeitung der Aufgaben grundsätzlich Leistungen dreier verschiedener Leistungsniveaus verlangt:

Kernkompetenz im AFB I	Kernkompetenz im AFB II	Kernkompetenz im AFB III
vom Wiedergeben →	zum Anwenden →	zum problembezogenen Denken und Urteilen

Im **Anforderungsbereich I (Reproduktion)** sollen Sie
- grundlegendes Fachwissen unter Verwendung der Fachterminologie wiedergeben.
- die Art des Materials bestimmen.
- Informationen aus unterschiedlichen Materialien entnehmen.
- Arbeitstechniken und Methoden kennen und sie darstellen.

Im **Anforderungsbereich II (Reorganisation)** sollen Sie
- kategoriale, strukturelle und zeitliche Zusammenhänge erklären.
- politische, ökonomische und soziologische Sachverhalte sinnvoll verknüpfen.
- unterschiedliche Materialien analysieren.
- Sachverhalte unter Beachtung der sie konstituierenden Bedingungen einordnen.
- Sach- und Werturteile unterscheiden.

Im **Anforderungsbereich III (Reflexion und Problemlösung)** sollen Sie
- politische, ökonomische, soziale Sachverhalte und Probleme der Gesellschaft erörtern.
- eine strukturierte, multiperspektivische und problembewusste Argumentation entfalten.
- Hypothesen zu politologischen, ökonomischen, soziologischen Fragestellungen der Gesellschaft entwickeln.
- Ihre eigene politische Urteilsbildung unter zusätzlicher Beachtung ethischer und normativer Kategorien reflektieren.

Grundsätzlich gilt: Ihre Leistung wird in jedem einzelnen AFB geprüft. Je höher der Anforderungsbereich ist, den Sie methodisch wie inhaltlich erreichen, desto besser wird Ihre Leistung beurteilt und benotet.

1.7 Die Operatoren und ihre Zuordnung zu den Anforderungsbereichen

Damit Sie erkennen, welche Leistungen Sie aus welchem der drei Anforderungsbereiche erbringen sollen, sind **standardisierte Arbeitsanweisungen** anhand von **Verben** formuliert, sogenannte **Operatoren**. Jedem AFB sind verschiedene Operatoren zugeordnet, die signalisieren, welche gedanklichen Handlungen und Tätigkeiten beim Lösen von Prüfungsaufgaben erwartet werden. Sie dienen durch ihre konkreten Vorgaben sowohl dazu, Arbeitsaufträge eindeutig zu formulieren und voneinander abzugrenzen, als auch einheitliche Bewertungs- und Korrekturmaßstäbe zu setzen. Daher ist es äußerst wichtig, dass Sie sich mit den Anforderungen der einzelnen Operatoren eingehend auseinandersetzen und sich bewusst machen, was durch die Verwendung der einzelnen Operatoren konkret von Ihnen gefordert wird.
In der folgenden Übersicht werden die AFB skizziert und im Zusammenhang mit den einzelnen Operatoren erläutert. Ein Beispiel dient jeweils dem näheren Verständnis.

Operatoren, die Leistungen im **AFB I** (**Reproduktion**) verlangen:

nennen	Kenntnisse (Fachbegriffe, Daten, Fakten, Modelle) und Aussagen in komprimierter Form unkommentiert darstellen (auch AFB II)
benennen	Sachverhalte, Strukturen und Prozesse begrifflich präzise aufführen (auch AFB II)
beschreiben darstellen	wesentliche Aspekte eines Sachverhaltes im logischen Zusammenhang unter Verwendung der Fachsprache wiedergeben (auch AFB II)

Beispiel:
***Beschreiben** Sie Aufbau und Funktionsweise des Eurosystems im Europäischen System der Zentralbanken (ESZB).*

Operatoren, die Leistungen im **AFB II** (**Reorganisation und Transfer**) verlangen:

analysieren	Materialien oder Sachverhalte kriterienorientiert oder aspektgeleitet erschließen, in systematische Zusammenhänge einordnen und Hintergründe und Beziehungen herausarbeiten
auswerten	Daten oder Einzelergebnisse zu einer abschließenden Gesamtaussage zusammenführen
charakterisieren	Sachverhalte in ihren Eigenarten beschreiben und diese dann unter einem bestimmten Gesichtspunkt zusammenführen
einordnen	eine Position zuordnen oder einen Sachverhalt in einen Zusammenhang stellen
erklären	Sachverhalte durch Wissen und Einsicht in einen Zusammenhang (Theorie, Modell, Regel, Gesetz, Funktionszusammenhang) einordnen und deuten

erläutern	wie erklären, aber durch zusätzliche Informationen und Beispiele verdeutlichen (auch AFB III)
herausarbeiten ermitteln erschließen	aus Materialien bestimmte Sachverhalte herausfinden, auch wenn sie nicht explizit genannt werden, und Zusammenhänge zwischen ihnen herstellen
interpretieren	Sinnzusammenhänge aus Materialien erschließen (auch AFB III)
überprüfen	Inhalte, Sachverhalte, Vermutungen oder Hypothesen auf der Grundlage eigener Kenntnisse oder mithilfe zusätzlicher Materialien auf ihre sachliche Richtigkeit bzw. auf ihre innere Logik hin untersuchen (auch AFB III)
vergleichen	Sachverhalte gegenüberstellen, um Gemeinsamkeiten, Ähnlichkeiten und Unterschiede herauszufinden (auch AFB III)
widerlegen	Argumente anführen, dass Daten, eine Behauptung, ein Konzept oder eine Position nicht haltbar sind (auch AFB III)

Beispiel:
Vergleichen *Sie Aufbau und Funktionsweise des Eurosystems im Europäischen System der Zentralbanken (ESZB) mit dem des Federal Reserve System (FED) der USA.*

Operatoren, die Leistungen im **AFB III** (**Reflexion und Problemlösung**) verlangen:

begründen	zu einem Sachverhalt komplexe Grundgedanken unter dem Aspekt der Kausalität argumentativ und schlüssig entwickeln
beurteilen	den Stellenwert von Sachverhalten oder Prozessen in einem Zusammenhang bestimmen, um kriterienorientiert zu einem begründeten Sachurteil zu gelangen
bewerten Stellung nehmen	wie beurteilen, aber zusätzlich mit Reflexion individueller und politischer Wertmaßstäbe, die Pluralität gewährleisten und zu einem begründeten eigenen Werturteil führen
entwerfen	ein Konzept in seinen wesentlichen Zügen erstellen
entwickeln	zu einem Sachverhalt oder zu einer Problemstellung ein konkretes Lösungsmodell, eine Gegenposition, ein Lösungskonzept oder einen Regelentwurf begründet skizzieren
erörtern	zu einer vorgegebenen Problemstellung eine reflektierte, kontroverse Auseinandersetzung führen und zu einer abschließenden, begründeten Bewertung gelangen
gestalten	Produktionsorientierte Bearbeitung von Aufgabenstellungen. Dazu zählen unter anderem das Entwerfen von eigenen Reden, Strategien, Beratungsskizzen, Karikaturen, Szenarien, Spots und von anderen medialen Produkten sowie das Entwickeln von eigenen Handlungsvorschlägen und Modellen.

problematisieren	Widersprüche herausarbeiten, Positionen oder Theorien begründet hinterfragen
prüfen	Inhalte, Sachverhalte, Vermutungen oder Hypothesen auf der Grundlage eigener Kenntnisse oder mithilfe zusätzlicher Materialien auf ihre sachliche Richtigkeit bzw. auf ihre innere Logik hin untersuchen
sich auseinander-setzen diskutieren	zu einem Sachverhalt, zu einem Konzept, zu einer Problem-stellung oder zu einer These etc. eine Argumentation entwickeln, die zu einer begründeten Bewertung führt

Beispiel:
Nehmen Sie Stellung *zur sogenannten 3%-Grenze, die als Konvergenzkriterium im Vertrag von Maastricht festgelegt ist.*

Bearbeitungshinweis:
Halten Sie die Stufenfolge ein (vgl. dazu auch Abschnitt 2.4 zur Materialbearbeitung nach Anforderungsbereichen)! Die **Formulierung einer Stellungnahme** (Operator AFB III) setzt bei Ihrer Lösung voraus, dass Sie

- zunächst über detailliertes Wissen verfügen (AFB I), das Sie Ihrem Wissensfundus und/oder Materialien entnehmen. Arbeitsergebnisse aus dem AFB I sind in Ihrer Abiturprüfungsaufgabe stets direkt oder indirekt die sachliche Grundlage Ihrer Lösungen.
- Diese Informationen wenden Sie ergebnisorientiert an, setzen sie zueinander in Beziehung und stellen Sachzusammenhänge her (AFB II).
- Die Auswirkungen erkannter Sachverhalte bewerten Sie aus fachlicher Sicht als positiv und/oder negativ. Wird in der Aufgabenstellung der Operator „bewerten“ oder „Stellung nehmen“ genannt, so müssen Sie zusätzlich eigene Wertmaßstäbe oder politische Überzeugungen einbeziehen.
- Ihre persönliche Position, problembezogenes Denken und Urteilen (AFB III) muss sachlich begründet sein (AFB I und AFB II).

1.8 Benotung

Verstöße gegen die **sprachliche Richtigkeit** und gegen die äußere Form können eine Reduzierung der Punktzahl um bis zu einer Notenstufe mit sich bringen.

Der **Gesamtsumme der Lösungspunkte** wird anhand einer **festgelegten Punktetabelle** in einem abschließenden Urteil **eine Notenstufe zugewiesen**. Ein mit „**sehr gut**“ oder „**gut**“ beurteiltes Prüfungsergebnis setzt **Leistungen im AFB III** voraus.

Tipp: Um keinen „Punktverlust“ zu riskieren, sollten Sie in Ihrer Prüfung bzw. schon bei den Abi-Vorklausuren besonders auf die sprachliche Richtigkeit und die äußere Form Ihrer schriftlichen Antworten achten.

1.9 Tipps zur Bearbeitung der schriftlichen Prüfungsaufgaben

Sie können die Qualität Ihres Textes inhaltlich und formal erhöhen, wenn Sie Folgendes beachten:

1. Schreiben Sie einen **Fließtext**. Bilden Sie ganze Sätze, die Sie mit einem Punkt beenden. Ordnen Sie keine Informationen mit Aufzählungszeichen grafisch unter- oder nebeneinander an. Achten Sie auf den Satzbau und die logischen Beziehungen der Satzteile, Relativpronomen etc. zueinander.
2. Halten Sie grundsätzlich das Präsens als **Tempus** Ihrer Ausführungen ein. Wenn Sie sich auf Vergangenes beziehen, verwenden Sie das Perfekt.
3. **Zitieren** Sie sparsam und gezielt nach den bekannten Regeln (Duden). Paraphrasieren Sie fremde Kerngedanken im Konjunktiv, um mit diesen in Ihrem eigenen Text zu arbeiten.
4. Trennen Sie deutlich eigene Formulierungen von der **Wiedergabe fremder Positionen oder Thesen**, indem Sie den Konjunktiv I einsetzen.
   Beispiel: Wenn Sie „Es ist" anstelle von „Es sei" verwenden, stimmen Sie einer fremden Position zu und geben damit eine Stellungnahme ab.
5. **Strukturieren Sie** eine Inhaltsangabe bzw. eine Beschreibung kurz und bündig und vermeiden Sie eine „Nacherzählung". Stattdessen sollten Sie Ihre Textbefunde nach einem Maßstab, der Ihnen nach Art des Materials angemessen erscheint, neu organisieren.
   Beispiel: Bei Beschreibungen können Sie vom Allgemeinen ins Detail gehen, theoretische Sachtexte oder Argumentationen lassen sich beispielsweise anhand der Unterscheidung von Ziel und Mitteln, These(n) und stützenden Belegen etc. geordnet zusammenfassen.
6. **Bleiben Sie sachlich** und halten Sie „emotionalen Abstand" zu den Inhalten, die Sie bearbeiten. Vermeiden Sie wertende Füllwörter wie zum Beispiel „Es ist ja bekannt, dass…" oder „Niemand kann ernsthaft meinen, dass …"
   Ihre Ausführungen zeugen auch bei exakter Verwendung von Fachbegriffen nur dann von angemessener Sachkompetenz, wenn Sie sich sprachlich subjektiver Werturteile enthalten. Inhaltlich sollen Sie, im Grundkurs zumeist in Teilaufgabe 3, eine wertende Position beziehen. Diese muss aber sachlich begründet sein.
7. Schreiben Sie methodisch über sozialwissenschaftliche Inhalte, nutzen Sie die **Fachsprache**, um sich präzise und prägnant auszudrücken.

2 Der Materialbezug in der Abiturprüfung

Als Materialgrundlage können Ihnen in der Abiturprüfungsaufgabe folgende Materialien vorgelegt werden:

- ein Text und/oder
- ein Bild/eine Karikatur und/oder
- eine Statistik (Tabelle, Diagramm)

2.1 Allgemeine Anforderungen

Jedes Material hat als Medium der Kommunikation zugleich einen Bezug

- zum **Sachverhalt**, über den etwas mitgeteilt wird.
- zum **Autor**, der es mit einer bestimmten Kommunikationsabsicht erstellt hat sowie
- zum **Leser**, der erreicht werden soll.

Anhand der Arbeitsfrage, welcher **kommunikative Bezug** in einem Material überwiegt, können Sie Texte, Karikaturen und Statistiken funktional **einordnen**. So können Sie die Absicht des Autors bzw. die Intention des Materials bestimmen und sich selbst gegenüber dem Autor und der Materialaussage **positionieren**.
Verbunden mit der funktionalen Einordnung ist stets auch eine **Erwartungshaltung** gegenüber dem jeweiligen „Text“, die Sie bei der Deutung am Material prüfen.

Ausrichtung des Materials am	**Absicht/ Intention**	**Merkmale der Darstellung/ Darbietung**	**Funktionale Einordnung des Materials**
mitzuteilenden Sachverhalt	Information	• objektive beschreibende Aussagen • unkommentierte Daten	darstellend-informierend
Autor und seiner persönlichen Meinung	(Be-)Wertung	• subjektiv wertende Aussagen • kommentierte Daten	expressiv-wertend
Denken und Handeln des Lesers	Beeinflussung	• rhetorische Mittel • (visuelle) Anordnung, bewusstes Betonen oder Fehlen von Informationen	appellativ-auslösend

Tipp: Achten Sie bei der Bearbeitung eines Materials auf den **hermeneutischen Dreischritt:**

- Beschreiben (AFB I und II)
  Erkennen, Benennen, Belegen
- Erschließen (AFB II) unter Bezugnahme auf die Erwartungshaltung zum Material
- Persönliche Stellungnahme (AFB III)

2.2 Kontinuierliche Texte

Sie arbeiten in den Sozialwissenschaften mit **Gebrauchs- bzw. Sachtexten** als Informationsquelle über das soziale, politische wie ökonomische aktuelle Geschehen. Diese sogenannten **nicht-fiktionalen Textsorten** sind zum Beispiel Sachbuch- und Lexikonartikel, Zeitungsberichte, Kommentare, Argumentationen etc.

Sach- bzw. Gebrauchstexte können in vier Kategorien gegliedert werden:

	normativ (regelnd)	**kognitiv** (lehrend)	**informativ** (mitteilend)	**appellativ** (auffordernd)
Beispiel	Gesetzes- und Verordnungstexte	wissenschaftliche Theorietexte, Sachbuch, Lexikonartikel	journalistische Texte	rhetorische Texte

Hauptmaterial in der Abiturprüfung sind **journalistische Texte**, aufgrund ihres Bezugs zum aktuellen sozialen, politischen wie ökonomischen Geschehen in lokalen, regionalen, nationalen und globalen Zusammenhängen. Dazu gehören die journalistischen Textsorten Kurzmeldung, Nachricht, Bericht, Reportage und Interview ebenso wie die journalistischen Meinungsbeiträge Kommentar, Glosse, Rezension, Leserbrief.

Tipp: Hilfe bei der Bearbeitung des Materials bieten Ihnen im vorliegenden Buch die kursiv gedruckten Hinweise vor den Lösungen der Übungs- bzw. Prüfungsaufgaben. Besonders bei der ersten Übungsklausur finden Sie detaillierte Angaben zur Vorgehensweise.

2.3 Diskontinuierliche Texte

Karikaturen und Statistiken werden aufgrund ihrer **kommunikativen Funktion** auch als diskontinuierliche Texte bezeichnet. Für diese Materialien gilt ebenfalls die Frage: *Was* sagt ein Autor in einem Text und *wie* tut er dies?

Karikatur

Die Karikatur ist eine Form der Satire: Personen, Sachverhalte oder gesellschaftliche Zustände werden verdichtet dargestellt und durch Übertreibung, sarkastische oder zynische Zuspitzung kritisiert. Karikaturen sind gezeichnete subjektive Meinungsbeiträge, erscheinen meist in Zeitungen oder Magazinen und stellen eine Art **politischen Kommentar** dar. Der Leser erwartet einen **subjektiv-expressiven** „Text“.

Bei Karikaturen gelten im Wesentlichen folgende **Analyseschritte:**
- Analyse der Bildsprache: Handelnde/r (Typisierung), Gegenstände (Symbolik)
- Analyse der Textelemente (Ober-/Untertitel, Sprechblasen, Abkürzungen etc.)
- Bild-Text-Bezug
- Perspektivische Effekte (Totale, Ausschnitt etc.)
- Intention/Aussage
- Verfasser/Auftraggeber/Zielgruppe

Statistik

Eine Statistik bezeichnet eine „bildliche" Darstellung zahlenmäßig erfasster Größen und/oder Größenbeziehungen zueinander als Tabelle oder Grafik bzw. Diagramm. Der Leser erwartet einen **darstellend-informierenden** „Text".

Bestandteile der Darstellung

Darstellungsformen	• Kurve, Linie (z. B. Zeit-Achse „x", Wert-Achse „y") • Säule, Balken (z. B. Zeit-Achse „x", Wert-Achse „y") • Kreis • Fläche
Datenarten	• absolute Zahlen, Gesamtmenge/-größe • relative Zahlen, Verhältnis zweier Größen zueinander • Indexzahlen, Verhältnis von Größen der Folgejahre zum Basisjahr

Für die Auswertung von Statistiken sind folgende **Arbeitsschritte** hilfreich:

1. Beschreibung des Themas
   Zu welchem Thema/welchen Themen will die Statistik etwas aussagen?
   Für welche Zeit und für welchen Raum soll sie gelten?
   Wer hat die Statistik verfasst?
   Bei Befragungen: Wie lautet die Fragestellung?
2. Beschreibung der Form
   Welche Darstellungsform wurde gewählt?
   Welche Zahlen wurden verwendet (Prozentangaben, absolute Zahlen)?
   Bei Prozentangaben: Auf welche Bezugsgröße beziehen sie sich?
   Bei Grafiken: Welche Beschriftungen enthält die Grafik?
3. Untersuchung der Aussagen
   Zu welchen Themen macht die Statistik eine oder mehrere Aussagen?
   Aus welchem Grund ist sie von Bedeutung?
   Wie kann man die Kernaussage zusammenfassen?
4. Kritik
   Sind die Angaben zur Quelle, zur Themenstellung, zum Zeitpunkt usw. eindeutig?
   Enthält die Statistik Mängel und Fehler (z. B. in der Berechnung)?
   Macht die Statistik zu einzelnen Bereichen der Fragestellung keine Aussage?
   Entspricht die Darstellungsform der Aussage?
   Lässt sich ein bestimmtes Interesse an der Veröffentlichung erkennen?

2.4 Materialbearbeitung nach Anforderungsbereichen

Wie bereits erläutert, kann sich die Bearbeitung aller oben beschriebenen Materialien in der schriftlichen und mündlichen Abiturprüfung auf alle drei Anforderungsebenen erstrecken. Die folgende Übersicht veranschaulicht, wie Sie bei der Bearbeitung des Materials vorgehen können:

Aufgabenart A		
Operatoren aus AFB I		Entnahme und Wiedergabe von Informationen
Wiedergeben	Was?	Art des Materials, Titel
	Wer?	Autor
	Wo?	Erscheinungsort
	Wann?	Erscheinungsdatum Anlass des Erscheinens
		(aktueller) gesellschaftlicher Zusammenhang Adressat(en) sachliche Beschreibung/ Inhaltsangabe unter Verwendung von Fachsprache
	Warum?	Absicht des/der Autors/-in bzw. Intention des Materials?
„Scharnierfrage“: **Wie** versucht der/die Autor/-in eine beabsichtigte Wirkung zu erreichen?		
Operatoren aus AFB II Anwenden		Gezielte Zergliederung des Sinnzusammenhangs des Materials nach • äußerem Aufbau • Daten/Hauptaussagen/Argumentationsschritten • Mitteln der visuellen Darbietung/der sprachlichen Gestaltung • der (un-)ausgesprochenen politischen Position des/der Autors/-in
Hier endet eine sozialwissenschaftliche „Analyse“! Verzichten Sie bei einer sozialwissenschaftlichen Textanalyse (AFB II) auf eine persönliche Stellungnahme.		
Operatoren aus AFB III Problemlösendes Denken und Urteilen		Ergebnisse der gezielten Zergliederung des Materials objektiv und selbstständig in vorgegebener Weise verwerten Aufbau-, Aussage- und Gestaltungsaspekte des Materials • kritisch hinterfragen • einander gegenüberstellen Subjektive Bewertung objektiv erschlossener Sachverhalte/politischer Aussagen bzw. Positionen Persönliche Stellungnahme

3 Die mündliche Abiturprüfung

Die mündliche Prüfung ist **keine zentral gestellte Prüfung**. Sie wird von Ihrem Fachlehrer im Einvernehmen mit dem Fachprüfungsausschuss gestellt und orientiert sich an den erarbeiteten Inhalten und Methoden Ihres jeweiligen Kurses.

Grundsätzlich gilt, dass Sie
- in Ihrem 4. Abiturfach eine mündliche Prüfung ablegen müssen,
- in einem oder mehreren Ihrer drei schriftlichen Abiturfächer zusätzlich mündlich geprüft werden, wenn Sie dadurch die Mindestbedingungen erfüllen können, um die Abiturprüfung insgesamt zu bestehen.
- sich in Ihren schriftlichen Abiturfächern freiwillig zusätzlich mündlich prüfen lassen können.

3.1 Inhalte der Prüfung

Ihre Prüfung bezieht sich auf Unterrichtsstoff aus mindestens zwei Kurshalbjahren der Qualifikationsphase. Gegenstand der Prüfung sind aktuelle soziale, politische bzw. ökonomische Erscheinungen.
Die jeweiligen Inhalte/Sachgebiete dürfen in der Qualifikationsphase oder in Ihrer möglichen schriftlichen Abiturprüfung **nicht bereits Gegenstand einer Leistungsüberprüfung** gewesen sein.

3.2 Aufgabenstellung

Sie erhalten eine Prüfungsaufgabe, die aus **zwei Teilaufgaben** bestehen kann. Die Prüfungsaufgabe wird Ihnen schriftlich ausgehändigt (Aufgabenstellung, Thema, Materialgrundlage). Sie haben bei der mündlichen Prüfung **keine Auswahlmöglichkeit** hinsichtlich der Prüfungsaufgabe.
Die Aufgabenstellung ist direkt auf die **Materialgrundlage** bezogen (**Text** und/oder **Karikatur** und/oder **Statistik**). Aus den drei Anforderungsbereichen kann Ihnen in der Aufgabenstellung **jeder Operator** (vgl. S. 7–9) begegnen.

3.3 Prüfungsverfahren und Ablauf der Prüfung

Der Prüfungsausschuss besteht aus sozialwissenschaftlichen Fachlehrkräften Ihrer Schule und einem Vorsitzenden. Prüfer ist Ihr Fachlehrer, allerdings kann der Prüfungsvorsitzende von seinem Recht Gebrauch machen, zeitweise die Rolle des Prüfers zu übernehmen.
Eine mündliche Abiturprüfung besteht im Fach Sozialwissenschaften bzw. Sozialwissenschaften/Wirtschaft aus **30 Minuten Vorbereitungszeit** und in der Regel aus **30 Minuten Prüfungszeit**, die sich in zwei Teile gliedert:
- selbstständiger **Vortrag** zur Lösung der gegebenen Aufgabe (**max. 15 Minuten**),
- **Prüfungsgespräch** zwischen Ihnen und Ihrem Fachlehrer.

Die Prüfung beginnt mit der Aushändigung der **Prüfungsunterlagen**. Sie haben unter Aufsicht in einem **Vorbereitungsraum** 30 Minuten Zeit, um das Material zu bearbei-

ten. Ihren selbstständigen, zusammenhängenden **Vortrag** halten Sie nach der Vorbereitungszeit im **Prüfungsraum**. Können Sie die gestellte Prüfungsaufgabe nicht selbstständig lösen, kann Ihnen der Prüfer Hilfen geben.
Im zweiten Prüfungsteil führt der Prüfer mit Ihnen ein **Prüfungsgespräch** über größere fachliche und fachübergreifende Zusammenhänge.

3.4 Bewertung der Prüfung

Nach der Prüfung berät der Ausschuss über Ihre erbrachten Leistungen und legt per Abstimmung eine Note fest, die nach Notenpunkten auch eine Minus- oder Plus-Tendenz haben kann.
Die Beurteilung und Benotung Ihrer mündlichen Prüfungsleistungen erfolgt anhand der **Bewertungsgrundsätze**, die auch für die schriftlichen Prüfungsleistungen gelten, und mithilfe eines mit dem Fachprüfungsausschuss abgestimmten Erwartungshorizontes. Sie sollen zeigen, dass Sie

- Ihr fachspezifisch geordnetes Wissen interdisziplinär methodisch sicher wie selbstständig darstellen,
- in Zusammenhängen anwenden und Entstehungsbedingungen wie Auswirkungen gesellschaftlicher Probleme beurteilen können.
- Dazu gehört z. B. auf Fachfragen sach- und adressatengerecht zu antworten, weiterführende Fragestellungen im Prüfungsgespräch einzubringen und zu verarbeiten,
- Schwierigkeiten im Gesprächsverlauf zu erkennen und zu erläutern.

3.5 Tipps für eine erfolgreiche mündliche Prüfung

1. **Üben Sie die Ihnen bevorstehende Prüfungssituation!** Im mündlichen Abitur stehen Sie als Prüfling einer Gruppe, der Prüfungskommission, gegenüber. Jede Art von mündlicher Präsentation, die Sie im Fachunterricht leisten, indem Sie allein vor den anderen Mitgliedern Ihres Kurses sprechen, bereitet Sie auf die mündliche Abiturprüfung vor. Suchen und nutzen Sie jede Gelegenheit, sich selbst einer solchen Präsentationssituation auszusetzen, damit Sie Ihr inhaltliches wie methodisches Wissen bzw. Ihre Fertigkeiten erproben und anwenden sowie Erfahrungen sammeln können.
2. **Verwenden Sie Fachbegriffe!** Damit stellen Sie nicht nur Kompetenz unter Beweis, sondern Sie sparen auch Zeit.
3. **Bauen Sie aktuelle Beispiele ein!** Verknüpfen Sie stetig aktuelle Nachrichten mit Ihrem Fachwissen. Nutzen Sie verschiedene Medien, in denen Sie sowohl objektive Berichte als auch subjektive Meinungsäußerungen bzw. politische Positionen finden.
4. **Lassen Sie sich nicht verunsichern!** Das Mitglied der Prüfungskommission, mit dem Sie nach Ihrem Vortrag das Prüfungsgespräch führen, ist Ihr Kursleiter. Bei einer kritischen Nachfrage sollten Sie voraussetzen, dass Ihnen die Möglichkeit gegeben wird, Sachverhalte, die Sie dargelegt haben, gemäß der Aufgabenstellung zu präzisieren, also Kompetenzen zu zeigen.

4 Checkliste zur Selbstüberprüfung

Der Mensch verwendet zum Speichern neuen Wissens automatisch sein vorhandenes, geknüpftes Netz aus Wissensstrukturen. Neu Wahrgenommenes wird dem Vertrauten beigeordnet, dann in das bestehende Wissensnetz eingeknüpft.
Durch **bewusstes Wiederholen und Üben** werden die Strukturen Ihres Wissens aufgefrischt und gefestigt. Das, was Sie **selbst gedanklich durchdringen** und verstehen, wird im **Langzeitgedächtnis** gespeichert, in Ihrem Wissensnetz nachhaltig verankert. Die folgende Checkliste dient Ihrer evaluierenden Selbsteinschätzung.

Tipp: Reflektieren Sie über Ihre Fortschritte, nachdem Sie für eine Original-Prüfungsaufgabe oder eine schriftliche bzw. mündliche Übungsaufgabe dieses Bandes nach den kursiv gedruckten Hinweisen eigenständig eine Lösung formuliert haben!

Wissenschaftspropädeutische Kompetenzen

Ich kann	ja	nein
• meine Arbeits- und Übungseinheiten selbstständig planen und durchführen.		
• gegenüber einem zu untersuchenden Sachverhalt objektiv bleiben.		
• eine Aufgabe in einer gegebenen Zeitspanne bestmöglich erledigen.		
• Fragen zu einem Sachverhalt formulieren.		
• sachgemäß argumentieren.		
• unter bewusstem Einsatz von Körpersprache kommunizieren.		
• Arbeitsergebnisse adressatengerecht präsentieren.		
• Art und Weise meines Arbeitens überdenken und, wenn nötig, ändern.		
• empirische und hermeneutische Verfahren unterscheiden.		
• beschreibende und wertende Aussagen unterscheiden.		
• die Inhaltsfelder der sozialwissenschaftlichen Leitdisziplinen unterscheiden.		
• die Fachsprache der sozialwissenschaftlichen Leitdisziplinen verwenden.		
• zur Lösung einer Aufgabe innerhalb des Faches disziplinär arbeiten und		
• innerhalb des Faches interdisziplinär vorgehen.		

5 Hinweise zu den digitalen Zusätzen

Auf alle digitalen Zusätze können Sie online über die Plattform **MyStark** zugreifen. Ihren persönlichen Zugangscode finden Sie auf der Umschlaginnenseite.

PDF der Original-Prüfungsaufgaben 2023

Sobald die Original-Prüfungsaufgaben 2023 freigegeben sind, können Sie sie als PDF auf der Plattform MyStark herunterladen.

Lernvideos

Methodenkompetenz:
Die **Auswertung von Infografiken und Karikaturen** ist häufig Bestandteil von Klausuren. Mithilfe von **Lernvideos mit einer Schritt-für-Schritt-Anleitung** zur Material-Analyse können Sie sich optimal auf das Lösen derartiger Aufgaben vorbereiten.

Weitere Lernvideos informieren zu den folgenden Themengebieten:

- Europäische Integration
- Wirtschaftspolitische Konzeptionen
- UNO
- Globalisierung der Wirtschaft
- Demografischer Wandel

Interaktives Grundlagentraining

Das Online-Training ermöglicht die **Wiederholung wichtiger Inhalte**. Alle Aufgaben können direkt am PC oder Tablet bearbeitet werden, Sie erhalten dann sofort eine Rückmeldung zu Ihren Antworten.

Folgende Themengebiete sind enthalten:

- EU/Eurosystem
- Wirtschaftspolitik
- Internationale Konflikte und Organisationen
- Globalisierung
- Gesellschaft

NRW – Sozialwissenschaften
Übungsaufgabe 1 – Grundkurs

Thema:
Westliche militärische Interventionen – Schutz von Zivilisten oder Verteidigung wirtschaftlicher Interessen?

Aufgabenstellung

1. Analysieren Sie den Text im Hinblick auf die Position Perras' zu internationalen Militäraktionen und ordnen Sie den Autor einem Konzept internationaler Politik zu.

2. Die militärische und wirtschaftliche Machtverteilung spielt seit jeher eine zentrale Rolle bei internationalen Konflikten. Stellen Sie die Struktur der internationalen Machtverteilung nach dem Kalten Krieg dar, gehen Sie dabei besonders auf den „Polaritätsaspekt" ein.

3. Erörtern Sie das Für und Wider der internationalen militärischen Intervention in Libyen. Berücksichtigen Sie dabei auch die Position des Autors.

M: Ein Kommentar von Arne Perras[1] vor den Hintergründen des Jahres 2011: Öl ist wichtiger als Kakao

Libyen und die Elfenbeinküste liegen beide auf dem afrikanischen Kontinent. Doch dieser Teil der Welt ist so groß und reich an Kontrasten, dass die Länder, in denen zur Zeit viele Bomben fallen, wenig miteinander gemein haben – abgesehen von der seltsamen Psyche zweier Männer, die in ihrer Verblendung nicht einsehen wollten und wollen, dass es Zeit geworden ist, die politische Bühne zu verlassen.

Der eine, Oberst Muammar al-Gaddafi[2], ist noch nicht am Ende. Und man kann kaum abschätzen, ob er es bald sein wird. Der andere, Laurent Gbagbo[3], kann sich wohl nicht mehr aus der Umklammerung seiner Belagerer befreien.

Auffällig ist, dass beide Konflikte die Weltgemeinschaft auf sehr unterschiedliche Weise mobilisiert haben. Während Gaddafis Reich seit Wochen die Weltnachrichten beherrscht, kam die Elfenbeinküste über den Rang einer Fußnote kaum hinaus. Erst in den vergangenen Tagen wuchs – mit der zunehmenden Brutalität des Konflikts – die Aufmerksamkeit für die einst schillernde Tropenmetropole Abidjan, in der ein blutiger Häuserkampf tobte.

Während die von der Nato geführte Allianz in Libyen massiv militärisch interveniert, um „Zivilisten zu schützen", wie es in der UN-Resolution heißt, haben die Vereinten Nationen – mit Unterstützung Frankreichs – in der Elfenbeinküste sehr spät ihre Hubschrauber in die Schlacht geschickt.

Sie feuerten Raketen auf Gbagbos Artillerie. Auch diese Attacken wurden mit dem Mandat begründet, dass man Zivilisten schützen muss. Allerdings war davon einige

Zeit zuvor nichts zu bemerken, als bereits viele schutzlose Menschen durch die wachsende Gewalt starben. Man kann daraus den Schluss ziehen: Die Logik von militärischen Interventionen folgt kaum moralischen Prinzipien oder gar humanitären Zielen. Der oftmals postulierte „Schutz von Zivilisten", mit dem viele UN-Interventionen begründet werden, verschleiert die vorrangigen Ziele von zahlreichen Militäreinsätzen.

Der Vorsatz, anderswo in der Welt Schutz zu leisten, dient häufig dazu, breite Unterstützung in der Wählerschaft des eigenen Landes zu mobilisieren. Was könnte edler sein, als sich der Rettung von Menschen in Not zu verschreiben? Darin spiegelt sich eine alte Sehnsucht nach einer höheren Moral in der Politik. Aber ist sie auch bestimmend? Wohl kaum. Ansonsten würden wir ständig Interventionen erleben müssen, nicht nur in Libyen, sondern vor allem auch südlich der Sahara. Orte, an denen Menschen schutzlos leiden, von Milizen drangsaliert und ermordet werden, sind überall auf der Welt zu finden, gerade in den armen Regionen.

Die Gefahr weiterer Massaker

Allein Afrika hat schon so viele Brennpunkte: Kongo, Sudan, Somalia und zuletzt auch die Elfenbeinküste. Zwar gibt es in Afrika einige teure Friedenseinsätze, aber sie erfüllen nirgendwo die selbstgesteckten Ziele.

Und Libyen? Dort gibt es sehr viel Öl und das Land grenzt ans Mittelmeer. Europa fürchtet riesige Flüchtlingsströme. Die Welt will keine Energie-Engpässe. Das alles sind Überlegungen, die eine Intervention mit befördert haben. So ist es vor allem die Nähe, die das Handeln bestimmt. Und die möglichen Bedrohungen, die sich abzeichnen. Das war auf dem Balkan zu beobachten – und das gilt jetzt auch für den südlichen Rand des Mittelmeers.

Bei der Elfenbeinküste verhält sich dies, aus europäisch-westlicher Perspektive, anders. Dieses Land hat viel Kakao, aber im Zweifel werden die Konsumenten lieber auf Schokolade verzichten als auf Autos, Strom oder Flugzeuge. Allein für Frankreich, das mehr als zehntausend seiner Bürger schützen muss, die in der früheren Kolonie leben und Geschäfte machen, gelten andere Überlegungen. Deshalb hat Paris eine Sonderrolle, deshalb haben die Franzosen jetzt auch mit eingegriffen in die Schlacht um Abidjan.

Die Kriege in der Elfenbeinküste wie in Libyen offenbaren das große moralische Dilemma, in das sich Staaten hineinmanövrieren, wenn sie Militäreinsätze stets und vor allem mit humanitären Prinzipien legitimieren. Solange sie diese Grundsätze nicht universell durchsetzen können, sollten sie nicht so tun, als handle es sich dabei um die Leitgedanken einer neuen weltumspannenden Außenpolitik. Das wirkt schnell unglaubwürdig. Denn gerade die Konflikte in der armen Welt zeigen, dass von einem flächendeckenden Schutz von Zivilisten keine Rede sein kann.

Was bleibt, ist die Pflicht, das Schlimmste zu verhindern. In Ruanda 1994 hat die Welt einen Völkermord geschehen lassen, es war vermutlich das größte Versagen der modernen Völkergemeinschaft. In Kenia ist es dagegen gelungen, durch schnelle und kluge Diplomatie die Eskalation ethnischer Gewalt nach den Wahlen zu verhindern.

Auch in der Elfenbeinküste gibt es die Gefahr, dass ethnische Spannungen zu weiteren Massakern führen, vor allem, wenn es den Gegnern Gbagbos nun nicht gelingen sollte, Recht und Ordnung wiederherzustellen. Wenn dies geschehen sollte, hätte die

Welt keine Wahl: Dann müsste sie eine schnelle Eingreiftruppe schicken, selbst wenn strategische und wirtschaftliche Interessen gering sind. Die Wachsamkeit der Welt ist weiter nötig.

Arne Perras: Öl ist wichtiger als Kakao. In: Süddeutsche Zeitung vom 6. 4. 2011, URL: www.sueddeutsche.de/politik/elfenbeinkueste-und-libyen-oel-ist-wichtiger-als-kakao-1.1081750

Anmerkungen:

[1] Arne Perras, promovierter Historiker (Oxford) und Journalist, war von 2006 bis 2012 Afrika-Korrespondent der Süddeutschen Zeitung, Büro Kampala (Uganda).

[2] Muammar al-Gaddafi war von 1969 bis 1979 Staatsoberhaupt Libyens. Von 1979 bis 2011 bestimmte er diktatorisch über das Land. Im Zuge des Arabischen Frühlings 2011 wurde er abgesetzt und schließlich im Oktober 2011 getötet.

[3] Laurent Gbagbo war 2000 bis 2005 Präsident der Elfenbeinküste, übte das Amt bis 2010 kommissarisch aus und hielt auch danach an seiner Macht fest, bis er 2011 festgenommen wurde. 2019 wurde er aus Mangel an Beweisen freigesprochen.

Lösungsvorschläge

***Aufgabentyp A** (Analyse – Darstellung – Erörterung)*
Inhaltliche Schwerpunkte:

- *Globale Strukturen und Prozesse (Inhaltsfeld 7)*
- *Wirtschaftspolitik (Inhaltsfeld 4)*

1. *Sie sollen in dieser Teilaufgabe belegen, dass Sie den Text und die Aussagen des Autors verstanden haben. Eine Analyse geht deutlich über ein bloßes Zusammenfassen des Textes hinaus. Neben der inhaltlichen Texterarbeitung, die zentrale Aussagen erklärt und verdeutlicht, um so Hintergründe und Zusammenhänge aufzuzeigen, sollte unbedingt darauf geachtet werden, dass Titel, Erscheinungsort und -datum, Autor, Adressaten, Textsorte, theoretischer und/oder historischer Kontext sowie die Intention des Autors genannt werden. (AFB I und II)*

   Der Kommentar „Öl ist wichtiger als Kakao" von Arne Perras geht am Beispiel der **Konflikte in Libyen und der Elfenbeinküste** im Frühjahr 2011 der Frage nach, inwieweit **militärische Interventionen der Weltgemeinschaft** von humanitären und wirtschaftlichen Zielen sowie Sicherheitserwägungen bestimmt sind. Der Kommentar ist am 6. 4. 2011 in der Süddeutschen Zeitung erschienen und richtet sich an die breite Öffentlichkeit. Die Intention des Autors ist es, das Glaubwürdigkeitsproblem der Politik aufzuzeigen, das entsteht, wenn militärische Interventionen mit humanitären Prinzipien gerechtfertigt werden. Zudem fordert er dazu auf, auch dann in Konflikte einzugreifen, wenn keine direkten strategischen oder wirtschaftlichen Interessen der westlichen Welt bedroht sind.

   Perras' Artikel lässt sich grob in **drei Abschnitte** einteilen:

   – Der erste Abschnitt, von Zeile 1 bis Zeile 18, dient als Einleitung in das behandelte Thema. Hier weist der Autor darauf hin, dass die **Weltgemeinschaft** auf die Konflikte in der Elfenbeinküste und in Libyen bisher sehr unterschiedlich reagiert habe. So wurde **in Libyen massiv militärisch eingegriffen**, **gegenüber der Elfenbeinküste** war die **Reaktion** der Weltgemeinschaft jedoch eher **verhalten** (vgl. Z. 15–18).

- Die Frage, was die tatsächlichen Beweggründe für die massive militärische Intervention in Libyen sind, behandelt der Autor im zweiten Abschnitt, von Zeile 19 bis Zeile 50. Perras zeigt in diesem Abschnitt auf, dass die militärischen Interventionen in beiden Konflikten auf **Mandaten** fußten, welche den **Schutz von Zivilisten** zum Ziel hatten. Allerdings sei davon in der Elfenbeinküste lange Zeit nichts zu bemerken gewesen, da bereits viele Menschen in dem Konflikt gestorben waren, bevor erste internationale Maßnahmen ergriffen worden seien (vgl. Z. 20–22). Der Autor folgert daraus, dass militärische Interventionen nicht etwa moralischen oder gar humanitären Prinzipien folgten, sondern dass diese häufig nur dazu dienten, die vorrangigen Ziele zu verschleiern (vgl. Z. 22–25). Das **Vorspiegeln moralischer Prinzipien** diene vor allem dazu, die Wählerschaft im eigenen Land zu mobilisieren und die „alte Sehnsucht nach einer höheren Moral in der Politik" (Z. 29) zu bedienen. Die **tatsächlichen Beweggründe** für die Intervention in Libyen seien nach Ansicht des Autors Europas **Furcht vor den riesigen Flüchtlingsströmen sowie befürchtete Energieengpässe**. Da die Elfenbeinküste hauptsächlich Kakao exportiere, der im Vergleich zum libyschen Öl eher unwichtig sei, ließe sich das späte Eingreifen Frankreichs nur durch die Tatsache erklären, dass zehntausend seiner Bürger, die in der ehemaligen Kolonie leben, von dem Konflikt betroffen waren (Z. 44–50).
- Im dritten und letzten Abschnitt, ab Zeile 51, zeigt der Autor auf, dass gerade vor dem Hintergrund der Konflikte in den armen Regionen der Welt das **Dilemma** offenbar würde, **wenn Militäreinsätze stets mit humanitären Prinzipien legitimiert würden**. Denn könne man diese Prinzipien nicht universell durchsetzen, so wirke das schnell unglaubwürdig (vgl. Z. 51–57). Letztlich bleibe es jedoch die moralische Pflicht der Weltgemeinschaft, bei Konflikten das Schlimmste zu verhindern, selbst wenn strategische und wirtschaftliche Interessen kaum eine Rolle spielten (vgl. Z. 58, 65 f.).

Betrachtet man Perras' **Argumentationsstruktur** näher, so fällt auf, dass der Autor zur Stützung seiner Argumente auch **rhetorische Fragen nutzt** (vgl. Z. 27 f., 29 f., 38). Hierbei geht es Perras vor allem um eine stilistische Verstärkung seiner Argumente und nicht um einen zusätzlichen Informationsgewinn.
Die Hauptaussage, dass **strategische und wirtschaftliche Interessen** der eigentliche **Grund für massive Interventionen** seien, wird ab Zeile 34 getroffen. Dass der Autor die beschriebenen Verhaltensweisen für unaufrichtig oder gar unmoralisch hält, wird nicht nur durch das angesprochene moralische Dilemma deutlich (vgl. Z. 51–53), sondern auch dadurch, dass Perras von der Weltgemeinschaft und den westlichen Staaten in der dritten Person spricht (vgl. Z. 51–55) – man könnte die gleichen Sätze auch mit „wir" statt „sie" formulieren. Damit **distanziert er sich eindeutig vom bisherigen Verhalten der Weltgemeinschaft**.
Eine weitere zentrale Aussage, „Was bleibt, ist die Pflicht, das Schlimmste zu verhindern" (Z. 58), führt Perras am Schluss seines Kommentars an. Diese Aussage ist zugleich ein Appell an die Weltgemeinschaft. Dieser Aufruf wird noch durch den letzten Satz, „Die Wachsamkeit der Welt ist weiter nötig" (Z. 66 f.), unterstrichen.
Da der Autor die Pflicht der internationalen Gemeinschaft, „das Schlimmste zu verhindern" (Z. 58) und weiter wachsam zu sein (vgl. Z. 66 f.), also die Prävention von

schweren Menschenrechtsverletzungen und Brüchen des humanitären Völkerrechts, herausstellt und gleichzeitig bei Versagen der präventiven Maßnahmen zu militärischer Intervention rät (vgl. Z. 65), lässt sich Perras' Forderung dem **Konzept** der „Schutzverantwortung" („**Responsibility to Protect**") zuordnen.

2. *In dieser Aufgabe sollen Sie Ihre Kenntnisse über die Struktur der internationalen Machtverteilung nach dem Kalten Krieg darlegen. Dazu ist neben Kenntnissen zur aktuellen Machtverteilung auch Ihr Wissen bezüglich der Polaritätsaspekte von Macht (bipolar, unipolar, tripolar oder multipolar) gefragt. Zudem sollten Sie sich nicht nur auf die augenscheinliche militärische Macht konzentrieren, sondern auch die ebenso bedeutsame wirtschaftliche Macht berücksichtigen. Die Machtverteilung unterscheidet sich zwischen diesen beiden Ebenen erheblich. (AFB I und II)*

Nach dem Zusammenbruch der Sowjetunion in den Neunzigerjahren hat sich der Glaube an ein **neues Ordnungsprinzip im internationalen System** der Staaten als Illusion entpuppt. Es ist keine **Weltzivilisation** entstanden, sondern die Gruppierung von ähnlichen Kulturen um sogenannte „Kernstaaten". Die fortschreitende Globalisierung führte zu einer Regionalisierung, also dazu, dass sich die Staaten einer Region durch vermehrte Zusammenarbeit und gemeinsame politische Strategien den Erfordernissen des Globalisierungsprozesses anpassen. Regionale Organisationen, wie etwa die EU oder der Mercosur (Gemeinsamer Markt Südamerikas), wurden so zu einem Strukturprinzip, das auf dem nationalstaatlichen Strukturprinzip aufbaut, dieses aber nicht ersetzt. Letztlich **bleiben die Nationalstaaten die Entscheidungsträger**, auch wenn sie Teile ihrer Souveränität gemeinsam ausüben.
Das internationale Ordnungsprinzip hat sich daher nach dem Kalten Krieg nicht verändert, wohl aber die Machtverteilung. Diese spiegelt sich in neuen Verhältnissen der Staaten untereinander wider. Es zeigt sich, dass die **neue Machtverteilung in zwei Dimensionen** betrachtet werden muss, nämlich einerseits von der militärischen und andererseits von der wirtschaftlichen Seite. Vom militärischen Aspekt war die Struktur des internationalen Systems nach Ende des kalten Krieges lange Zeit klar unipolar, denn sowohl in Qualität also auch Quantität war die US-Militärmaschinerie ohnegleichen. Erst in den letzten Jahren wurde die Struktur multipolarer. Russland hat sich nach einem jahrelangen Niedergang erholt und auch China hat sich mittlerweile als militärische Macht etabliert. Im nuklearen Bereich teilen sich die USA und Russland eine **überragende Vormachtstellung**. Diese wird allerdings durch die Existenz unabhängiger Nuklearmächte wie Großbritannien, Frankreich, China, Indien, Pakistan, Nordkorea und inoffiziell Israel relativiert, da Kernwaffen **politische Waffen der Abschreckung** sind und daher die Menge an Atomsprengköpfen, die ein Land besitzt, relativ unbedeutend ist.
Die ökonomische Seite dagegen war von Anfang an durch **Multipolarität** gekennzeichnet, denn die ökonomische Macht ist im Wesentlichen auf die sogenannte „Triade", also Nordamerika, Europa und Japan/Südostasien sowie China, verteilt; hier belegen die USA und die EU die Spitzenplätze, mit einigem Abstand folgt China. Seit einigen Jahren müssen sich diese Länder ihre ökonomische Macht zunehmend auch mit Indien teilen, dessen BIP pro Kopf sich zwar aktuell

immer noch auf dem Niveau eines Entwicklungslands bewegt, das aber durch die große Bevölkerung einen enormen wirtschaftlichen Einfluss geltend machen kann. Insgesamt betrachtet belegen also die USA, Russland, China, die EU und Japan machtpolitische Spitzenplätze, wobei der militärische Sektor lange Zeit durch die „Supermacht“ USA stark unipolar geprägt war. Auf dem ökonomischen Sektor herrscht schon seit Ende des kalten Krieges eine globale Multipolarität.

3. *In dieser Teilaufgabe sollen Sie sich mit dem Sachverhalt des internationalen Militäreinsatzes in Libyen kontrovers und reflektiert auseinandersetzen und zu einer abschließenden, begründeten Bewertung kommen. Bei einer Erörterung kommt es darauf an, die Argumente zu gewichten und abzuwägen. (AFB III)*

Infolge der Aufstände in der arabischen Welt im Frühjahr 2011 kam es auch in **Libyen** zu friedlichen Protesten, die sich bald in einen **Bürgerkrieg** ausweiteten. Aufgrund der Bedrohung der Zivilbevölkerung verabschiedete der UN-Sicherheitsrat die **Resolution 1973**, welche die internationale Gemeinschaft dazu ermächtigte, die **Zivilbevölkerung auch mit militärischer Gewalt zu schützen**.
Für die militärische Intervention in Libyen spricht, dass der Einsatz durch die **Resolution 1973 völkerrechtlich gedeckt** war und es sich nicht nur um eine „Koalition der Willigen“ handelte, die offen gegen das Völkerrecht verstieß, wie es im Irak-Krieg der Fall war. Zu berücksichtigen bleibt aber, dass das Ziel der Resolution 1973 der Schutz der Zivilbevölkerung im Rahmen der Schutzverantwortung der Vereinten Nationen („**Responsibility to Protect**“) war und nicht, wie von der Regierung der USA offen propagiert wurde, der „Regime Change“.
Die Schutzverantwortung beinhaltet drei Teilverantwortungen: die Präventionsverantwortung, also die **Verhinderung von Menschenrechtsverletzungen**, die Reaktionsverantwortung, also die Unterbindung von praktizierten Menschenrechtsverletzungen, und die **Verantwortung zum Wiederaufbau** der im Konflikt zerstörten Region. Die internationalen Truppen hätten somit nach dem Sieg über Gaddafi nicht einfach abziehen und das Land sich selbst überlassen sollen, vielmehr wäre die **Weltgemeinschaft** zu einer aktiven und umfassenden „**Konfliktnachsorge**“ verpflichtet gewesen. Die Vorteile für Libyen und die Weltgemeinschaft wären offensichtlich gewesen: Libyen hätte vor einer aussichtsreicheren Zukunft gestanden, in der Welt hätte es vielleicht bereits ein weiteres demokratisch regiertes Land gegeben und der Druck auf andere Diktaturen, demokratische Reformen zuzulassen, wäre deutlich gestiegen.
Allerdings wird mit der Schutzverantwortung das **Grundprinzip der Nichteinmischung in die inneren Angelegenheiten** eines Staates, das ein fundamentales Prinzip des internationalen Rechts darstellt, ausgehebelt. Dem kann man jedoch entgegenhalten, dass das Nichteinmischungsgebot von den Vereinten Nationen dann nicht verletzt wird, wenn ein Staat **Menschenrechtsverletzungen** zulässt und so seiner Verpflichtung zum Schutz der eigenen Bürger nicht mehr nachkommt.
Auch Arne Perras' These, dass es in Wahrheit um den **Schutz wirtschaftlicher und strategischer Interessen** gehe, ist durch den Vergleich mit der Elfenbeinküste nicht von der Hand zu weisen. Der Verdacht, dass der Schutz der Zivilbevölkerung

nur ein vorgeschobener Grund militärischer Intervention in Libyen war, erhärtet sich damit weiter. In diesem Falle wäre das militärische Eingreifen in Libyen nicht gerechtfertigt gewesen. Jedoch war davon auszugehen, dass **bei Tatenlosigkeit der internationalen Gemeinschaft ein brutales Niederschlagen des Aufstandes durch Gaddafi** gedroht hätte und wohl auch wahrscheinlich gewesen wäre, da ein klares Kräfteübergewicht aufseiten des alten Regimes herrschte. Es konnte weiterhin davon ausgegangen werden, dass es nach einem eventuellen Sieg Gaddafis zu einer massiven Vergeltung an den Regimegegnern gekommen wäre, was dann einen militärischen Einsatz der Weltgemeinschaft erzwungen hätte.
Mit der Resolution des Sicherheitsrates ist die völkerrechtliche Grundlage für die **Durchsetzung einer Flugverbotszone** und für den **Schutz der Zivilbevölkerung** gelegt worden. Allerdings konnte man auch den Eindruck gewinnen, dass ökonomische Druckmittel und diplomtische Bemühungen, die Krise beizulegen, bis dahin nicht viel Raum gehabt hatten und dass internationale Schwergewichte, wie Russland oder China, kaum in die Lösung des Konflikts eingebunden worden waren. Möglicherweise wurde hier eine große Chance vertan, indem vorschnell auf eine militärische Lösung gesetzt wurde.
Weiterhin sollte nicht übersehen werden, dass es den Vereinten Nationen bisher nicht gelungen ist, in einem diktatorisch regierten Staat von außen eine **„gute“ Regierungsform** einzuführen, ohne dass zuvor **im Inneren erhebliche Vorarbeit** geleistet wurde. Dies hat sich leider auch in Libyen bestätigt, so hat die Gründung des nationalen Übergangsrats nicht verhindern können, dass das Land immer wieder von schweren Auseinandersetzungen unterschiedlicher Milizen destabilisiert wurde und wird. So mag man sich zwar einen libyschen Staat wünschen, in dem die Zivilgesellschaft nicht unterdrückt wird und der näher an den Vorstellungen von Good governance liegt, das Vorgehen in Afghanistan zeigt aber seit Jahren, dass ein solches Unterfangen sehr schwierig, teuer und langwierig sein kann. Zudem ist klar, dass ohne die internationale Intervention eine funktionierende libysche Zivilgesellschaft keine Chance gehabt hätte. Was bleibt, ist die Kernfrage, die nur von der gesamten Weltgemeinschaft beantwortet werden kann: Wann ist ein Krieg zu humanitären Zwecken legitim und vor allem, wann ist er es nicht?
Abschließend bleibt zu sagen, dass die **Weltgemeinschaft in Libyen aktiv werden musste**, um ihrer **Schutzverantwortung** gerecht zu werden. Ob es noch Alternativen zum militärischen Eingreifen gegeben hätte, erscheint angesichts Gaddafis verzweifelten Kampfes um die schon verlorene Macht wenig wahrscheinlich, denn wer sich so sehr an die Macht klammert, wird sich kaum auf politische Reformen, geschweige denn auf die Durchsetzung von Menschen- und Bürgerrechten einlassen. Damit jedoch solche Eingriffe in die Souveränität eines Staates den Anschein der Willkür verlieren, muss die **Weltgemeinschaft alle Konflikte gleich behandeln** und überall genauso entschlossen wie in Libyen eingreifen. Nur so lässt sich zeigen, dass die Befürchtung, ökonomische Motive seien für den Grad der Entschlossenheit internationaler Interventionen ausschlaggebend – wie sie auch von Perras geäußert wird –, nicht gerechtfertigt ist. Daher ist es Aufgabe der UNO, überall auf der Welt zu zeigen, dass Menschenrechte allemal wichtiger sind als Öl und Kakao zusammen.

NRW – Sozialwissenschaften
Übungsaufgabe 2 – Grundkurs (Gestaltungsaufgabe)

Thema: *Der Brexit und das zukünftige Verhältnis Großbritanniens zur EU*

Aufgabenstellung

1. Analysieren Sie das vorliegende Material. Erläutern Sie dabei in Grundzügen die Optionen des harten und weichen Brexits.
2. Beschreiben Sie den Prozess der wirtschaftlichen und der politischen Integration Europas.
3. Gestalten Sie aus Sicht eines jungen Oppositionspolitikers bzw. einer jungen Oppositionspolitikerin einen Redebeitrag als Antwort auf die Rede Heiko Maas' und beziehen Sie sich dabei auf mindestens zwei von Maas angesprochene Aspekte.

M: Rede von Außenminister Heiko Maas vor dem Deutschen Bundestag in der Debatte zu den Verhandlungen über die künftigen Beziehungen zwischen der EU und dem Vereinigten Königreich (13.02.2020)

Sehr geehrter Herr Präsident! Liebe Kolleginnen und Kollegen! Einer aktuellen Studie zufolge erreichen Menschen zum Ende ihrer 40er-Jahre ihren emotionalen Tiefpunkt, und das über Länder, Geschlechter und Einkommen hinweg. Genauer gesagt: Mit 47,2 Jahren hadern die Menschen am meisten. Aber – das kann ich Ihnen auch aus eigener Erfahrung sagen – danach wird es wieder besser.

Meine Damen und Herren, es ist wahrscheinlich ein historischer Zufall, aber als Großbritannien am 31. Januar die Bande mit Brüssel kappte, waren die Briten genau 47 Jahre und einen Monat Mitglied der Europäischen Union.

Nun ist Großbritannien ein Drittstaat. Deshalb wird – da, glaube ich, brauchen wir uns nichts vorzumachen – unser Verhältnis zwangsläufig weniger eng sein als bisher. Bei allem Respekt für die Entscheidungen, die in Großbritannien getroffen worden sind: Ich, und ich glaube, viele von uns bedauern das sehr. Ich mache mir auch keine Illusionen darüber, dass das die Europäische Union verändern wird.

Aber genauso – vielleicht auch angesichts all dessen, was bis zum 31. Dezember dieses Jahres ansteht – ist jetzt der richtige Zeitpunkt, nach vorne zu schauen und die Zukunft zu gestalten: einerseits innerhalb der Europäischen Union, andererseits vor allen Dingen die Zukunft der Europäischen Union und ihr Verhältnis zu Großbritannien und unser bilaterales Verhältnis zu Großbritannien.

Dabei ist eines klar: Eine möglichst enge Partnerschaft mit Großbritannien ist das, was wir wollen, und zwar in allen Bereichen. Dafür legt der Mandatsentwurf, den die Kommission am 3. Februar vorgelegt hat und den die Mitgliedstaaten voraussichtlich am 25. Februar beschließen werden, eine gute Grundlage.

Für uns steht in den kommenden Monaten in den Verhandlungen vor allen Dingen eines im Mittelpunkt, nämlich der Schutz der Bürgerinnen und Bürger und die Wahrung der Interessen der Bürgerinnen und Bürger, und zwar sowohl in der Europäischen Union als auch in Großbritannien. Das gilt zum Beispiel mit Blick auf die Vereinbarungen zu Wirtschaft und Handel. Großbritannien bleibt zwar ein enger Freund und Partner, aber Großbritannien wird auch Wettbewerber. Boris Johnson selbst wird in der ihm eigenen Art nicht müde, das ständig zu betonen. Deshalb: Ja, die Europäische Union strebt eine Freihandelszone ohne Zölle und ohne Quoten an. Das bedeutet aber gleichzeitig: null Dumping und null unfairer Wettbewerb.

Im Moment hören wir aus London leider auch andere Töne. Großbritannien wird das aber beachten müssen, vor allen Dingen dann, wenn es weiter einen zollfreien Zugang zum größten Binnenmarkt der Welt haben möchte. Auf jeden Fall – das haben wir gestern in einem Gespräch mit Michel Barnier, dem Chefunterhändler der Europäischen Union, in Berlin noch einmal besprochen – gilt: Auf einen Wettlauf nach unten, was Umweltstandards oder die Rechte von Arbeitnehmerinnen und Arbeitnehmern und Verbraucherinnen und Verbrauchern angeht, werden wir uns nicht einlassen können und werden wir uns auch nicht einlassen.

Auch im Bereich der inneren Sicherheit – bei der Terrorbekämpfung oder bei der Verfolgung grenzüberschreitender Kriminalität – steht der Schutz der Bürgerinnen und Bürger im Mittelpunkt. Deshalb werden wir darauf achten, dass wir in Zukunft sehr eng kooperieren, insbesondere dort, wo es um den Datenaustausch geht – das ist eine besondere Herausforderung –, unter der Voraussetzung, dass ein hohes Maß an Datenschutz gewährleistet ist und dass die Menschenrechte und weiteren Rechte der Bürgerinnen und Bürger im Zusammenhang mit Datenschutz – das wird ein immer wichtigeres Thema in der digitalen Welt – ohne Abstriche eingehalten werden, so wie London es zugesagt hat.

In der Außen- und Sicherheitspolitik bieten wir Großbritannien eine neue, eine maßgeschneiderte Partnerschaft an. Das müssen wir auch, weil wir Großbritannien gerade in dieser Beziehung auch in Zukunft brauchen werden. Als ständiges Mitglied im Sicherheitsrat der Vereinten Nationen und als enger Partner in den G-7- und den G-20-Formaten bleibt London ein zentraler Ansprechpartner für uns. Ohne die Abstimmung in Brüssel brauchen wir aber neue Formate der Zusammenarbeit. Deshalb ist es gut, dass die Europäische Union schon vor Ende 2020 „strukturierte Konsultationen" mit Großbritannien beginnen will.

Und auch bilateral, liebe Kolleginnen und Kollegen, jenseits der Verhandlungen mit der Europäischen Union, werden wir weiter eng mit unseren britischen Freunden zusammenarbeiten. Mein Kollege Dominic Raab und ich wollen dazu schon in den kommenden Wochen eine gemeinsame Erklärung unterzeichnen, mit der zum Beispiel regelmäßige Treffen auf Ministerebene und Staatssekretärskonsultationen zwischen Deutschland und Großbritannien vereinbart werden.

Liebe Kolleginnen und Kollegen, ein Grundprinzip, das für die Brexit-Verhandlungen galt, das muss nun auch für die anstehenden Verhandlungen gelten: Je geschlossener wir als Europäische Union auftreten, desto besser wird auch unser Verhandlungsergebnis sein, insbesondere wenn es darum geht, einen fairen Wettbewerb zu gewährleisten.

Dabei, meine sehr verehrten Damen und Herren, zählen wir auch auf die Unterstützung des Parlamentes. Die heute zur Abstimmung stehende Stellungnahme bietet dazu, wie ich finde, in der Sache eine gute Basis.

Ich kann Ihnen noch etwas zusagen: Sie können sich darauf verlassen, dass wir als Bundesregierung den Deutschen Bundestag und die zuständigen Ausschüsse in jede Phase der Verhandlungen, die jetzt anstehen, weiter eng einbeziehen, insbesondere auch dann, wenn wir in der zweiten Hälfte dieses Jahres die Ratspräsidentschaft innehaben, um Sie zu informieren, aber auch, um uns mit dem Parlament abzustimmen.

Liebe Kolleginnen und Kollegen, die Studie, die ich zu Beginn zitiert habe, macht auch Hoffnung für die Zukunft; denn nach 47,2 Lebensjahren steigt die Glückskurve der Menschen wieder an.

In diesem Sinne werden wir jetzt auch zügig zusammen mit der Kommission, nämlich mit Michel Barnier, die Verhandlungen beginnen, und zwar in Gesamtpaketen. Wir wollen nicht, dass einzelne Themen verhandelt werden und möglicherweise versucht wird, mit einzelnen Mitgliedstaaten der Europäischen Union Sondervereinbarungen zu treffen, sondern wir werden das als Mitgliedstaaten der Europäischen Union gemeinsam angehen.

Deshalb: Lassen Sie uns die kommenden Monate nutzen, um mit unseren britischen Freundinnen und Freunden – das werden sie bleiben, auch unsere Partner; wichtige Partner bei all den globalen Herausforderungen, denen wir uns gegenübersehen – gemeinsam als Europäer eine gute Lösung für die Zukunft Europas zu finden.

Herzlichen Dank.

Heiko Maas: Rede vom 13.02.2020 vor dem Deutschen Bundestag; stenografisches Protokoll; https://www.auswaertiges-amt.de/de/newsroom/maas-bundestag-brexit/2306662

Lösungsvorschläge

***Aufgabentyp A** (Analyse – Darstellung – Gestaltung)*
Inhaltliche Schwerpunkte:
- *Europäische Union (Inhaltsfeld 5)*

1. *Hier sollen Sie zunächst das Material vorstellen sowie Inhalte und den Gedankengang der Rede erfassen. Im zweiten Aufgabenteil sollen auf Basis Ihres Vorwissens in Grundzügen der harte und weiche Brexit als Optionen erläutert werden. (AFB II)*

   Bei dem vorliegenden Material handelt es sich um ein stenografiertes Protokoll einer Rede des deutschen Außenministers Heiko Maas, die er im Rahmen der Debatte zu den Verhandlungen über die **künftigen Beziehungen zwischen der EU und Großbritannien** am 13.02.2020 vor dem Deutschen Bundestag hielt.
   In seiner Position als Außenminister Deutschlands ist Maas **Befürworter der Europäischen Union** und seine **Intention** ist es, vor dem Bundestag für ein **geschlossenes Vorgehen** bei Verhandlungen zwischen der EU und Großbritannien sowie um Rückendeckung durch den Bundestag zu werben.
   Maas beginnt seine Rede mit dem **Vergleich der EU mit einem Menschen**. Eine Studie habe gezeigt, dass Menschen im Alter von 47,2 Jahren ihren emotionalen Tiefpunkt hätten und am unzufriedensten seien (vgl. Z. 1 ff.). Danach werde es besser (vgl. Z. 5). Nun habe der Zufall ergeben, dass die Briten genau 47 Jahre und einen Monat in der EU gewesen seien (vgl. Z. 6 ff.). Hier sieht Maas also die **Parallele** zwischen Mensch und EU bzw. Großbritannien. Großbritannien sei nun ein **Drittstaat** und das Verhältnis zueinander werde ein anderes sein, auch werde sich, so Maas, die EU verändern (vgl. Z. 9 ff.). Nun sei es an der Zeit, die Zukunft des **Verhältnisses zwischen der EU und GB** und das **bilaterale Verhältnis** zu gestalten (vgl. Z. 14 ff.). Ziel sei dabei eine möglichst **enge Partnerschaft** in allen Bereichen (vgl. Z. 19 f.) und besonders wichtig dabei sei der **Schutz der Bürgerinnen und Bürger** und die Wahrung ihrer Interessen, sowohl bezogen auf die Briten als auch auf die EU-Bürger (vgl. Z. 24 ff.).
   Im weiteren Verlauf führt Maas **Bereiche** an, in denen dieser Schutz und diese Zusammenarbeit zu gewährleisten seien. Zunächst thematisiert er **Wirtschaft und Handel**: Großbritannien sei zwar ein **Freund**, aber nun auch ein **Wettbewerber** (vgl. Z. 27 f.). Es werde daher eine **Freihandelszone ohne Zölle** angestrebt, ohne Dumping und unfairen Wettbewerb (vgl. Z. 30 f.). Nun mahnt Maas, dass Großbritannien diese Aspekte beachten müsse, vor allem, wenn es weiterhin **zollfreien Zugang** zum europäischen Binnenmarkt haben wolle (vgl. Z. 32 ff.). Er betont, die EU werde sich nicht auf einen Wettlauf nach unten, in Bezug auf **Umweltstandards** oder **Arbeitnehmerrechte**, einlassen (vgl. Z. 36 ff.).
   Der Schutz der Bürgerinnen und Bürger sei auch im Bereich der **inneren Sicherheit** von Bedeutung. Beispielsweise nennt Maas die Terrorbekämpfung oder die Verfolgung grenzüberschreitender Kriminalität (vgl. Z. 40 ff.). Man werde darauf achten, in Zukunft in den Bereichen des **Datenaustausches** eng zusammenzuar-

beiten, unter der Voraussetzung, dass **Datenschutz und Menschenrechte** gewährleistet seien (vgl. Z. 42 ff.).
Zudem werde die EU Großbritannien im Bereich der Außen- und Sicherheitspolitik eine „maßgeschneiderte Partnerschaft“ (Z. 50) anbieten. Dies sei notwendig, da das Land als Mitglied im Sicherheitsrat und als Partner in den G-7- und G-20-Formaten Ansprechpartner bleibe (vgl. Z. 51 ff.). Es brauche also **neue Abstimmungsformate** und es sei gut, dass die EU noch 2020 mit Konsultationen beginnen will (vgl. Z. 54 ff.).
Im Folgenden geht Maas auf das **bilaterale Verhältnis** zwischen Großbritannien und Deutschland ein. Er beteuert, man werde weiterhin eng zusammenarbeiten und wolle eine Erklärung unterzeichnen, mit der regelmäßige Treffen auf Ministerebene vereinbart würden (vgl. Z. 57 ff.).
Im Anschluss **appelliert** Maas an das Parlament, den Bundestag, **geschlossen aufzutreten**. Denn je geschlossener die EU auftrete, desto besser würde das Verhandlungsergebnis sein, insbesondere bei der Gewährleistung eines **fairen Wettbewerbs** (vgl. Z. 64 ff.). Auch die Unterstützung des Bundestages sei dabei notwendig. Maas verspricht dem Bundestag, ihn zu informieren, einzubeziehen und sich generell abzustimmen (vgl. Z. 71 ff.).
Der Außenminister beschließt seine Rede, indem er sich auf die **Analogie** zu Beginn bezieht: Die Glückskurve der Menschen steige nach 47,2 Lebensjahren wieder (vgl. Z. 76 ff.). Man werde nun auch zügig mit der Kommission die **Verhandlung in Gesamtpaketen** beginnen, um Sondervereinbarungen Einzelner zu verhindern (vgl. Z. 79 ff.). Ziel sei es, gemeinsam als Europäer eine gute Lösung für die Zukunft Europas zu finden (vgl. Z. 85 ff.).
Maas wirbt mit seiner Analogie einerseits um Verständnis, andererseits appelliert er an den Bundestag, die Zukunft der EU mit GB, aber auch das bilaterale Verhältnis, zu gestalten. Dazu zählt er die Bereiche auf, in denen es Verhandlungen geben soll, und nennt dabei Bedingungen und Ziele, ohne aber konkret zu sagen, wie diese erreicht/umgesetzt werden sollen. Durch das häufige Verwenden der Formulierung „wir“ verdeutlicht Maas seine Zugehörigkeit, einerseits zur EU, andererseits zum Bundestag. Somit soll gleichzeitig eine Identifikation hergestellt werden. Er betont das freundschaftliche Verhältnis zu Großbritannien und spricht beispielsweise von den „britischen Freunden“ (Z. 58).
Maas wirbt also in gewissem Sinne für einen **weichen Brexit**, für ein Verbleiben Großbritanniens im europäischen Binnenmarkt und für ein freundschaftliches Verhältnis. Ein **harter Brexit** könnte entweder ein Ende der Verhandlungen über die Austrittsmodalitäten bedeuten oder aber den Austritt Großbritanniens aus dem europäischen Binnenmarkt. Dies hätte die Folge, dass Zölle und Einreisemodalitäten neu geregelt und definiert werden müssten.

2. *In dieser Aufgabe wird Vorwissen aus dem Inhaltsfeld V – Europäische Union – gefordert. Der Prozess der politischen und wirtschaftlichen Integration soll fachsprachlich korrekt wiedergegeben werden. Es handelt sich hier um Reproduktion von Wissen. In der folgenden Lösung wird eine Einteilung in fünf Phasen vorgenommen. Unter Umständen kann die Einteilung aber auch von den hier gegebenen Jahreszahlen und Phasen abweichen. Bedeutender ist in diesem Zusammenhang die Nennung der wichtigsten Vorkommnisse. (AFB I)*

Die europäische Integration kann ausgehend von Churchills Idee der „Vereinigten Staaten von Europa" (1946) in **fünf Phasen** unterteilt werden. Zur **ersten Phase** gehört beispielsweise die Gründung des **Europarates** im Jahr 1949, in dem u. a. das Abkommen über die Menschenrechtskonventionen entstanden ist (1950).
Die **zweite Phase** beginnt mit der Gründung (1951) und dem Inkrafttreten (1952) der **Europäischen Gemeinschaft für Kohle und Stahl** (kurz: EGKS). Das Ziel dabei war, eine Gemeinschaft zwischen zuvor verfeindeten Staaten aufzubauen – im Fokus standen Deutschland und Frankreich. Die Wirtschaft diente als Instrument, um **Friedenssicherung** unter den Mitgliedstaaten zu erreichen. Das Vorhaben, eine **Europäische Verteidigungsgemeinschaft** zu gründen, scheiterte in dieser Phase, nicht jedoch die Gründung einer **Europäischen Wirtschaftsgemeinschaft** (EWG) mit dem Ziel eines gemeinsamen Binnenmarktes und die Gründung der **Europäischen Atomgemeinschaft** (EURATOM). Basis dieser Abkommen sind die **Römischen Verträge**, die 1958 in Kraft traten. Die zweite Phase endet 1967 mit der Fusion dieser drei Gemeinschaften (EGKS, EWG, EUROATOM) zur **Europäischen Gemeinschaft** (EG).
In der **dritten Phase** von 1967 bis 1987 fanden einige **Erweiterungen** statt. 1973 wurden Dänemark, das Vereinigte Königreich und Irland aufgenommen, 1981 Griechenland. Im Zuge der Süderweiterung folgten 1986 Portugal und Spanien. (Die Norderweiterung umfasste 1995 Finnland, Österreich und Schweden und fiel zeitlich in die vierte Phase.) Zudem trat 1979 das **Europäische Währungssystem** (EWS) als Wechselkursverbund in Kraft, das die Wechselkursschwankungen zwischen den europäischen Währungen begrenzen sollte. Diese Phase ist gekennzeichnet durch Reformbestrebungen und eine vertiefte Zusammenarbeit, die durch die **Einheitliche Europäische Akte** (EEA) festgelegt wurde. Durch sie wurden die Befugnisse des Europäischen Parlaments erweitert und die Zuständigkeitsbereiche der EG auf Umweltschutz, Technologieentwicklung und Forschungsförderung ausgedehnt. Ziel war zudem die Errichtung eines gemeinsamen Binnenmarktes bis Ende 1992.
Die **vierte Phase** (1987–1999) kann als Epochenwechsel für die EG bezeichnet werden. In dieser Phase wurde der **Vertrag von Maastricht** (1992) geschlossen. Von da an hieß die EG offiziell **Europäische Union**. Ziele des Maastrichter Vertrages waren u. a. eine gemeinsame Außen- und Sicherheitspolitik, eine Unionsbürgerschaft, eine Grundrechtecharta und eine gemeinsame Währung einzuführen. Um Letzteres zu erreichen, wurde die Europäische Zentralbank gegründet. 1997 folgte der **Vertrag von Amsterdam**, durch den die Zusammenarbeit vertieft und die Zusammensetzung der Organe zum Teil neu geregelt wurde. In dieser Phase

wurden auch die Weichen für kommende Erweiterungen gestellt. Die **Kopenhagener Kriterien** (1993) dienen dabei dazu, zu prüfen, ob die Beitrittskandidaten die wirtschaftlichen und politischen Voraussetzungen für einen Beitritt vorweisen können.
In der **fünften Phase**, seit 1999, wächst die EU wirtschaftlich noch enger zusammen. Der Euro wurde 1999 als Buchgeld, ab 2002 auch als Zahlungsmittel eingeführt und die EU wurde in mehreren Schritten nach Osten erweitert. Dies birgt neue Herausforderungen, einerseits in Bezug auf den Haushalt und die Funktionsweise der EU-Institutionen, andererseits in Bezug auf Kompromissfähigkeit der Mitgliedsländer. Wesentlich in dieser Phase war der **Vertrag von Lissabon**, durch den die EU handlungsfähiger und transparenter werden sollte. Um den Herausforderungen gerecht zu werden, stand zunächst ein gemeinsamer Verfassungsvertrag zur Diskussion, der jedoch 2005 an Referenden in Frankreich und den Niederlanden scheiterte. Stattdessen kam mit dem **Vertrag von Lissabon** ein Vertrag hinzu, der die bestehenden Verträge zwar nicht ersetzte, aber an die **veränderten Bedingungen anpasste**.

3. *In dieser Aufgabe soll, entsprechend dem neuen Aufgabenformat, ein Redebeitrag verfasst werden. Dabei sind sowohl die Formalia als auch inhaltliche Aspekte zu berücksichtigen. Sie sollen wesentliche Bestandteile, beispielsweise eine angemessene Anrede und den Einbezug der Zuhörer*innen, in Ihrer Rede umsetzen. Ziel ist eine kritische Auseinandersetzung mit einem Thema sowie die Übernahme eines Standpunktes, den Sie argumentativ vertreten müssen, beispielsweise durch eine Fokussierung auf Teilaspekte, die Betonung der eigenen Position und durch das Erzeugen von Plausibilität. (AFB III)*

Sehr geehrter Herr Präsident, sehr geehrte Damen und Herren!

Nun bin ich, bezogen auf mein Alter, noch weit von dem Tiefpunkt der von Herrn Maas angesprochenen „Midlife-Crisis" entfernt, aber dennoch bin ich besorgt über die **Zukunft Europas nach dem Brexit** und um **das Verhältnis zwischen uns EU-Bürgerinnen und -Bürgern und den Britinnen und Briten** – es geht ja schließlich um **unser aller Zukunft**.
Ich stimme Ihnen zu, Herr Maas, wenn Sie sagen, man müsse Großbritannien eine **maßgeschneiderte Partnerschaft** im Bereich der **Außen- und Sicherheitspolitik** anbieten. Nicht erst seit dem Vertrag von Lissabon, der 2009 in Kraft trat, arbeitet die EU außenpolitisch eng zusammen und stimmt das gemeinsame Vorgehen ab. 2009 wurde diese **Zusammenarbeit** gestärkt, die EU bekam eine institutionelle Struktur für den auswärtigen Dienst. Durch den Austritt Großbritanniens entsteht nun eine **große Lücke** in diesem Gefüge und um diese zu schließen, ist die **Partnerschaft mit Großbritannien** so bedeutend.
Aber, Herr Maas, Sie betonen immer wieder die Notwendigkeit des gemeinsamen Agierens und dass man als **Europäer geschlossen zusammenstehen** solle. Wie stellen Sie sich das vor? Gerade in der heutigen Zeit, in der die **Nationalstaatsbestrebungen in vielen Ländern**, beispielsweise Ungarn oder Polen, zunehmen und

Europa generell nicht an einem Strang zieht. Es ist ungemein wichtig, meine sehr verehrten Damen und Herren, dass Europa als eine Einheit spricht, **aber wie**? Ohne dieses Problem zu lösen, können wir doch nur schwerlich in den Verhandlungen mit Großbritannien ernst genommen werden.
Auch dass **Dumping vermieden** werden soll, ist ein hehres Ziel. Sollten wir nicht aber auch hier zunächst **die Lage innerhalb der Europäischen Union prüfen**? Die Länder im Osten der EU sind, bezogen auf ihre Lohn- und Arbeitsrechtsstandards, den westlichen europäischen Ländern stark unterlegen. In Dänemark lag 2014 beispielsweise der gemittelte Stundenlohn bei 25 Euro, in Bulgarien bei ca. 5 Euro. Wie wollen Sie also eine **Abwärtsspirale der Löhne** und des Arbeitnehmerschutzes verhindern, wenn **auch innerhalb der EU ein so starkes Gefälle** existiert? Gleichwohl stimme ich Ihnen zu: Das Ziel ist wichtig.
Der Austritt Großbritanniens zwingt die EU, aber auch uns allgemein, dazu, unsere **Situation zu überdenken**. Den **Ausstieg möglichst schonend** zu gestalten, liegt in unser aller Interesse. Wir sollten die Verhandlungen mit Großbritannien aber auch zur **Selbstreflexion** nutzen: Wie sind unsere Wünsche für unser Europa? Ein „Weiter so wie bisher“ darf es meines Erachtens nicht geben, stattdessen sollten wir darauf hinarbeiten, dass die **Bedeutung Europas** auch in unseren Köpfen steigt. Es sollte deutlich werden, dass wir für Europa nicht nur zahlen, sondern dass der **Profit viel höher wiegt als die Kosten**. Damit meine ich nicht nur die **wirtschaftlichen Vorteile** durch den Schengenraum, die **Grundfreiheiten des Binnenmarktes** oder das **größere internationale Gewicht**. Nein, vor allem sollten wir unseren Mitbürgerinnen und Mitbürgern verdeutlichen, dass Europa eine **Garantie für den Frieden** ist. Dies ist in Großbritannien schiefgelaufen. Und hier, meine Damen und Herren, sind wir alle gefordert. Nur so können wir ein weiteres Auseinanderbrechen der EU verhindern.

Herzlichen Dank für Ihre Aufmerksamkeit!

NRW – Sozialwissenschaften und Sozialwissenschaften/Wirtschaft
Übungsaufgabe 3 – Grundkurs

Thema: *Industrie 4.0 – Die Zukunft des Wirtschaftsstandortes Deutschland?!*

Aufgabenstellung

1. Stellen Sie verschiedene „harte" und „weiche" Arten von globalen Standortfaktoren dar, die Unternehmen einer Entscheidung zugrunde legen können, in einem Land zu investieren und einen Unternehmensstandort zu errichten.

2. Analysieren Sie den Text hinsichtlich der Position des Autors Hentze zur Frage, wie der Strukturwandel in Deutschland gestaltet werden solle. Erläutern Sie dabei, welche Auswirkungen die Digitalisierung aus Sicht des Autors auf Arbeits- und Produktionsprozesse haben könnte. Ordnen Sie die Position des Autors begründet einer wirtschaftspolitischen Konzeption zu.
   Berücksichtigen Sie die argumentative und die sprachliche Gestaltung des Textes.

3. Erörtern Sie unter Einbeziehung der Position des Autors, ob der deutsche Staat aktiv in den Prozess des Strukturwandels hinsichtlich der „Industrie 4.0" eingreifen sollte. Berücksichtigen Sie dabei je ein wirtschaftspolitisches und ein sozialpolitisches Ziel.

M: Tobias Hentze: Sollen Roboter Steuern zahlen?

Ob Büroangestellte oder Berufskraftfahrer, ob Bankkaufleute oder Buchhalter: Maschinen gefährden etwa die Hälfte der heutigen Jobs – so ist es immer wieder zu lesen. Die Idee einer Robotersteuer klingt deshalb verlockend. Menschliche Arbeitskräfte zahlen schließlich auch Einkommensteuer. Bei näherer Betrachtung erweist sich die Idee jedoch als ungeeignet. Erstens gibt es derzeit keine Anzeichen dafür, dass die Digitalisierung tatsächlich Arbeitsplätze gefährdet, obwohl sich die Arbeitswelt in den vergangenen Jahren bereits gewaltig verändert hat. Beispiel Industrie: Die Zahl multifunktionaler Roboter, die in der Produktion eingesetzt werden, hat sich zwischen 2007 und 2014 um mehr als 25 Prozent erhöht. Zugleich ist die Beschäftigung im verarbeitenden Gewerbe in den vergangenen Jahren leicht gestiegen. Insgesamt haben in Deutschland heute so viele Menschen einen Job wie nie zuvor.

Auch die Befürchtung, dass die Digitalisierung zu weniger sicheren Arbeitsplätzen führt, bestätigt sich nicht: Der Anteil der befristeten Stellen bleibt seit Jahren stabil bei unter zehn Prozent. In Branchen, die besonders stark vom digitalen Wandel betroffen sind, ist die Quote sogar noch niedriger: In der Verkehrs- und Kommunikationsbranche sind nur acht Prozent der Arbeitnehmer befristet beschäftigt, bei Finanzdienstleistern sind es weniger als vier Prozent.

Dennoch wird es kurzfristig auch Verlierer geben – Menschen, deren Qualifikationen durch den digitalen Wandel nicht mehr so gefragt sind wie zuvor. Sie brauchen Unterstützung, insbesondere in Form von passenden Weiterbildungen. Eine Robotersteuer hilft ihnen dagegen nicht. Sie würde dafür sorgen, dass es für Unternehmen teurer wird, in Technik zu investieren. Das bremst die Firmen im internationalen Wettbewerb aus. Da Roboter hauptsächlich Handelsgüter herstellen, würde sich ein Teil der Produktion in Länder verlagern, in denen Roboter nicht besteuert werden. Die Steuer, die eigentlich Arbeitsplätze schützen soll, würde für die Beschäftigten zum Bumerang.

Um das zu verhindern, müsste die Robotersteuer international einheitlich gelten. Doch selbst in diesem politisch wenig realistischen Szenario würde die Abgabe den Beschäftigten eher schaden. Wenn Unternehmen aufgrund der Steuer weniger auf neue Technologien setzen, bremst das die Produktivität der Arbeitnehmer – die ist wiederum entscheidend für die Löhne, die Unternehmen ihren Angestellten zahlen können. Diese Grundregel der Volkswirtschaftslehre bestätigt auch eine Untersuchung des Bundesarbeitsministeriums. Demnach ist mehr als die Hälfte der Beschäftigten überzeugt, dass sich ihre eigene Arbeitsleistung durch technologische Neuerungen merklich erhöht hat. [...].

Offensichtlich wird das in der Landwirtschaft: Mit den heutigen Pflanz- und Erntemaschinen kann ein einzelner Bauer ein Vielfaches der früheren Fläche beackern. Dennoch fordert niemand, Sondersteuern auf landwirtschaftliche Maschinen zu erheben, um die Beschäftigung in der Agrarwirtschaft zu schützen. Stattdessen haben sich die Arbeitsplätze in die Industrie und den Dienstleistungssektor verschoben. Das hat letztlich den Wohlstand insgesamt gesteigert.

Darüber hinaus gibt es ein technisches Argument, das gegen eine Robotersteuer spricht: In der Praxis ergäben sich schnell Abgrenzungsprobleme. Wann wird eine Maschine zum Roboter – dann, wenn sie mit anderen Maschinen kommuniziert? Oder wenn sie selbstständig Fehler erkennt? Statt Kapitalinvestitionen stärker zu belasten, sollte die Politik lieber den Faktor Arbeit entlasten: Geringere Steuern und Abgaben schützen Arbeitsplätze in einer internationalen Wirtschaftswelt deutlich besser und langfristiger als eine Robotersteuer. Und wenn mehr Menschen Arbeit haben und gut verdienen, erhält der Staat höhere Steuereinnahmen.

Tobias Hentze: Sollen Roboter Steuern zahlen? Institut der deutschen Wirtschaft vom 01. 12. 2017, https://www.iwkoeln.de/presse/in-den-medien/beitrag/tobias-hentze-sollen-roboter-steuern-zahlen-372008.html

Zum Autor Dr. Tobias Hentze, siehe Homepage IW:
- Senior Economist für Finanz- und Steuerpolitik beim IW; Kompetenzfeld: Öffentliche Finanzen, Soziale Sicherung, Verteilung
- Institut der deutschen Wirtschaft/Köln (IW), arbeitgebernahes Forschungsinstitut, finanziert u. a. von Arbeitgeber- und Unternehmensverbänden

Lösungsvorschläge

Inhaltliche Schwerpunkte:
- *Globale Strukturen und Prozesse: Wirtschaftsstandort Deutschland (Inhaltsfeld 7)*
- *Wirtschaftspolitik: Wirtschaftliche Konzeptionen, Legitimation staatlichen Handelns im Bereich der Wirtschaftspolitik (Inhaltsfeld 4)*
- *Strukturen sozialer Ungleichheit, sozialer Wandel und soziale Sicherung: Sozialstaatliches Handeln (Inhaltsfeld 6)*

1. *In der ersten Teilaufgabe sollen Sie Ihr (Unterrichts-)Wissen zu globalen Standortfaktoren wiedergeben (AFB I) und wesentliche Aspekte in einen logischen Zusammenhang setzen (AFB II). Gefragt sind u. a. Kenntnisse hinsichtlich der „Bereiche und Instrumente der Wirtschaftspolitik" (Inhaltsfeld 4) sowie zu „Internationale[n] Wirtschaftsbeziehungen" und zum „Wirtschaftsstandort Deutschland" (Inhaltsfeld 7). In dieser Musterlösung wird eine Reihe von Standortfaktoren genannt, um Ihnen eine möglichst große Bandbreite anzubieten. Im Abitur selbst sollten Sie sich beim Umfang Ihrer Antwort immer auch an den zu vergebenden Punkten und der zur Verfügung stehenden Zeit orientieren.*
   Tipp: Für Ihre Darstellung (AFB I–II) sollten Sie fachsprachliche Begriffe nutzen, wertfrei formulieren und Ihr Wissen geordnet darbieten.

   Aus der Perspektive eines Unternehmens, das **weltweit agiert**, können zwei Kategorien von Größen betrachtet und abgewogen werden, um eine Investitionsentscheidung für z. B. eine neue Produktionsstätte zu treffen.
   Die sogenannten **„harten" Standortfaktoren** sind quantifizierbar, d. h., der Nutzen und die Kosten lassen sich klar kalkulieren. Dazu gehören **Steuern und Abgaben**, die ein Unternehmen abführen muss. Hierbei kommt es u. a. auf die Rechtsform und den „Stamm-Sitz" eines Unternehmens an sowie auf Rechtsform und Sitz einer neuen Niederlassung. In Deutschland z. B. gilt auf Bundesebene ein einheitlicher Satz für die jeweilige Körperschafts- bzw. Einkommenssteuer. Auf kommunaler Ebene sind die Sätze für die Gewerbesteuer variabel und können von jeder Kommune eigenständig festgelegt werden.
   Die Entgelte für Arbeitnehmerinnen und Arbeitnehmer sind für Unternehmen national und international zu berücksichtigende Größen. Standortfaktoren sind hier z. B. die **Lohnkosten und die Lohnnebenkosten**. Löhne, Gehälter und Sozialabgaben fallen global unterschiedlich aus. In Deutschland gibt es u. a. einen Arbeitgeberanteil bei der paritätischen Finanzierung der gesetzlichen Sozialversicherung von abhängig Beschäftigten.
   Eine weitere Maßzahl sind die **Lohnstückkosten**. Sie können als Indikator für die globale Wettbewerbsfähigkeit eines Unternehmens und einer Volkswirtschaft herangezogen werden. Ermittelt ein Unternehmen die Lohnstückkosten betriebswirtschaftlich, werden die Lohnkosten durch die produzierten „Stücke" desselben Zeitraumes dividiert. Die Division der addierten Arbeitskosten einer Volkswirtschaft durch ihr Bruttoinlandsprodukt desselben Zeitraumes ergibt die Lohnstückkosten des Landes. Die Höhe der Lohnstückkosten wird zudem mit der Produkti-

vität, der Höhe der Wochenarbeitszeiten und der Anzahl der Feiertage eines jeweiligen Landes in Beziehung gesetzt.
Staaten können Firmenansiedlungen außerdem durch **Subventionen** attraktiv machen. Ohne unmittelbare marktwirtschaftliche Gegenleistung kann die „öffentliche Hand" als Instrument der nationalen Wirtschaftspolitik global Transferleistungen an Unternehmen zahlen, z. B. in Form von Geld oder geldwerten Leistungen. Auf internationaler Ebene kann u. a. von Finanzhilfen und Steuervergünstigungen als Förderungs- und Wachstumsinvestitionen Gebrauch gemacht werden.
Die „weichen", **nicht-monetären Standortfaktoren** betreffen z. B. die **geografische Lage eines Betriebes** in kontinentaler, nationaler, regionaler und lokaler Hinsicht. Neben u. a. klimatischen Gegebenheiten kann die technische **Infrastruktur** vor Ort von Bedeutung sein: z. B. die Verkehrsanbindung an Straßen, Wasserwege und Schienen, das Kommunikationsnetz für Telefon- und Internetverbindungen, die Wasser- und Energieversorgung.
Um (hoch)qualifizierte Arbeitskräfte vor Ort zeitnah zu finden und an einen Unternehmensstandort zu binden, sind z. B. **Bildungseinrichtungen**, wie Schulen, Hochschulen, Universitäten, und **Freizeiteinrichtungen**, wie Unterhaltungs- und Konsummöglichkeiten, mitentscheidende Kriterien für einen Standort. **Staatliche Infrastruktur** wie die Sicherheit nach innen und außen sowie das Vorhalten eines Regierungs- und Verwaltungsapparates sind Faktoren, die für ein Unternehmen **Planungssicherheit** bedeuten und in Investitionsentscheidungen einfließen. Die **politische Rechtsstaatlichkeit**, d. h. die Geltung und Einklagbarkeit der Grund- und Menschenrechte sowie die Unabhängigkeit der drei Staatsgewalten der Legislative, Exekutive und Judikative, ist ein ebenfalls zu berücksichtigender Umstand.
Eine **ökonomische Voraussetzung** kann u. a. eine entwickelte Markwirtschaft sein, da die Produktion wie der Vertrieb bestimmter Waren zügig vorankommen sollen. Der **Lebensstandard der Bevölkerung** eines Landes ist ein weiterer Gesichtspunkt.
Eine Bedingung für das Einrichten eines Standortes hängt beispielsweise von der positiven Beantwortung der Frage ab, ob das Image einer eingeführten (Firmen-) Marke u. U. global gepflegt werden kann. Aus der Perspektive des sogenannten **Stakeholder-Ansatzes** tragen u. a. die Kommunikation nach innen und außen sowie das Ansehen eines Unternehmens bei den Arbeitnehmern/Arbeitnehmerinnen, Lieferanten, bei anderen Interessengruppen der Öffentlichkeit und beim Staat zum wirtschaftlichen Erfolg bei.
Die jeweilige Gewichtung der „harten" und „weichen" Standortfaktoren ist branchenabhängig und daran orientiert, ob die Produktionsprozesse arbeitsintensiv und/oder wissensintensiv sind.

2. *Bei Teilaufgabe zwei ist der zentrale Operator „analysieren" (überwiegend AFB II). Sie sollen den Kommentar von Tobias Hentze anhand des gegebenen Aspekts untersuchen. Seine Aussagen, von ihm hergestellte Beziehungen, Wertungen, sein argumentatives Vorgehen bei der Stützung seiner Thesen und die von ihm genutzten rhetorischen Effekte bei der sprachlichen Textgestaltung sollen Sie*

erkennen, exemplarisch benennen und deutend erschließen. Gefragt ist u. a. Ihr Wissen zu „Wirtschaftspolitische[n] Konzeptionen“ (Inhaltsfeld 4). Auch diese Lösung ist umfangreicher, als es in einer Abituraufgabe von Ihnen verlangt wäre. Die exemplarische Analyse soll Ihnen dabei helfen, die Themen „Digitalisierung“ und „Industrie 4.0 im Allgemeinen“ umfassend zu verstehen und einiges an Hintergrundwissen (z. B. Bezug zur Drei-Sektoren-Theorie und zum Magischen Viereck) zu diesem sehr aktuellen Thema analytisch anzuwenden.
Tipp: Denken Sie daran, Ihre analytischen Befunde mit Paraphrasen und wörtlichen Zitaten am Text zu belegen!

Einleitung
Der Autor Tobias Hentze greift in seinem Kommentar, erschienen am 01. 12. 2017 auf der Homepage des Instituts der deutschen Wirtschaft/Köln (IW), den **Strukturwandel in Deutschland** auf. Gegenstand seiner Betrachtung sind die Wirtschaftssektoren sowie die Arbeitswelt.
Hentze verbindet die Veränderungen, die innerhalb der deutschen Volkswirtschaft stattfinden und voraussichtlich noch stattfinden werden, mit dem Fortschritt der Informationstechnologie (IT). Der Autor hebt auf den Kontext des aktuellen Wandels nach der sogenannten **vierten industriellen Revolution** des 21. Jahrhunderts ab. Der Begriff **„Digitalisierung“** meint in diesem Zusammenhang: Cloud Computing, künstliche Intelligenz (KI), 3D-Druck, Big Data und die Errichtung von „Smart Factorys“, in denen z. B. Instrumente, Geräte, Fahrzeuge u. a als verschiedene Robotertypen über ein Internet der Dinge in neuen Prozessketten miteinander kommunizieren.
Im Titel und zu Beginn seines Textes bezieht sich Hentze auf den **öffentlichen Diskurs** zum gesellschaftlichen Strukturwandel. Er erörtert die Frage, ob aktiv in den Strukturwandel eingegriffen werden sollte, indem der Staat den Einsatz von Robotern in Produktionsprozessen gesondert besteuert und damit die unternehmerischen Kosten erhöht. Am Ende seines Textes richtet der Autor einen Appell an den deutschen Staat, Steuern und Abgaben zu senken. Hentze verneint die Einführung einer Steuer auf „Roboter“ in Deutschland (vgl. Z. 46 ff.).

Arbeitshypothese
Es kann die Arbeitshypothese aufgestellt werden, dass der Autor in seinem expressiv-wertenden journalistischen Text der Meinung ist, dass der Strukturwandel in Deutschland hauptsächlich von **Markt- und Wettbewerbsmechanismen** gestaltet werden sollte. Vom Staat sollten **investitionsfreundliche Bedingungen** geschaffen werden. Digitalisierung hat aus Hentzes Sicht eher **positive Auswirkungen** auf Arbeits- und Produktionsprozesse sowie auf den gesellschaftlichen Wohlstand. In den Geschäftsmodellen der „Industrie 4.0“ werden Roboter zur stetigen Optimierung und Flexibilisierung der betrieblichen Fertigung eingesetzt, um den unternehmerischen Gewinn zu maximieren. „Roboter“ sind als Produkte das Ergebnis einer durch menschliche Arbeit erzeugten Wertschöpfungskette. Bei dieser Kette fallen zu allen erzeugten Waren und Dienstleistungen verschiedene Steuern an, die an die öffentliche Hand des Staates abgeführt werden. Alle (Vor-)Produkte, dic in einem Zeitraum über Märkte gehen, bilden das Brutto-

inlandsprodukt. Hentze positioniert sich neoklassisch **gegen zusätzliche fiskalpolitische staatliche Eingriffe** in das aktuelle wie zukünftige Marktgeschehen „Industrie 4.0". Er sagt, dass bei Einführung einer Robotersteuer eine Preisspirale in der Wertschöpfungskette mit negativen Rückkoppelungseffekten auf die Beschäftigung in Deutschland entstehen könnte. Hentzes Argumentationsweise und Wortwahl unterstützen seine inhaltliche Position formal.

Begründungsgang
Die Gedankenführung des Textes kann inhaltlich in sechs Abschnitte gegliedert werden: Einleitend nimmt Hentze in Abschnitt 1 (Z. 1–5) anhand von Berufen aus dem Dienstleistungssektor Bezug auf die Behauptung, ca. **50 % aller gegenwärtigen Jobs seien durch Maschinen** gefährdet. Er **lehnt** eine **Robotersteuer** als politisches Instrument zur Erhaltung von Arbeitsplätzen **ab**. In Abschnitt 2 (Z. 5–20) beschreibt er anhand von Daten einige von ihm angenommene **Effekte der Digitalisierung**. Im folgenden Abschnitt 3 schließlich nennt Hentze (Z. 20–26) zunächst **Gründe für die Ablehnung** einer **nationalen Robotersteuer** sowie in Abschnitt 4 (Z. 27–41) Gründe, warum **keine internationale Robotersteuer** eingeführt werden sollte. Im Abschnitt 5 (Z. 42–46) folgen **technische Details**, die gegen dieses Instrument der Strukturpolitik sprechen. Abschließend (Z. 45–49) richtet er einen **steuerpolitischen Appell** an die Politik.
Der Autor bewertet den Strukturwandel in Deutschland positiv. Er nimmt indirekt Bezug auf die volkswirtschaftliche **„Drei-Sektoren-Hypothese"** (weiterentwickelt von Jean Fourastié, 1954). Diese Hypothese besagt im Allgemeinen, dass u. a. aufgrund des technischen Fortschritts der **primäre Sektor** mit seinen Wirtschaftszweigen (d. h. der Land-, Forst-, Fischereiwirtschaft und dem Montanbereich) gemessen an der Anzahl der Beschäftigten an Bedeutung abnehmen wird. Gleichzeitig vergrößerten sich der **sekundäre Sektor** (Industrie, verarbeitendes Gewerbe und Baubereich) sowie der **tertiäre Sektor** der Dienstleistungen. Nach aktueller Betrachtungsweise erfährt der tertiäre Sektor durch „Wirtschaftszweige des Wissens" wie Forschung, Entwicklung und Innovation eine Erweiterung hin zu einem **quartären Sektor**.
Als Beispiel führt Hentze die „Landwirtschaft" (Z. 36) für eine bereits geschehene, **positive Veränderung der Wirtschaftsstruktur** in Deutschland an. Aus der Agrarwirtschaft hätten sich „die Arbeitsplätze in die Industrie und den Dienstleistungssektor verschoben." (Z. 40), was letztlich den Wohlstand gesteigert habe (vgl. Z. 41). Möglich sei dies durch Maschinen, da „ein einzelner Bauer ein Vielfaches der früheren Fläche beackern" könne (Z. 37 f.). Diesen **positiven Effekt** in betrieblichen Abläufen sieht der Autor auch für den zukünftigen **Entwicklungsprozess von der Industrie- zur Wissensgesellschaft**. Er gibt zu bedenken, dass z. B. niemand fordere, „Sondersteuern auf landwirtschaftliche Maschinen zu erheben, um die Beschäftigung in der Agrarwirtschaft zu schützen" (Z. 38 f.). Grundsätzliche Zurückhaltung des Staates fordert Hentze hinsichtlich der volkswirtschaftlichen Veränderungen innerhalb der Sektoren. Es solle **keine sektorale Strukturpolitik** über eine Robotersteuer betrieben werden. Er setzt darauf, dass **der Staat nicht** in den Selbststeuerungsprozess der Märkte **eingreift**.

Dies umfasst auch Effekte von z. B. friktioneller „Such-Arbeitslosigkeit". Hentze stellt fest, dass „es **kurzfristig auch Verlierer** geben [werde] – Menschen, deren Qualifikationen durch den digitalen Wandel nicht mehr so gefragt sind wie zuvor. Sie brauchen Unterstützung, insbesondere in Form von **passenden Weiterbildungen**" (Z. 18 ff.). Er postuliert: „Eine Robotersteuer hilft ihnen dagegen **nicht**." (Z. 20 f.) In Deutschland ist das wirtschaftspolitische Ziel eines hohen Beschäftigungsstandes im **„Magischen Viereck"** seit 1967 gesetzlich festgeschrieben. Wer die Unterstützung bzw. die Weiterbildungen der Verlierer leisten soll, z. B. die Aggregate Staat und/oder Unternehmen und/oder Haushalte, lässt der Autor in seinem Kommentar offen.
Die **Auswirkungen** der „Digitalisierung" auf die Beschäftigung am Wirtschaftsstandort Deutschland beschreibt Hentze am „Beispiel Industrie" (Z. 7) als **positiv**. Es gebe weder Anzeichen (vgl. Z. 5) noch Bestätigungen der Befürchtung (vgl. Z. 12), dass der Einsatz von Informationstechnologie oder neuer Robotertypen negative Folgen für die Anzahl oder die Sicherheit von Arbeitsplätzen habe. Er stellt der Erhöhung der Zahl von multifunktionalen Produktionsrobotern von 2007 bis 2014 einen leichten Beschäftigungsanstieg im verarbeitenden Gewerbe gegenüber (vgl. Z. 8 ff.) und fasst zusammen: „Insgesamt haben in **Deutschland heute so viele Menschen einen Job wie nie zuvor**." (Z. 10 f.) Die Quote der **befristeten Beschäftigungsverhältnisse** sei „**stabil** bei unter zehn Prozent" (Z. 13 f.) und in „Branchen, die besonders stark vom digitalen Wandel betroffen sind" (Z. 14 f.), seien befristete Stellen prozentual noch seltener anzutreffen (vgl. Z. 13 ff.). Auf die **Produktivität** der Arbeitnehmer/-innen in Deutschland habe die Digitalisierung ebenfalls einen **steigernden Einfluss** (vgl. Z. 33 ff.). Hentze führt hier eine „Grundregel der Volkswirtschaftslehre" (Z. 32) an und setzt die durch neue Technologien steigerbare Produktivität mit den Löhnen in Beziehung" (Z. 31 f.). Mittels seiner Gedankenführung ist es ihm möglich, in seinem **Meinungstext** indirekt zu behaupten, dass Digitalisierung zwangsläufig eine von der „Grundregel" abzuleitende Auswirkung habe, d. h. **die Steigerung der Löhne und Gehälter am Wirtschaftsstandort Deutschland**.

Einordnung
Die **Position des Autors** kann der **wirtschaftspolitischen Konzeption der Neoklassik** zugeordnet werden. Er betrachtet den digitalen Wandel und das mögliche strukturpolitische Instrument einer Robotersteuer **aus Sicht der Unternehmen**, die Investitionen tätigen, um über den Einsatz der Produktionsfaktoren Arbeit, Boden und Kapital einen möglichst **hohen Gewinn** zu erzielen. Hentze stellt fest, dass Roboter „hauptsächlich Handelsgüter" produzierten (Z. 23). Zur Robotersteuer führt er aus, sie „würde dafür sorgen, dass es für Unternehmen teurer wird, in Technik zu investieren. Das bremst die Firmen im **internationalen Wettbewerb** aus" (Z. 21 ff.). Resultat dessen wäre die Produktionsverlagerung in Länder ohne Robotersteuer und der **Verlust von Arbeitsplätzen** in Deutschland (vgl. Z. 24 ff.). Er plädiert im Sinne eines passiven „Nachtwächterstaates" für die Schaffung investitionsfreundlicher Bedingungen für die Angebotsseite der Arbeitgeber (vgl. Z. 45 ff.).

Argumentationsweise
Der Autor verwendet bei der argumentativen Gestaltung seines Textes einen **antithetischen Aufbau**. Er legt z. B. zuerst eine seiner Position widersprechende Gegenthese dar. Diese entkräftet er im Anschluss unmittelbar (vgl. Z. 3 ff.). Seine Position unterlegt er mit **Allgemeinplätzen**, die ohne Datenbeleg bleiben. (vgl. Z. 10 f.). Hentze verwendet z. B. Daten ohne Quellenangabe als **Faktenargument** oder als **statistische Bezüge** (vgl. Z. 9 ff.). In seinem Kommentar nivelliert er u. a. die Eigentümlichkeiten von Begriffen wie „Maschinen“ (Z. 1 f.), „Roboter[n]“ (Z. 8), „Digitalisierung“ (Z. 12), „Technik“ (Z. 22) und „technologische[n] Neuerungen“ (Z. 34 f.) und gebraucht diese als **Schlagworte ohne inhaltliche Konkretisierung**. Am Ende seines Textes geht er sogar selbst auf „Abgrenzungsprobleme“ (Z. 43) ein: „Wann wird eine Maschine zum Roboter [...]?“ (Z. 43 f.). Um Stichhaltigkeit für sein Produktivitätsargument zu erzeugen, bezieht er sich u. a. auf subjektive Wahrnehmungen von Beschäftigten aus einer Untersuchung des Bundearbeitsministeriums (vgl. Z. 32 ff.). Hentze verortet seine **Meinung** sogar bei „Grundregel[n] der Volkswirtschaftslehre“ (vgl. Z. 32).
Der Kommentar ist in einer **gehobenen,** mit **vereinzelten Fachbegriffen durchsetzten Standardsprache** verfasst. Der Autor nutzt **sprachliche Vereinfachungen**, wie z. B. eine Ellipse: „Beispiel Industrie“ (Z. 7).

Sprachliche Gestaltung und Intention
Hentze möchte mit der Überschrift seines Meinungstextes das **Interesse der Adressaten/Adressatinnen** wecken, die am Diskurs über den gesellschaftlichen Strukturwandel teilnehmen. Mit dem Titel „Sollen Roboter Steuern zahlen?“ erzeugt er in Form einer **rhetorischen Frage** eine gedankliche Verbindung „Mensch und Maschine“ und eine paradoxe Assoziation. Der Mensch beziehe für seine geleistete Arbeit Einkommen, auf das er Steuern zahlen müsse, eine Maschine jedoch nicht. Hentze erzielt damit **den emotionalen Effekt einer Irritation**. In der Gedankenführung seines Textes verknüpft er die Irritation mit der Idee der Robotersteuer und kann sie damit als „ungeeignet“ (Z. 5) abwerten.

Schluss
Die oben aufgestellte Arbeitshypothese kann verifiziert werden. Hentze **befürwortet** aus einer **neoklassischen Position** und Argumentation den **Strukturwandel** in Deutschland, dessen Gestaltung der Staat den Markt- und Wettbewerbsprozessen überlassen solle.

3. *Die dritte Teilaufgabe verlangt von Ihnen Reflexion und Problem lösendes Denken (AFB III) zu dem in der Aufgabenstellung vorgegebenen Sachverhalt. Sie sollen zeigen, dass Sie eine kontroverse Auseinandersetzung führen und Ihre persönliche Meinung in einem begründeten Werturteil formulieren können.*
Die bisher von Ihnen dargelegten und analytisch angewandten Wissensbestände aus den Teilaufgaben 1 und 2 können Sie hier argumentativ nutzen. Zum Abschluss der Teilaufgabe 3 sollen Sie sich eine eigene Meinung gebildet haben und selbstständig Position beziehen. Gefragt sind hier zusätzlich u. a. Ihre Kenntnisse

zu „Erscheinungsformen und Auswirkungen sozialer Ungleichheit". Weiteres (Unterrichts)Wissen benötigen Sie zu: „Sozialer Wandel"/„Tendenzen des Wandels in der Arbeitswelt" und „Sozialstaatliches Handeln" (Inhaltsfeld 6).
Tipp: Die Sozialwissenschaften haben unter den Fächern der politischen Bildung einen klaren Aktualitätsbezug. Sie sollten über die zeitgenössischen Entwicklungen, Kontroversen und die Nachrichtenlage zu den inhaltlichen Prüfungsthemen informiert sein, um sie in Ihre Prüfungsleistungen einbauen zu können.
Halten Sie Ihren Lösungstext bei der Anführung und Gegenüberstellung von Argumenten sachlich und wertfrei!

A. Einleitung

Der Begriff „Strukturwandel" meint die **Entwicklung der Wirtschaftsstruktur**, die aus den drei Wirtschaftssektoren „Land-, Forst-, Fischerei-, Montanwirtschaft" (primärer Sektor), „Industrie, verarbeitendes Gewerbe, Bauwirtschaft" (sekundärer Sektor) und „Dienstleistungsbranchen" (tertiärer Sektor) besteht. Gemessen wird die Bedeutung der einzelnen Sektoren und die Veränderung ihrer Gewichtung innerhalb der Volkswirtschaft anhand der **Beschäftigtenzahl** und des jeweiligen **sektoralen Anteils am Bruttoinlandsprodukt**. In Deutschland ist der prozentuale Anteil des primären Sektors an der nominalen Wertschöpfung extrem und der des sekundären Sektors ebenfalls stark gesunken, während der Anteil des **tertiären Sektors gewachsen** ist. Dementsprechend haben sich auch die **Beschäftigungszahlen** in den Sektoren entwickelt. Der Großteil der Menschen arbeitet im tertiären Sektor. Die Daten der „Wissensbranchen" wie Forschung und Entwicklung (quartärer Sektor) sind im tertiären Sektor mit eingerechnet.

Im Zuge der **„Revolution 4.0"** wird der aktuelle deutsche Strukturwandel von neuer Informationstechnologie beschleunigt. Unternehmen verwerten den technischen Fortschritt mittels Digitalisierung für effizientere, **wissensintensivere Produktionsprozesse und Dienstleitungen**. Haushalte konsumieren die angebotenen Produkte und nutzen sie für eine individualisierte und flexible Lebensführung. Die Konsumenten/Konsumentinnen sind, volkswirtschaftlich betrachtet, die Arbeitnehmer*innen. Diese sind allerdings in der „Industrie 4.0" einem **Wandel der Arbeitsplätze** ausgesetzt, der sich in einigen Bereichen als Arbeitsplatzabbau, in anderen als -aufbau zeigt.

Umbrüche am Arbeitsmarkt sind an sich kein neues Phänomen. Arbeitsplätze verschwanden bereits in der Vergangenheit sektoral und gleichzeitig entstanden neue in demselben oder einem anderen Sektor. Von der Arbeitsplatzdynamik bei einem Strukturwandel der deutschen Volkswirtschaft hin zu einer quartären Wissensgesellschaft werden aber sicher nicht alle Arbeitnehmer*innen profitieren. Geringqualifizierte werden vermutlich im Vergleich zu hochqualifizierten Beschäftigten nicht in demselben Maße wieder von Unternehmen eingestellt, wie sie von Arbeitsplatzabbau betroffen sein werden. Deshalb stellt sich die Frage, ob der deutsche Staat aktiv in den Prozess des Strukturwandels hinsichtlich der „Industrie 4.0" eingreifen sollte.

B. Hauptteil

Gegen ein staatliches Eingreifen in Wirtschaftsprozesse spräche, wie in der Analyse zu Aufgabe 2 dargelegt, dass eine zusätzliche Steuer z. B. auf digitalisierte Maschinen die **Kosten in der Wertschöpfungskette** für alle an der Produktion beteiligten Unternehmen steigern würde.

Wie Hentze in seinem Text aus neoklassischer Sicht darlegt, hätte ein **staatliches Eingreifen** in unternehmerische Investitions- und Gestaltungsentscheidungen **negative Auswirkungen**. Teile der deutschen Produktion würden ins Ausland verlagert, z. B. in Länder, die keine Steuern auf Roboter erheben, was gleichzeitig Beschäftigung in der Bundesrepublik (BRD) gefährde (Z. 24 ff.). Aktive Fiskal- und Wirtschaftspolitik, die den Faktor Arbeit belastet, so die Position Hentzes, mindere die Attraktivität der BRD als Wirtschafts- und Investitionsstandort im globalen Wettbewerb (vgl. Z. 22 f.).

Das Stabilitäts- und Wachstumsgesetz (StWG) schreibt jeder Regierung in Bund und Ländern seit 1967 vor, dass die Wirtschafts- und Finanzpolitik am **gesamtwirtschaftlichen Gleichgewicht** auszurichten ist. Das StWG, politisch nach der ersten deutschen Wirtschaftskrise Mitte der 1960er-Jahre entstanden, ist aus der Erfahrung erwachsen, dass eine Arbeitsplatzdynamik nicht automatisch positive Effekte nach sich zieht. Vier Ziele sind zu beachten: hoher Beschäftigungsstand, stetiges wie angemessenes Wirtschaftswachstum, außenwirtschaftliches Gleichgewicht sowie Stabilität des Preisniveaus.

Für ein aktives Eingreifen des Staates spricht, dass ein **hoher Beschäftigungsstand** erreicht werden könnte, wenn Regierungen den **Strukturwandel beschleunigen** würden: z. B. mittels **Aufbau öffentlicher wie privater regionaler Infrastruktur** und **gezielter Förderung von Unternehmen**. Exemplarisch sei die „SmartFactoryOWL" in Lemgo/Nordrhein-Westfalen genannt. Im Bereich Produktentwicklung und -erprobung bietet sie Unternehmen und Forschungseinrichtungen Dienstleistungen an, um die „Fabrik der Zukunft" wandlungsfähiger, ressourceneffizienter und benutzerfreundlicher zu machen. Eine staatlich aktiv **geförderte Zusammenarbeit** von z. B. Universitäten, Hochschulen, Instituten und Unternehmen kann landes- und bundesweit durch globale Wissensvernetzungen den Aufbau von Arbeitsplätzen in Deutschland unterstützen.

Für den Aufbau öffentlicher wie privater regionaler Infrastruktur als zielführende Maßnahme spräche z. B., dass in ländlichen, **strukturschwachen Regionen**, die besonders von der demografischen Alterung und Altersarmut betroffen sind, durch den Aufbau von Arbeitsplätzen „4.0" Chancen für Arbeitssuchende und Geringqualifizierte geschaffen würden. Mit dem bundesweiten Aufbau von Technologiezentren in z. B. ehemaligen Bergbauregionen oder landwirtschaftlich geprägten Küstenräumen, die vergleichsweise hohe Arbeitslosenquoten haben, könnten in den neuen und alten Bundesländern u. a. neue Zulieferbetriebe, Speditionen, Personalagenturen etc. Fuß fassen.

Aktives, staatliches Eingreifen als regionale Strukturpolitik würde dazu beitragen, gleichzeitig das **wirtschaftspolitische Ziel eines hohen Beschäftigungsstandes** und das **sozialpolitische Ziel der „sozialen Gerechtigkeit"** zu erreichen. Es gibt zwei konkurrierende Kriterien sozialer Gerechtigkeit: Leistungs- versus Bedarfsgerechtigkeit. Leistungsgerechtigkeit bedeutet, dass diejenigen, die sich anstrengen, auch davon profitieren sollten. Bedarfsgerechtigkeit meint, dass diejenigen Hilfe bekommen sollten, die sie benötigen.

Gegen ein aktives, staatliches Eingreifen in regionale Strukturen spräche z. B., dass **Arbeitslosigkeit und soziale Ungleichheit mittel- und langfristig erhöht** werden könnten, auch wenn der Staat den Aufbau derjenigen Branchen fördern würde, die digitalisierte Arbeitsplätze und Beschäftigung „4.0" aufbauten. Ausgeschüttete Gelder schaffen monetäre Anreize für Unternehmen, die sich nicht unbedingt an der Nachfrage des Marktes orientieren und seine Dynamik bremsen. Dies verhindert die Schaffung neuer Betriebsstätten und neuer Arbeitsplätze am Wirtschaftsstandort Deutschland. Erhalt wie Erhöhung des erarbeiteten Lebensstandards könnten für diejenigen erschwert werden, die durch persönliche Anstrengung eine höhere Bildung und Qualifikation erreicht haben, im Beruf stehen und absolut betrachtet höhere Steuern zahlen als Nicht- bzw. Geringqualifizierte.

Seit Einführung der arbeitsmarktpolitischen Maßnahmen der **Agenda 2010** werden nach dem Prinzip der Leistungsgerechtigkeit u. a. Geringqualifizierte nicht mehr allein im sozialen Netz „aufgefangen", sondern verstärkt zu individuellem Engagement angehalten. Nach bundesgesetzlich geregelter Sozialordnung verteilt der deutsche Staat die Einkommen in der Sozialen Marktwirtschaft zu einem gewissen Grad um, indem er **soziale Transferleistungen** z. B. aus dem „Steuertopf" zahlt. Durch die gesetzlichen Veränderungen der deutschen Sozialordnung hat der Staat z. B. großflächige Bildungsangebote der öffentlichen Hand sowie langfristige Weiterbildungsmöglichkeiten für Menschen mit strukturell ökonomischen oder anderen Bedarfen zurückgefahren. Auf die Bundesagentur für Arbeit entfällt heute z. B. die Aufgabe, mögliche Umschulungen aufzulegen, um einen sozialen Ausgleich auf dem Arbeitsmarkt 4.0 herbeizuführen.

C. Schluss

Meiner Meinung nach sollten strukturpolitische Maßnahmen auf die **Ausgewogenheit zwischen Bedarfs- und Leistungsgerechtigkeit** achten. Denkbar wäre z. B. ein grundsätzliches Absenken der Abgaben- und Steuerlast für die „Steuerzahler": die Unternehmen und die Haushalte.

Nach dem **Solidaritätsprinzip** des deutschen Sozialstaats nehme ich eine Zwischenposition zu der Frage ein, ob der Staat aktiv in den Strukturwandel „4.0" eingreifen sollte. Es gibt kein grundsätzliches „Ja" oder „Nein". Flexibilität und Augenmaß sollten bei politischen Entscheidungen stets an vorderster Stelle stehen. Der Zusammenhalt zwischen den Generationen sollte nicht aus politischem Kalkül kleingeredet und durch polarisierende Wahlgeschenke aufs Spiel gesetzt werden. Handelnde in der Regierungsverantwortung sollten wie Unternehmen stets evaluieren, welche mittel- und langfristigen Folgen staatliche Anreize oder Steuerungsprozesse haben.

NRW – Sozialwissenschaften
Übungsaufgabe 4 – Leistungskurs

Thema:
Gesellschaftsmodelle zu Beginn des 21. Jahrhunderts

Aufgabenstellung

1. Analysieren Sie die Modelle der postnationalen und der postmodernen Gesellschaft im Hinblick auf Gemeinsamkeiten und Unterschiede.
2. Erläutern Sie die sozioökonomischen, technischen und politischen Wandlungsprozesse in der zweiten Hälfte des 20. Jahrhunderts, die zur Entwicklung dieser beiden Gesellschaftsmodelle führten, und erläutern Sie mindestens ein weiteres Ihnen bekanntes Modell.
3. Erörtern Sie, inwiefern Wandlungsprozesse im Zuge der Globalisierung eher zu der in den Texten betonten Integration und Vereinheitlichung führen oder ob die Entwicklung eher in Richtung einer (globalen wie nationalen) Desintegration und Polarisierung geht.

M 1: Die postnationale Gesellschaft

[…] Seit der Antike wird Demokratie territorial, das heißt in der Gleichsetzung von Raum, Staat und politischer Gemeinschaft, gedacht und praktiziert. […] Die kleinste politische Territorialgemeinschaft ist die Gemeinde, diese wiederum ist Teil der Region, die ihrerseits Teil des Zentralstaats ist. Diese durch die Geografie vorgegebene Verantwortungspyramide ordnet das politische Leben. […] Dies ist meine zentrale These: An allen Begriffen und Institutionen des Politischen klebt immer noch die Scholle. Das herrschende nationale Verständnis von Demokratie, Staat, politischer Gemeinschaft, Souveränität, Gewaltmonopol, Steuerhoheit, Föderalismus, Gemeinde, Öffentlichkeit, Parlament, Bürgerrechten und Bürgern hat eine territoriale Prämisse. […] Daraus folgt meine zweite These. Dieses territoriale Apriori[1] des Politischen zerfällt in dem Maße, wie sich die postnationale Gesellschaft herausbildet. Das heißt: Wenn sich das Zusammenleben aus räumlicher Bindung löst, wenn eine Woge transnationaler Mobilität von Menschen, Wirtschaft und Risiken das territoriale Apriori aufhebt, dann ändert sich alles. […]

Was also heißt „postnationale Gesellschaft“? Zunächst bedeutet es eine Globalisierung der Biografien, was den Kurz- und Kettenschluss von der Hautfarbe auf Herkunft, Sprache, Pass, auf nationale Identität und Loyalität zum Fehlschluss macht. Ein Epochenbild der Gesellschaft veraltet. Wird Gesellschaft in der ersten, nationalen Epoche der Moderne als staatlich organisierter „Behälter“ gedacht, so wird in der postnationalen zweiten Moderne diese Gleichsetzung von Territorium, Gesellschaft und politischer Identität entkoppelt. Nietzsche spricht hellsichtig vom „Zeitalter der Vergleichung“ und meint damit, dass der Einzelne nicht nur zwischen verschiedenen Traditionsangeboten wählen und wechseln kann. Vielmehr können und müssen die Kulturen der Welt – im Grenzfall – an jedem Ort zu jedem Zeitpunkt nebeneinander durchlebt und insofern verglichen, aufeinander bezogen, füreinander verständlich gemacht, also übersetzt werden. Wer wissen will, wie weit ein Land, beispielsweise Deutschland, schon postnational geworden ist, der kann aus alledem erste Spuren herauslesen: wenn deutsche Polizisten türkische Namen tragen; wenn Schwarze bayerisch sprechen. Wenn von der nationalen Zugehörigkeit des Unternehmens nicht mehr auf die nationale Zugehörigkeit der Mitarbeiter geschlossen werden kann. Wenn binationale Ehen (bereits jede sechste Ehe in Deutschland) zunehmen. Heute entstehen selbst in evangelischen und katholischen Kleinstädten neben den „deutschen“ Kirchen auch „deutsche“ Moscheen. […] Muslimische Bundeswehrsoldaten (inzwischen 5 000) fordern ihren Iman. Zu Ende gedacht: Wenn auch in Deutschland Universitätseliten, Polizeiverbände, Betriebsräte, Richter, Parlamentarier und Regierungen sich die sogenannten „nationalen“ Fußballweltmeistermannschaften (Frankreich!) zum Vorbild nehmen. Postnationale Gesellschaft heißt Globalisierung von innen. Die Menschen handeln international, arbeiten international, das heißt mehrsprachig und im generalisierten Nirgendwo des Fernsehens und Internets erzogen; und auch politische Identitäten und Loyalitäten gehorchen nicht mehr dem Gebot der nationalen Loyalitätsmonogamie. Doch Transnationalität ist nicht nur ein Privileg der Global Players. Gerade auch Randgruppen, Ausgeschlossene und Illegale spannen gegen Diskriminierungen mit bewundernswerter Kreativität den transnationalen Bogen. Für alle gilt die neue Soziallogik der Nahentfernung: Nicht der Ort stiftet Gemeinschaft, denn im Ort herrschen oft Isolation, Hass, Gewalt. Nur in der Aufhebung der Entfernung, die die elektronisch vernetzte Welt ermöglicht, gewinnt das Hier-wie-dort-Leben – vielleicht – sozialen Halt und Sinn.

Ulrich Beck: „Die ‚Warum-nicht-Gesellschaft‘“, DIE ZEIT 48/1999,

Begriffserklärung:

1 Vor aller Erfahrung

M 2: Die postmoderne Gesellschaft

Postmoderne Gesellschaften haben einige sehr positive Stärken. Erstens verfügen sie über einen historisch beispiellosen Wohlstand, der auf das Wirtschaftswunder nach dem Zweiten Weltkrieg und die Entstehung des Wohlfahrtsstaates zurückgeht. Der überwiegende Teil der Menschen in postmodernen Gesellschaften lebt ohne Existenzängste. Das Überleben stellt kein ernstes Problem dar. Sie brauchen sich keine Gedanken darüber machen, ob sie den nächsten Tag erleben. Deshalb können sie sich auf ganz andere Lebensaspekte konzentrieren und eine Lebensstrategie mit anderen Bedürfnissen und Zielen entwickeln. Eine weitere Stärke ist die schlichte Tatsache, dass die Menschen wesentlich länger leben. Die Lebenserwartung der Bevölkerung in diesen postmodernen Gesellschaften stieg im 20. Jahrhundert […] auf 75 bis 80 Jahre an. […] Ein anderer positiver Aspekt postmoderner Gesellschaften ist der größere

Wahrnehmungs-, Erfahrungs- und Aktionshorizont der Menschen. In vormodernen Agrargesellschaften verbrachten die meisten Menschen ihr ganzes Leben in unmittelbarer Nähe ihres Geburtsortes. Ihre Lebenserfahrungen waren entsprechend eher begrenzt. Sie hatten nicht die Möglichkeit zu reisen und Menschen aus anderen Kulturen kennenzulernen. Auch die modernen Industriegesellschaften kannten noch nicht die Variationsbreite an Erfahrungen, die die Menschen in postmodernen Gesellschaften machen können. Der erweiterte Erfahrungshorizont bietet die Möglichkeit, über die Grenzen des eigenen Lebens hinwegzusehen und altvertraute Vorstellungen und überlieferte Wahrheiten zu überdenken. Ein weiterer Pluspunkt [...] ist die gewaltige Veränderung der Geschlechterrollen. Noch vor einer Generation waren die Rollen von Männern und Frauen sehr unterschiedlich. In postmodernen Gesellschaften werden die Rollen von Mann und Frau zunehmend ähnlicher.

Aber es gibt durchaus auch Probleme. Das größte Problem ist wahrscheinlich die Tatsache, dass uns die Technologie, die wir entwickeln, möglicherweise überfordert. Ich meine damit z. B. die Tatsache, dass die Technologie so weit fortgeschritten ist, dass wir in der Lage sind, mit einem Schlag jegliches Leben auf der Erde auszulöschen.

Ronald Inglehart, Die postmoderne Gesellschaft, in: Armin Pongs, In welcher Gesellschaft leben wir eigentlich? Gesellschaftskonzepte im Vergleich, Bd. 2, Dilemma-Verlag: München 2000, S. 131 f.

Lösungsvorschläge

Aufgabentyp A *(Analyse – Darstellung – Erörterung)*
Inhaltliche Schwerpunkte:

- *Strukturen sozialer Ungleichheit, sozialer Wandel, soziale Sicherung (Inhaltsfeld 6)*
- *Globale Strukturen und Prozesse (Inhaltsfeld 7)*

1. *Die erste Teilaufgabe verlangt mit dem Operator „analysieren“, dass Sie die beiden Texte (M 1, M 2) unter zwei verschiedenen Aspekten vorstellen. Der erste Aspekt umfasst die Gemeinsamkeiten der beiden in den jeweiligen Texten beschriebenen Gesellschaftsmodelle. Daneben gilt es, in einem zweiten Abschnitt die Unterschiede zwischen beiden Gesellschaftsmodellen vorzutragen. (AFB II)*

Gemeinsam ist beiden Gesellschaftsmodellen, dass sie dem Phänomen der **globalisierten** Welt Rechnung tragen. Während M 1 mit der postnationalen Gesellschaft einzig auf diesen Wandlungsprozess abhebt, ist das Modell der postmodernen Gesellschaft (M 2) weiter gefasst. In M 1 wird in den Z. 10–14 die zentrale These formuliert, nach der die Lösung bestehender räumlicher Bindungen durch eine nationenübergreifende Mobilität von Menschen, Wirtschaft und Risiken die Grundvoraussetzung der Nationalstaaten aufhebt. Diese Änderung sei derart bedeutsam, dass sich „alles“ (Z. 14) ändere. Auch M 2 nimmt diesen Aspekt auf, wenn von einem „größere(n) Wahrnehmungs-, Erfahrungs- und Aktionshorizont der Menschen“ (Z. 11 f.) die Rede ist. Dieser erweiterte Horizont biete die Möglichkeit, zu neuen Einsichten zu gelangen.

Ein weiteres Phänomen wird in beiden Gesellschaftsmodellen aufgegriffen: die Tatsache nämlich, dass die **moderne Technologie** die Menschheit in die Lage versetzt hat, sich selbst und alles übrige Leben auf der Erde zu zerstören. Während dieser Umstand in M 2 explizit als ein Merkmal der postmodernen Gesellschaft genannt wird, erwägt Beck in seinem Text M 1 über die postnationale Gesellschaft lediglich die transnationale Mobilität von Risiken als einen Aspekt der globalisierten Gesellschaft.
Über das Phänomen der **Aufhebung nationaler Grenzen** greift das Modell der postmodernen Gesellschaft weitere Wandlungsprozesse auf und differenziert sie nach positiven und negativen Erscheinungen. Neben dem **erweiterten Erfahrungshorizont** als Konsequenz der Globalisierung werden noch die **Entstehung des Wohlfahrtsstaates**, der den materiellen Überlebenskampf überflüssig gemacht habe, die **gestiegene Lebenserwartung** der Bevölkerung und die **Veränderung der Geschlechterrollen** als positive Kennzeichen der postmodernen Gesellschaft angeführt. Als Problem nennt Beck lediglich die Möglichkeit der technologischen Selbstzerstörung.

2. *In dieser Teilaufgabe wird als Operator „erläutern" verwendet. Dieser verlangt, bestimmte Sachverhalte und Entwicklungen näher zu erklären und durch zusätzliche Informationen und Beispiele zu verdeutlichen. Hierzu werden zwei Teilaufgaben gestellt, wobei die erste, nämlich das Erläutern von Wandlungsprozessen in der zweiten Hälfte des 20. Jahrhunderts, noch in die drei Aspekte sozioökonomisch, technisch und politisch aufgegliedert werden muss. Die zweite Teilaufgabe überlässt Ihnen die Wahl, welches der noch bestehenden weiteren Modelle Sie näher darstellen wollen. Durch die Formulierung „mindestens ein weiteres Ihnen bekanntes Modell" wird zudem die Möglichkeit eröffnet, statt einer ausführlicheren Darstellung zwei oder mehr knappere Darstellungen zu wählen. (AFB II)*

Als **sozioökonomische Wandlungsprozesse** lassen sich sowohl der **Bevölkerungswandel**, der Wandel der **Familienstrukturen** als auch der Wandel der **Berufsstruktur** anführen. Nachdem die deutsche Gesellschaft bis hin in die 1960er-Jahre den Prozess zu einer industriellen Bevölkerungsstruktur durchlaufen hatte, nahm der seit Mitte der 1960er-Jahre in allen Industriegesellschaften zu beobachtende Geburtenrückgang durch den sogenannten Pillenknick neue Dimensionen an. Die Ursache hierfür ist vor allem im **Wertewandel** zu sehen. Eine direkte Folge ist die **Überalterung** und dadurch auch **Schrumpfung der Bevölkerung**. Diese Tendenz verstärkte sich in den darauffolgenden Jahrzehnten noch, als die geburtenschwachen Jahrgänge die Elterngeneration stellten. Probleme ergeben sich aus dieser Entwicklung insbesondere für die Altersversorgung, die Infrastruktur sowie das soziale Klima einer Gesellschaft.

Durch die **demografische Entwicklung** und den **Wandel der Lebensformen** seit den 1960er-Jahren hat die moderne Kleinfamilie, die eine relativ starke normative Verbindlichkeit und Akzeptanz besaß und ein Reproduktionsmonopol in der Gesellschaft erhob, ihre dominante Stellung eingebüßt und befindet sich in Konkurrenz zu zahlreichen **anderen Lebensmodellen**. Indikatoren hierfür sind die niedrige Zahl der Eheschließungen und Geburten sowie relativ viele Scheidungen. Auch die Haushalts- und Familienstruktur unterliegt einem grundlegenden Wandel: Die Zahl der **Alleinerziehenden** ist gestiegen, ebenso die der **kinderlosen Ehepaare** sowie die der nicht ehelichen Lebensgemeinschaften. Durch die hohe Zahl an Scheidungen entstehen des Weiteren „Patchworkfamilien", in denen Kinder miteinander leben, die früheren Beziehungen der Eltern entstammen.

Ursächlich mit dem Wandel der Alters- und der Familienstruktur verbunden ist der Wertewandel. Im Zuge des **Individualisierungsprozesses** eröffnet sich für die einzelne Person eine größere Vielfalt an Auswahl und Entscheidungsmöglichkeiten für die eigene Lebensgestaltung. Hinzu kommt der soziale Wertewandel, durch den traditionelle Pflicht- und Akzeptanzwerte an Bedeutung verlieren, während **Selbstentfaltungswerte** höher eingestuft werden. Das Zusammenwirken von Individualisierungsprozessen und sozialem Wertewandel führt zu einem Freisetzungsprozess, der einerseits einen Gewinn an Spielraum und Handlungsmöglichkeiten, andererseits aber auch einen Verlust an Verlässlichkeit und Sicherheit und dadurch das Entstehen neuer Abhängigkeiten bedeutet. Besonders stark wirksam wird dieser Individualisierungsprozess in der Lebensbiografie der Frauen. Aus dem traditionellen Dasein für andere (Familie, Eltern) wurde immer stärker ein selbstbestimmtes Leben.

Sowohl bei sozioökonomischen als auch bei technischen Wandlungsprozessen lassen sich außerdem die **Veränderungen in der Arbeitswelt** anführen. So erfuhr der **Dienstleistungssektor** in den letzten Jahren eine drastische Zunahme. Um den Wandel in der spätindustrialisierten Gesellschaft besser erfassen zu können, differenziert man den tertiären Sektor mittlerweile weiter in die primären Dienstleistungen, die allgemeine Dienste wie Reinigen oder Bewirten umfassen und vermutlich weiter zurückgehen werden, sowie die sekundären Dienstleistungen. Bei diesen ist mit Tätigkeiten wie Forschen und Entwickeln, Beraten, Organisieren und Managen jedoch ein weiteres Wachstum zu erwarten. Im Rückgang begriffen sind dagegen produktionsorientierte Dienstleistungen wie Reparieren oder Warten. Als neuer und bedeutender vierter Wirtschaftssektor gilt mittlerweile der **Informationssektor**. Während die erste Phase der Industrialisierung bis Mitte des 20. Jahrhunderts den Wandel von der Agrar- zur Industriegesellschaft bedeutete, befinden sich die modernen Gesellschaften heute bereits im Wandel von einer Dienstleistungs- hin zu einer Hochtechnologie- oder Informationsgesellschaft.

Diese Veränderungen in der Berufsstruktur sind im Wesentlichen auf **technische und wirtschaftliche Entwicklungen** zurückzuführen. So setzten sich in den letzten Jahrzehnten moderne Schlüsseltechnologien wie Mikroelektronik, Informations- und Kommunikationstechnik, Bio- und Gentechnologie, neue Werkstoffe wie Keramik und Polymere sowie die Sensortechnik bei der Herstellung von elektrischen Geräten und die Lasertechnik etwa bei der Metallbearbeitung oder in der Medizin und der Mess- und Prüftechnik durch. Diese Schlüsseltechnologien verändern die Erwerbstätigen- und Qualifikationsstruktur sowie die Arbeitsverhältnisse. Viele Arbeitsplätze und Arbeitsbereiche fallen durch ihren Einsatz weg, gleichzeitig werden aber auch neue geschaffen.

Politische Wandlungsprozesse sind eine **zunehmende Demokratisierung**, der **Abbau internationaler Beschränkungen**, der **Aufbau transnationaler Märkte**, wie der EU oder der amerikanischen Freihandelszone, die **Entkolonialisierung** der Dritten Welt und die **Ablösung der bipolaren Weltordnung** des Kalten Krieges.

Weitere Modelle zur Beschreibung der heutigen Gesellschaft sind im Folgenden dargestellt:

Die Freizeitgesellschaft

Durch die fortschreitende Rationalisierung der Berufswelt sinkt die Lebensarbeitszeit der Bevölkerung beständig. So verfügt ein durchschnittlicher Arbeitnehmer heute über dreimal so viel arbeitsfreie Zeit wie vor 50 Jahren. Dies führt dazu, dass die **berufliche Arbeit eine schwindende Bedeutung im Lebenskonzept der Menschen** einnimmt, während Freizeit immer wichtiger wird. Dabei wird diese Freizeit längst nicht mehr nur als Erholung von der Erwerbsarbeit, sondern als **eigener Erfahrungs- und Erlebensbereich verstanden**. Symptomatisch hierfür ist die Entwicklung, dass der Freizeitwert von Regionen zu einem bedeutenden Wirtschaftsfaktor geworden ist (z. B. Oberbayern).

Der Wandel von einer Arbeits- in eine Freizeitgesellschaft birgt sowohl Chancen als auch Risiken in sich. **Chancen** sind:

- Wachstum, und damit mehr Arbeitsplätze für die Freizeitindustrie;
- mehr Zeit für Freunde und Familie;
- mehr Zeit für die persönliche Weiterbildung.

Dagegen stehen die **Risiken:**

- Viele Freizeitbetätigungen sind mit hohen **Kosten** verbunden (aufwendige Ausstattung, hohe Bewirtungs- und Übernachtungskosten).
- Dies bewirkt mehr **Konsumorientierung** und kann bei unmäßigem Freizeitverhalten zu **ökonomischer Abhängigkeit** (Verschuldung) führen.
- Auch die **Umwelt** wird durch vermehrte Freizeitaktivitäten belastet (verstärkter Autoverkehr, Landschaftsverbrauch und -zerstörung).
- Schließlich fühlen sich bereits viele durch den **Freizeitstress** überfordert und vernachlässigen das Familienleben.

Die Erlebnisgesellschaft

In einem engen Zusammenhang mit der Freizeitgesellschaft ist die Erlebnisgesellschaft zu sehen. Auch sie ist eine Folge der Entlastung von Beruf und Arbeit, was zu einer Hinwendung zur Selbstverwirklichung führt. **Das innere Erleben wird für den Einzelnen zur maßgeblichen Größe**. In reichen Industriegesellschaften führt dies zu einer zunehmenden Individualisierung und einer Erlebnisorientierung als strukturformender Kraft. Das Ergründen der Frage, was das Ich eigentlich wolle, und der Versuch, diese Wünsche zu befriedigen, führt jedoch häufig zu Verunsicherung und Enttäuschung.

Außerdem droht eine paradoxe Umkehrung, da der einzelne Mensch auf der Suche nach Selbstverwirklichung intersubjektive, vorgegebene Muster übernimmt und sich damit gerade nicht mehr an seiner individuellen Persönlichkeit, sondern an gesellschaftlichen Leitbildern orientiert. Ausdruck dieser Erlebnisgesellschaft, die auch unter dem Namen **Spaßgesellschaft** firmiert, sind z. B. die zahlreichen Lifestyle-Magazine, der stark expandierende Massentourismus oder die sogenannte Event-Kultur.

Die Informationsgesellschaft
„Informationsgesellschaft" steht für die **enorm wachsende Bedeutung der Informationstechnologie** für das wirtschaftliche und private Leben in der Industriegesellschaft. Der Informationssektor wird mittlerweile bereits als vierter Wirtschaftssektor gewertet; Information tritt neben Energie und Materie als dritter Grundstoff des Wirtschaftens auf. Eine besondere Dynamik erfuhr die Informationsgesellschaft durch das sich seit Beginn der 1990er-Jahre rasant ausbreitende Internet. Die **ständige Verfügbarkeit und weltweite Austauschbarkeit von Informationen** verlieh der Globalisierung einen weiteren Schub und sorgt dafür, dass Informationen immer stärker zur Handelsware werden. Außerdem verlieren staatliche Politik und traditionelle Medien an Bedeutung, da Informationen individuell zur Verfügung gestellt und in Anspruch genommen werden können, ohne Vermittlung dieser traditionellen Instanzen. Kritiker warnen vor einer **Überschätzung** der Informationstechnologien und deren Bedeutung; zumindest in ökonomischer Hinsicht platzten um die Jahrtausendwende die Träume vom ungehemmten Wachstum der Informationsindustrie in einer **ernsthaften Krise der IT-Branche**, welche aber momentan überwunden zu sein scheint.

Die Risikogesellschaft
Der Begriff der „Risikogesellschaft" wurde von dem Soziologen Ulrich Beck geprägt und ist eine Antwort auf die **Möglichkeit der Menschheit**, **sich selbst zu vernichten**, sei es durch einen Atomkrieg, Genmanipulation oder Chemie-Katastrophen. Dadurch unterscheidet sich unsere Epoche von allen anderen Kulturen und Gesellschaftsformen, die bislang existiert haben. Die Gesellschaft lebt daher mit dem **Restrisiko der kollektiven Selbstzerstörung**, das durch keine Versicherung oder Institution übernommen werden kann. Um mit dieser Bedrohung leben zu können, wird das **Dogma „Technische Irrtumslosigkeit"** aufgestellt, das die realen Gefahren leugnen soll. Dieses verliert allerdings in den Augen der Bevölkerung mit jeder Katastrophe zunehmend an Glaubwürdigkeit. Ein weiterer Mechanismus ist die **Verdrängung**, die die Stabilität der Risikogesellschaft ermöglicht.

Neben diesen Charakterisierungsversuchen existieren noch weitere Begriffe, die hier nicht näher erläutert werden, etwa der von der Männergesellschaft, der Singlegesellschaft oder der Protestgesellschaft.

3. *Die dritte Aufgabe verlangt von Ihnen, eine Frage zu erörtern. Dies bedeutet, dass Sie mithilfe von Argumenten, die Sie auch knapp begründen müssen, das Für und Wider beider Thesen einander gegenüberstellen müssen: In der Aufgabenstellung wird nicht nur eine These, sondern auch eine Gegenthese explizit genannt. Es gilt also, auf der einen Seite mindestens zwei Argumente zu formulieren, die dafür sprechen, dass die Globalisierung eher zu einer Integration und Vereinheitlichung innerhalb der Gesellschaften führt. Auf der Gegenseite sollten ebenfalls mindestens*

zwei Argumente genannt werden, die für eine Desintegration und Polarisierung der Gesellschaft sprechen. Es ist sinnvoll, hierbei sowohl den nationalen wie auch den globalen Aspekt anzusprechen. (AFB III)

Für eine Integration und Vereinheitlichung spricht sicher das **Zusammenwachsen der Menschen über Räume und Zeiten** hinweg. Durch die Globalisierung treten die Menschen verstärkt direkt miteinander in Kontakt, lernen andere bisher fremd erscheinende Kulturen und Lebensformen kennen und erweitern dadurch ihren Horizont. Insbesondere das weltweit zugängliche Internet eröffnet für die Kommunikation und die Information völlig neue Möglichkeiten. Innerhalb kürzester Zeit werden Nachrichten bis in die äußersten Winkel der Welt verbreitet. Nationalen Machthabern fällt es immer schwerer, den **Informationsfluss** zu kontrollieren und zu manipulieren. Außerdem bietet die technologisierte Informationsgesellschaft vielfältige Chancen für den **sozialen Aufstieg**. Auch das Formulieren und Vertreten gemeinsamer Interessen wird durch die erhöhte Mobilität wesentlich erleichtert. Nicht zuletzt die stetig wachsenden Migrationsbewegungen zwischen der Dritten und der Ersten Welt bieten Menschen Chancen, Teil wohlhabender Gesellschaften zu werden. Auch der **Aufstieg bestimmter Schwellenländer** während des vergangenen Jahrzehnts spricht für diese These. So haben allen voran die Volksrepublik China, aber auch Brasilien und Indien, ein rasantes Wirtschaftswachstum hinter sich und zählen mittlerweile sowohl politisch als auch ökonomisch zu den führenden Staaten der Welt. Insbesondere während der seit 2008 schwelenden Finanz- und Wirtschaftskrise und durch die damit verbundenen Turbulenzen im Euroraum wurde deutlich, dass die Staaten Europas erheblich an Bedeutung verloren haben und sich das Gefälle zwischen den Ländern der sogenannten Ersten Welt und den ehemaligen Schwellenländern erheblich nivelliert hat. Manche Experten sprechen bereits von einer langfristigen Trendumkehr, an deren Ende der Abstieg Europas und seiner Bevölkerung stehen könnte.

Auf der anderen Seite lassen sich jedoch auch schwere Bedenken gegen solchen Optimismus formulieren. Im nationalen Rahmen lässt sich sicherlich zwischen **Globalisierungsgewinnern und Globalisierungsverlierern** unterscheiden. Insbesondere gering qualifizierte Arbeitnehmer sind in den Hochlohnländern der Ersten Welt der Konkurrenz aus Billiglohnländern nicht gewachsen. Dementsprechend fallen für sie immer mehr Arbeitsplätze weg. Die **Arbeitslosigkeit** in dieser sozialen Gruppe steigt an und führt zur Gefahr der Bildung **sozialer Randgruppen**. Auf der anderen Seite profitieren finanzstarke und gut ausgebildete Eliten von den erhöhten Gewinnchancen einer globalisierten Wirtschaft. Dadurch wächst die **soziale Kluft** innerhalb einer Gesellschaft. Dies führt zu sozialer Desintegration und Polarisierung. Auch international gibt es Gründe, die vermuten lassen, dass ein schärferer globalisierter Wettbewerb eher die Starken weiter stärkt und die Schwachen weiter schwächt. So nimmt die Bedeutung der Finanzkraft weiter zu. Auch die Infrastruktur und das Bildungsniveau der meisten Länder der Dritten Welt ist einem **internationalen Wettbewerb** nicht gewachsen. Die Entwicklung der vergangenen Jahre lässt daher auch vermuten, dass national wie international die Schere zwischen Arm und Reich weiter auseinandergeht.

NRW – Sozialwissenschaften und Sozialwissenschaften/Wirtschaft
Übungsaufgabe 5 – Mündliches Abitur – Grundkurs

Thema: *Die Europäische Union (EU) – schrottreifes Modell oder zukunftsweisender Prototyp!?*

Aufgabenstellung

1. Analysieren Sie die Karikatur hinsichtlich der Position des Autors.
2. Nehmen Sie zur Position des Autors begründet Stellung.

M: Burkhard Mohr: „Wartungsarbeiten"

Lösungsvorschläge

Allgemein:

- *Vorbereitungszeit für die Lösung der beiden Teilaufgaben: ca. 30 Minuten*
- *Präsentationszeit für den Vortrag beider Teilaufgaben insgesamt: ca. 15 Minuten*

Inhaltliche Schwerpunkte:

- *Wirtschaftspolitik (Inhaltsfeld 4), Europäische Union (Inhaltsfeld 5) und Globale Strukturen und Prozesse (Inhaltsfeld 7)*
- *Sie benötigen zudem u. a. Wissen über Politische Strukturen, Prozesse und Partizipationsmöglichkeiten (Inhaltsfeld 2) und über Marktwirtschaftliche Ordnung (Inhaltsfeld 1).*

1. *In dieser Teilaufgabe ist Sachwissen zu den europapolitischen Debatten hinsichtlich der historischen wie zukünftigen Entwicklung der Europäischen Union (EU) als wirtschaftliche und politische Union gefragt und Sachwissen zu den EU-Normen, Interventions- und Regulationsmechanismen sowie Institutionen, insbesondere zum europäischen Binnenmarkt sowie zu Strategien und Maßnahmen europäischer Krisenbewältigung.*
   Beachten Sie: Eine Karikatur ist ein diskontinuierlicher Text. Deshalb kann bei einem Karikaturisten auch von einem Autor gesprochen werden.
   Konzept einer möglichen Lösung:
   In der Aufgabenstellung zu Teilaufgabe 1 ist die Position des Autors als Analyseaspekt vorgegeben. Sie sollen orientiert an den Sachkriterien der grafischen Gestaltung erschließen, welche Meinung der Autor äußert.
   Aufgrund der Merkmale der Textsorte „Karikatur" können Sie zur Position wie zur Intention des Autors sagen, dass er das Dargestellte als Missstand wahrnimmt. Er zeigt diesen mit den Mitteln der Hyperbel (Übertreibung) und der uneigentlichen Sprechweise (Ironie, Sarkasmus, Zynismus) auf und übt negative Kritik. Um den Lesern seine Meinung auf der Sachebene zu übermitteln, nutzt der Autor auf der Bildebene optische Effekte. Er lenkt z. B. die Blickrichtung des Lesers durch die Wahl einer bestimmten Perspektive.
   Sie sollen analysieren, wie die gezeichnete Satire grafisch aufgebaut ist, welche Sachaussagen und welche Wertungen enthalten sind. Beziehungen zwischen den grafischen Elementen sollen Sie beschreiben und erschließen und die vom Autor beabsichtigte negativ-kritische Wirkungsweise herausarbeiten. Ordnen Sie die Karikatur als journalistischen Kommentar anhand des Erscheinungsdatums in den Zusammenhang des europapolitischen Zeitgeschehens ein.
   Tipps:
   Eine intensive sozialwissenschaftliche Prüfungsvorbereitung schließt ein, dass Sie über aktuelle Entwicklungen informiert sind.
   Vorsicht vor „Textüberwältigung"! Vermeiden Sie, Sachwissen über die Karikatur zu „stülpen". Achten Sie bei der Lösung der Teilaufgabe auf eine angemessene fachmethodische Gewichtung. Die verlangte, aspektgeleitete Grafik-Analyse hat Eigenwert und Vorrang vor dem „Analyse-Baustein" der Erläuterung bestimmter Daten und Fakten.

Arbeitsschritte in der Vorbereitungszeit:
1. *Beschreibung der Bestandteile und Untersuchung des Aufbaus der Grafik auf der Bildebene (AFB I und II)*
2. *Erschließen der Position und Intention des Autors auf der Sachebene, Erwartungshaltung zum Text (AFB II)*
3. *Einordnung des Gedeuteten in einen systematischen Zusammenhang, Herausarbeitung von Hintergründen und Beziehungen (AFB II)*

Die Textanalyse folgt auch bei Karikaturen einem ***arbeitstechnischen Dreischritt:***
a) ***Textarbeit:*** *Markieren von Erkanntem mittels Farben/Symbolen*
b) ***Stichworte:*** *Notieren der Befunde*
c) ***Konzept:*** *Ordnen der Ergebnisse/Verwenden von Fachbegriffen*

Präsentation in der Vortragszeit:
Strategisch sollten Sie Ihre Arbeitsergebnisse gemäß Ihrer persönlichen Arbeitstechnik so aufbereiten und effizient strukturieren, dass Sie der Prüfungskommission alle für die Analyse entscheidenden Aspekte mündlich in max. acht Minuten klar und verständlich vortragen können (AFB I und II). Organisieren Sie sich zeitökonomisch nach dem analytischen Prinzip: „A" Behauptung/Intentionshypothese (Einleitung), „B" Beweisführung (Hauptteil) und „C" Zusammenfassung (Schluss).

A Einleitung

Textvorstellung:
In der Karikatur „Wartungsarbeiten" von Burkhard Mohr geht es um den Stand des europäischen Integrationsprozesses im Frühjahr 2016 als Ergebnis stetiger Erweiterungen der EU und um einen möglichen Austritt Großbritanniens aus der EU (BREXIT).

Intentionshypothese / Behauptung:
Der Karikaturist zeichnet mit seinem diskontinuierlichen Text einen subjektiven, journalistischen Kommentar zum politischen Handeln der EU-Organe und zur Krisenbewältigung im Staatenverbund der Europäischen Union. Er übt sarkastisch negative Kritik an der mangelnden Zukunftsfähigkeit der EU. Das multilaterale Vertragssystem, das der Grundlegung, der vorbereitenden Erweiterung und der Vertiefung der supranationalen Zusammenarbeit der EU-Mitgliedstaaten dient, habe seine Funktion eingebüßt. Gemäß den Redewendungen „Das Wasser steht uns (bald) bis zum Hals" und „Die Ratten verlassen das sinkende Schiff" seien die Organe und die Staaten der EU mit der politischen Aufgabe der Erhaltung und Weiterentwicklung des Staatenverbundes überfordert.

B Hauptteil / Beweisführung

Beschreibung:
Blickrichtung des Rezipienten frontal/von vorn auf den Ausschnitt einer Situation; im Hintergrund und im Vordergrund ist eine bis zum Horizont reichende Wasserfläche; im Zentrum der Grafik steht ein verzweigtes Röhrensystem im Wasser, bestehend aus vier Röhren (Schriftzüge „BREXIT", „NORD-EU", „OST-EU", „SÜD-EU"). Das Röhrensystem ist in sich nicht geschlossen. Woher der Inhalt kommt und wohin er hauptsächlich fließt, ist unklar. Löcher im

System zeigen, dass es unter Druck steht und dass es undicht ist; es verliert stetig Inhalt, der die Wasserfläche speist.
Im Wasser steht vertikal die BREXIT-Röhre, die direkt mit der horizontalen NORD-Röhre verbunden ist, von der unterhalb die OST-Röhre abzweigt. Unter dieser steht die SÜD-Röhre im Wasser; sie besitzt keine erkennbare Verbindung zu den anderen Röhren. Die BREXIT- und NORD-Röhre haben eine gemeinsame Stellschraube und einen etwa gleich großen Durchmesser. Die OST-Röhre besitzt eine eigene Stellschraube und ein Messinstrument, die SÜD-Röhre keines von beidem. Der Durchmesser der OST- und SÜD-Röhre ist geringer als bei den beiden anderen Röhren des Systems.
Dem Betrachter den Rücken zugewandt agiert ein kräftiger Techniker in Arbeitskleidung und Schirmmütze (Schriftzug hinten auf der Jacke „BRÜSSEL"); sein linkes Bein steht knietief im Wasser, in der Beintasche steckt ein großer Schraubenschlüssel. Das rechte Bein hebt er gestreckt zum Halten des Gleichgewichts triefend aus dem Wasser; mit der linken Hand stützt er sich mit gestrecktem Arm, eine große Rohrzange haltend, an der BREXIT-Röhre ab. Er steckt seinen rechten Zeigefinger in ein BREXIT-Leck, aus dem trotzdem der Inhalt spritzend entweicht. Der Blick des Technikers ist konzentriert auf das BREXIT-Leck gerichtet.
Im Hintergrund links droht ein Eimer zu versinken. Rechts im Vordergrund schwimmt eine Kiste, in der eine Ratte ihren aufgespannten Regenschirm über dem Kopf hält, um u. U. das Nasswerden zu verhindern. Die Ratte trägt wie der Techniker eine Schirmmütze. Die Vorderpfoten auf den Rand der Kiste gelegt, blickt sie in Fahrtrichtung vom Geschehen am Röhrensystem weg in die Ferne.

Deutung:

- (Unter-)Titel „Wartungsarbeiten": Sarkasmus, Anspruch (Titel) und Wirklichkeit (Dargestelltes) widersprechen sich
- Verspottung des Wartungstechnikers (Brüssel) als laienhaften Dilettanten
- Groteske/Hyperbeln: Umfangreiche Instandsetzungsarbeiten an verschiedenen Stellen des Systems sind offensichtlich unterlassen worden, jedoch notwendig, um den Zerfall aufzuhalten. In der Konstruktion des Röhrensystems (politisches Gefüge der EU als umfangreiches multilaterales Vertragswerk) ist dessen Demontage bereits fester Bestandteil (BREXIT, EU-Austritt seit dem Vertrag von Lissabon 2009 möglich geworden).

Die Elemente der Bildebene verweisen auf Elemente der gemeinten Sachebene:

Bildebene	**Sachebene**
„Baustelle"	„Europäische Union"
verwinkeltes Röhrensystem	EU-Vertragswerk; funktionale Zusammenhangslosigkeit der einzelnen Erweiterungsabschnitte
Lecks im System	EU-Normen als abgenutztes, unbrauchbares Material ohne Tragfähigkeit; Nachlassen der Pflichterfüllung der EU-Vertragspartner; Beeinträchtigung der Aufgabenerfüllung der erweiterten EU

Röhren-Teilstücke	je eine Etappe des (Des-)Integrationsprozesses
überforderter Wartungstechniker	alle politischen Akteure der EU: nationale Mitgliedstaaten wie supranationale Organe der EU, z. B. die Kommission (Brüssel) als Exekutive mit gleichzeitigem Initiativrecht in der Legislative sowie u. a. der Aufgabe der Kontrolle und Weiterentwicklung der EU-Institutionen und -Verträge
unbenutzte Werkzeuge/ Einsatz des Fingers	mögliche bzw. ergriffene Maßnahmen zur allgemeinen Funktionstüchtigkeit der EU als leichtfertig ausgeführte Unverbindlichkeit; oberflächlich angegangene Probleme; keine und/oder nicht rechtzeitig erfüllte Vertragsbedingungen
Ratte in der Kiste	Aussichtslosigkeit aller Versuche zum Erhalt der EU in ihrer bestehenden Form; im Vordergrund der Selbsterhaltungsgedanke einzelner Nationalstaaten

Einordnung in einen systematischen, europapolitischen Zusammenhang und exemplarisches Herausarbeiten von Beziehungen und Hintergründen:
Ausgehend vom ursprünglichen Kernbereich der wirtschaftlichen Interessenlagen und Verflechtung ist die europäische Integration über mehr als 60 Jahre hinweg ökonomisch vertieft und auf weitere Politikfelder ausgedehnt worden. Beschreibbar ist dies u. a. anhand der Theorie des (Neo-)Funktionalismus als „Spill-over-Effekt“: Mittels multilateraler Abkommen eine grenzüberschreitende Aufgabe erfolgreich zu lösen, kann eine fortschreitende Zusammenarbeit bei internationalen Sachfragen initiieren und die Schaffung einer supranationalen Politikebene begründen. Sechs Staaten Westeuropas (Deutschland, Frankreich, Italien, Belgien, Luxemburg, Niederlande) bildeten 1951 eine Montanunion und gründeten zur Sicherung des Friedens und Wiederaufbaus die Europäische Gemeinschaft für Kohle und Stahl, EGKS. Mit dem interessengeleiteten Ziel eines lohnenden, gemeinsamen Binnenmarktes schlossen sich die sechs Staaten 1957 in den Römischen Verträgen zur Europäischen Wirtschaftsgemeinschaft, EWG, zusammen und gründeten die Europäische Atomgemeinschaft, EURATOM. Diese Vorgänger-Organisationen fusionierten 1967 zur Europäischen Gemeinschaft, EG. Ab den 1970er-Jahren nahmen die sechs Gründerstaaten neue Mitglieder auf.
Mit dem Inkrafttreten des Vertrags von Maastricht 1993 wurde die EG zur Europäischen Union und qualitativ im Sinne der politischen Organisationsform zum Staatenverbund: Freizügigkeit von Personen, Waren, Dienstleistungen und Finanzen, eine Wirtschafts- und Währungsunion, eine gemeinsame Außen- und Sicherheitspolitik (GASP) sowie Zusammenarbeit bei der Innenpolitik und Polizei sicherten die nunmehr zwölf EU-Mitgliedstaaten einander vertraglich zu. Während der Euro- bzw. Staatsschuldenkrise ab 2010 handelten die damals 27 Staats- und Regierungschefs der EU zur Lösung von Problemlagen primär über ihr Organ des Europäischen Rates. Dieses Vorgehen ist beschreibbar mit der Integrationstheorie des Intergouvernementalismus, da der EU-Rat die Regierungen der Mitgliedstaaten repräsentiert.

Nach zahlreichen Gipfeltreffen prägte die deutsche Bundeskanzlerin Merkel 2010 den neuen Begriff der „Unionsmethode". Nach der traditionellen „Gemeinschaftsmethode" liegt das Initiativrecht für gesetzliche Maßnahmen allein bei der EU-Kommission. Sie setzt die Entscheidungsfindung zwischen den beteiligten EU-Organen aus supranationaler Perspektive in Gang. Die „Unionsmethode" soll die „Gemeinschaftsmethode" ergänzen. Im Diskurs soll z. B. die EU-Entscheidungsfindung die Perspektive der nationalen Regierungen der einzelnen EU-Mitgliedstaaten und den politischen Konsens zwischen ihnen stärker berücksichtigen. Kritiker der „Unionsmethode" betonen u. a. die demokratische Kontrolle des EU-Gesetzgebungsverfahrens durch das EU-Parlament sowie durch die nationalen Parlamente.
Bis 2017 entstand die EU der 28 und führt erstmals Austrittsverhandlungen:

Integrationsetappen	**Grundlegende/vorbereitende Verträge**
– 1973 Norderweiterung (Großbritannien, Irland, Dänemark)	
– 1981 Süderweiterung I (Griechenland)	
– 1986 Süderweiterung II (Spanien, Portugal)	– 1986 Einheitliche Europäische Akte (EEA)
	– 1992 Gründung der EU, Vertrag von Maastricht (Inkrafttreten 1993)
– 1995 Beitritt: Finnland, Schweden, Österreich, EU der 15	– 1995 Schengen-Abkommen, gemeinsame Binnengrenzen
	– 2000 Vertrag von Nizza, Vorbereitung der Osterweiterung und der politischen Vertiefung, u. a. Grundrechts-Charta
– 2004 Osterweiterung I (Estland, Lettland, Litauen, Malta, Zypern, Polen, Slowakei, Slowenien, Tschechische Republik, Ungarn), EU der 25	
	– 2005 Scheitern der Europäischen Verfassung
– 2007 Osterweiterung II (Rumänien, Bulgarien), EU der 27	
	– 2009 Vertrag von Lissabon
– ab 2010 Staatsschuldenkrise, Fiskalpakt, ESM, GREXIT-Debatte	
– 2013 Beitritt: Kroatien, EU der 28	
– Juni 2016 Volksabstimmung in Großbritannien, Mehrheit für den Austritt aus der EU (BREXIT)	

C Schluss/Zusammenfassung

Der Autor vertritt die Position, dass die EU im Februar 2016 als politisches Vertragsgefüge (Röhrensystem) aus zusammenhangslosen Teilstücken von Erweiterungen (Röhren) ihre Funktionstüchtigkeit verloren hat. Der Zusammenhalt der Mitgliedstaaten sei beeinträchtigt (Lecks). Die EU sei insgesamt hinsichtlich ihrer Anlage marode und habe zu viele Baustellen. Die zuständigen Organe und insbesondere die Kommission (überforderter Techniker/„Brüssel") hätten es versäumt, rechtzeitig zielführende Maßnahmen für Pflege und Erhalt der EU zu ergreifen (unbenutzte Werkzeuge/Einsatz des Fingers). Stattdessen habe man beim Aufbau des politischen Gefüges seinen Rückbau (BREXIT-Röhre) mit eingebaut. Die politischen Inhalte (Wasser), die im System transportiert werden, hätten eine unkontrollierbare Eigendynamik.

Nach Meinung des Autors könne die Fortführung dieser Integrationspolitik (z. B. Konzentration auf den BREXIT und Vernachlässigung anderer Problemstellen) in der Zukunft kontraproduktiv sein. Anstatt zu einer Erhaltung bzw. Vertiefung der EU könne sie zu weiteren Austritten (Ratte) von Nationalstaaten führen.

2. *Hier sollen Sie in einer problemorientierten Auseinandersetzung mit der bereits analysierten Position des Autors zu einem eigenen Standpunkt gelangen (AFB III). Inhaltlich sollten Sie an Ihre erarbeitete Lösung aus Teilaufgabe 1 anknüpfen. Ihre persönliche Stellungnahme zur Position des Autors geben Sie in ca. sieben Minuten ab. Sie sollen zeigen, dass Sie ein* ***eigenes Werturteil sachlich begründet*** *fällen können (siehe Pro-/Kontra-Argumente). Dazu sollten Sie z. B. aktuelle EU-Maßnahmen zur Bewältigung von Krisen argumentativ abwägen.*

Tipp:

Geraten Sie bei Ihrer Stellungnahme nicht in das sarkastische „Fahrwasser" der Karikatur! Gehen Sie sprachlich auf die sachlich distanzierte Ebene zurück.

Stellungnahme: Hinsichtlich der Frage nach der Zukunftsfähigkeit der Europäischen Union und ihrer Fähigkeit zur Problem- bzw. Krisenbewältigung stimme ich mit der negativen Kritik des Autors überein/nicht überein, weil …

Zeitachse	**exemplarische Pro-Argumente zur Position des Autors**	**exemplarische Kontra-Argumente zur Position des Autors**
kurzfristig	– Weigerung einzelner EU-Staaten, Flüchtlinge aufzunehmen – mangelnde internationale Koordination der Polizei- und Geheimdiensterkenntnisse	– Europäische Migrationsagenda – Europäische Terrorbekämpfung
mittelfristig	– konstante Verschuldungsproblematik von Euroländern – soziale Unruhen in „Defizit-Ländern" der Eurozone wie Griechenland, Spanien etc.	– finanzpolitische Stabilisierung des Euros/der Eurozone, Fiskalpakt – gemeinsame EU-Maßnahmen gegen z. B. Jugendarbeitslosigkeit
langfristig	– EU-Austritt Großbritanniens und möglicher Verlust von Freihandelsabkommen – nationale Separationsprozesse in Italien, Spanien, Großbritannien etc.	– Ausbau der Wirtschafts- und Währungsunion – Ausbau der politischen Union

Für das folgende Prüfungsgespräch kann z. B. an Unterrichtsthemen des Inhaltsfeldes 4 (Wirtschaftspolitik) und/oder des Inhaltsfeldes 7 (Globale Strukturen und Prozesse) angeknüpft werden.

Abiturprüfung 2020 NRW – Grundkurs Sozialwissenschaften
Aufgabe 1

Thema:
Die Vertiefung der europäischen Integration –
ein sinnvoller Beitrag zur Bewältigung globaler Herausforderungen?

Aufgabenstellung	Punkte
1. Analysieren Sie den Text im Hinblick auf die Position und Argumentation des Autors zur Lage der Europäischen Union und zum daraus resultierenden Handlungsbedarf. Erläutern Sie anhand von zwei Textbelegen Bezüge zu Leitbildern europäischer Integration.	46
2. Stellen Sie zwei Stationen des europäischen Integrationsprozesses nach dem Zweiten Weltkrieg sowie die Bedeutung der europäischen Integration für Demokratie und Menschenrechte dar.	24
3. Erörtern Sie unter Einbeziehung der Position des Autors anhand von zwei globalen Herausforderungen, inwiefern diese durch eine vertiefte europäische Integration bewältigt werden können.	30

M: Stefan Braun: Die EU muss sich neu gründen

[…] [Frankreichs Staatspräsident Emmanuel Macron] kämpft darum, in einem verklebten, zerstrittenen, die großen Gefahren ignorierenden Europa das Undenkbare anzustoßen.

Macron will das liberale und demokratische, das weltoffene und ziemlich soziale Europa wachrütteln. Man kann sogar sagen: Er will es wachküssen. Dabei möchte der Franzose keineswegs alles umstürzen. Er will zurück zu den Wurzeln. Jenen Wurzeln, die zur Gründung der EU geführt haben.

Der Franzose ist damit nach Helmut Kohl[1] der erste Europäer, der derart leidenschaftlich für ein starkes und geeintes Europa eintritt. Und seine Begründung ist so einfach wie schmerzhaft: Macron geht es um nichts weniger als um die Rettung vor dem Tod Europas.

Bei einer Rede vor gut einem halben Jahr an der Pariser Sorbonne[2] hat Macron seine Motive ausgebreitet. Und er hat Europas Gegner benannt, gemeint sind Nationalisten, Autokraten[3] und Demokratiefeinde. Diese seien drauf und dran, den Sieg davon zu tragen, warnt der Franzose. Einen Sieg über jenes liberale und solidarische Europa, das seine Gründer als Reaktion auf die Verheerungen zweier Weltkriege entworfen hatten.

Aus Sicht Macrons ist die EU in diese Lage geraten, „weil wir aus Unachtsamkeit, Schwäche oder Blindheit die Voraussetzungen für ihren Sieg geschaffen haben“.

Macrons Schlussfolgerung wird zur Selbstanklage: „Wir haben vergessen, Europa zu verteidigen!“

Die Rhetorik des Franzosen muss einem nicht gefallen; man muss nicht jede hochfliegende Formulierung gut finden. Trotzdem ist Macrons Warnung von historischer Bedeutung. Sie kommt nicht aus dem Nichts; sie kommt zu einem Zeitpunkt, an dem alles wackelt und kaum mehr etwas sicher ist in Europa.

Donald Trumps unberechenbar gewordenes Amerika, Wladimir Putins nach Selbstbewusstsein lechzendes Russland, Recep Tayyip Erdogans wütend-größenwahnsinnige Türkei, dazu Chinas radikaler Machtanspruch in Wirtschaftsfragen – man muss blind sein, um nicht zu sehen, dass nur ein stabiles, solidarisches, sich verteidigendes Europa in der Lage wäre, sich gegen diese Herausforderungen zu behaupten.

Das Gleiche gilt beim Blick nach innen. Da gibt es die bewusste Beschneidung demokratischer Rechte in Polen, Ungarn und anderen EU-Staaten; es gibt die aggressiven Attacken auf Minderheiten und liberale Werte durch rechtskonservative Parteien in Österreich, Frankreich, den Niederlanden. Und es gibt starke linke Protestparteien in Spanien, Italien und Griechenland, die die Gerechtigkeitsfrage neu stellen und dabei zu einem erheblichen Teil auf nationale Heilsversprechen setzen statt auf die EU-Gemeinschaft. Das sind keine Petitessen[4], sondern Angriffe auf das Selbstverständnis. Wenn sie kein Ende finden, untergraben sie die Grundlage der Gemeinschaft.

[…]

Und was kommt aus Berlin? Bislang nichts, was wirklich Substanz ausweisen könnte. Selten hat ein französischer Präsident durch eigenes Werben und Handeln die Schwächen und Unzulänglichkeiten einer deutschen Regierung so offengelegt wie Macron. Er spricht über die Rettung Europas; die Kanzlerin und ihre Union sprechen darüber, ob sie ein bisschen mehr Geld zu geben bereit sind.

[…]

So wird Europa nicht gerettet; so wird es nicht zu einem anerkannten, respektierten, auch einflussreichen Spieler auf der Weltbühne. So schrumpft es und verliert an Kraft und Bedeutung.

Aus diesem Grund braucht die EU einen Schritt, den viele in Europa bislang für unmöglich halten. Die EU braucht einen Akt der Neugründung und Neubegründung. Sie braucht einen Akt, mit dem sich alle, die es wollen, umfassend zu ihr bekennen.

[…]

Wie lässt sich eine Situation schaffen, in der alle EU-Staaten noch einmal die Frage klären, ob sie wirklich und mit allen Konsequenzen zu einer künftigen EU gehören möchten?

Diese Frage, man kann es drehen oder wenden, wie man will, lässt sich nur durch Referenden lösen. Nur mit einer Volksabstimmung über ein Ja oder Nein kann jede Bevölkerung noch einmal für sich entscheiden, ob sie dabeibleiben möchte. Nur dann geht es nicht um den Willen einer Regierung, einer Partei, eines Politikers, sondern um die Zukunft aller.

Nur mit einem solchen Ja oder Nein lässt sich vermeiden, dass Nebeneffekte eine Rolle spielen. Selbst Wähler, die gerne Protest wählen, können in so einem Fall nicht mehr ausweichen. Sie können nur Ja oder Nein sagen.

Und: Die Menschen selbst entscheiden, die Bevölkerungen. Da gibt es wenig Manövriermöglichkeiten für Parteien oder Regierungen. Auch sie können nur ja oder nein sagen, auch sie können nicht mäkeln, kritisieren, Forderungen stellen, sondern müssen sich entscheiden. Es geht also nicht um einen Rauswurf, es geht um das positive Bekenntnis – und wer das nicht will, hat es selber entschieden.

[…]

Bleibt noch eine Frage: Was soll die Grundlage dieser EU sein? Was ist der Rahmen für eine Mitgliedschaft? Was die Basis für die Abstimmung?

Auch darauf gibt es eine Antwort. Die EU verabschiedete 2000 ihre Grundrechte-Charta[5]. Selten zitiert und wenig bekannt, wäre dieses Dokument gleichwohl eine ausgezeichnete Grundlage für eine Abstimmung.

Und das aus zwei Gründen: Sie definiert humanitäre, demokratische und soziale Grundüberzeugungen der Gemeinschaft. Um nichts anderes geht es, wenn die Frage steht, wer dieses Europa in der Welt von morgen sein möchte. Was soll es antreiben? Wie soll Solidarität aussehen? Was will es sein und bleiben?

Hinzu kommt: Als die Charta im Jahr 2000 verabschiedet wurde, waren viele Staaten noch gar nicht beigetreten. Das gilt insbesondere für die Staaten des früheren Ostblocks. Als sie schließlich 2004 dazukamen, war die Charta mit im Gepäck, hat aber bei der Entscheidung zum Beitritt keine allzu große Rolle gespielt. Was also könnte besser sein, als sich darüber noch einmal selbst zu vergewissern?

Es steht außer Frage: Emmanuel Macron kann mit all seinen Ideen scheitern. Aber er wird bis zur endgültigen Entscheidung über Europas Zukunft nicht aufgeben. Angesichts dessen wäre es nachgerade unverantwortlich, sollte die große Koalition in Berlin ihn dabei tatsächlich im Stich lassen. Eine Koalition, die ihren Koalitionsvertrag mit schönsten Worten über die Bedeutung Europas für Deutschland begonnen hatte. Schon wieder vorbei alles?

[…]

Stefan Braun: Die EU muss sich neu gründen. In: Süddeutsche Zeitung vom 19. April 2018 (gekürzt), https://www.sueddeutsche.de/politik/zukunft-europas-die-eu-muss-sich-neu-gruenden-1.3950820

Zugelassene Hilfsmittel:
Wörterbuch zur deutschen Rechtschreibung

Zum Autor:
Stefan Braun, geb.1964, ist Journalist und seit 2008 für das Berliner Büro der *Süddeutschen Zeitung* tätig.

Begriffserklärungen:
1 Helmut Kohl (CDU) war von 1982–1998 Bundeskanzler der Bundesrepublik Deutschland und gilt als ein Wegbereiter der europäischen Integration.
2 Sorbonne: Universität in Paris
3 Autokrat: Alleinherrscher, der die unumschränkte Staatsgewalt für sich beansprucht
4 Petitesse: Geringfügigkeit; nebensächliche, unwichtige Sache; Kleinigkeit
5 Grundrechte-Charta (eigentlich: Charta der Grundrechte der Europäischen Union): Rechtlich verbindlicher Katalog von bürgerlichen, politischen, wirtschaftlichen und sozialen Rechten der in der Europäischen Union lebenden Menschen. Dabei werden auch Schutzbereiche geregelt, die nicht ausdrücklich in den nationalen Grundrechtekatalogen erwähnt werden.

Lösungsvorschläge

Aufgabenart A *(Analyse – Darstellung – Erörterung)*
Inhaltliche Schwerpunkte:

- *Europäische Union: Historische Entwicklung der EU als wirtschaftliche und politische Union; Europäische Integrationsmodelle (Perspektiven einer vertieften und erweiterten Europäischen Union); Strategien und Maßnahmen europäischer Krisenbewältigung*
- *Globale Strukturen und Prozesse: Internationale Bedeutung von Menschenrechten und Demokratie; Internationale Friedens- und Sicherheitspolitik; Merkmale, Dimensionen und Auswirkungen der Globalisierung*

1. *Als Erstes sollen Sie in dieser Aufgabe die mehrschrittige Textanalyse, die Sie vom Verfahren her mittlerweile sicher kennen (Texteinordnung, Position, Begründungsgang, Argumentationsweise, Intention), auf Stefan Brauns Artikel anwenden. Hier lohnt sich jedoch ein genaues Lesen der Aufgabenstellung: Herausgearbeitet werden soll sowohl die Lage der Europäischen Union aus Sicht des Autoren als auch der daraus resultierende Handlungsbedarf. Es könnte daher von Nutzen sein, bereits bei der Textbearbeitung mehrfarbig zu markieren sowie wichtige Passagen zuzuordnen, um später stringent schreiben zu können. Zudem verlangt die Aufgabe, dass Sie Bezüge zu Leitbildern europäischer Integration herstellen, indem Sie zwei Textbelege heranziehen. Hier ist es sinnvoll, wenn Sie bereits vor dem Lesen des Textes auf einem Notizzettel die Ihnen bekannten Leitbilder notieren und dann markieren, welche Bezüge Ihnen bei der Bearbeitung des Textes auffallen.*

Stefan Brauns Artikel „Die EU muss sich neu gründen" wurde am 19. April 2018 in der Süddeutschen Zeitung veröffentlicht. Der Autor beschäftigt sich in seinem Text mit der Frage, inwiefern die **Europäische Union erneut gegründet und begründet** werden sollte (vgl. Z. 50 f.). Einleitung

Zur Position des Autors lässt sich sagen, dass er die Bürger*innen der Europäischen Union in **Referenden** darüber abstimmen lassen will, ob ihr jeweiliges Land noch zur EU gehören möchte (vgl. Z. 56 f.). Diese Abstimmungen sollten laut Braun auf Grundlage der **Grundrechtecharta der Europäischen Union** durchgeführt werden (vgl. Z. 72 f.). Notwendig sei diese Neubegründung und Zustimmung zur Union, da die EU einer Vielzahl **internationaler und zwischenstaatlicher Unsicherheiten und Konfliktlagen** ausgesetzt sei (vgl. Z. 26 f.). Der französische Präsident Macron gehe bei dieser notwendigen Rettung der EU voran und benötige die Unterstützung einer hadernden Bundesregierung, von der sich der Autor mehr Mut zum Handeln wünscht (vgl. Z. 40 f.). Position des Autors

Begründungsgang:
Lage der Europäischen Union

Zur **Lage der Europäischen Union** stellt Stefan Braun fest, dass die EU eine Vielzahl der internationalen und zwischenstaatlichen Gefahren ihres Bedeutungsverlustes ignoriere (vgl. Z. 18 ff.). So verweist er auf die Unberechenbarkeit der **USA** sowie Machtansprüche und Expansionstätigkeiten in **China**, **Russland** und der **Türkei** (vgl. Z. 26 ff.). Der Autor beobachtet auch **innereuropäische Streitpunkte** wie die unklare rechtsstaatliche Lage in **Polen** und **Ungarn** (vgl. Z. 31 f.) sowie nationalistische Tendenzen sowohl im **linken** wie im **rechten politischen Spektrum** (vgl. Z. 32 ff.). Als zu einer Lösung bereit sieht Braun momentan nur den **französischen Präsidenten**, der mit einer „Warnung von historischer Bedeutung" (Z. 23 f.) „das liberale und demokratische, das weltoffene und ziemlich soziale Europa wachrütteln" (Z. 4 f.) wolle. Die Rolle der deutschen Bundesregierung sieht er kritisch: Aus Berlin käme nichts (vgl. Z. 40), durch Macrons Anstöße zu einem Neuanfang für die EU würden sehr deutlich die „**Schwächen und Unzulänglichkeiten**" (Z. 42) offengelegt.

Begründungsgang: Handlungsbedarf

Die Analyse der Lage der EU veranlasst den Autor dazu, den **Handlungsbedarf** aus seiner Sicht als einen „Akt der **Neugründung und Neubegründung**" (Z. 50) zu formulieren. Jede Nation solle sich „umfassend zu [der Europäischen Union] bekennen" (Z. 51). Hierfür würde er Referenden über die **Zustimmung oder Ablehnung zur Grundrechte-Charta** der EU durchführen lassen (vgl. Z. 72 ff.). Dies böte sich nicht nur deswegen an, weil hier „humanitäre, demokratische und soziale Grundüberzeugungen der Gemeinschaft" (Z. 75 f.) formuliert seien. Ebenso könnten die Bürger*innen „nur **Ja oder Nein** sagen" (Z. 63), was **politisches Taktieren** durch „Parteien oder Regierungen" (Z. 65) **ausschließe**. Darüber hinaus sei über die Grundrechte-Charta, die 2000 verabschiedet wurde, durch Staaten „des früheren Ostblocks" (Z. 80 f.) noch nicht wirklich abgestimmt worden, sie sei lediglich beim EU-Beitritt „mit im Gepäck" (Z. 81) gewesen. Durch die angesprochenen Referenden erhofft sich Braun, dass die EU neu begründet als **gestärkte und vertiefte Solidargemeinschaft** voranschreiten würde. Auch wenn diese Ansätze sowie Emmanuel Macron „mit all seinen Ideen scheitern" (Z. 84) könnten, dürfe die Bundesregierung ihn nicht mehr „im Stich lassen" (Z. 87) bei seinem Versuch, die **Europäische Union zu retten**.

Argumentationsweise

In seiner Argumentationsweise stützt sich Stefan Braun sehr stark auf die **Person** und die Vorschläge von **Emmanuel Macron**. Dieser kämpfe um die Rettung Europas (vgl. Z. 4 ff.), obwohl er damit momentan ziemlich allein dastehe. Darüber hinaus weiß der Journalist die Lage der EU **zugespitzt und dramatisch**

darzustellen, etwa wenn er vom „Tod Europas" (Z. 11) schreibt oder davon, dass „kaum mehr etwas sicher" (Z. 25) sei. Des Weiteren versucht Braun, durch beeinflussende Formulierungen die **scheinbare Unumstößlichkeit seiner Position hervorzuheben**: Formulierungen wie „[e]s steht außer Frage" (Z. 84) oder auch „man muss blind sein, um nicht zu sehen" (Z. 28 f.) deuten in diese Richtung.

Intention

Der Autor möchte mit seinem Text vor dem drohenden Bedeutungsverlust der Europäischen Union warnen. Er fordert, die Zustimmung zur EU durch **europaweite Referenden** einzuholen und **appelliert an die Bundesregierung**, Macron in seinen Zielen zu **unterstützen**.

Bezug zu Leitbildern

An verschiedenen Stellen ergeben sich im Text von Stefan Braun Bezüge zu den sogenannten **Leitbildern der europäischen Integration**. Wenn er für Maßnahmen wirbt, damit die EU „zu einem anerkannten, respektierten, auch einflussreichen Spieler auf der Weltbühne" (Z. 46 f.) werden kann, deutet dies stark in Richtung eines **„Europäischen Bundesstaates"**. Dieser würde sich deutlicher als bisher als Werte- und Solidargemeinschaft darstellen und international – durch mehr Geschlossenheit – eher als „Weltmacht" auftreten können. Im Gegensatz dazu merkt man beispielsweise an Brauns Kritik an den „nationale[n] Heilsversprechen" (Z. 36) der linken Protestparteien, dass er sich deutlich von einem **intergouvernementalen Leitbild** distanziert („**EU als Staatenbund**").

2. *Der Operator „darstellen" fordert hier eine bündige Ausführung zu zwei Stationen des europäischen Integrationsprozesses und zur Bedeutung der europäischen Integration für Demokratie und Menschenrechte. Diese Aufgabe gibt Ihnen eine gute Einschätzungsmöglichkeit, was Sie bei Reproduktionsaufgaben im Abitur erwartet. Um hier präzise und ausführlich genug antworten zu können, müssen Sie die wesentlichen Schritte der europäischen Integration kennen und spezifische Aspekte nennen können. Sie sollten zwei Stationen auswählen, die Ihnen sowohl relevant genug erscheinen als auch relativ ausführlich erklärt werden können. Sinnvoll sind z. B. wesentliche (Gründungs-)Verträge wie die Gründung der EGKS, der Vertrag von Maastricht oder der Vertrag von Lissabon. Ebenso denkbar wären große politisch-wirtschaftliche Schritte wie die Schaffung des Binnenmarktes, die Einführung des Euro oder die sogenannte EU-Osterweiterung. Es bietet sich an, dass Sie zuerst Ihnen bekannte Stationen der europäischen Integration auf einem Zettel notieren und dann prüfen, welche beiden sich aus Ihrer Sicht eignen, um auch den zweiten Teil der Aufgabe zu beantworten – nämlich die Bedeutung für Demokratie und Menschenrechte.*

Der europäische Integrationsprozess nach dem zweiten Weltkrieg ist durch eine große Anzahl kleinerer und größerer Entwicklungen gekennzeichnet. Zwei von ihnen sollen im Folgenden angerissen werden: Zum einen der **Vertrag zur Gründung der Europäischen Gemeinschaft für Kohle und Stahl** (EGKS) sowie zum anderen der Vertrag über die Europäische Union (EUV), auch **Vertrag von Maastricht** genannt. Einstieg

Der Vertrag zur Gründung der EGKS verdeutlicht 1951 die **vertiefte Zusammenarbeit** der sechs unterzeichnenden Staaten Deutschland, Italien, Frankreich, Belgien, die Niederlande sowie Luxemburg **im wirtschaftlichen Bereich**. Wenn diese sich auch erst einmal auf Kohle und Stahl beschränkte, so waren hiermit doch **unterschiedliche Grundsteine** gelegt: Die gegenseitige Kontrolle kriegswichtiger Güter (im Sinne der **Friedenssicherung**), die **Schaffung eines gemeinsamen Marktes** für diese Güter sowie die **Stärkung der Wirtschaftskraft** der unterzeichnenden Staaten. EGKS

Der Vertrag von Maastricht hingegen ist die **formale Gründung der Europäischen Union**. Er kann als der bislang wesentlichste Schritt der europäischen Integration angesehen werden. In ihm ist neben der gemeinsamen **Außen- und Sicherheitspolitik** und der **Zusammenarbeit in den Bereichen Justiz und Inneres** vor allem die schrittweise Schaffung der **Europäischen Wirtschafts- und Währungsunion** geregelt. Dazu gehörte unter anderem die geplante **Einführung des Euro**. Aber auch die sogenannten **Konvergenzkriterien**, die die wirtschaftliche Stabilität der Eurozone sichern sollen, sind ein wichtiger Punkt. Vertrag von Maastricht

Bezüglich der Bedeutung der europäischen Integration für Demokratie und Menschenrechte ist festzustellen, dass ein **Beitritt zur EU auf klaren Kriterien beruht** (hier: Kopenhagener Kriterien): Eine demokratische und rechtsstaatliche Ordnung, die Wahrung der Menschenrechte sowie der Minderheitenschutz sind notwendige Voraussetzungen für eine Aufnahme in den Staatenverbund. Insofern macht die EU klar, welche **Werte** ihr wichtig sind. Darüber hinaus ist besonders in der europäischen Außenpolitik stets die Wahrung der Demokratie und der Menschenrechte von hoher Priorität, wie **Abkommen** mit (Dritt-)Staaten sowie die 2012 erfolgte Verleihung des **Friedensnobelpreises** an die EU erkennen lassen. Bedeutung für Demokratie und Menschenrechte

auch hier vorerst attestiert werden, dass dies nicht effektiv funktionieren dürfte, solange auf „nationale Heilsversprechen […] statt auf die EU-Gemeinschaft“ (Z. 36 f.) gesetzt wird. Es kommt also stark darauf an, **in welcher Art und Weise die EU ihre Integration vertiefen würde**. Wird die verstärkte Zusammenarbeit den Bürgern von außen aufgezwungen, dann ist in vielen Ländern mit **Gegenwehr** zu rechnen. Und ohne ein kooperatives Verhalten und das Engagement im Sinne des Umweltschutzes, kann nur wenig in Sachen Klimaschutz erreicht werden. In diesem Sinne wäre es wichtig, dass alle Bewohner und im Speziellen die Unternehmen der einzelnen EU-Länder davon überzeugt sind, dass eine **vertiefte Integration Vorteile mit sich bringt**. Wenn die Mehrzahl der Bürger sich querstellt, dann ist auch nicht davon auszugehen, dass die Parteien und Politiker sich für die gemeinsamen Ziele mit vollem Einsatz engagieren würden. Immerhin sind sie auf ihre Wähler angewiesen. Von diesem Standpunkt aus wäre eine **Beteiligung der Bürger im Sinne von Referenden**, wie Braun es vorschlägt (vgl. Z. 56 f.), zumindest eine Option. Letztlich würde mehr Engagement der EU im Bereich des Umweltschutzes, des alternativen Wachstums und die Umsetzung weltweiter Standards bedeuten, dass sie **mehr Kompetenzen** bräuchte. **Nationalstaaten** müssten weiter **Souveränität abgeben**. Aktuell scheint dies vielerorts kein durchführbares Thema zu sein.
Es bleibt festzuhalten, dass, ganz im Sinne von Stefan Braun, die „Rettung Europas“ (Z. 43) ein Großprojekt werden dürfte, dessen Dringlichkeit – aber auch dessen Chancen – nicht zu unterschätzen sind. Mit einer vertieften Integration könnte man Herausforderungen sicherlich **wirksam** bewältigen. Damit dies jedoch auch **nachhaltig** Erfolg hat, ist es ganz entscheidend, dass alle Länder aus innerer Überzeugung an einem Strang ziehen.

Abiturprüfung 2020 NRW – Grundkurs Sozialwissenschaften
Aufgabe 2

Thema:
Bedingungsloses Grundeinkommen –
ein angemessenes Instrument zur Weiterentwicklung des deutschen Sozialstaats?

Aufgabenstellung Punkte

1. Stellen Sie die Zielsetzungen des deutschen Sozialstaats sowie zwei Varianten der Finanzierung von Sozialleistungen dar. 24
2. Analysieren Sie den Text im Hinblick auf die Position und Argumentation des Autors zur Einführung eines bedingungslosen Grundeinkommens und zum politischen Handlungsbedarf. Ordnen Sie die Vorstellungen des Autors anhand von zwei Textbezügen in das Spektrum wirtschaftspolitischer Konzeptionen ein. 46
3. Erörtern Sie unter Einbeziehung der Position des Autors im Hinblick auf soziale und auf wirtschaftliche Auswirkungen, ob ein bedingungsloses Grundeinkommen in Deutschland eingeführt werden sollte. 30

M: Karl-Heinz Paqué: Ausgang aus der Arbeit?

[…]

Es ist schon merkwürdig: In Deutschland sind die Chancen, einen Job zu finden, heute besser als in den letzten Jahrzehnten zuvor. Die Arbeitslosenquote liegt bei 5 Prozent, nach internationalen Maßstäben sogar nur bei knapp über 3 Prozent. Das ist Vollbeschäftigung. Knapp 45 Millionen Erwerbstätige gibt es in Deutschland, so viele wie noch nie. Schlendert man durch deutsche Städte und Gemeinden, springen einem überall Stellen- und Ausbildungsangebote ins Auge – und zwar nicht nur für Hochqualifizierte wie Lehrer an unseren Schulen, sondern auch für Aushilfskräfte. Und dies quer durch alle Branchen – von der Gastronomie bis zum Transportgewerbe und den Pflegeberufen. Ohne den Zustrom ausländischer Arbeitskräfte würden viele Dienstleistungen entfallen.

Und das wird sich in Zukunft noch verstärken: Ab 2020 verabschiedet sich Schritt für Schritt die riesige Generation der Babyboomer[1] aus dem Arbeitsmarkt – und hinterlässt große Lücken (netto bis 2035 etwa fünf Millionen Stellen). Zugegeben: Mancher altmodische Arbeitsplatz wird Opfer der Digitalisierung werden, die intellektuelle Routine ersetzen kann. Aber die weit verbreitete Angst, dass dies zur Massenarbeitslosigkeit führen wird, ist in absurder Weise überzogen.

Es könnte also Arbeitgebern und Staat durchaus gelingen, alle motivierten Menschen in Beschäftigung zu halten oder zu bringen. Dies gilt besonders dann, wenn die

Löhne wieder stärker steigen, was zu erwarten ist, und wenn Hartz IV und der Rentenbezug so reformiert werden, dass Anreize zum Zuverdienst durch Arbeit entstehen. Die FDP hat dazu entsprechende Vorschläge gemacht, die Friedrich-Naumann-Stiftung für die Freiheit hat einen Teil davon vom ifo Institut[2] durchrechnen lassen.

Allerdings wandert die öffentliche Diskussion genau in die Gegenrichtung. Grüne, Sozialdemokraten und Sozialisten wollen Grundeinkommen[3] und Grundrente[4] einführen, und zwar bedingungslos, ohne Prüfung der Bedürftigkeit – zu finanzieren durch zusätzliche Besteuerung. Wie teuer dies für die Steuerzahler sein würde, hängt natürlich von der konkreten Ausgestaltung ab. Ein Thema, über das sich unendlich streiten lässt. Diese Kontroverse wird sicherlich in den nächsten Monaten zu führen sein.

Vielleicht noch wichtiger ist aber vorneweg die ethische Diskussion: Sind bedingungslose Grundeinkommen und Grundrente wirklich gerecht? Ist nicht gerade in einer Welt der Knappheit an Arbeitskräften jeder Beitrag zur Wertschöpfung einer Volkswirtschaft sozial hochwillkommen und eigentlich auch eine selbstverständliche Verpflichtung jedes Einzelnen? Und gilt dies nicht gerade auch dann, wenn der Einzelne die finanzielle Solidarität der arbeitenden Steuerzahler in Anspruch nimmt oder genommen hat?

Einfache Beispiele machen die Problematik deutlich: Zwei gleich begabte junge gesunde Menschen, der eine (A) arbeitet zum gesetzlichen oder tariflichen Mindestlohn, der andere (B) tut es trotz vorhandenem Angebot nicht, erhält aber (annähernd) das Gleiche. Was ist daran gerecht? Ist das Grundeinkommen wirklich bedingungslos, könnte es sogar sein, dass B als Erbe Vermögenseinkünfte hat, A aber nicht. Der wohlhabendere B wird dann zusätzlich vom Staat alimentiert. Was ist daran gerecht?

Ähnliches gilt – natürlich über lange Zeiträume gerechnet – für den Bezug von Renteneinkünften. Lücken in der Erwerbsbiografie (und damit in den späteren Rentenansprüchen) können natürlich unverschuldet entstehen, aber in einer Welt, die eine bedingungslose Grundrente garantiert, entfällt natürlich auch das Bemühen, genau diese Lücken zu vermeiden: durch gute Bildung, sorgfältige Jobauswahl und berufliches Fortkommen. All dies ist übrigens in der Welt der Knappheit an Arbeitskräften sehr gut möglich, besser jedenfalls als in den vergangenen Jahrzehnten chronischer Arbeitslosigkeit. Und es ist doch eigentlich auch gerecht: Es gehört zur selbstverständlichen Eigenverantwortung der Menschen in einer Sozialen Marktwirtschaft, ihr Leben vernünftig und vorausschauend zu gestalten.

Ungleiches darf eben nicht gleich behandelt werden. Geschieht es trotzdem, zerstört der Staat Vertrauen in seine Gerechtigkeit. Sehr schnell werden dann die Menschen, die fleißig arbeiten, gegen allzu großzügige – weil bedingungslose – Regeln des Sozialstaats rebellieren.

Das heißt natürlich nicht, dass die individuelle Leistungsbereitschaft von einer gnadenlosen Kontrollbürokratie über einen Leisten geschlagen werden[5] darf. Insbesondere intensives ehrenamtliches Engagement – statt marktorientierter Arbeit – sollte angemessen berücksichtigt werden. Dies verlangt allerdings eher eine Reform der Gemeinnützigkeit als eine komplett neue Philosophie des bedingungslosen Grundeinkommens. Hinzu kommt, dass es sich dabei keineswegs um Massenphänomene handelt. Die meiste ehrenamtliche Arbeit wird von Bürgerinnen und Bürgern geleistet, die selbst berufstätig oder längst im verdienten Ruhestand sind.

Fazit: In der Sozialen Marktwirtschaft darf es keinen Ausgang aus der Arbeit geben. Im Gegenteil, ihr Funktionieren hängt fundamental davon ab, dass die Menschen, wenn die Chance besteht, auch wirklich arbeiten. Sonst bröckeln ihre Grundfeste[6], ethisch und wirtschaftlich.

Karl-Heinz Paqué: Ausgang aus der Arbeit? In: Friedrich-Naumann-Stiftung für die Freiheit vom 15. Februar 2019 (Anpassungen an die sprachliche Richtigkeit wurden vorgenommen), https://www.freiheit.org/ausgang-aus-der-arbeit

Zugelassene Hilfsmittel:
Wörterbuch zur deutschen Rechtschreibung

Zum Autor:
Karl-Heinz Paqué, geb.1956, ist Professor für Volkswirtschaftslehre an der Otto-von-Guericke-Universität Magdeburg und Vorsitzender der FDP-nahen Friedrich-Naumann-Stiftung für die Freiheit.

Begriffserklärungen:
1 Babyboomer: Generation mit hoher Geburtenrate (1955–1969)
2 ifo Institut: „ifo Institut -Leibniz Institut für Wirtschaftsforschung an der Universität München e. V.", renommiertes Wirtschaftsforschungsinstitut
3 Bedingungsloses Grundeinkommen (BGE): einheitliche sozialstaatliche Transferleistung ohne Bedürftigkeitsprüfung
4 Bedingungslose Grundrente: an das Grundeinkommen angelehntes Konzept zur Altersversorgung
5 „über einen Leisten schlagen": (hier:) gleich behandeln
6 Grundfeste: (hier:) Fundament

Lösungsvorschläge

***Aufgabenart B** (Darstellung – Analyse – Erörterung)*
Inhaltliche Schwerpunkte:

- *Strukturen sozialer Ungleichheit, sozialer Wandel und soziale Sicherung: sozialstaatliches Handeln; Modelle und Theorien gesellschaftlicher Ungleichheit*
- *Wirtschaftspolitik: wirtschaftspolitische Konzeptionen (Auseinandersetzungen im Zusammenhang mit dem Arbeitslohn und seiner gesellschaftlichen Bedeutung)*

1. *Die Aufgabe verlangt eine Darstellung der wichtigsten Grundsätze des Sozialstaats und erfordert die Differenzierung der Finanzierung über Steuern oder Beiträge. Die Nennung von konkreten Artikeln ist in der Aufgabenstellung nicht gefordert. Es macht natürlich Sinn, beispielsweise den Artikel 20 GG erwähnen. Zu viel Zeit sollten Sie aber nicht darauf verwenden, über passende Artikel nachzugrübeln. (AFB I)*

Zielsetzungen des Sozialstaats

Das Grundgesetz der Bundesrepublik Deutschland definiert sich in Art. 20 (GG) – der sog. **„Verfassung in Kurzform" –** als Sozialstaat. Besonders wichtig ist in diesem Zusammenhang die Sicherung der **Menschenwürde** sowie der **gesellschaftlichen Teilhabe**. Zudem sollen **Ungleichheiten beseitigt** werden. Dies passiert auf individueller Ebene unter anderem durch das progressive Steuersystem, auf Landesebene dient hierzu beispielsweise der Länderfinanzausgleich. Jeder Mensch soll **eigenständig dazu in der Lage sein, sein Dasein zu sichern**.
Die vielfältigen Leistungen durch den Staat werden aus unterschiedlichen Quellen finanziert. Hierbei ist eine **Zweigliedrigkeit** des Systems gegeben. Auf der Grundlage ihrer **Einkommen** aus Arbeit und Vermögen finanzieren Unternehmen und private Haushalte einerseits als **Steuerzahler** und andererseits als **Beitragszahler** das System der sozialen Sicherung. Das System basiert auf dem Grundgedanken **gesellschaftlicher Solidarität**.

Beitragsfinanzierung

Beitragsfinanziert ist in erster Linie das System der Sozialversicherungen. Die jeweiligen Beiträge werden als „Lohnzusatzkosten" **weitgehend paritätisch** von den Arbeitgebern und Arbeitnehmern als Anteil des Lohnes erbracht. Von den **Beiträgen** bezahlen die Sozialversicherungskassen soziale Leistungen wie etwa die Rente, Arbeitslosengeld und Kosten für medizinische Versorgung. Die Auszahlung variiert: Die Zahlungen aus der Arbeitslosen- und Rentenversicherung basieren weitgehend auf Eigenbeiträgen nach der **individuellen Einzahlungsleistung**, die Leistungen der Kranken- und Pflegeversicherung hingegen werden nach dem **Prinzip des Bedarfs** ausgezahlt.

Da jedoch z. B. die Rentenversicherung nicht mehr allein durch die Beiträge der sozialversicherungspflichtig beschäftigten Arbeitnehmer getragen werden kann, leistete der Staat hierzu in den letzten Jahren teils erhebliche **steuerfinanzierte Zuschüsse**.

Zudem finanzieren die öffentlichen Haushalte von Bund, Ländern oder Kommunen durch Steuern die Leistungen **des sozialen Ausgleichs** wie etwa die Sozialhilfe (soziale Grundsicherung). Die Leistungen werden hier auf Basis des Sozialstaatsgebots nach dem **Bedarfsprinzip** (nach voriger Bedarfsprüfung) ausgezahlt. Im Rahmen dieser Variante ist ein **beitragsfreier Anspruch auf die Leistungen des Staates** entstanden, der damit seinem Grundsatz nach Gewährung einer menschenwürdigen Existenz, die gesellschaftliche Teilhabe ermöglichen soll, nachkommt. Das bereits angesprochene **Solidarprinzip** ist hierbei die Grundlage.

Steuerfinanzierung

2. *Die Position und Argumentationsweise des Autors zur Einführung des bedingungslosen Grundeinkommens sollen hier genauer in den Blick genommen werden. Des Weiteren sollen Sie die zentralen Forderungen an die Politik (der politische Handlungsbedarf) darlegen. Zur Strukturierung Ihres Textes hilft es, wenn Sie die beiden Gesichtspunkte (Einführung, politischer Handlungsbedarf) nacheinander abarbeiten und auch durch Absätze voneinander trennen. Im Anschluss an die Analyse dürfen Sie nicht vergessen, die Position des Autors einer wirtschaftspolitischen Konzeption zuzuordnen. Stellen Sie sich dazu die Frage, ob der Autor eher aus Angebotssicht oder aber aus Nachfragesicht argumentiert. (AFB II)*

Einordnung des Textes

Der Artikel „Ausgang aus der Arbeit" ist von Karl-Heinz Paqué, einem Professor für Volkswirtschaftslehre (Universität Magdeburg) verfasst. Der Autor ist Vorsitzender der FDP-nahen Friedrich-Naumann-Stiftung. Der Beitrag, der über die Stiftung veröffentlicht wurde, erschien am 15. Februar 2019. Thematisch befasst er sich mit der **Einführung eines bedingungslosen Grundeinkommens** (folgend: BGE) als sozialstaatliche Alternative zum bestehenden System und stellt einen liberalen Beitrag zur Diskussion um das BGE (und die „Grundrente") dar.

Darlegung der Position

Der Autor vertritt in seinem Artikel die Position, dass die Einführung eines BGE bzw. einer garantierten Grundrente die **gesellschaftliche Akzeptanz des Sozialstaats** gefährde, weil hierdurch das **Prinzip der Eigenverantwortung** in einer sozialen Marktwirtschaft unterlaufen würde (vgl. Z. 50 ff.). Außerdem würde sich der bisher schon vorhandene Arbeitskräftemangel weiter verstärken (vgl. Z. 10 ff.).

Professor Paqué beginnt seinen Artikel mit einer Darstellung der Umstände in Deutschland: Die Bundesrepublik befände sich derzeit in einer Situation der **Vollbeschäftigung**, die tendenziell durch einen **Mangel an Arbeitskräften** gekennzeichnet sei (vgl. Z. 2 ff.). Dieser Mangel sei quer durch alle Branchen vorhanden und auch die Anzahl der Arbeitsplätze, die eventuell „Opfer der **Digitalisierung**“ (Z. 15) werden könnten, sei zu vernachlässigen. Laut Autor „hinterlässt [der kommende demographische Wandel] große Lücken“ (Z. 13 f.). Der Ausbau der sozialen Sicherung durch ein BGE würde der gesellschaftlichen Situation nicht gerecht, es bedürfe vielmehr **kluger richtungsweisender politischer Entscheidungen**, damit Menschen auch zukünftig einen „**Zuverdienst** durch Arbeit“ (Z. 21) erhalten. Im Wesentlichen bezieht sich der Autor im Folgenden auf die **ethischen Argumente** der **Gerechtigkeit** und **Eigenverantwortung**: So sei gerade in Zeiten des Arbeitskräftemangels jeder in einer Gesellschaft angehalten, sich aktiv am Wirtschaftsgeschehen zu beteiligen (vgl. Z. 31 ff.). Das BGE unterlaufe aber dieses **Gerechtigkeitsverständnis**. Ebenso sieht Paqué ein Prinzip der „Eigenverantwortung […] in einer Sozialen Marktwirtschaft“ (Z. 51), dem das BGE und eine Grundrente widersprächen. Um die soziale Marktwirtschaft auch in Zukunft zu sichern, habe die **Leistungsbereitschaft eine fundamentale Bedeutung** auf ökonomischer sowie ethischer Ebene (vgl. Z. 65 ff.). Es müssen **ausreichende Anreize** zur Arbeit gegeben sein, damit das System funktioniere.

Begründungszusammenhang des Textes

Im Kern stützt sich der Autor in seinem Argumentationsgang auf die **Leistungsgerechtigkeit** als das zentrale Prinzip der Sozialen Marktwirtschaft (vgl. Z. 37 ff.). Er erachtet eine Verstärkung der Leistungsanreize bei Arbeitsaufnahme als wirksam. Eine Reform des ALG II, mit der das Interesse an einem **Zuverdienst durch Arbeit** erhöht würde, ist für ihn eine gute Option (vgl. Z. 19 ff.). „Ungleiches darf eben nicht gleich behandelt werden“ (Z. 53). Anreize sollen laut Paqué auch im Bereich der **ehrenamtlichen Tätigkeit** – etwa durch erhöhte Aufwandsentschädigungen – greifen (vgl. Z. 58 ff.). Er betont hier also eine **punktuelle Reform** eines Teilbereiches und erteilt eine Absage an eine grundsätzliche sozialstaatliche Reform.

Politische Schlussfolgerungen

Im Wesentlichen argumentiert der Autor mit **rhetorischen Fragen**, Darstellungen von Negativszenarien und der Nennung statistischer Kennzahlen. So fragt er, was daran gerecht sei, wenn Person A zum gesetzlichen Mindestlohn oder Tariflohn arbeiten ginge, während Person B sich dieser Verpflichtung entziehe, durch ein BGE die gleichen Leistungen erhalte und womöglich noch geerbt habe (vgl. Z. 37 ff.). Paqué eröffnet aus dieser Si-

Argumentationsweise

tuation heraus ein **Negtivszenario**, in dem die fleißig arbeitenden Menschen „gegen allzu großzügige […] Regeln des Sozialstaats rebellieren“ (Z. 55 f.). Außerdem untermauert er seine fachliche Expertise mit **statistischen Kennzahlen**, indem er sich auf unterschiedliche Berechnungen der Arbeitslosenquote stützt. So stellt er fest, dass die Arbeitslosenquote im Vergleich zur nationalen Berechnung „nach internationalen Maßstäben […] nur bei knapp über 3 Prozent“ (Z. 4) liege.

Letztlich **kritisiert** der Volkswirt die **Bestrebungen politischer Gruppen**, ein BGE bzw. eine Grundrente einführen zu wollen, und **warnt vor den ökonomischen und sozialen Konsequenzen**. Im Großen und Ganzen versucht er zu **widerlegen**, dass die Einführung eines BGE erforderlich sei.

Zentrale Intention des Autors

Im Wesentlichen liegt den Thesen und Argumenten des Textes eine **angebotsorientierte Grundhaltung** zugrunde. Dies erkennt man beispielweise in der Forderung nach Einhaltung des **Lohnabstandsgebots**, um eine zentrale Funktion des Arbeitsmarktes (Allokationsfunktion) zu erhalten. Dieser Punkt wird in dem bereits angesprochenen Vergleich der beiden Personen (Person A und Person B) deutlich (vgl. Z. 37 ff.). Ebenso stellt Paqué die **Eigenverantwortung** heraus, indem er über die „Lücken in der Erwerbsbiografie“ (Z. 44) schreibt, die im Idealfall durch eine für sich selbst verantwortliche Person vermieden werden. Im Falle einer Einführung des BGE käme diese Eigenverantwortung zu kurz.

Einordnung in das wirtschaftspolitische Spektrum

Textstelle I

Textstelle II

3. *Die Entscheidungsfrage nach dem BGE soll in dieser Aufgabe von Ihnen beantwortet werden. Hierbei sollen Sie wichtige soziale und auch wirtschaftliche Auswirkungen betrachten und entsprechend subjektiv bewerten. Es bieten sich an dieser Stelle Vorarbeiten in Form einer Mind-Map oder Tabelle an. (AFB III)*

Natürlich kann das BGE, wie auch vom Autor erwähnt, als **widersprüchlich zum Leistungsprinzip** angesehen werden. Fehlende Sanktionsmechanismen, wie z. B. Leistungskürzungen, könnten dazu führen, dass der Druck zur Aufnahme einer Tätigkeit entfällt. Die **Eigenverantwortung** würde dadurch reduziert. Wenn bisherige Leistungszahler der Sozialversicherung durch ein BGE benachteiligt würden, kann dies zu enormen **Akzeptanzproblemen** führen. Auf der anderen Seite wird das BGE nach dem **Gleichheitsprinzip** ausgezahlt, einem Wert, den das Grundgesetz ebenso wie die Eigenverantwortung vorsieht. Der bedingungslose Charakter könnte – gerade auch in einem liberalen Sinn – als umfassende **Befreiung des Individuums**

Position des Autors

Soziale Perspektive

Kontra-Argument

Pro-Argument

verstanden werden. Nicht äußere Zwänge, sondern das **Eigeninteresse** wäre dann das Motiv zur Arbeitsaufnahme. Wenn eine Ausgestaltung des BGE hierbei lediglich Fürsorgeleistungen substituieren würde und die Beitragszahler der Sozialversicherung nicht benachteiligt würden, könnte es entsprechend **akzeptiert werden**.

Ökonomische Perspektive

In einer Marktwirtschaft lenken Löhne und besonders Lohnabstände den Zu- und Abfluss von Arbeit an ihren optimalen Verwendungsort **(Allokation von Arbeitskräften)**. Die Löhne unterliegen hier dem Marktmechanismus, der idealerweise ein tendenzielles Gleichgewicht erzeugt. Dieser **Mechanismus könnte durch ein BGE gestört werden**, da die Lohndifferenz gerade in den unteren Lohngruppen bzw. zwischen Arbeitenden und Arbeitslosen verwischt. In diese Richtung argumentiert auch Paqué in seinem Artikel. Hieraus könnten volkswirtschaftlich negative Effekte resultieren, da ein **Nachfrageüberhang** entstünde, der die **internationale Wettbewerbsfähigkeit** zu Ländern ohne BGE verschlechtern würde.

Kontra-Argument

Andererseits könnte das BGE die **Binnennachfrage stabilisieren bzw. ankurbeln**. Gerade die Menschen mit geringerem Einkommen – sei es durch Sozialleistungen oder durch Arbeit – haben eine sehr hohe Konsumquote, die auf den Konsumgütermärkten wirksam wird. Wenn man annimmt, dass das BGE zu einer Erhöhung des zur Verfügung stehenden Geldes führt, entstünde ein deutlicher **Nachfrageimpuls**, der die **Wirtschaft stärkt**. Auch die Störung der Allokation ist nicht zwingend gegeben: Unliebsame Arbeiten würden tendenziell höher bezahlt. Produktivitätssteigerungen sind vor allem dann zu erwarten, wenn die Arbeitnehmer ihrer Arbeit verstärkt aus „innerer Überzeugung“ nachgehen könnten. Auch dies kann zu **Wirtschaftswachstum** führen.

Pro-Argument

Letztlich bin ich der Meinung, dass die Entscheidung für oder gegen ein BGE stark vom **Menschenbild** abhängt, das der Argumentation zugrunde liegt. Auf der einen Seite steht die Sichtweise, dass der Mensch vor allem an Freizeit interessiert und im Kern egoistisch orientiert ist. Ein solcher Mensch muss über Anreize und sozialen oder ökonomischen Druck gesteuert werden. Den Gegenpol dazu bildet die Sichtweise, dass der Mensch an sinnvoller Tätigkeit durchaus interessiert ist, über ein soziales Gewissen verfügt und sich frei und souverän entscheiden können möchte und auch kann. Ein BGE ist in seinem Kern ein zutiefst **solidarisches Instrument**, das Kräfte und Motivation freisetzen könnte. Ob angesichts eines mit Sicherheit existierenden Anteils „fauler Menschen“ hierdurch der **soziale Frieden** gefährdet ist, hängt mit Sicherheit von der realen Größe einer solchen Gruppe

Kriteriengeleitete Stellungnahme

ab. Grundsätzlich ist das BGE meiner Meinung nach aber ein Instrument, das eine **menschenwürdige Existenz** aller ermöglichen könnte. Problematisch wird es im Rahmen globaler Märkte, auf denen die Unternehmen starkem Konkurrenzdruck unterliegen: Wenn man davon ausgeht, dass ein BGE tendenziell steigende Löhne mit sich bringt, können diese die **Wettbewerbsfähigkeit** hemmen und es ist fraglich, ob Produktivitätssteigerungen – etwas durch eine erhöhte Motivation der Arbeitenden – diese aufzufangen vermögen. Insofern muss die **Stabilität eines solchen Systems** genauer betrachtet werden. Wichtig sind dabei aus wirtschaftlicher Sicht die Konsequenzen auf das BIP-Wachstum, das auf Dauer ein Leben in Wohlstand ermöglicht. Allerdings muss man sich hier die Frage stellen, welchen Begriff von Wohlstand wir zugrunde legen und ob dieser Wohlstand immer gleichzusetzen ist mit ökonomischem Erfolg. Insbesondere muss unterschieden werden zwischen rein quantitativem Wachstum und qualitativem Wachstum. Gerade Letzteres lässt sich aus meiner Sicht gut mit einem BGE erreichen. Speziell dann, wenn Menschen einer Arbeit nachgehen, die sie persönlich schätzen, entstehen vermehrt **Innovationen**.

Zusammenfassung

Zusammenfassend ist zu sagen, dass es sich bei der Konzeption des BGE um einen interessanten Ansatz handelt, dessen Erfolg oder Misserfolg sich aber nur schwer einschätzen lässt und dessen Bewertung deutlich **im subjektiven „Menschenbild“** ankert und letztlich auch massiv vom **ganz konkreten Modell eines BGE** abhängt.

Abiturprüfung 2020 NRW – Grundkurs Sozialwissenschaften
Aufgabe 3

Thema:
Lohnsteigerungen – eine angemessene Strategie zur Bewältigung der Herausforderungen des Niedriglohnsektors?

Aufgabenstellung Punkte

1. Analysieren Sie den Text (M 1) im Hinblick auf die Position und Argumentation des Autors zur Entwicklung der Löhne in Deutschland und zu dem sich daraus ergebenden Handlungsbedarf. Überprüfen Sie unter Verwendung des statistischen Materials (M 2) die Aussage des Autors, dass der Niedriglohnsektor in Deutschland seit den 1990er-Jahren wachse. 46

2. Stellen Sie die vier Ziele und die zugehörigen Indikatoren des deutschen Stabilitäts- und Wachstumsgesetzes von 1967 dar und beschreiben Sie die Bedeutung von steigenden Löhnen für das Erreichen eines Ziels. 24

3. Erörtern Sie anhand jeweils einer ökonomischen und einer sozialen Folge, ob die Löhne in Deutschland im Niedriglohnsektor steigen sollten. 30

M 1: Reinhard Bispinck: Im Kampf um Branchentarifverträge

[…]

Seit Jahrzehnten wächst in Deutschland die Ungleichheit sowohl bei den Einkommen wie den Vermögen. Das birgt ökonomische, soziale und politische Probleme und rückt daher immer stärker ins Zentrum der gesellschaftlichen Debatte. Zu erkennen ist die ungleiche Entwicklung, wenn die Einkommen von abhängig Beschäftigten mit denen der Selbstständigen verglichen werden. Präzise formuliert: wenn die Lohnquote untersucht wird, der Anteil der Arbeitnehmerentgelte am Volkseinkommen. Sie ging in den vergangenen Jahren zurück und umgekehrt stieg der Anteil der Gewinn- und Vermögenseinkommen. Anfang der 2000er-Jahre betrug die Lohnquote rund 72 Prozent, derzeit liegt sie bei 68 Prozent.

Hinzu kommt: Der Anteil der Menschen, die wenig Geld zur Verfügung haben, wird größer. Die Einkommensmitte wird dünner, während die Gruppe der Menschen mit hohem Einkommen wächst. Die Löhne der unteren 40 Prozent der Einkommensbezieherinnen und -bezieher nehmen nicht stark genug zu, um die steigenden Preise, allen voran die Mieten, zu kompensieren.

Dass in immer weniger Betrieben Tarifverträge gelten, trägt dazu bei, dass sich Einkommen auseinanderentwickeln. Löhne und Gehälter werden maßgeblich durch Tarifverträge festgelegt, die Arbeitgeberverbände oder einzelne Unternehmen mit

Gewerkschaften abschließen, sie gelten faktisch für alle Beschäftigten der tarifgebundenen Betriebe, nicht nur für Gewerkschaftsmitglieder. Deutschland ist von Branchentarifverträgen (auch „Flächentarifverträge" genannt) geprägt. Tarif gebundene Arbeitnehmerinnen und Arbeitnehmer verdienten im Jahr 2014 mit 20,74 Euro pro Stunde rund 18 Prozent mehr als Beschäftigte in nicht tarifgebundenen Betrieben (17,52 Euro). Viele Unternehmen fliehen aus der Tarifbindung, weil sie die Lohnkosten senken wollen. Nur noch jeder zweite Beschäftigte arbeitet in einem tarifgebundenen Betrieb.

Grundsätzlich fallen die Verdienste der Beschäftigten je nach Branche und Betriebsgröße sehr unterschiedlich aus. So reichen die Bruttostundenverdienste von 9,63 Euro im Gastgewerbe am unteren Ende über 14,95 Euro im Handel, 21,05 Euro im verarbeitenden Gewerbe bis zu 27,80 Euro in der Energieversorgung.

Teilzeitbeschäftigte erhalten im Schnitt über drei Euro je Stunde weniger als Vollzeitbeschäftigte. In Großbetrieben mit mehr als 1 000 Beschäftigten liegt der durchschnittliche Bruttostundenverdienst bei 21,99 Euro und damit sehr viel höher als in Kleinbetrieben mit bis zu neun Beschäftigten (12,39 Euro). Frauen verdienen weniger als Männer. Der Lohnabstand beträgt seit Jahren rund 22 Prozent.

Eine wichtige Ursache für die polarisierte Lohnstruktur in der Bundesrepublik ist der seit den 1990er-Jahren wachsende Niedriglohnsektor[1]. Er gehört mittlerweile zu den größten in Europa. Fast jeder und jede vierte abhängig Beschäftigte verdiente 2015 weniger als 10,22 Euro und lag damit unter der Niedriglohnschwelle. Minijobberinnen, gering Qualifizierte, junge Menschen und ausländische Beschäftigte arbeiten besonders häufig für niedrige Löhne. Dies hat politische Gründe wie die Hartz-Reformen, mit denen der Arbeitsmarkt dereguliert wurde und die einen erheblichen wirtschaftlichen Druck auf Arbeitslose ausüben. Daher erlebt auch die Leiharbeit seitdem einen starken Aufschwung.

Ursachen für den wachsenden Niedriglohnsektor sind zudem Verschiebungen in der Wirtschaftsstruktur. Deutschland ist zwar mit einem 23-prozentigen Anteil der Industrie an der Wertschöpfung ein vergleichsweise starkes Industrieland, aber der Anteil der Dienstleistungen wächst und damit auch der Anteil an einfachen, schlecht bezahlten Jobs. Unterstützt wird der Trend durch das gezielte Outsourcing von Dienstleistungen wie Kantinen, Reinigung oder die Wartung von Anlagen, alles einst zu Industriebetrieben gehörend.

Als Gegenmaßnahme zum wachsenden Niedriglohnsektor wurde nach langen Auseinandersetzungen 2015 erstmals in Deutschland ein gesetzlicher Mindestlohn von 8,50 Euro eingeführt. 2018 stieg er, orientiert an den vorausgegangenen Tariferhöhungen, auf 8,84 Euro. Die Prognosen vieler Wirtschaftsexperten, dass mit dem Mindestlohn die Arbeitslosigkeit steige, bewahrheiteten sich nicht. Im Gegenteil: Die Arbeitsmarktlage hat sich weiter verbessert. Die Zahl der Minijobs ging zurück, sie wurden teilweise in sozialversicherungspflichtige Arbeitsverhältnisse umgewandelt. Der Mindestlohn hat das Arbeitseinkommen am unteren Ende also stabilisiert.

Zahlreiche Arbeitgeber umgehen allerdings den gesetzlichen Mindestlohn; die Kontrollen, um dieses illegale Verhalten zu bekämpfen, reichen nicht aus. Der Mindestlohn liegt aktuell bei etwa der Hälfte des mittleren Stundenlohns (Medianlohn).

Existenzsichernd wäre er erst, wenn er in den kommenden Jahren stärker steigen würde als die Tariflöhne.

Angemessene Verdienste oberhalb des Mindestlohns wären wiederum nur mit gestärkten Tarifvertragssystemen zu erreichen. Seit 2015 ist es immerhin leichter geworden, einen Tarifvertrag für alle Betriebe einer Branche als allgemeinverbindlich zu erklären, also auch für die nicht tarifgebundenen. Bei allgemeinverbindlichen Tarifverträgen gelten die Bedingungen und neu ausgehandelten Lohnerhöhungen für alle Beschäftigten einer Branche. Derzeit sind rund 440 Tarifverträge allgemeinverbindlich, das sind lediglich 1,5 Prozent der Branchentarifverträge. Hier gibt es offenkundig noch Luft nach oben.

Reinhard Bispinck: Im Kampf um Branchentarifverträge. In: Deutscher Gewerkschaftsbund (DGB) / Hans-Böckler-Stiftung (Hrsg.): Atlas der Arbeit. Daten und Fakten über Jobs, Einkommen und Beschäftigung. Paderborn 2018, S. 14 –15 (gekürzt), https://www.boeckler.de/pdf/atlas_der_arbeit_2018.pdf, CC BY 4.0

Zugelassene Hilfsmittel:
Wörterbuch zur deutschen Rechtschreibung

Zum Autor:
Reinhard Bispinck, geb. 1951, ist studierter Volkswirt mit Arbeitsschwerpunkt Tarifpolitik und war Abteilungsleiter des Wirtschafts- und Sozialwissenschaftlichen Instituts (WSI) der gewerkschaftsnahen Hans-Böckler-Stiftung.

Begriffserklärungen:
1 Nach OECD-Definition spricht man von einem Niedriglohn, wenn dieser unter zwei Dritteln des Medianlohnes liegt.

M 2: Thorsten Kalina und Claudia Weinkopf

Abbildung 1: Entwicklung des Niedriglohnanteils, 1995–2016 (Basis: tatsächliche Arbeitszeit), in % der Beschäftigten

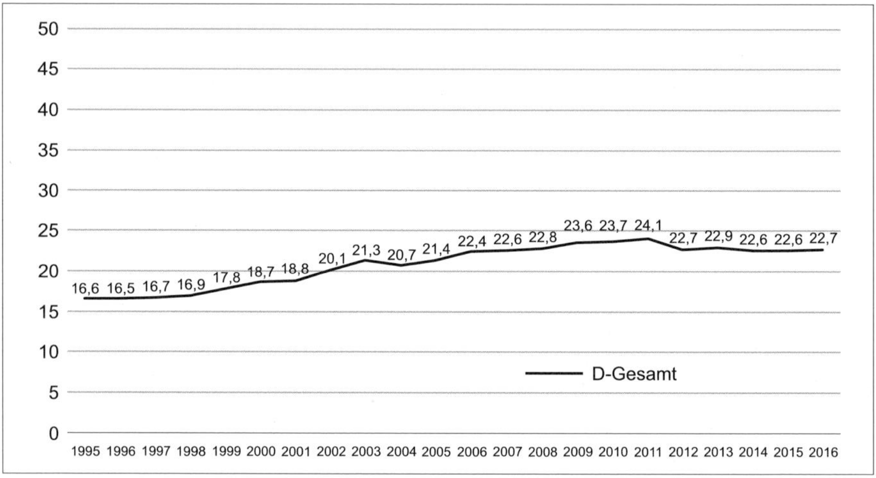

Quelle: SOEP[1] v33.1, eigene Berechnung.

Thorsten Kalina und Claudia Weinkopf: Niedriglohnbeschäftigung 2016 – beachtliche Lohnzuwächse im unteren Lohnsegment, aber weiterhin hoher Anteil von Beschäftigten mit Niedriglöhnen. IAQ-Report 6 (2018), S. 4 (gekürzt), https://www.iaq.uni-due.de/iaq-report/2018/report2018-06.pdf

Zu den Autoren:
Thorsten Kalina ist wissenschaftlicher Mitarbeiter im Bereich Flexibilität und Sicherheit am Institut Arbeit und Qualifikation (IAQ), einem sozialwissenschaftlichen Forschungsinstitut der Universität Duisburg-Essen.
Claudia Weinkopf ist Leiterin der Forschungsabteilung Flexibilität und Sicherheit am Institut Arbeit und Qualifikation (IAQ), einem sozialwissenschaftlichen Forschungsinstitut der Universität Duisburg-Essen.

Begriffserklärungen:
1 Das Sozio-ökonomische Panel (SOEP) ist eine repräsentative Wiederholungsbefragung von Privathaushalten, welche jährlich vom Deutschen Institut für Wirtschaftsforschung (DIW) durchgeführt wird. V33.1 gibt die Versionsnummer bzw. das Veröffentlichungsdatum der Rohdaten an.

Lösungsvorschläge

Aufgabenart A *(Analyse – Darstellung – Erörterung)*
Inhaltliche Schwerpunkte:

- *Wirtschaftspolitik: Legitimation staatlichen Handelns im Bereich der Wirtschaftspolitik; Zielgrößen der gesamtwirtschaftlichen Entwicklung in Deutschland; wirtschaftspolitische Konzeptionen (Auseinandersetzungen im Zusammenhang mit dem Arbeitslohn und seiner gesellschaftlichen Bedeutung)*
- *Strukturen sozialer Ungleichheit, sozialer Wandel und soziale Sicherung: Erscheinungsformen und Auswirkungen sozialer Ungleichheit*

1. *Bei dieser Aufgabe geht es zunächst darum, das vorliegende Material (Text M 1) im Hinblick auf die Position und Argumentation des Autors zur Entwicklung der Löhne in Deutschland und den sich daraus ergebenden Handlungsbedarf zu analysieren. Dabei bietet es sich an, den Begründungsgang nach den entsprechenden thematischen Schwerpunkten aufzuteilen, um eine bessere Auseinandersetzung gewährleisten zu können. In einem zweiten Schritt soll die Aussage des Autors, dass der Niedriglohnsektor in Deutschland seit den 1990er-Jahren wachse, mithilfe des statistischen Materials (M 2) überprüft werden. Dafür ist es wichtig, dass Sie zunächst das vorliegende Material separat vorstellen und anschließend die Behauptung des Autors mithilfe von einzelnen Ergebnissen vergleichen. (AFB II)*

Texteinordnung

Der vorliegende Text mit dem Titel „Im Kampf um Branchentarifverträge" wurde als Diskussionsbeitrag im Jahr 2018 von der gewerkschaftsnahen Hans-Böckler-Stiftung im „Atlas der Arbeit" veröffentlicht und von Reinhard Bispinck verfasst. Der Autor befasst sich darin mit der **Entwicklung der Löhne in Deutschland** seit den 1990er-Jahren.

Position des Autors

Bispinck nennt in seinem Artikel Gründe für die **Ungleichheit bei Löhnen und Vermögen** und macht Vorschläge, wie die Situation zu verbessern wäre. Seiner Meinung nach tragen vor allem die **geringe Bezahlung in manchen Branchen** und die **gesunkene Tarifvertragsbindung** (vgl. Z. 13 ff.) zur wachsenden Ungleichheit und dem steigenden Lohngefälle bei. Der **Mindestlohn** habe die Situation zwar stabilisiert (vgl. Z. 59), allerdings müsse er weiter steigen, um die Existenzen der Menschen wirklich sichern zu können (vgl. Z. 63). Um die Situation zu verbessern, fordert der Autor vor allem den **Ausbau eines verbindlichen Tarifvertragssystems** in Deutschland (vgl. Z. 65 ff.).

Begründungsgang – Entwicklung der Löhne

Die Aufgabenstellung sieht für die Analyse des **Begründungsgangs** eine Teilung vor. Reinhard Bispinck begründet seine Position zur **Entwicklung der Löhne** in Deutschland, indem er zunächst auf die **ungleiche Verteilung von Einkommen und Vermögen** eingeht. Diese bringe weitreichende Probleme im „ökonomische[n], soziale[n] und politische[n]" (Z. 3) Bereich mit sich. Erkennbar sei diese Entwicklung, wenn man die **Lohnquote** untersuche, die derzeit nur noch bei 68 Prozent liege (vgl. Z. 10). Der Autor benennt als Ursache für die Auseinanderentwicklung der Löhne den **Rückgang der Tarifverträge** in den Betrieben (vgl. Z. 16). Deutschland sei von Flächen- bzw. Branchenverträgen geprägt (vgl. Z. 20 f.). „Viele Unternehmen fliehen [allerdings] aus der Tarifbindung" (Z. 24). Es sei ein Unterschied zwischen tarifgebundenen Arbeitnehmerinnen und Arbeitnehmern und den nicht tarifgebundenen Beschäftigten zu erkennen (vgl. Z. 21 ff.), doch auch andere Aspekte wie **Teilzeit** oder **geschlechterspezifische Lohndifferenzen** würden zur Ungleichheit beitragen (vgl. Z. 31 ff.). Allerdings seien dies keine neuen Entwicklungen, sondern Unterschiede, die seit Jahren bestünden (vgl. Z. 35).

Als eine der Hauptursachen für die derzeitig vorherrschende Lohnstruktur benennt der Autor den „seit den 1990er-Jahren **wachsende[n] Niedriglohnsektor**" (Z. 37) und stellt dabei die Verschiebung der Wirtschaftsstruktur heraus (vgl. Z. 45 ff.). Ausschlaggebend sei unter anderem die Entwicklung hin zur Dienstleistungsgesellschaft mit gezieltem Outsourcing in bestimmten Branchen (vgl. Z. 46 ff.).

Der weiteren Verschärfung im Niedriglohnbereich sollte mit der **Einführung des Mindestlohns** entgegengewirkt werden. Der Autor sieht diesen zumindest teilweise als **Erfolg** an: Die von den Experten erwartete steigende Arbeitslosigkeit aufgrund seiner Einführung konnte vermieden werden, der Mindestlohn habe die Einkommen am unteren Ende stabilisiert (vgl. Z. 52 ff.).

Begründungsgang – Handlungsbedarf

Im nächsten Schritt soll der Begründungsgang des Autors im Hinblick auf den sich daraus ergebenden Handlungsbedarf erläutert werden:

Reinhard Bispinck stellt heraus, dass der **Mindestlohn** zwar die Einkommen im Niedriglohnsektor stabilisiert habe, jedoch **nicht existenzsichernd** sei. Dies wäre er erst, wenn er weiter steigen würde, und zwar mehr als die Tariflöhne (vgl. Z. 63 f.). Zudem fordert der Autor strengere Kontrollen zur Einhaltung (vgl. Z. 60 f.). Auch die Verdienste oberhalb des Mindestlohns müssten durch ein **allgemein verbindliches Tarifvertragssystem** gestärkt werden (vgl. Z. 65 f.). Seiner Meinung nach besteht hier noch deutlich „Luft nach oben" (Z. 72).

Argumentationsweise

In seinem Text verwendet der Volkswirt einige **Fachbegriffe mit Erklärungen**, um einem gewissen wissenschaftlichen Anspruch zu genügen und eine breitere Adressatengruppe anzusprechen. Er erklärt u. a. die Lohnquote („Anteil der Arbeitnehmerentgelte am Volkseinkommen", Z. 7) oder den Flächentarifvertrag (vgl. Z. 19 f.). Um seine Argumente zu verstärken und die Dringlichkeit des Handlungsbedarfs herauszustellen, verwendet der Autor **statistische Daten**, z. B. in Z. 9 f.: „Anfang der 2000er-Jahre betrug die Lohnquote rund 72 Prozent, derzeit liegt sie bei 68 Prozent.“ Bispinck strukturiert seinen Text in nachvollziehbarer Art und Weise und formuliert **klare und prägnante Sätze** (z. B. Z. 34 f. „Frauen verdienen weniger als Männer.“)

Intention

Der Autor verfolgt eine klare **Intention:** Er möchte zunächst **auf die Problematik** der wachsenden Ungleichheit im Bereich von Einkommen und Vermögen **aufmerksam machen**. Zudem **kritisiert Bispinck das vorherrschende Tarifsystem** und den **Umgang mit dem Mindestlohn**. Er **fordert** zu **mehr Kontrollen** rund um den Mindestlohn und zur **Umstrukturierung des Tarifsystems** mit mehr Verbindlichkeit auf. Die Aufforderung zum Handeln wird an mehreren Stellen im Text deutlich.

Vorstellung des statistischen Materials

Im weiteren Verlauf soll nun unter Verwendung des statistischen Materials (M 2) die Aussage des Autors, dass der Niedriglohnsektor in Deutschland seit den 1990er Jahren wachse, überprüft werden: Bei dem Material handelt es sich um eine **prozentuale Darstellung** in Form eines Graphen (bzw. Kurvendiagramms), in dem die **Entwicklung des Niedriglohnanteils** an der Gesamtzahl der Beschäftigten in Deutschland von 1995–2016 dargestellt ist. Die Autoren sind Thorsten Kalina und Claudia Weinkopf; die Statistik stammt aus dem IAQ-Report 6 des Jahres 2018.

Auswertung des statistischen Materials

Der Graph zeigt zu Beginn im Jahr 1995 einen Niedriglohnanteil von 16,6 %. Ausgehend von dieser Angabe kann man in den nächsten Jahren eine **Zunahme mit kleineren Schwankungen** feststellen. Den **Höhepunkt** der Entwicklung stellt das **Jahr 2011 mit 24,1 %** dar. Im Jahr 2012 ist der Niedriglohnanteil bereits wieder etwas gesunken, auf 22,7 %. Um diesen Wert schwankt der Anteil bis 2016.

Um die Aussage des Autors in M1 gänzlich überprüfen zu können, fehlen die Jahre 1990–1994. Ein Anstieg, wenn auch mit leichten Schwankungen kann zudem **nur von 1995–2011** festgestellt werden.

2. *Der Operator „darstellen" verlangt in der zweiten Aufgabe die Beschreibung der vier Ziele und der dazugehörigen Indikatoren des deutschen Stabilitäts- und Wachstumsgesetzes von 1967. Hierbei ist es wichtig, dass Sie die einzelnen Ziele nicht nur nennen, sondern auch kurz erläutern, ebenso wie die entsprechenden Messgrößen. In einem weiteren Schritt sollen Sie die Bedeutung von steigenden Löhnen für das Erreichen eines Ziels beschreiben. Die Frage, die sich dabei stellt, ist: Welche Auswirkungen haben steigende Löhne auf das ausgewählte Ziel des Stabilitäts- und Wachstumsgesetzes? (AFB I)*

Einstieg

Am 8. Juni 1967 wurden die Ziele der Wirtschaftspolitik in Deutschland im **Gesetz zur Förderung der Stabilität und des Wachstums der Wirtschaft** verbindlich vorgegeben. Als eines der vier Ziele wurde das **stetige und angemessene Wirtschaftswachstum** festgelegt, das mit dem **Indikator des Bruttoinlandsprodukts** gemessen werden kann. Als Wirtschaftswachstum bezeichnet man hierbei die **Veränderung** (meist den Anstieg) **des realen BIP**. Das BIP ist der Marktwert aller für den Endverbrauch bestimmten Waren und Dienstleistungen, die in einem Land in einem bestimmten Zeitraum hergestellt werden (nach Abzug der Vorleistungen).

stetiges und angemessenen Wirtschaftswachstum

Ein weiteres Ziel ist die **Stabilität des Preisniveaus**. Zur Messung dient der **Verbraucherpreisindex**, der die Preisänderungen von Waren typischer Konsumgüter erfasst. Der dazugehörige Indikator ist die sog. **Preissteigerungsrate**, die unter, aber nahe 2 % liegen soll.

Preisniveaustabilität

Der **hohe Beschäftigungsstand** ist als weiteres Ziel festgehalten. Die wichtigste Messgröße für die Beurteilung der Beschäftigung ist die **Arbeitslosenquote**, die angibt, wie viel Prozent der Erwerbspersonen als arbeitslos registriert sind.

hoher Beschäftigungsstand

Das vierte Ziel schließlich ist das **außenwirtschaftliche Gleichgewicht**, das besteht, wenn die Importe dem Wert der Exporte entsprechen. Der zugehörige Indikator ist der **Außenbeitrag**, der sich aus Exporten minus Importen von Waren und Dienstleistungen ergibt.

außenwirtschaftliches Gleichgewicht

Höhere Löhne können sich z. B. positiv auf das stetige und angemessene Wirtschaftswachstum auswirken, da sie in der Regel auch zu **mehr Kaufkraft** führen. Damit würde die Nachfrage nach Waren und Dienstleistungen in einer Volkswirtschaft ansteigen, was sich positiv auf das Wirtschaftswachstum auswirkt. Allerdings besteht auch die Gefahr eines negativen Einflusses. Steigende Löhne bedeuten nämlich auch **höhere Kosten für Unternehmen**, was zu Entlassungen und sinkender Investitionsbereitschaft führen könnte. In der Folge würde das Wirtschaftswachstum eher sinken.

Einfluss höherer Löhne auf das Wirtschaftswachstum

3. *In der dritten Aufgabe soll anhand einer ökonomischen und einer sozialen Folge erörtert werden, ob die Löhne in Deutschland im Niedriglohnsektor steigen sollten. Der Operator „erörtern" erfordert hier folglich eine kontroverse Auseinandersetzung mit einem möglichen Lohnanstieg im Niedriglohnbereich. Abschließend sollen Sie ein kriteriengeleitetes Urteil formulieren. Eine individuelle Schwerpunktsetzung ist dabei jederzeit möglich. Passende Kriterien sind z. B. die Umsetzbarkeit bzw. die Realisierbarkeit, soziale Gerechtigkeit und die Menschenwürde. Bei dieser Aufgabe ist es wichtig, die Erkenntnisse aus den ersten beiden Aufgaben mit in die eigene Argumentation einzubauen und abschließend eine Stellungnahme nach den bestimmten Kriterien zu verfassen. Eine kriteriengeleitete Formulierung der eigenen Meinung verdeutlicht zum einen Ihren Kenntnisstand und zum anderen ist es eine Hilfestellung, die Argumente zu strukturieren. (AFB III)*

Einstieg

Die wachsende Ungleichverteilung bei Einkommen und Vermögen bringt viele Probleme mit sich. Aus diesem Grund könnte eine **Erhöhung der Löhne** angedacht werden, die sowohl **ökonomische als auch soziale Folgen** hätte.

Ökonomische Folge: Kostensteigerung

Eine Steigerung der Löhne im Niedriglohnbereich kann für Unternehmen eine **enorme finanzielle Herausforderung** bedeuten. Lohnkosten sind in der Regel einer der größten Ausgabenposten. Diese weiter zu erhöhen, könnte den **Wirtschaftsstandort Deutschland eventuell schwächen** und für *Outsourcing* ins günstigere Ausland sorgen. Die steigenden Kosten könnten den Verlust der **internationalen Wettbewerbsfähigkeit** bedeuten, d. h., es käme zu einer Einschränkung der Konkurrenzfähigkeit deutscher Produkte und Unternehmen. Wenn es allerdings gelänge, die Unternehmen mittels **Subventionen oder steuerlichen Vergünstigungen** zu unterstützen, wenn diese ihren Arbeitern bessere Löhne in Aussicht stellen, so könnte sich eine Lohnsteigerung nicht nur positiv auf die Arbeitnehmer auswirken, sondern auch die **gesamtgesellschaftliche Nachfrage steigern** und damit den **Wirtschaftsstandort Deutschland stärken**.

Soziale Folge: Verringerung der sozialen Ungleichheit

Eine auf den ersten Blick erkennbare soziale Folge scheint die **Verringerung der sozialen Ungleichheit** zu sein, die durch eine Steigerung der Löhne im Niedriglohnsektor erreicht werden könnte. Dennoch könnte eine solche Erhöhung auch zur **Erhöhung der Löhne in anderen Branchen bzw. Bereichen** führen. Damit würde sich die soziale Ungleichheit bzw. die Schere zwischen Arm und Reich nicht verringern, sondern **lediglich etwas nach oben verschieben**. Das eigentliche Problem würde immer noch bestehen. Negativ auf die soziale Ungleichheit könnte sich zudem eine **steigende Arbeitslosigkeit** aufgrund von Entlassungen auswirken, falls die Lohnkosten der Unternehmen zu stark wachsen würden. Allerdings hat die Alternative, nämlich keine Lohnsteigerungen, **definitiv keine positiven Auswirkungen** auf die bestehende soziale Ungleichheit. Von daher bieten die Lohnsteigerungen zumindest eine realistische Chance, das Ziel zu erreichen.

Um die Frage nach einer Lohsteigerung im Niedriglohnsektor abschließend beantworten zu können, ziehe ich die Kriterien der **sozialen Gerechtigkeit** und der **Menschenwürde** heran, da ich diese als besonders relevant einschätze. Wichtig ist, dass in einem wirtschaftlich starken Land wie der Bundesrepublik, arbeitende Menschen nicht am Existenzminimum leben sollten. Auch wenn die Balance zwischen wirtschaftlicher Effizienz und dem Abbau von sozialen Unterschieden manchmal schwer zu erreichen scheint, sollte ein Sozialstaat die **Verringerung der sozialen Ungleichheit** und den **Ausbau der sozialen Gerechtigkeit** nie aus den Augen verlieren. Bei einer Maßnahme wie Lohnsteigerungen ist es zudem wichtig, dass zuvor die Folgen abgewogen werden, um einerseits einer Ausdehnung der prekären Arbeitsverhältnisse entgegenzuwirken, andererseits aber auch keinen Stellenabbau und damit Arbeitslosigkeit zu provozieren.

kriteriengeleitetes Fazit

Abiturprüfung 2020 NRW – Leistungskurs Sozialwissenschaften
Aufgabe 1

Thema:
Mehr staatliche Investitionen – eine Notwendigkeit zur Sicherung langfristigen Wachstums und internationaler Wettbewerbsfähigkeit?

Aufgabenstellung Punkte

1. a) Analysieren Sie den Text im Hinblick auf die Position und Argumentation der Autoren zu angebotsorientierter Wirtschaftspolitik in Deutschland. 30
   b) Erläutern Sie anhand von zwei Textbelegen Bezüge zu Standortfaktoren des Wirtschaftsstandortes Deutschland. 16
2. Stellen Sie eine weitere – nicht die angebotsorientierte – wirtschaftspolitische Konzeption (Grundannahmen, Rolle des Staates und Instrumente) dar. 24
3. Erörtern Sie unter Einbeziehung der Position der Autoren, ob der Staat zur Sicherung sowohl langfristigen Wachstums als auch internationaler Wettbewerbsfähigkeit mehr investieren sollte. 30

M: Hubertus Bardt und Michael Hüther: Zeit für eine neue Wirtschaftspolitik

[…]

Die Wirtschaftsordnung mit ihren Regeln und Organisationen hat erheblichen Einfluss auf die wirtschaftliche und auf die gesellschaftliche Entwicklung eines Landes. Mit der Gestaltung von Institutionen und einer ordnungspolitisch stimmigen Politik werden die Voraussetzungen dafür geschaffen, dass die Produktionsfaktoren effizient eingesetzt werden und Innovationen entstehen. Die Entwicklung der Angebotspolitik in den 1980er Jahren zielte besonders darauf, die Wachstumspotentiale der Volkswirtschaft zu stärken, letztlich für den Fortschritt der offenen Gesellschaft.

Die heutigen wirtschaftspolitischen Herausforderungen sind deutlich andere als damals. Weder gibt es große staatliche Monopole, die durch die Öffnung für den Wettbewerb überwunden werden müssen, noch müssen die Folgen fehlgenutzter Globalsteuerung bereinigt werden. Wir befinden uns auch nicht in einer keynesianischen Nachfragekrise, die staatliche Fiskalimpulse erforderte. Angebotspolitik und Nachfragepolitik haben ihre unterschiedlichen Rollen und Aufgaben in unterschiedlichen Situationen. So weit, so gut, doch die Angebotspolitik hat nahezu jeglichen Zuspruch verloren, und das trotz ihres kaum zu leugnenden zweifachen Erfolgs am Arbeitsmarkt – in den achtziger Jahren und nach 2005.

[…] Aufklärung tut not, doch ebenso ein erweiterter Blick der Wirtschaftspolitik auf ihre – dramatisch veränderten – gesellschaftlichen Voraussetzungen. Wir haben im Grunde die Gesellschaft in ihrer Breite am ökonomischen Fortschritt beteiligen können. Wenn ein so hohes Niveau erreicht ist, dann kann – anders als in der Wiederaufbauphase – das Wiederaufstiegsversprechen nicht mehr in der gleichen Weise wie früher realistisch sein. Es gibt mehr Auf und Ab.

[…]

Die Wachstumsraten sind niedriger geworden, der Wohlstandsgewinn erfolgt langsamer; gleichzeitig steigen die Anforderungen des technischen Fortschritts und des hohen Wettbewerbsniveaus. Angebotspolitik bietet zwar keinen ideengeschichtlichen Idealismus als Halt, dafür aber eine pragmatische Politikanleitung auf konsistenter Wertebasis aus Freiheit, Selbstverantwortung und gesellschaftlicher Mitverantwortung. Denn es geht um die stabile Gewährung von Chancen. Angebotspolitik muss smart auf die Veränderungen reagieren.

Auch wenn sich wichtige Rahmenbedingungen verändert haben, bleiben wichtige Elemente einer wachstumsfördernden Angebotspolitik weiterhin bedeutsam. Das gilt insbesondere für die preisliche Wettbewerbsfähigkeit. Zuletzt ist das relative Lohnstückkostenniveau wieder angestiegen. Zusammen mit den überdurchschnittlichen Belastungen mit Steuern und Abgaben sowie hohen Energiekosten wirken sie als Nachteile im internationalen Wettbewerb und müssen durch einen hohen Ausbildungsstand, verbesserte Innovationsfähigkeit und starken Produktivitätsfortschritt ausgeglichen werden. Die Begrenzung der Kostennachteile gehört weiterhin zu einer erfolgreichen, smarten Angebotspolitik, die damit zugleich die Entwicklung der verfügbaren Einkommen in den Blick nimmt. Denn die Belastung der Arbeitseinkommen durch Steuern und Sozialbeiträge in Deutschland liegt OECD-weit mit an der Spitze und ist gegen den Trend sogar gestiegen.

[…]

Die Angebotspolitik der achtziger Jahre entstand in einer Zeit steigender Arbeitslosigkeit. Diese wurde nicht mehr als Problem der Unterauslastung der Produktionskapazitäten angesehen, sondern vor allem als Folge einer angebotsseitigen Überforderung durch den Strukturwandel. Heute stellt sich das Verhältnis von Angebot und Nachfrage auf dem Arbeitsmarkt völlig anders dar. Unterbeschäftigung durch Nachfragemangel ist abgelöst worden durch wachsende Engpässe bei der Rekrutierung qualifizierter Mitarbeiter. Anhaltender Beschäftigungsaufbau hat die Erwerbsquote auf historische Höhen getrieben und die demographischen Reserven einer alternden Gesellschaft weitgehend ausgeschöpft.

So ist die fehlende Verfügbarkeit von Fachkräften das wichtigste Investitionshemmnis der deutschen Unternehmen. Für die Wirtschaftspolitik hat das doppelte Bedeutung: Es geht nicht länger in erster Linie darum, mehr Beschäftigung zu erzielen, sondern darum, die wertvoller gewordene „Ressource", die Beschäftigten eines Landes oder die Mitarbeiter eines Unternehmens, möglichst dort einzusetzen, wo sie den größten Beitrag für den Wohlstand leisten können. Zudem muss eine smarte Angebotspolitik Engpässe durch Qualifikation und Zuwanderung ausgleichen, Anreize und Infrastrukturen für eine hohe Erwerbsbeteiligung schaffen sowie flexible Strukturen auf Arbeitsmärkten und Gütermärkten sicherstellen. Ergänzt um eine aktivierende Grundsicherung, finden sich hier auch die entscheidenden Antworten für die durch Globalisierung und Digitalisierung Bedrohten.

[…]

Wirtschaft und Gesellschaft stehen inmitten tiefgreifender Veränderungsprozesse die durch langfristige Trends, technologische Entwicklungen oder internationale Vereinbarungen angetrieben werden. Klimawandel, Urbanisierung, Demographie und Digitalisierung wirken sich schon heute aus und erfordern innovative Lösungen.

Klimaveränderungen machen deutlich, dass mit dem Klimaschutz ein globales öffentliches Gut bereitgestellt werden muss, ohne dass unterschiedliche Anspruchsniveaus zu starken Wettbewerbsverzerrungen zu Lasten der Vorreiterländer führen dürfen. Die deutsche Energiewende zeigt, wie wichtig es ist, Überlegungen zur Angebotsseite der Volkswirtschaft zu berücksichtigen und marktwirtschaftliche Instrumente zu nutzen. Wettbewerb zwischen Unternehmen und zwischen Technologien senkt die Kosten und bringt Innovationen hervor. Der Staat hat nicht die Aufgabe, technologische und marktliche Innovationen zu definieren, sondern innovationsfreundliche Regulierungen und angemessene Infrastrukturen bereitzustellen. Die Stärkung der Innovationskraft ist eine entscheidende Aufgabe einer smarten Angebotspolitik.

Auch die zunehmende Urbanisierung – der Zuzug in größere Städte oder stadtnahes Umfeld zu Lasten ländlicher Regionen – bringt Herausforderungen im Transformationsprozess mit sich. […] Wie bleiben Unternehmen in schrumpfenden Regionen attraktiv für Fachkräfte? Innovationsfähigkeit als Schlüssel für Fortschritt in Wirtschaft und Gesellschaft wir immer wichtiger.

Transformative Wirkungen hat schließlich die Alterung und die Schrumpfung des Angebots an Erwerbspersonen. Die demographische Entwicklung senkt die Wachstumsperspektiven. Die Chancen auf wachsenden Wohlstand werden für jeden Einzelnen kleiner, qualitativ neue Verteilungskonflikte stehen uns bei sinkenden Einkommen je Einwohner bevor. Um gegenzusteuern, müssen auch hier Angebotsbedingungen verbessert werden: Zum einen kann an der Ausweitung des Arbeitsvolumens angesetzt werden, durch ein späteres Renteneintrittsalter, die stärkere Aktivierung von Frauen und Älteren, die passgenauere Qualifikation und durch Zuwanderung. Zum andern können Investitionen und Produktivitätsverbesserungen die Wachstumslücke schließen; Intelligenz muss fehlende Mitarbeiter ersetzen. […]

Seit der Jahrtausendwende durchleben wir einen historisch schnellen und tiefen Strukturwandel. Die digitale Transformation ist nicht nur eine technische Veränderung, sondern vor allem auch eine ökonomische. Sie stellt Geschäftsmodelle und Wertschöpfungsnetzwerke in Frage. Aufgabe guter Angebotspolitik ist es, diesen Wandel nicht zum Strukturbruch werden zu lassen. Gemeint ist damit, dass die deutsche und europäische Politik helfen muss, dass Europa die Chancen der Digitalisierung ergreifen kann. Die meisten großen Dienste für Endverbraucher sind in den Vereinigten Staaten, die größten – noch dazu für Ausländer vielfach abgeschotteten – Märkte für Datendienste sind in China. In Europa hat vor allem Deutschland große Chancen, traditionelle industrielle Stärken mit internetbasierten Technologien zu verbinden und neue service-basierte Geschäftsmodelle zu entwickeln. Die Politik sollte sie unterstützen: geeignete Infrastrukturen, Forschungseinrichtungen, Standards und angemessene Regeln für die Nutzung von Daten lauten die Stichworte.

Auch alte Fragen der Angebotspolitik und der Ordnungspolitik müssen unter digitalen Bedingungen neu und smart beantwortet werden. Die Regulierung darf neue Geschäftsmodelle nicht verhindern. Dazu gehört insbesondere die Wettbewerbssicherung auf digitalen Märkten. […] Die Achtung von Eigentumsrechten wird schwerer kontrollierbar. Der Raum verliert an Bedeutung, das erschwert die Besteuerung; eine unsystematische, handelspolitisch motivierte Internetsteuer löst diese Probleme jedoch nicht.

[…]

Hubertus Bardt, Michael Hüther: Zeit für eine neue Wirtschaftspolitik. In: Frankfurter Allgemeine Zeitung vom 10. August 2018, https://www.faz.net/aktueWwirtschaft/wir-brauchen-eine-smarte-angebotspolitik-15730432.html (gekürzt; Anpassungen an die sprachliche Richtigkeit wurden vorgenommen)

Zugelassene Hilfsmittel:
Wörterbuch zur deutschen Rechtschreibung

Zu den Autoren:
Hubertus Bardt, geb. 1974, ist Geschäftsführer und Leiter des Wissenschaftsbereiches des arbeitgebernahen Instituts der deutschen Wirtschaft Köln (IW).
Michael Hüther, geb. 1962, ist Direktor des Instituts der deutschen Wirtschaft Köln.

Lösungsvorschläge

Aufgabenart A *(Analyse – Darstellung – Erörterung)*
Inhaltliche Schwerpunkte:

- *Wirtschaftspolitik: Legitimation staatlichen Handelns im Bereich der Wirtschaftspolitik; Zielgrößen der gesamtwirtschaftlichen Entwicklung in Deutschland; Konjunktur- und Wachstumsschwankungen; Wirtschaftspolitische Konzeptionen; Bereiche und Instrumente der Wirtschaftspolitik*
- *Globale Strukturen und Prozesse: Wirtschaftsstandort Deutschland*

1. a) *Die Aufgabenstellung 1 a) fordert, dass die Position der Autoren zur angebotsorientierten Wirtschaftspolitik begründet wird. Dazu gehört nach einer Einordnung des Textes, dass Sie inhaltliche Bezüge zur Angebotspolitik, aber auch Abgrenzungen zur Nachfragetheorie aufzeigen. (AFB II)*

Texteinordnung

Bei dem vorliegenden Text „Zeit für eine neue Wirtschaftspolitik" handelt es sich um einen Beitrag von Hubertus Bardt und Michael Hüther, der am 10. August 2018 in der Frankfurter Allgemeinen Zeitung veröffentlicht wurde. Die beiden Autoren thematisieren den **wirtschaftspolitischen Handlungsbedarf**, der sich ihrer Einschätzung nach aus **aktuellen Herausforderungen** ergibt.

Begründungsgang

Die Verfasser verweisen auf die Erfolge angebotsorientierter Wirtschaftspolitik in der Vergangenheit (vgl. Z. 16 f.). Zu Beginn des zweiten Abschnitts fassen sie zusammen, dass die **aktuellen Herausforderungen** ganz andere seien als früher. Die positiven Veränderungen schreiben sie offensichtlich dem **angebotsorientierten Vorgehen in der Vergangenheit** zu. Es sei nicht mehr nötig, große staatliche Monopole durch Maßnahmen zur Wettbewerbsöffnung zu überwinden (vgl. Z. 10 f.). Zudem gebe es keine „Folgen fehlgenutzter Globalsteuerung" (Z. 11 f.) zu bereinigen. Mit dieser Formulierung wird auch die **Distanz der Autoren zur nachfrageorientierten Wirtschaftspolitik** deutlich, die im Rahmen der Globalsteuerung – also durch ein Zusammenwirken wirtschaftspolitischer und geldpolitischer Maßnahmen – die wirtschaftliche Entwicklung zu stimulieren versucht. Die Autoren beklagen, dass „die Angebotspolitik […] nahezu jeglichen Zuspruch verloren" (Z. 15 f.) habe, obwohl sie in den 80er-Jahren und auch nach 2005 Erfolge bei der Bekämpfung der Arbeitslosigkeit bewirkt habe (vgl. Z. 16 f.).

Position der Autoren

Michael Hüther und Hubertus Bardt bezeichnen Angebotspolitik als eine „pragmatische Politikanleitung auf konsistenter Wertebasis aus Freiheit, Selbstverantwortung und gesellschaftlicher Mitverantwortung" (Z. 28 ff.), die sie gegenüber

„ideengeschichtliche[m] Idealismus“ (Z. 27 f.) abgrenzen. Auch anhand dieser positiv wertenden Formulierung wird die **angebotsorientierte Position der beiden Verfasser** deutlich. Sie vertreten die Ansicht, dass „wichtige Elemente einer wachstumsfördernden Angebotspolitik“ (Z. 32 f.) auch unter veränderten gesellschaftlichen und wirtschaftlichen Voraussetzungen bedeutsam blieben. Sie müsse „**smart**“ (Z. 31) auf die Veränderungen reagieren.

In der gegenwärtigen Situation entstünden für Deutschland aufgrund gestiegener Lohnstückkosten, hoher Energiekosten und einer insgesamt hohen Steuer- und Abgabenlast **Nachteile im internationalen Wettbewerb** (vgl. Z. 34 ff.), denen man mit einem hohen Ausbildungsstand, einer Verbesserung der Innovationsfähigkeit und starkem Produktivitätsfortschritt begegnen müsse (vgl. Z. 37 f.).

Die **Begrenzung der Kostennachteile** identifizieren die Autoren als wichtigen Bestandteil einer „erfolgreichen, smarten Angebotspolitik“ (Z. 39 f.). Die größte Herausforderung sehen sie darin, dass es immer schwieriger werde, qualifizierte Mitarbeiter zu finden (vgl. Z. 50 f.). Trotz „anhaltende[n] Beschäftigungsaufbau[s]“ (Z. 51) stelle „die fehlende Verfügbarkeit von Fachkräften das wichtigste Investitionshemmnis der deutschen Unternehmen“ (Z. 54 f.) dar, dem die smarte Angebotspolitik begegnen müsse.

Bardt und Hüther konkretisieren ihre Vorstellungen vor dem Hintergrund der vier tiefgreifenden **Veränderungsprozesse** Klimawandel, Urbanisierung, demographische Entwicklung und Digitalisierung, die **innovative Lösungen** erforderten (vgl. Z. 66 ff.).

Im Zusammenhang mit den Herausforderungen und Chancen, die sich aus dem **Klimawandel** ergeben, wird erneut die angebotsorientierte Ausrichtung der beiden Verfasser deutlich: Der Staat habe „nicht die Aufgabe, technologische und marktliche Innovationen zu definieren, sondern innovationsfreundliche Regulierungen und angemessene Infrastrukturen bereitzustellen“ (Z. 76 ff.).

Auch die **Urbanisierung** und die **demographische Entwicklung** erforderten innovative bzw. intelligente Lösungen vonseiten der Politik, um die Bedingungen für die Unternehmen zu verbessern, aber auch um „qualitativ neue Verteilungskonflikte“ (Z. 88) angesichts sinkender Wachstumsperspektiven zu begrenzen (vgl. Z. 85 ff.).

Darüber hinaus müsse die Politik in Form einer guten Angebotspolitik die Unternehmen mit geeigneter Infrastruktur,

Forschungseinrichtungen, verbindlichen Standards und Regelungen unterstützen, damit diese die **Chancen der digitalen Transformation** ergreifen können (vgl. Z. 98 ff.). Gleichzeitig warnen die Autoren aber davor, dass „Regulierung [...] neue Geschäftsmodelle nicht verhindern" dürfe (Z. 109 f.).

Argumentationsweise

Die Autoren verwenden durchgehend eine **wertende Sprache**, indem sie die von ihnen geforderte Angebotspolitik wiederholt als **„smart"** (Z. 31, 40, 59, 79) bezeichnen und auf die **historischen Errungenschaften** des angebotstheoretischen Ansatzes (vgl. Z. 16 f.) verweisen. Gleichzeitig machen sie **mit konkreten Beispielen** den aus ihrer Sicht gegebenen **Handlungsdruck deutlich**, der sich vor allem aus der demographischen Entwicklung („Alterung und die Schrumpfung des Angebots an Erwerbspersonen", Z. 85 f.) und im Zusammenhang mit der digitalen Transformation („Die meisten großen Dienste für Endverbraucher sind in den Vereinigten Staaten, die größten [...] Märkte [...] sind in China", Z. 101 ff.) ergebe.

Intention

Die beiden Autoren haben die **Intention**, auf die aus ihrer Sicht zentralen Herausforderungen der Wirtschaftspolitik zu verweisen und für eine **„smarte" Angebotspolitik** zu deren Lösung zu werben. Dazu fordern sie **konkrete staatliche Maßnahmen** zur Sicherung des Wettbewerbs und des langfristigen Wirtschaftswachstums, was auch zur **Minderung von Verteilungskonflikten** beitrage.

b) *Die Aufgabenstellung 1 b) verlangt, dass Sie auf der Grundlage Ihres Fachwissens über Standortfaktoren Bezüge zu der Argumentation von Hubertus Bardt und Michael Hüther herstellen. Der Operator „erläutern" fordert, dass Sie die entsprechenden Standortfaktoren nicht einfach nur nennen, sondern im Zusammenhang erklären und durch Beispiele verdeutlichen. (AFB II)*

preisliche Wettbewerbsfähigkeit

Die Autoren beurteilen den Standortfaktor der „preisliche[n] **Wettbewerbsfähigkeit**" Deutschlands (Z. 34) kritisch. Dies begründen sie damit, dass das „relative Lohnstückkostenniveau wieder angestiegen" (Z. 34 f.), die Steuern und Abgaben überdurchschnittlich und die Energiekosten hoch seien (vgl. Z. 35 f.).

Sind die **Herstellungskosten** für ein bestimmtes Gut in einem Land zu hoch, dann findet es im **internationalen Wettbewerb** keine Abnehmer. Insofern ist es von großer Bedeutung, dass die Produktionskosten im Rahmen bleiben, damit die Unternehmen ihre Produktion nicht **ins Ausland verlagern**. Allerdings spielen neben den Produktionskosten auch andere Standortfaktoren eine wichtige Rolle: beispielsweise die **Qualität des Produkts** und die **Zuverlässigkeit der Bereitstellung**. Wichtige Exportgüter aus Deutschland sind spezielle Maschinen oder Luxusautos. Diese Produkte sind **weniger preissensibel**. Eine Maschine muss in erster Linie gut funktionieren, damit sich deren Anschaffung lohnt. Und einen Porsche oder einen Mercedes kauft man auch nicht wegen der geringen Kosten, sondern weil diese Wagen andere Vorzüge haben.

hohe Umweltschutzauflagen

Auch im Zusammenhang mit den Herausforderungen, die sich aus dem **Klimawandel** ergeben, gehen Hubertus Bardt und Michael Hüther auf mögliche Wettbewerbsnachteile ein. Diese könnten sich aus hohen **Umweltschutzauflagen** ergeben. Die Autoren erklären, „dass mit dem Klimaschutz ein **globales öffentliches Gut** bereitgestellt werden muss, ohne dass unterschiedliche Anspruchsniveaus zu starken **Wettbewerbsverzerrungen zu Lasten der Vorreiterländer** führen dürfen" (Z. 70 ff.). Sie sprechen sich also durchaus für Umweltschutzauflagen aus, wollen aber verhindern, dass es für deutsche Unternehmen aufgrund zusätzlicher Kosten und Verwaltungsvorschriften zu Wettbewerbsnachteilen kommt. Die entsprechenden Auflagen – zum Beispiel zur Beschränkung schädlicher Emissionen – sollten also entweder für deutsche Unternehmen gesenkt oder auch von Konkurrenten im Ausland eingefordert werden.

2. *Bei dieser Aufgabe müssen Sie die genannten Aspekte in einem strukturierten logischen Zusammenhang darlegen und dabei auf die Verwendung der Fachsprache achten. Im Bereich der Nachfragetheorie gibt es einige wesentliche Fachbegriffe, die in einen solchen Text eingebaut werden müssen (z. B. deficit spending, surplus saving). (AFB I)*

nachfrageorientierte Konzeption

Grundannahmen

Die **nachfrageorientierte Wirtschaftskonzeption** sieht in einem gesamtwirtschaftlichen **Nachfragedefizit** die **wichtigste Ursache für Wirtschaftskrisen**. Die niedrige Nachfrage habe negative Auswirkungen auf Löhne und Beschäftigung, sodass sich der Prozess selbst verstärke. Nachfragetheoretiker vertrauen in einer schwachen konjunkturellen Phase nicht auf die Selbstheilungskräfte des Marktes, sondern sehen den **Staat in der konjunkturpolitischen Verantwortung**. Die Konsumnachfrage der privaten Haushalte und die Investitionsgüternachfrage der Unternehmen fallen in einer wirtschaftlich angespannten Lage eher schwach aus und die Nachfrage des Auslands kann nicht beeinflusst werden. Deshalb übernimmt der **Staat eine aktive**

Rolle des Staates

Rolle zur Steigerung der Nachfrage, die er – im Falle fehlender Rücklagen – auch durch Schulden finanziert **(deficit spending)**.

Instrumente:
Steigerung der staatlichen Ausgaben

Ein mögliches Instrument ist die **Steigerung der staatlichen Ausgaben im Rahmen eines Konjunkturprogramms**. Nachfragetheoretiker erhoffen sich davon **Multiplikatoreffekte:** Infolge steigender Investitionen der Unternehmen entstehen neue Arbeitsplätze und damit neues Einkommen bei den privaten Haushalten. Diese geben einen Teil ihres zusätzlichen Einkommens aus, was wiederum weiteres Einkommen entstehen lässt (mehr Nachfrage, mehr Arbeitsplätze). Die Einkommenserhöhung ist dabei um ein Vielfaches höher als der ursprünglich für die Investition eingesetzte Geldbetrag. Die Höhe des **Multiplikatoreffekts** hängt davon ab, wie groß der Anteil des zusätzlichen Einkommens ausfällt, der nicht gespart, sondern neu investiert bzw. konsumiert wird. Kommt es auf diese Weise zu einem **nachhaltigen Anstieg der Konsumgüternachfrage**, erweitern Unternehmen ihre Produktionskapazitäten. Diese Entwicklung wird als **Akzeleratoreffekt** bezeichnet.

Steuersenkungen

Ein **weiteres Instrument** sind **Steuersenkungen**, um die Konsumgüternachfrage der Haushalte bzw. die Investitionsgüternachfrage der Unternehmen zu erhöhen.

Zinssenkungen

Zudem werden **geldpolitische Maßnahmen genutzt:** So kann zum Beispiel durch die Senkung der Leitzinsen das Konsum- bzw. Investitionsklima positiv beeinflusst werden. Das Zusammenwirken geldpolitischer und fiskalpolitischer Maßnahmen wird aufgrund seines umfassenden Ansatzes auch als **Globalsteuerung** bezeichnet.

In der nachfrageorientierten Sichtweise muss der Staat in starken Konjunkturphasen **Ausgabendisziplin** üben, **Abgaben oder Steuern konstant** halten oder sogar erhöhen und sich – sofern überhaupt ein solcher Einfluss auf die Geldpolitik der Zentralbank besteht – für eine **Erhöhung der Leitzinsen** einsetzen. Die gewonnenen Mittel sollen für den **Abbau der Altschulden** bzw. den Aufbau von Rücklagen verwendet werden (*surplus saving*).

3. *In dieser Erörterung müssen Sie eine reflektierte, kontroverse Auseinandersetzung führen und zu einer abschließenden, begründeten Bewertung darüber gelangen, ob der Staat mehr investieren sollte. Sie müssen also in einem ersten Schritt geeignete Kriterien benennen, die Sie für die Beurteilung der Fragestellung heranziehen wollen, und anschließend die aus Ihrer Sicht passenden Argumente gegeneinander abwägen. Am Ende fällen Sie dann eine Entscheidung, in der Sie sich auf Argumente der beiden Autoren und Ihre eigenen Überlegungen beziehen. (AFB III)*

Einstieg

Zwischen den beiden in der Aufgabenstellung formulierten Zielsetzungen für staatliche Investitionen – langfristiges Wachstum und internationale Wettbewerbsfähigkeit – besteht ein enger Zusammenhang. Da der Export erheblich zum deutschen Bruttoinlandsprodukt beiträgt, ist Deutschland stark darauf angewiesen, dass die dort hergestellten Produkte **international konkurrenzfähig** bleiben.

Investitionen zur Bekämpfung des Fachkräftemangels

Der Staat kann mit verschiedenen Maßnahmen versuchen, dem von Bardt und Hüther beklagten Fachkräftemangel in Deutschland zu begegnen (vgl. Z. 54 ff.). Sie nennen beispielsweise Investitionen in „Anreize […] für eine hohe Erwerbsbeteiligung" (Z. 60 f.). Durch einen **weiteren Ausbau der Ganztagsbetreuung** wird für Frauen beispielsweise die Vereinbarkeit von Beruf und Familie erleichtert, sodass die Frauenerwerbsquote erhöht und das Arbeitskräftepotenzial besser ausgeschöpft werden kann. Auch eine **staatliche Bildungsoffensive**, also eine Erhöhung der Investitionen in bessere Schulen und Universitäten, könnte einen wichtigen Beitrag zur Verringerung des Fachkräftemangels leisten. Auf diese Weise könnte die Konkurrenzfähigkeit von deutschen Unternehmen gesteigert und gleichzeitig ein langfristiges Wirtschaftswachstum ermöglicht werden. Diese Maßnahmen würden damit dem Kriterium der **Wirksamkeit** gerecht werden.

Allerdings wäre ein solches Maßnahmenbündel mit **erheblichen Kosten** verbunden und die aufgewendeten Mittel könnten nicht für andere Ausgaben genutzt werden. Zum Beispiel würden sich Nachfragetheoretiker alternativ für eine **Senkung der Mehrwertsteuer** einsetzen, um auf diese Weise die Binnennachfrage zu steigern, Haushalte mit geringem Einkommen zu unterstützen und so für einen **sozialen Ausgleich** zu sorgen. Gleichzeitig würde eine Stärkung der Binnennachfrage zu einer Verringerung des deutschen Leistungsbilanzüberschusses führen, der von vielen Handelspartnern kritisiert wird. Insofern wäre dies vor dem Kriterium der **Nachhaltigkeit zu begrüßen**, da die langfristigen Handelsbeziehungen zu den Partnern gestützt würden.

Investitionen in Infrastruktur

Der Staat könnte auch durch **Investitionen in die öffentliche Infrastruktur** die Angebotsbedingungen in Deutschland verbessern. Die Autoren schlagen hier unter anderem Investitionen in „Forschungseinrichtungen, Standards und angemessene Regeln für die Nutzung von Daten" (Z. 106 f.) vor. Auch diese Maßnahmen versprechen eine hohe **Wirksamkeit**, wären allerdings auch mit erheblichen Kosten für die öffentlichen Haushalte verbunden, die über Steuern finanziert werden müssten. Damit würde die Gefahr zunehmen, dass die Staatsverschuldung steigt und der langfristige finanzielle **Handlungsspielraum des**

Staates durch Zins und Tilgung **erheblich eingeschränkt** würde. Diese Vorgehensweise gefährdet damit das **Kriterium der Nachhaltigkeit**. Das kann insbesondere dann problematisch werden, wenn der Staat aufgrund einer Wirtschaftskrise dazu gezwungen ist, die Konjunktur mit entsprechenden Programmen zu stützen. Eine solche Situation ist zum gegenwärtigen Zeitpunkt gegeben, da die Wirtschaft aufgrund des durch das Coronavirus verursachten Shutdowns eingebrochen ist. Aufgrund des demographischen Wandels müssen diese Schulden in der Zukunft von einer immer kleiner werdenden Gruppe von Erwerbstätigen bewältigt werden, sodass sich hier auch die Frage nach der **Generationengerechtigkeit** stellt.

kriteriengeleitetes Fazit

Ich spreche mich trotz einiger Einwände ebenso wie die beiden Autoren **für staatliche Investitionen** aus, um auf diese Weise die internationale Wettbewerbsfähigkeit der deutschen Wirtschaft zu stärken und langfristiges Wirtschaftswachstum zu ermöglichen. Die Forschung und Entwicklung von Innovationen sollte weiterhin **vorwiegend von Unternehmen** geleistet werden. Allerdings sind einige Investitionen, zum Beispiel in ein flächendeckendes Breitbandnetz, zum einen zu hoch, um von wenigen Unternehmen geleistet zu werden. Zum anderen profitiert auch die Allgemeinheit von einer besseren Infrastruktur (z. B. gute Netzabdeckung). Diese Punkte rechtfertigen den Einsatz **staatlicher Investitionen** in diesen Bereichen meiner Meinung nach auf jeden Fall.

Auch eine **bessere Vereinbarkeit von Beruf und Familie** und eine **Bildungsoffensive** nutzen nicht nur den Unternehmen. Zusätzliche Einkünfte steigern den Wohlstand vieler Familien und insbesondere für weibliche Erwerbstätige wird das Risiko von Altersarmut verringert.

Allerdings muss sichergestellt werden, dass die staatlichen Investitionen dem Kriterium der **Nachhaltigkeit** genügen und vor dem Hintergrund der CO2-Bilanz zu vertreten sind.

Ein weiteres wesentliches Kriterium, an dem sich die staatlichen Investitionen messen lassen müssen, ist die **soziale Gerechtigkeit**. Nur wenn auch die **einkommensschwächeren Bevölkerungsgruppen von den Maßnahmen profitieren**, ist ein staatliches Engagement in Milliardenhöhe zu rechtfertigen. Allerdings ist davon auszugehen, dass für diese Gruppen sowohl durch einen Ausbau der Kinderbetreuung und eine Verbesserung der Bildungsmöglichkeiten als auch durch den Ausbau des Breitbandnetzes Vorteile entstehen. Wenn gleichzeitig internationale Wettbewerbsfähigkeit und anhaltendes Wachstum sichergestellt werden, **profitieren alle Bürgerinnen und Bürger** zusätzlich in Form von Steuereinnahmen und sicheren Arbeitsplätzen.

Abiturprüfung 2020 NRW – Leistungskurs Sozialwissenschaften
Aufgabe 2

Thema:
Globale Migration – die EU vor (un)lösbaren Herausforderungen?

Aufgabenstellung Punkte

1. a) Analysieren Sie den Text im Hinblick auf die Position und Argumentation der Autorin zur europäischen Flüchtlings- und Asylpolitik. 30
   b) Erläutern Sie anhand von zwei Textbelegen Bezüge zu weiteren Auswirkungen der Globalisierung (d. h. außer Migration). 16
2. Stellen Sie zwei Modelle der europäischen Integration in ihren Grundzügen wie folgt dar: Zielvorstellungen, Wege der Umsetzung. 24
3. Erörtern Sie unter Berücksichtigung der Position der Autorin im Hinblick auf zwei unterschiedliche Modelle europäischer Integration, inwiefern deren jeweilige Verwirklichung der EU helfen würde, Herausforderungen durch Migration (und Flucht) zu bewältigen. 30

M: Andrea Böhm: Europas Flucht vor der Realität

[…]

Vielleicht war ich wirklich zu lange auf der anderen Seite des Mittelmeeres, zu nah dran an wirklichen Krisen. Jedenfalls muss mir das mal jemand erklären: Da beschließen europäische Regierungen, darunter die deutsche, die europäische Festung gegen Flüchtlinge und Migranten mit Methoden auszubauen, die selbst einem Donald Trump imponieren. Gleichzeitig räuspern sich – kaum hörbar – die deutschen Minister für Arbeit, Gesundheit und Familie und erinnern daran, dass der dramatische Notstand in der Pflege nur mithilfe von Arbeitskräften aus dem Ausland zu beheben sein wird. Zunächst aus Albanien und dem Kosovo, also muslimischen Ländern. Später vielleicht auch aus Nigeria, Tunesien oder Marokko.

Mitten in der politischen Farce[1] um Transitzonen, Ausschiffungsplattformen und sogenannte intelligente grenzpolizeiliche Handlungsansätze blinkte also kurz die längst bekannte Einsicht auf, dass Europa aufgrund seiner demographischen Überalterung auf junge Migranten angewiesen ist. Anders ausgedrückt: Auch der AfD-Wähler wird sich im fortgeschrittenen Alter damit abfinden müssen, dass womöglich eine Muslima oder ein Muslim seine Windeln wechseln wird und das Abendland trotzdem nicht untergeht.

Aber bis dahin wird eine zunehmend verbrecherische Politik betrieben, die eine einzige Flucht vor der Realität ist.

[…]

Ich habe Anfang September [2015] tatsächlich für einen Moment geglaubt, dass diese Politik unter öffentlichem Druck ins Wanken gerät, als ein erschütterndes Bild um die Welt ging. Das Foto der Leiche des zweijährigen Syrers Aylan Kurdi, ertrunken bei der vermeintlich illegalen Flucht seiner Familie über das Mittelmeer nach Europa, angeschwemmt an einen Strand in der Türkei. „Wer sind wir? Was sind unsere Werte wirklich wert, wenn wir so etwas weiter geschehen lassen?", schrieb damals die *BILD*-Zeitung.

Drei Jahre später kann man diese Frage mit einer europäischen Momentaufnahme beantworten: Der ungarische Ministerpräsident Viktor Orbán nennt Flüchtlinge und Migranten „Pesthauch", Polens starker Mann Jaroslaw Kaczyński[2] „Träger von Viren und Erregern" und Italiens Innenminister Salvini hat sie unlängst als „Menschenfleisch" bezeichnet. […]

Unterdessen ertrinken immer mehr Menschen im Mittelmeer. Seit Jahresanfang mindestens 1.400, allein diese Woche über 200.

[…]

Nein dies ist kein Plädoyer für offene Grenzen. Dies ist auch keine Verniedlichung der innereuropäischen und innerdeutschen Gräben. Die Einheit der Berliner Regierungskoalition und die der EU existieren nicht mehr. Aber nicht aufgrund einer vermeintlichen Flüchtlingskrise. Auch wenn dieser Satz bei vielen Schnappatmung auslöst: Es gibt – bis auf Weiteres – keine Flüchtlingskrise in Europa. Es gibt auch keinen „Strom" von Menschen aus dem Süden in den Norden. 80 Prozent aller Flüchtlinge bleiben in einem Land nahe ihrer Heimat.

[…]

Die Staaten mit den meisten Flüchtlingen heißen nicht Deutschland, Italien, Österreich oder Griechenland, sondern seit Jahren und Jahrzehnten Türkei, Pakistan, Uganda, Bangladesch, Jordanien, Libanon. Dort herrschen Krisen. Nicht bei uns. Auch die große Mehrheit der Migranten ist nicht auf dem Weg nach Europa, sondern sucht Arbeit auf dem jeweils eigenen Kontinent. Also in Afrika und Asien.

Unsere Krise hat nichts mit der Zahl der Flüchtlinge und Migranten zu tun, sondern mit ihrer politischen Instrumentalisierung. Das macht die Gefahr für die europäische Einheit nicht kleiner. Aber den Unterschied sollte man sich von Rechtspopulisten und Rechtsradikalen nicht verwischen lassen. […]

Von diesen Hasspredigern können sich liberale Parteien, professionelle Medien, NGOs und all jene, die universelle Menschenrechte für eine brauchbare Idee halten, weiter wie die sprichwörtliche Sau durchs europäische Dorf jagen lassen. Oder sie nehmen den Kampf um politische Diskurse und politische Gestaltung auf. Was viele bereits tun. Denn es gibt gute und praktikable Vorschläge für die aktuelle Lage, ebenso wie für das, was uns in den nächsten Jahren und Jahrzehnten bevorsteht.

Eine Koalition derjenigen Länder innerhalb der EU, in denen das Recht auf Asyl noch verteidigt werden soll, wäre ein Anfang. Die SPD-Politikerin Gesine Schwan und Gerald Knaus, Chef des Think Tanks European Stability Initiative und Ideengeber des Flüchtlingsabkommens zwischen der EU und der Türkei, haben sie formuliert: Staaten wie Frankreich, Deutschland, die Niederlande, Schweden, Spanien, Griechenland und Italien bauen in Südeuropa funktionierende Hotspots auf, in denen schnelle und rechtsstaatliche Asylbescheide innerhalb von zwei Monaten erstellt werden.

Das ist ein Kraftakt, den die beteiligten Nationen ohne Weiteres stemmen können. Die anerkannten Flüchtlinge werden so schnell wie möglich dezentral verteilt. Kommunen, die Flüchtlinge aufnehmen wollen – und von denen gibt es in Europa erstaunlich viele –, werden aus einem neuen EU-Fonds gefördert.

Die abgelehnten Flüchtlinge werden möglichst schnell in ihre Heimatländer zurückgebracht. Deren Kooperation sichert man sich nicht mit Geldgeschenken, sondern mit dem einzigen, was diesen Herkunftsländern wirklich nützt: Abkommen über legale Migration. Arbeitsvisa für Erntehelfer, Fabrikarbeiter, Austauschprogramme für Studenten, Jobs für Fachkräfte – und zwar in Dimensionen, die deutlich über das hinausgehen, was die Bundesregierung jetzt zaghaft und mit jahrzehntelanger Verspätung als Einwanderungsgesetz vorlegen will.

[…]

Wer nur alle paar Wochen über den deutschen und europäischen Tellerrand hinausblickt, weiß, dass die flüchtenden Syrer vom Herbst 2015 ein lächerlich kleiner Vorgeschmack waren auf die kommende Epoche der Wanderungen. Zufluchtsländer wie Uganda, Pakistan oder Jordanien sind das längst gewöhnt. Auch Europa wird sich daran gewöhnen müssen.

Das ist verständlicherweise eine verstörende Einsicht für Politiker, weswegen sich keine einzige Partei in Deutschland bislang traut, Klartext zu reden. Innerhalb Europas wagt derzeit nur Emmanuel Macron auszusprechen, dass sich in Afrika und im Nahen Osten nicht weniger, sondern mehr Menschen auf den Weg machen werden. […] Demographie ist nur einer von vielen Faktoren. Korruption, Misswirtschaft und Bürgerkriege sind andere. Ebenso der Kuchen des Wohlstands, den immer noch so viele Europäer für selbst gebacken halten.

[…]

Wenn die EU mit billigen, subventionierten Agrarprodukten die Märkte afrikanischer Länder überschwemmt und deren Bauern in den Ruin treibt, machen sich eben immer mehr Afrikaner auf den Weg. Unter anderem nach Europa, wo sie derzeit zu Tausenden als Arbeitssklaven in den Händen der Mafia auf italienischen Feldern die Tomaten pflücken, deren Export die Landwirtschaft in ihren Ländern kaputt gemacht hat.

Wenn wir Wohlstandskonsumenten weiterhin Smartphones mit Rohstoffen aus Konfliktgebieten kaufen, und Länder wie Pakistan und Bangladesch als Sweatshops[3] für unsere Billigkleidung benutzen, entstehen dort auch eben keine ökonomischen Perspektiven für die Menschen. Da können wir hier noch so viel Fair-Trade-Schokolade futtern und Marshallpläne[4] für Afrika verkünden.

Und wenn wir Europäer, allen voran wir Deutsche, uns weiterhin nicht um unseren CO2-Ausstoß scheren, müssen wir uns nicht wundern, wenn der Klimawandel immer mehr Menschen in Asien und Afrika zur Flucht treibt. […]

Das ist wohl die unbequemste Erkenntnis, die wir in Europa akzeptieren müssen: Unsere größte Handlungsmacht liegt nicht in Grenzzäunen und Marshallplänen für Afrika, sondern in unserer Bereitschaft, den Schaden zu reduzieren, den unsere Lebensweise anderen zufügt.

[…]

Andrea Böhm: Europas Flucht vor der Realität. In: Zeit Online vom 6. Juli 2018, https://www.zeit.de/politik/2018-07/eu-asylpolitik-fluechtlinge-migration-grenzschutz/komplettansicht (gekürzt; Anpassungen an die sprachliche Richtigkeit wurden vorgenommen)

Zugelassene Hilfsmittel:
Wörterbuch zur deutschen Rechtschreibung

Zur Autorin
Andrea Böhm, geb. 1961, arbeitet als Nahost-Korrespondentin für die Wochenzeitung *Die Zeit.*

Begriffserklärungen:
1 Farce: (*hier:*) auf empörende Weise ungeeigneter Umgang mit einer Sache
2 Jarosław Kaczyński, geb. 1949, ist ein polnischer Politiker und Vorsitzender der Partei „Recht und Gerechtigkeit" (PIS). Von 2006 bis 2007 war er Ministerpräsident von Polen.
3 Sweatshop (*engl.*): Bezeichnung für Fabriken, zumeist in Entwicklungsländern, in denen Beschäftigte unter ausbeuterischen Bedingungen arbeiten
4 Der Marshallplan war ein Programm der Wiederaufbauhilfe der USA für Deutschland und andere europäische Länder nach dem 2. Weltkrieg.

Lösungsvorschläge

***Aufgabenart A** (Analyse – Darstellung – Erörterung)*
Inhaltliche Schwerpunkte:
- *Europäische Union: Historische Entwicklung der EU als wirtschaftliche und politische Union; Europäische Integrationsmodelle (Perspektiven einer vertieften und erweiterten Europäischen Union); Strategien und Maßnahmen europäischer Krisenbewältigung (Migration und Flucht als Herausforderung europäischer Politik)*
- *Globale Strukturen und Prozesse: Merkmale, Dimensionen und Auswirkungen der Globalisierung*

1. a) *Die Aufgabenstellung 1 a) verlangt, dass Sie nach einer Einordnung des Textes die wesentlichen Aussagen der Autorin, die diese zur europäischen Flüchtlings- und Asylpolitik trifft, prägnant darstellen und anschließend ihre Argumentationsstruktur untersuchen. Die üblichen Schritte, die Sie abarbeiten müssen, finden Sie rechts neben dem Text in der Marginalspalte. (AFB II)*

Texteinordnung

Bei dem Text „Europas Flucht vor der Realität", der am 6. Juli 2018 in Zeit Online veröffentlicht wurde, handelt es sich um einen Kommentar der Journalistin Andrea Böhm. Darin thematisiert sie die **Asyl- und Migrationspolitik der Europäischen Union**.

Position der Autorin

Andrea Böhm vertritt die **Position**, dass die EU eine **realitätsferne und verbrecherische Asylpolitik** betreibe (vgl. Z. 18 f.), die vornehmlich auf eine **Abschottung** der „europäische[n] Festung" (Z. 4) gegenüber Flüchtlingen setze, dabei aber die Menschenrechte vernachlässige. Die tatsächliche Krise bestehe weniger in der Zahl der bisherigen Flüchtlinge, die nach Europa gelangten, sondern in der

Instrumentalisierung der Thematik durch Rechtspopulisten. Dadurch sei die europäische Einheit bedroht (vgl. Z. 49 ff.).

Böhm ist der Auffassung, dass **Flucht nach Europa** in Zukunft **weiter zunehmen** werde (vgl. Z. 81 f.). Verantwortlich dafür sei neben den Bedingungen in den Fluchtstaaten vor allem die **Lebensweise der Menschen in der EU, die diese Bedingungen noch verschlechterte** (vgl. Z. 107 f.).

Begründungsgang

Die Autorin weist zu Beginn ihrer **Argumentation** auf den zentralen Widerspruch hin, dass sich die europäischen Regierungen einerseits „gegen Flüchtlinge und Migranten" (Z. 4 f.) abzuschotten versuchen, gleichzeitig Europa aber „aufgrund seiner demographischen Überalterung **auf junge Migranten angewiesen**" (Z. 13 f.) sei. Diesen Widerspruch bezeichnet sie als „eine einzige Flucht vor der Realität" (Z. 18 f.) und die Politik der EU als „verbrecherisch[]" (Z. 18). Während sich prominente Regierungschefs abfällig über Flüchtlinge äußerten (vgl. Z. 28 ff.), „[ertränken] immer mehr Menschen im Mittelmeer" (Z. 33). Anschließend äußert sie ihre These, dass es in **Europa** im Vergleich zu anderen Weltregionen gar **keine Flüchtlingskrise** gebe (vgl. Z. 39 f.). Diese bestünde seit Jahrzehnten (vgl. Z. 45) in der „Türkei, [in] Pakistan, Uganda, Bangladesch, Jordanien [und im] Libanon" (Z. 45 f.).

Die tatsächliche Krise besteht ihrer Einschätzung nach vielmehr in der **„politischen Instrumentalisierung**" (Z. 50) der Flüchtlingsfrage. Um das Feld nicht den Rechtspopulisten, Rechtsradikalen und „Hasspredigern" (Z. 53) zu überlassen, **appelliert** Böhm an „all jene, die **universelle Menschenrechte für eine brauchbare Idee** halten, […] den Kampf um politische Diskurse und politische Gestaltung [aufzunehmen]" (Z. 54 ff.).

Dazu greift sie einen Vorschlag der SPD-Politikerin Gesine Schwan und von Gerald Knaus, dem Chef eines *Thinktanks*, auf: „Eine **Koalition** derjenigen Länder innerhalb der EU, in denen das **Recht auf Asyl noch verteidigt** werden soll" (Z. 59 f.). Die Ziele seien schnelle Asylbescheide, eine dezentrale Verteilung der anerkannten Flüchtlinge und eine zügige Rückführung der abgelehnten Flüchtlinge (vgl. Z. 67 ff.). Dies müsse durch „Abkommen über legale Migration" (Z. 72 f.) flankiert werden, die allerdings sehr viel umfangreicher ausfallen müssten als das Einwanderungsgesetz der Bundesregierung, das sie als „zaghaft" (Z. 75) und um Jahrzehnte verspätet bezeichnet.

Die Verfasserin unterstreicht ihre Forderung, indem sie eine „**kommende Epoche der Wanderungen**“ (Z. 80) prognostiziert, für die 2015 lediglich ein Vorgeschmack gewesen sei (vgl. Z. 79 f.).

Abschließend verweist Böhm auf die erhebliche **Mitverantwortung** für den zunehmenden Migrationsdruck, der **durch die Lebensweise in Deutschland und Europa** entstehe. Subventionierte und damit konkurrenzlos billige Agrarprodukte würden die afrikanischen Märkte überschwemmen (vgl. Z. 91 f.), der unreflektierte Konsum von Produkten, die unter menschenunwürdigen Bedingungen produziert werden (vgl. Z. 97 ff.), sowie der durch die westliche Lebensweise verursachte Klimawandel trieben immer mehr Menschen in Asien und Afrika zur Flucht (vgl. Z. 102 ff.). Die Journalistin schließt ihren Kommentar mit einem **Appell**:

„Unsere größte Handlungsmacht liegt [...] in unserer Bereitschaft, den Schaden zu reduzieren, den unsere Lebensweise anderen zufügt.“ (Z. 106 ff.)

Argumentationsweise

In der Argumentation von Andrea Böhm wird an verschiedenen Stellen ihre **eigene Betroffenheit** deutlich, indem sie sich auf **persönliche Erfahrungen** bezieht: „Vielleicht war ich wirklich zu lange auf der anderen Seite des Mittelmeeres, zu nah dran an wirklichen Krisen“ (Z. 2 f.). Durch die Verwendung einer **stark wertenden und bildhaften Sprache** wird ihre emotionale Haltung gegenüber der Flüchtlingsfrage unterstrichen: „Auch der AfD-Wähler wird sich im fortgeschrittenen Alter damit abfinden müssen, dass womöglich eine Muslima oder ein Muslim seine Windeln wechseln wird und das Abendland trotzdem nicht untergeht.“ (Z. 14 ff.). Die widerstreitenden politischen Gruppierungen in der europäischen Flüchtlings- und Migrationspolitik werden **kontrastiert:** „Rechtspopulisten und Rechtsradikalen“ (Z. 51 f.) sowie „Hasspredigern“ (Z.52) stehen demnach „liberale Parteien, professionelle Medien, NGOs und all jene, die universelle Menschenfechte für eine brauchbare Idee halten,“ (Z. 53 f.) gegenüber.

Intention

Andrea Böhm folgt der **Intention**, mit ihrem Kommentar auf die Widersprüchlichkeit der europäischen Flüchtlings- und Asylpolitik hinzuweisen, Möglichkeiten einer besseren Zuwanderungspolitik aufzuzeigen, aber auch an die **Verantwortung jedes Einzelnen** zu appellieren.

b) *Die Autorin spielt an verschiedenen Stellen auf weitere Auswirkungen der Globalisierung an. Ihre Aufgabe besteht darin, diese zu benennen, vor dem Hintergrund Ihres Wissens einzuordnen und mit zusätzlichen Informationen und Beispielen zu verdeutlichen. (AFB II)*

Auswirkungen auf den Arbeitsmarkt

In ihrem Kommentar nennt die Autorin an mehreren Stellen **Auswirkungen der Globalisierung auf den Arbeitsmarkt**. Der grenzüberschreitende Handel hat in den letzten Jahrzehnten kontinuierlich zugenommen. Im Rahmen des **Outsourcings** wurden viele Produktionsschritte, bei arbeitsintensiven Gütern sogar die gesamte Produktion, in **Niedriglohnländer** verlagert. Böhm nennt als Beispiel unter anderem die Kleidungsindustrie („Länder wie Pakistan und Bangladesch als Sweatshops für unsere Billigkleidung […]", Z. 98 f.).

Auswirkungen auf das Klima

Eine zweite Auswirkung der Globalisierung besteht in Bezug auf den **Klimawandel**. Die Lebensweise der Menschen in Deutschland und anderen **Industriestaaten** hat aufgrund des **enormen Ressourcenverbrauchs** erhebliche Auswirkungen auf das Klima. Im Zuge der Globalisierung werden Güter in enormer Geschwindigkeit und Menge produziert, gehandelt und konsumiert. Von den **Auswirkungen der Erderwärmung** sind **andere Regionen der Welt** durch Dürren, Überschwemmungen und steigenden Meeresspiegel sehr viel **stärker betroffen** als z. B. Deutschland. Auch auf diesen Zusammenhang nimmt die Autorin Bezug: „Und wenn wir […] uns weiterhin nicht um unseren CO2-Ausstoß scheren, müssen wir uns nicht wundern, wenn der Klimawandel immer mehr Menschen in Asien und Afrika zur Flucht treibt" (Z. 102 ff.).

2. *Bei dieser Aufgabe wird von Ihnen verlangt, zwei Modelle der europäischen Integration darzustellen. Den Schwerpunkt stellen dabei die jeweiligen Zielvorstellungen sowie die Wege und Prozesse dar, die zu einem solchen Zustand führen können. Sie könnten neben den unten genannten Modellen beispielweise auch auf die EU der mehrfachen Geschwindigkeiten oder die EU als „variable Geometrie" eingehen. (AFB I)*

europäischer Integrationsprozess

Es gibt mehrere konkurrierende Zielvorstellungen für den europäischen Integrationsprozess, die sich vor allem in der Frage unterscheiden, wie viele Politikbereiche durch **supranationale Institutionen** geregelt werden bzw. weiterhin in der **Verantwortung der einzelnen Mitgliedstaaten** verbleiben.

Modell Bundesstaat

Eine besonders weitgehende Zielvorstellung besteht in dem **Modell Bundesstaat**. In einem föderal organisierten europäischen

Gesamtstaat werden alle wesentlichen Politikfelder durch starke **supranationale** Institutionen geregelt.
Derartige „**Vereinigte Staaten von Europa**" könnten durch eine schrittweise Stärkung des EU-Rechts gegenüber nationalem Recht der Mitgliedstaaten und eine Verlagerung der Kompetenzen einschließlich der Außen- und Sicherheitspolitik (GASP) auf die europäische Ebene entstehen.
Der bedeutendste Schritt bestünde in der Verabschiedung einer gemeinsamen europäischen Verfassung, also einem **Verfassungssprung**. Eine solche gemeinsame Verfassung ist bislang am Widerstand einzelner Nationalstaaten gescheitert und auch eine gemeinsame GASP zeichnet sich im Jahr 2020 nicht ab.

Modell Staatenbund

Eine alternative Zielvorstellung besteht im **Modell Staatenbund**, das durch eine Zusammenarbeit der Regierungen von souveränen Nationalstaaten, also eine **intergouvernementale Zusammenarbeit**, geprägt ist. Alle wesentlichen Kompetenzen verbleiben auf der nationalen Ebene und es wird auf eine **Schaffung starker supranationaler Institutionen verzichtet**. Entscheidungen müssen einstimmig gefällt werden und entsprechen damit in der Regel lediglich einem Minimalkonsens. Eine Entwicklung hin zu einem Staatenbund wäre mit einem **Rückbau der supranationalen Institutionen**, wie zum Beispiel der EU-Kommission, verbunden und das EU-Recht würde zugunsten des nationalen Rechts der Mitgliedstaaten geschwächt. Die Zusammenarbeit wäre durch Treffen von Vertretern der nationalen Regierungen geprägt.

3. *Hier müssen Sie eine reflektierte und kontroverse Erörterung der Frage vornehmen, ob bestimmte Integrationsmodelle dazu geeignet erscheinen, den aktuellen Herausforderungen der Migration zu begegnen. Es bietet sich natürlich an, die beiden in Aufgabe 2 behandelten Modelle näher zu betrachten. Dabei sollten Sie in jedem Fall die Kriterien explizit benennen, die Sie bei der Begründung Ihrer Entscheidung berücksichtigen. (AFB III)*

Einstieg:
Position der Autorin

Andrea Böhm beschreibt in ihrem Kommentar sehr konkret, wie die Herausforderungen von Migration und Flucht zu bewältigen wären. Dabei schlägt sie vor, dass zumindest eine **Koalition** einiger weniger Staaten in einem Kraftakt geeignete Strukturen schaffen könnte (vgl. Z. 59 ff.). Sie geht also weder von einer durch die **EU-Kommission initiierten** Vorgehensweise noch von einer **intergouvernemental verhandelten** Einigung aller Mitgliedstaaten aus. Vielmehr hält sie eine gemeinsame Vorgehensweise von wenigen an einer Lösung interessierten Staaten für am wahrscheinlichsten.

Die Verwirklichung eines **europäischen Bundesstaats** würde die **Umsetzbarkeit** der von ihr skizzierten Maßnahmen also erheblich vereinfachen. Da die Außen- und Sicherheitspolitik in alleiniger Verantwortung der EU läge, ließen sich die **Maßnahmen sehr viel leichter umsetzen**. In erster Linie geht es dabei um die Erstellung von Asylbescheiden, um die Verteilung der Migranten und auch um eine geregelte Rückführung in den Fällen, in denen kein Recht auf Verbleib in der EU besteht.

Modell Bundesstaat

Allerdings bestehen insbesondere in osteuropäischen Mitgliedstaaten **erhebliche Widerstände** gegen die Aufnahme von Flüchtlingen, wie sie bei einer zentralen Verteilung von Migranten vorgesehen wäre. Vor dem Kriterium der **Akzeptanz** wäre also voraussichtlich mit Widerständen zu rechnen. Zum Beispiel weigerte sich Ungarn mit Verweis auf Widerstände in der eigenen Bevölkerung, die Dublin-III-Verordnung umzusetzen. Möglicherweise ließe sich dieses Problem durch den Vorschlag lösen, die Aufnahme von Flüchtlingen mit **Mitteln aus einem EU-Fond** zu verknüpfen. Aber auch diese Mittelverwendung dürfte in Ungarn und Polen auf Widerstand stoßen, da sie zu Lasten der Ausgaben für Landwirtschaft und Strukturhilfen gingen, von denen bislang die osteuropäischen Mitgliedstaaten überproportional profitieren.

In einem europäischen **Staatenbund** ließe sich eine konzertierte Migrations- und Flüchtlingspolitik, wie sie von der Autorin skizziert wurde, ungleich **schwerer umsetzen**, da es mindestens drei verschiedene Gruppen von Staaten gibt, die jeweils unterschiedliche Interessen verfolgen. **Die Länder, in denen die meisten Flüchtlinge ankommen**, also vor allem Griechenland und Italien, sind in erster Linie an einer schnellen Verteilung der Flüchtlinge und einer gerechten Kostenverteilung interessiert. **Die Zielstaaten, in die die meisten Flüchtlinge gelangen wollen**, wie z. B. Schweden oder Deutschland, fordern ein geordnetes Asylverfahren und eine anschließende gerechte Verteilung der Flüchtlinge auf alle Mitgliedstaaten. Eine dritte Gruppe von **osteuropäischen Staaten** möchte dagegen weder Flüchtlinge aufnehmen noch sich an den entstehenden Kosten für die Migrationspolitik beteiligen.

Modell Staatenbund

Eine **Kompromissfindung** erscheint vor dem Hintergrund dieser unvereinbaren Interessenlagen nahezu unmöglich, wenn es **keinerlei Institution** gibt, die diesen **Prozess moderiert**, auf die Einhaltung der getroffenen Regelungen achtet und für einen langfristigen Interessenausgleich sorgt.

Zusammenfassend lässt sich also feststellen, dass die Herausforderungen der Migration und Flucht in einem europäischen **Bundesstaat** ungleich besser bewältigt werden könnten. Hier ist

kriteriengeleitetes Fazit

vor allem das **Kriterium der Umsetzbarkeit** ausschlaggebend. Dieses ist beim Modell des Staatenbundes nicht annähernd gegeben. Natürlich wäre es vor dem **Kriterium der Akzeptanz** nötig, Ansätze zu finden, um alle Staaten in ihren Bedürfnissen wahrzunehmen und somit mit ins Boot zu holen. Gelingt dies nicht, ist mit großem Widerstand zu rechnen, der die Umsetzung zumindest verzögert. Zudem würden solche Unstimmigkeiten auch die Zusammenarbeit in anderen Bereichen gefährden.

Abiturprüfung 2020 NRW – Leistungskurs Sozialwissenschaften
Aufgabe 3

Thema:
Fordert Zuwanderung den deutschen Sozialstaat heraus?

Aufgabenstellung Punkte

1. Stellen Sie die Zielsetzungen und verfassungsrechtlichen Grundlagen des deutschen Sozialstaats sowie zwei Prinzipien (z. B. Versicherungsprinzip) sozialer Sicherung dar. 24

2. a) Analysieren Sie den Text M 1 im Hinblick auf die Position und Argumentation der Autorin zur Lage des deutschen Sozialstaats. 30
   b) Überprüfen Sie die Aussage der Autorin „Die Ausgaben für Soziales steigen stetig stärker als die Wirtschaftsleistung." (Z. 24 f.) für den Zeitraum 2009–2018 anhand des Materials M 2. 16

3. Erörtern Sie aus wirtschaftspolitischer und aus sozialpolitischer Perspektive, ob staatliche Sozialleistungen – auch angesichts von Zuwanderung – künftig eingeschränkt werden sollten. 30

M 1: Dorothea Siems: Die neue Armut macht vielen Deutschen Angst

[…]
Die Deutschen sehnen sich nach der Mittelschichtgesellschaft zurück, die das Land über Jahrzehnte geprägt hatte. Mehr als 80 Prozent der Bürger bereitet die Kluft zwischen Arm und Reich große Sorgen, wie Umfragen zeigen.

Viele ärgern sich über die extrem hohen Boni und Abfindungen, die manche Konzernchefs heutzutage kassieren. Doch weit stärker treibt die Bevölkerung die bedrückende Misere der Menschen um, die am unteren Ende der Einkommensskala leben.

Es ist nicht nur Mitleid mit den Armen, was die Bürger spüren. Viele beschleichen auch Abstiegsängste und die Furcht, dass die eigenen Kinder es vielleicht nicht schaffen könnten, sich ein gutes Auskommen zu sichern. Und selbst diejenigen, die sich und ihre Angehörigen auf sicherem Boden wähnen, fühlen sich zumeist unwohl bei dem Gedanken an eine zunehmend gespaltene Gesellschaft.

Über Jahrzehnte glaubte die große Mehrheit der Deutschen fest an die Stärke des hiesigen Sozialstaats. Doch nicht nur die plötzlich entbrannte Hartz-IV-Debatte zeigt, wie das Vertrauen erodiert. Zumal Armut heute immer sichtbarer zutage tritt. In den Städten trifft man auf ein wachsendes Heer von Obdachlosen, die in Einkaufsstraßen und S-Bahnen um Almosen betteln und oftmals buchstäblich unter Brücken leben.

Auch die Berichte von den Tafeln, die dem wachsenden Andrang an Bedürftigen kaum mehr Herr werden, verstören die Bevölkerung. Für linke Parteien und Wohlfahrtsverbände sind diese Entwicklungen ein deutliches Zeichen, dass der deutsche Sozialstaat kräftig ausgebaut werden muss, weil die Hartz-IV-Sätze völlig unzureichend und die Reformen der Agenda 2010[1] ein großer Irrtum gewesen seien.

Doch liegt hier ein Trugschluss vor. Von einem Kaputtsparen des Sozialstaats kann überhaupt keine Rede sein. Im Gegenteil: Die Ausgaben für Soziales steigen stetig stärker als die Wirtschaftsleistung. Falsch ist auch die ständig wiederholte These, dass hierzulande die Armen ohne Aufstiegschancen sind. Binnen der letzten fünf Jahre hat eine Million Menschen den Sprung aus Hartz IV geschafft. Auch die Zahl der Langzeitarbeitslosen ist erheblich geschrumpft.

[…]

Der Grund, warum trotz jahrelangen Konjukturaufschwungs und sinkender Arbeitslosigkeit die sozialen Probleme nicht weniger werden, liegt in dem starken Zuzug von hilfsbedürftigen Menschen. Mehr als ein Drittel der Hartz-IV-Bezieher sind mittlerweile Ausländer, wobei die Syrer inzwischen die größte Gruppe bilden. Und die Quote wird weiter steigen, weil in nächster Zeit immer mehr Flüchtlinge aus dem Asylbewerberleistungssystem in die Grundsicherung gelangen.

Doch nicht nur Flüchtlinge, sondern auch Migranten aus Osteuropa stellen die hiesigen Sozialsysteme vor neue Herausforderungen. Zwar sind die EU-Zuwanderer zu einem weit überwiegenden Teil gut in den Arbeitsmarkt integriert. Doch neben den hoch willkommenen Arbeitsmigranten, die entscheidenden Anteil am Beschäftigungsboom der vergangenen Jahre hatten, kommen auch viele Menschen, die ohne Qualifikationen und Deutschkenntnisse keinerlei Chance haben, hier einen Job zu finden.

Unter den Obdachlosen bilden die Osteuropäer inzwischen die Mehrheit. Manche überwintern lediglich in Deutschland, weil es in ihrer Heimat keinerlei Kältehilfe gibt. Doch viele bleiben. Und weil sie keinen Anspruch auf Sozialleistungen haben, schlagen sie sich irgendwie durch.

[…]

Das Gleiche gilt für abgelehnte ausreisepflichtige Asylbewerber, die untertauchen. Solche Migranten leben vielfach in einer existenziellen Armut, wie man sie ansonsten eher in Entwicklungsländern erlebt und die in Deutschland seit Jahrzehnten unbekannt war.

Insofern hat Gesundheitsminister Jens Spahn vollkommen recht mit seiner Aussage, dass Hartz IV nicht Armut bedeutet, sondern diese vielmehr verhindert. Denn wer Grundsicherung bezieht, hat selbstverständlich Anspruch auf medizinische Versorgung, eine Unterkunft und ein Mindestmaß an gesellschaftlicher Teilhabe – auch wenn das Leben mit sehr wenig Geld zweifellos schwierig ist.

Jede Sozialdebatte muss heutzutage vor dem Hintergrund einer anhaltend starken Zuwanderung geführt werden. Die Forderung nach einer kräftigen Erhöhung der Grundsicherung blendet die Tatsache aus, dass Deutschlands Grenzen offen sind. Damit ist der Spielraum für mehr Großzügigkeit viel geringer, als er in einer nach außen abgeschotteter Gesellschaft wäre.

Das riesige Wohlstandsgefälle innerhalb Europas, noch mehr aber zwischen Afrika und den wohlhabenden EU-Staaten, entfaltet eine enorme Sogwirkung. Die Migranten kommen, um hier zu arbeiten und ihr Glück zu machen – doch die meisten bleiben auch dann, wenn sie keine Beschäftigung finden, sondern auf Transfer angewiesen sind.

[…]

Die Bundesagentur für Arbeit prognostiziert, dass nach fünf Jahren rund die Hälfte der Flüchtlinge einen Job gefunden haben wird. Nach zehn Jahren sollen es 60 Prozent sein. Das von Bundeskanzlerin Angela Merkel ausgegebene Ziel der Vollbeschäftigung ist somit schon angesichts des permanenten Zustroms an Asylsuchenden nicht ohne viel mehr Effizienz im Hartz-IV-System zu erreichen.

Wenn Deutschland ein weltoffenes Land bleiben soll, darf der Bezug der staatlichen Grundsicherung nicht länger als Lebensmodell konzipiert sein, sondern sollte künftig immer nur Durchgangsstation auf dem Weg in den Arbeitsmarkt sein. Und wer einen Job annimmt, muss in jedem Fall spürbar mehr Geld zur Verfügung haben als ein Fürsorgeempfänger.

Gefragt sind allerdings nicht teure Arbeitsbeschaffungsmaßnahmen, mit denen Menschen nur in einer künstlichen Scheinwirtschaft geparkt werden, […] sondern richtige Arbeitsplätze. Nötig wäre dazu ein massiver Ausbau der Jobcenter[2] und eine konsequente Anwendung des Prinzips des Forderns und Förderns.

[…]

Die intensive Bekämpfung der Langzeitarbeitslosigkeit allein wird allerdings noch nicht ausreichen, wachsende soziale Missstände zu verhindern. Die Politik muss viel strenger als bisher alle Personen, die ausreisepflichtig sind, abschieben oder mit finanziellen Anreizen zur freiwilligen Rückkehr bewegen. Das gilt für abgelehnte Asylbewerber ebenso wie für nicht erwerbstätige EU-Bürger. Denn das bisherige Laissez-faire[3] birgt die Gefahr enorm hoher sozialer Folgekosten. Und dies wiederum gefährdet nicht nur die Akzeptanz der Zuwanderung, sondern untergräbt auch die Solidität[4] der Sozialsysteme.

[…]

Axel Springer SE 15.04.2018,
https://www.welt.de/debatte/kommentare/article175474655/Sozialstaat-Neue-Armut-macht-den-Deutschen-Angst.html

Zugelassene Hilfsmittel:
Wörterbuch zur deutschen Rechtschreibung
Taschenrechner

Zur Autorin:
Dorothea Siems, geb. 1963, ist promovierte Volkswirtin und seit 2010 Chefkorrespondentin für Wirtschaftspolitik der überregionalen deutschen Tageszeitung „Die Welt".

Begriffserklärungen:
1 Die Agenda 2010, entwickelt von der damaligen Regierung aus SPD und Grünen in den Jahren 2003 – 2005, ist ein Konzept zur Reform des deutschen Sozialsystems. Mit der Reform waren Kürzungen von Sozialleistungen verbunden, das Arbeitslosengeld II (das sogenannte Hartz IV) wurde eingeführt und das Konzept des „Förderns und Forderns" umgesetzt.
2 Jobcenter sind im Sinne des „Förderns und Forderns" dafür zuständig, die Bezieherinnen und Bezieher von ALG II zu betreuen, indem sie u. a. Leistungen gewähren und Perspektiven eröffnen.
3 Laissez-faire: (*hier:*) Nichtstun
4 Solidität: Zuverlässigkeit, Beschaffenheit

M 2:

Jahr	Sozialleistungen[1] in Mrd. Euro	Bruttoinlandsprodukt in Mrd. Euro
2009	753,8	2 460,3
2010	771,5	2 580,1
2011	776,5	2 703,1
2012	794,6	2 758,3
2013	823,6	2 826,2
2014	852,6	2 938,6
2015	889,7	3 048,9
2016	929,8	3 159,8
2017p	965,3	3 277,3
2018s	996,0	3 386,0

Datenstand Mai 2019
p: vorläufig, s: geschätzt

1 Sozialleistungen umfassen hier die Summe aller sozialen Leistungen (wie z. B. der gesetzlichen Sozialversicherungen oder sonstigen staatlichen Leistungen) in Deutschland.

Sozialbudget 2018, BMAS

Lösungsvorschläge

***Aufgabenart B** (Darstellung – Analyse – Erörterung)*
Inhaltliche Schwerpunkte:

- *Strukturen sozialer Ungleichheit, sozialer Wandel und soziale Sicherung: Erscheinungsformen und Auswirkungen sozialer Ungleichheit; Sozialstaatliches Handeln*
- *Wirtschaftspolitik: Legitimation staatlichen Handelns im Bereich der Wirtschaftspolitik; Bereiche und Instrumente der Wirtschaftspolitik*

1. *Der Operator „darstellen" erfordert die reine Wiedergabe Ihnen bekannter Fakten zum deutschen Sozialstaat. Hierbei wird ein Bezug zum Grundgesetz gefordert und zwei Wege, über die soziale Sicherung organisiert wird. Neben dem angesprochenen Versicherungsprinzip stehen hier auch noch das Versorgungs- und Fürsorgeprinzip zur Auswahl. Wichtig ist in dieser Aufgabe, das GG genauer in den Blick zu nehmen, sodass neben dem Art. 20 auch noch weitere Grundlagen dargestellt werden. (AFB I)*

   Grundlagen des Sozialstaats (GG)

   Das Grundgesetz definiert die Bundesrepublik Deutschland in **Art. 20** – der „Verfassung in Kurzform" – als einen **Sozialstaat** und konkretisiert diesen Anspruch in weiteren Artikeln des Grundgesetzes. So wird ein **Diskriminierungsverbot** definiert (Art. 3 GG) und die **Sozialpflichtigkeit des Eigentums** (Art. 14 GG) festgesetzt, die z. B. eine wesentliche Begründung für das umverteilende Steuersystem darstellt. Zudem wird die **Angleichung der Lebensverhältnisse in den einzelnen Bundesländern** gefordert (Art. 72, 107 GG), was den finanziellen Ausgleich zwischen den Bundesländern, den sog. Länderfinanzausgleich, ermöglicht.

Eingerahmt werden die genannten grundgesetzlichen Vorgaben durch den zentralen **ersten Artikel** der Verfassung, der die prinzipielle **Würde des Menschen als „unantastbar"** festschreibt.

Ziele des Sozialstaats

Diese verfassungsrechtlichen Grundlagen sind auch in konkreten **Zielen des Sozialstaats** zu erkennen:

Der Staat hat die (Selbst-)Verpflichtung zum **sozialen Ausgleich**, also zur Verringerung der Unterschiede zwischen sozialökonomisch schwachen und starken Personen. Hieraus resultiert z. B. ein progressives Steuersystem, das bei steigender Einkommenshöhe auch höhere Steuersätze vorschreibt. Diese Zahlungen werden genutzt, um bestimmte Gruppen gezielt zu fördern (z. B. Grundsicherung / Sozialhilfe).

Zudem sollen die Existenzgrundlagen der Bürger gesichert werden **(Ziel der sozialen Sicherung und Teilhabe)**. Hiermit sind konkrete Maßnahmen z. B. im Gesundheitswesen (Aufbau eines Versicherungssystems), Bildungssystem oder in weiteren Bereichen der Sozialpolitik verbunden (z. B. Arbeitszeitregelungen, Jugendschutzgesetz, Regelungen zur Gleichstellung). Die sozialpolitischen Maßnahmen sollen es den Bürgern ermöglichen, ihre **Daseinsvorsorge** weitgehend eigenständig zu betreiben und ein insgesamt **menschenwürdiges Dasein** zu führen.

Prinzipien des Sozialstaats

Die sich aus diesen Vorgaben ergebenden vielfältigen Leistungen des Staates werden aus unterschiedlichen Quellen finanziert, maßgeblich aus Steuermitteln und Beiträgen, die über den Arbeitslohn erhoben werden. Hierbei gibt es **drei zentrale Prinzipien** (Anmerkung: die Aufgabe erfordert die Nennung von zweien): das **Versicherungsprinzip**, das **Fürsorge-** und das **Versorgungsprinzip**. Das **Versicherungsprinzip** fußt auf der Grundidee, dass Lebensrisiken (Krankheit, Arbeitslosigkeit) oder der natürliche Alterungsprozess (Rentensystem) über die Allgemeinheit **solidarisch finanziert** werden. Hierbei ist entweder der individuell geleistete Beitrag die Grundlage einer Auszahlung (z. B. Rentensystem) oder eine Unabhängigkeit von den geleisteten Eigenbeiträgen gegeben. Eine solche Unabhängigkeit wird z. B. im Gesundheitssystem deutlich, in dem zwar Zahlungen, die an einem Prozentsatz des Lohnes orientiert sind, eingezahlt

werden, aber auch über die Summe weit hinausgehende Behandlungen bezahlt werden.
Das zweite Prinzip – **das Fürsorgeprinzip** – stellt demgegenüber eine Absicherung dar, die sich an einem zuvor ermittelten Bedarf orientiert (z. B. die Regelsätze des ALG II) und aus Steuermitteln finanziert wird.

Alternative: Versorgungsprinzip
Das Versorgungsprinzip honoriert Leistungen, die durch eine besondere Aufgabe im Gemeinwesen entstehen (z. B. das Pflichtverhältnis von Beamten) oder gleicht „Ungleichheiten" (Mutterschutzgesetz, Schwerbehindertengesetz usw.) aus. Hierbei erfolgt die Finanzierung aus Steuermitteln, ohne dass im Vorfeld individuelle Beitragszahlungen erbracht werden mussten.

2. a) *Hier sollen Sie den Text nach einer grundlegenden Einordnung gemäß der Position der Autorin, ihrem Argumentationsgang und der zentralen Aussageabsicht analysieren. Achtung: Der Bezug des Textes zu den realen Daten in M 2 wird erst im zweiten Teil der Aufgabe geprüft, sodass hierauf gesondert einzugehen ist. Achten Sie beim Lesen auf die Verwendung bestimmter rhetorischer Elemente und unterstreichen sie diese eventuell. Die Autorin nimmt mitunter stark wertende Beschreibungen vor. (AFB II)*

Einordnung des Textes

Position der Autorin

Der Artikel „Die neue Armut macht vielen Deutschen Angst" ist von Dorothea Siems verfasst, die Chefkorrespondentin für Wirtschaftspolitik bei der „WELT" ist. Er wurde 2018 veröffentlicht. Sie **kritisiert** die derzeitige **Ausgestaltung des deutschen Sozialstaats** angesichts wachsender Migration und fordert einen **Reformprozess**.
Die Autorin konstatiert ein **schwindendes Vertrauen der Bevölkerung in den Sozialstaat** und führt als Grund unter anderem eine **wachsende sichtbare Armut** an (vgl. Z. 15). Das deutsche System sei in seinen Grundzügen aber wirksam und finanziell gut ausgestattet (vgl. Z. 23 ff.). Nach Siems seien es vor allem offene Grenzen, die den Sozialstaat in Zukunft stark herausfordern (vgl. Z. 33 ff., 58 ff.). Sie spricht in Zusammenhang mit dem **Wohlstandsgefälle** von einer „Sogwirkung" (Z. 62) für Immigration. Damit der Sozialstaat nicht an seine Kapazitätsgrenzen gelange, fordert sie einerseits eine **funktionierende Ausweisungspraxis** illegaler Migranten (vgl. Z. 83 ff.) und andererseits eine „konsequente Anwendung des **Prinzips des Forderns und Förderns**" (Z. 80), um hierdurch eine deutliche Brücke in den regulären Arbeitsmarkt zu erzeugen.

Die Journalistin beginnt ihren Text zunächst mit einer Problemdarstellung, in der sie die **Wahrnehmung der sozialen Realität** thematisiert. Die Bevölkerung würde „extrem hohe[] Boni und Abfindungen" (Z. 5) als ärgerlich empfinden. Allerdings sei die verstärkte **Wahrnehmung von Menschen am sozialen Rand** der Bevölkerung weit ausschlaggebender (vgl. Z. 6 ff.). Daraus würden **Abstiegsängste** resultieren, die wiederum politische Forderungen nach einem **weiteren Ausbau des Sozialstaats** nach sich ziehen würden. Siems nennt als Beispiele die Partei DIE LINKE und die Wohlfahrtsverbände, die die Politik der sog. Agenda 2010 kritisieren (vgl. Z. 19 ff.). Die Autorin spricht allerdings von einem „Trugschluss" (Z. 23). Sie sieht **keine finanzielle Minderausstattung des Sozialstaats**, sondern konstatiert im Gegenteil einen immer weiter voranschreitenden Ausbau. Hierbei stellt sie den wachsenden Anteil des sozialen Bereichs am Bruttoinlandsprodukt fest. Zusätzlich betont sie die **Wirksamkeit des bestehenden Systems**, da vielen Arbeitslosen der „Sprung aus Hartz IV" (Z. 27) in den Arbeitsmarkt gelänge.

Begründungszusammenhang

Das Problem des Sozialstaats sei aktuell und in der Zukunft vielmehr ein **Zuzug in die Sozialsysteme durch Migration**. Die Gruppe von Flüchtlingen, osteuropäischen Zuwanderern und abgelehnten Asylbewerbern setze den Sozialstaat unter Druck (vgl. Z. 30 ff.). Sollte das System der sozialen Sicherung nun weiter ausgebaut werden, entfalte das eine **verstärkte „Sogwirkung"** (Z. 62). Dies müsse – so die Autorin – verhindert werden, damit Deutschland ein weltoffenes Land bleiben könne (vgl. Z. 72). „[D]er Bezug der staatlichen Grundsicherung [dürfe] nicht länger als Lebensmodell konzipiert sein" (Z. 72 f.). Sie fordert aus diesen Überlegungen heraus, dass der Sozialstaat noch konsequenter fordern solle (vgl. Z. 80). Hierzu sei es wichtig, dass sich **Arbeit tatsächlich lohnt:** Siems fordert eine Beachtung des „Lohnabstandsgebotes", damit der Anreiz zur Arbeitsaufnahme sich vergrößere und keine Demotivation der Arbeitenden erfolge (vgl. Z. 75 f.). Begleitend hierzu verlangt sie ebenso eine **konsequentere Ausweisung illegaler Migranten** (vgl. Z. 83 ff.), da sich nur so eine generelle „Akzeptanz der Zuwanderung" (Z. 88) erhalten ließe.

Die Autorin nutzt in ihrer Argumentation eine eher **polemische Rhetorik:** Die Wortwahl umfasst unter anderem **negative Stereotype** (z. B. „kommen […] viele Menschen, die ohne Qualifikationen und Deutschkenntnisse keinerlei Chan-

Argumentationsweise

ce haben“, Z. 40 f.). Zudem bedient sich Siems einer **dramatisierenden Ausdrucksweise**, um ihren Standpunkt zu untermauern („bedrückende Misere“, Z. 6 f.; „wachsendes Heer von Obdachlosen“, Z. 16), und **wertet bestehende Standpunkte und bisherige Maßnahmen ab:** Die Annahme, dass Arme ohne Aufstiegschancen seien, bezeichnet sie beispielsweise schlichtweg als „falsch“ (Z. 25) und die aktuelle Situation diskreditiert sie mit Äußerungen wie „künstliche[] Scheinwirtschaft“ (Z. 78) und „Laissez-faire“ (Z. 86 f.). Die Journalistin verwendet in ihrem Beitrag außerdem eine **klare Zweiteilung**, die das Problem in seiner Komplexität auf **starke Gegensätze reduziert**. So spricht sie z. B. von „Armut“ (Z. 15) im Kontrast zu „extrem hohen Boni“ (Z. 5) oder in Bezug auf den Sozialstaat von „künstliche[r] Scheinwirtschaft“ (Z. 78) gegenüber „richtige[n] Arbeitsplätze[n]“ (Z. 79).

Intention

Durch ihre Argumentation betont die Autorin ihre **generelle Kritik an Plänen zum Ausbau des Sozialstaats** und untermauert ihre Forderung zur Durchsetzung der **Ausreisepflicht** und des **Fordern-und-Fördern-Konzeptes**. Darüber hinaus versucht sie einen Beitrag zur Erklärung wahrgenommener Unsicherheiten der Bevölkerung in Bezug auf den Sozialstaat zu leisten.

b) *Bei dieser Aufgabe sollen Sie eine zentrale Behauptung der Autorin mathematisch überprüfen. Es bieten sich hier relative Veränderungsraten oder auch eine Umrechnung in Prozentpunkte an. (AFB II)*

Beschreibung der Daten

Die chronologisch ansteigend angeordneten Daten in der Tabelle des Bundesministeriums für Arbeit und Soziales beziehen sich auf den Zeitraum von 2009 bis 2018. Sie stellen die **ökonomischen Leistungen** (BIP in absoluten Zahlen) und die **Ausgaben für Sozialleistungen** (das Sozialbudget, ebenfalls in absoluten Zahlen) dar. Es handelt sich um eine offizielle staatliche Quelle, wobei die Jahre 2017 und 2018 vorläufig sind bzw. einer Schätzung entsprechen.

Überprüfung der Aussagen anhand von Daten

Die anteiligen Ausgaben für Sozialleistungen am BIP – die **Sozialleistungsquoten** – sind bei nur leichten Schwankungen **relativ konstant**. Von 2009 (30,6 %) bis 2011 (28,7 %) fallen sie zunächst leicht ab und steigern sich im weiteren Verlauf nur geringfügig (z. B. 29,5 % 2017). Insgesamt liegt der Wert der Sozialleistungsquote im gesamten Zeitraum um 29–30 %.

Die Aussage der Autorin („Die Ausgaben für Soziales steigen stetig stärker als die Wirtschaftsleistung“, Z. 24 f.) lässt sich folglich nicht mit der offiziellen Statistik belegen. Es liegen zwar einige Schwankungen vor, diese sind aber marginal und weisen in **keine eindeutige Richtung**.

Anmerkung: *Es könnten auch die relativen Wachstumsraten verglichen werden, wobei hier ebenfalls keine einseitige Entwicklung – wie in der These der Autorin behauptet – zu verzeichnen wäre.*

3. *In dieser Erörterung sollen Sie sich auf die ökonomische und die soziale Perspektive konzentrieren. Es bietet sich an, im Vorfeld Pro- und Kontra-Argumente aus beiden Perspektiven zu sammeln und diese abzuwägen. Eigene Argumente aus anderen Perspektiven heraus können bei dieser Aufgabe zusätzlich eingebracht werden. Allerdings sollten Sie immer die Zeit im Blick behalten. Die Aufgabe sollte mit einer knappen Beurteilung anhand von Kriterien schließen. (AFB III)*

Einstieg: Bezug zum Text

Zu einer möglichen Einschränkung staatlicher Sozialleistungen lassen sich **wirtschafts- und sozialpolitische Argumente** anführen. So ist das bisherige **System der sozialen Sicherung**, wie es auch Dorothea Siems in ihrem Artikel selbst eingesteht, ein **effektives System**, das einen starken Arbeitsmarkt und eine zufriedenstellende Brückenbildung in Beschäftigung zugelassen hat (vgl. Z. 26 ff.). In Zusammenhang mit einer **soliden Ausgabenpolitik** ist Deutschland so eine der **führenden Industrienationen** geblieben. Gerade der gezielte „Brückenbau“ in den Arbeitsmarkt, aber auch die weiteren fordernden Elemente wären unter Umständen von einer **Deckelung oder Kürzung des Sozialbudgets** betroffen. Hieraus könnten sich **negative Effekte für die Beweglichkeit des Arbeitsmarktes** ergeben. Andererseits wäre eine Kürzung der Sozialausgaben jedoch ein Instrument, um dem **Lohnabstandsgebot** Rechnung zu tragen. Die unteren Lohngruppen hätten einen deutlicheren Abstand zu den durch staatliche Leistungen unterstützten Personen. Zudem könnte **gespartes Geld für andere Maßnahmen** eingesetzt werden, die beispielsweise die Wirtschaft ankurbeln.

wirtschaftspolitische Perspektive

Hierbei wäre allerdings die Frage der „**menschenwürdigen Existenz**“ zu stellen und zu berücksichtigen, ob mit den Kürzungen die Gefahr bestehe, gegen die Ziele unserer Verfassung zu verstoßen. Damit ist schon ein wesentliches **soziales Argument** gegen Kürzungen benannt: die **Würde des Menschen**! Erschwerend kommt hinzu, dass es auch zu verstärkter **sozialer Konkurrenz** und damit einer **Gefährdung des sozialen Friedens** kommen könnte, wenn die Menschen das Gefühl haben,

sozialpolitische Perspektive

noch weniger zur Verfügung zu haben. Gerade eine Mischung von migrantischem Milieu und langzeitarbeitslosen Deutschen könnte hierbei zu Konflikten und subjektiv empfundener Ungerechtigkeit führen. Die tendenzielle Zunahme von **gesellschaftlichen Vorurteilen** und „Stammtischparolen" befeuert das Ganze noch.

Dennoch spricht auch einiges für Einschränkungen: So hat die Autorin natürlich recht mit der Annahme einer prinzipiellen Sogwirkung. Durch einen guten und offenen Sozialstaat können „Pull-Faktoren" entstehen, die **Migration zumindest anregen**. Eine „Verhärtung" der sozialen Strukturen würde Deutschland hier gewiss unattraktiver machen. Im besten Falle könnte dies den **sozialen Frieden sichern**, da die Menschen weniger Angst davor hätten, dass andere Leistungsempfänger den eigenen Anspruch in Gefahr bringen. Denn auch wenn dies nur eine subjektive Empfindung ist, kann sie **das friedliche Zusammenleben gefährden**. Allerdings besteht eine hohe Wahrscheinlichkeit, dass die Menschen aufgrund der Kürzungen ohnehin sehr unzufrieden wären, sodass der Effekt verpuffen könnte. Eine Absenkung der Sozialleistungen kann allerdings tatsächlich eine **aktivierende Wirkung** haben und einen **Appell an die Eigenverantwortung** formulieren. Gleichzeitig würde durch eine Vergrößerung des Abstands zu den unteren Lohngruppen dem **Leistungsprinzip** Rechnung getragen, das als Zeichen **sozialer Gerechtigkeit** gesehen werden kann.

Ich komme zu dem Schluss, dass zwar **positive ökonomische Effekte** mit einer Senkung der Sozialleistungsquote verbunden sein könnten und es durchaus sinnvoll ist, eine „Sogwirkung" im Blick zu behalten, allerdings habe ich Bedenken, dass eine solche Maßnahme zu Lebensbedingungen führt, die mit dem Grundgesetz nicht vereinbar sind. Die **Menschenwürde** ist hierbei das zentrale Kriterium. Darüber hinaus ist auch die **Realisierbarkeit** (Umsetzbarkeit) einer Senkung der Sozialleistungen fraglich, da das Bundesverfassungsgericht eine Inkraftsetzung entsprechender Gesetze mit Bezug auf den zentralen Artikel 1 des GG verhindern könnte. Das Kriterium der **Gerechtigkeit** kann von zwei Seiten betrachtet werden. Sicherlich erscheint eine Achtung des Leistungsprinzips zunächst gerecht. Allerdings sollte man diesen Aspekt gerade mit Blick auf Migranten global betrachten. Hierbei wäre im Ergebnis sogar fast eine Verpflichtung zur Öffnung der Sozialsysteme angezeigt, da die Ursachen globaler Migration eben oftmals auch in weiten Anteilen durch die Wirtschafts-, Außen- und gerade auch Finanzpolitik (z. B. globaler Kapitalmarkt) der zentralen „Machtblöcke" verursacht sind.

wertende Stellungnahme

Bezug zu zentralen Kategorien / Kriterien

Abiturprüfung 2021 NRW – Grundkurs Sozialwissenschaften
Aufgabe 1

Thema:
Die Vorschläge des Sachverständigenrates – ein geeigneter Ansatz zur Überwindung der wirtschaftlichen Folgen der Corona-Krise?

Aufgabenstellung Punkte

1. Stellen Sie jeweils die Grundannahmen sowie jeweils eine typische Maßnahme von angebotsorientierter und von nachfrageorientierter Wirtschaftspolitik dar. 24

2. a) Analysieren Sie die Position und die Argumentation der Autorinnen und Autoren zur Wirtschaftspolitik während der Corona-Krise. 30
   b) Erläutern Sie anhand von zwei verschiedenen Textbezügen, inwiefern die Autorinnen und Autoren angebots- bzw. nachfrageorientierte Positionen vertreten. 16

3. Erörtern Sie unter Bezug auf einerseits ökonomische und andererseits soziale Überlegungen für eine der im Text vorgeschlagenen Maßnahmen, ob diese realisiert werden sollte. 30

M: Lars P. Feld, Veronika Grimm, Monika Schnitzer, Achim Truger, Volker Wieland: So kann sich die Wirtschaft erholen

[...]

Die Pandemie hat praktisch alle Länder erfasst und dürfte mit einem weltweiten Rückgang der Wirtschaftsleistung einhergehen. Der deutsche Staat hat schnell umfangreiche Hilfspakete auf den Weg gebracht, um die Zeit der wirtschaftlichen Beschränkungen mit Liquiditäts- und Einkommenshilfen für Unternehmen und Haushalte zu überbrücken.

Dennoch wird die gesamtwirtschaftliche Nachfrage nach den bereits vorgenommenen und angekündigten weiteren Lockerungen[1] durch Einkommensausfälle, eine erhöhte Unsicherheit und teils fortbestehende Einschränkungen belastet bleiben. Für viele Unternehmen besteht nach wie vor die Gefahr einer Insolvenz. Um einer lang anhaltenden Rezession entgegenzuwirken und die konjunkturelle Erholung zu unterstützen, sind nach Ansicht des Sachverständigenrats weitere fiskalpolitische Maßnahmen sinnvoll.

Diese Maßnahmen sollten zielgenau dort Unterstützung leisten, wo diese nötig ist, und zugleich an den richtigen Stellen Anreize setzen, um gestärkt aus der Krise zu kommen. Es gilt deshalb, nicht allein die Nachfrage zu stärken, sondern zugleich den Strukturwandel sinnvoll zu unterstützen. Insbesondere sollte sich die Politik nicht unter dem Einfluss einzelner Branchen zu einer Vielzahl an branchenspezifischen Maßnahmen, wie etwa einer Kaufprämie für Fahrzeuge, verleiten lassen, die tendenziell bestehende Strukturen verfestigen, ohne eine durchschlagende konjunkturelle Wirkung zu erzielen.

Gesundheitsschutz und wirtschaftliche Erholung müssen dabei immer zusammen gedacht und die konjunkturellen Maßnahmen eng mit der Lockerungsstrategie abgestimmt werden. Lockerungen sollten mit Schutzkonzepten einhergehen, die möglichst praktikabel und langfristig handhabbar sind. Erst dann kann sich die Konsumzurückhaltung der Haushalte abbauen, Unternehmen können verlässlich planen, Beschäftigte halten, Produktionskapazitäten erhöhen und Investitionen tätigen.

Zur Stabilisierung der Erwartungen gehört nicht zuletzt der maßvolle Umgang des Staates mit seinen finanziellen Ressourcen, auch wenn der Verschuldungsspielraum beachtlich ist. Die fiskalischen Impulse werden nur dann ihre volle realwirtschaftliche Wirkung entfalten, wenn nicht in absehbarer Zeit Steuererhöhungen oder Ausgabenkürzungen drohen, die zu Konsum- oder Investitionszurückhaltung führen würden.

Der Sachverständigenrat sieht vor allem [folgende] Maßnahmen, die den Anspruch erfüllen, zielgenau zu wirken, die wirtschaftliche Erholung zu unterstützen und den Strukturwandel zu begleiten: […] eine Energiepreisreform sowie die Förderung privater und öffentlicher Investitionen. Konkret:

[…]

Mit einer zügigen und umfangreichen Energiepreisreform […] würde eine spürbare Entlastung von Haushalten und Unternehmen bei gleichzeitiger Behebung ökologisch fragwürdiger Verzerrungen der Energiepreise erreicht. Dazu könnte die Stromsteuer auf den europäischen Mindestsatz gesenkt werden. Ebenso wäre eine Senkung der EEG[2]-Umlage über die im Klimapaket bereits beschlossene Reduktion hinaus denkbar.

Aufgrund der regressiven[3] Wirkung von Energiesteuern würden durch eine solche Reform die verfügbaren Einkommen insbesondere von einkommensschwachen Haushalten relativ erhöht. […]

Schließlich können zur Stärkung der privaten Investitionen Anreize zur Bildung von Humankapital[4] und zum Ausbau der Digitalisierung gesetzt werden. Durch digitale Aus- und Weiterbildungsmaßnahmen könnten Unternehmen und Beschäftigte die Zeit der Kurzarbeit und Arbeitslosigkeit nutzen, um neue Kompetenzen aufzubauen und sich so auf die Zeit nach der Rezession vorzubereiten. In Verbindung mit einer besseren digitalen Ausstattung der Unternehmen und Behörden kann somit der Strukturwandel befördert und die Wettbewerbsfähigkeit erhöht werden.

Ein Hindernis für öffentliche Investitionen war in den vergangenen Jahren die hohe Auslastung der Bauwirtschaft. Wenngleich die Bau-Branche weniger stark von der Corona-Pandemie betroffen sein dürfte als andere, haben sich die Geschäftserwartungen dort ebenfalls eingetrübt. Freiwerdende Kapazitäten könnte der Staat nutzen, um wichtige Investitionen voranzutreiben und mit zusätzlichen Investitionsplänen die Erwartungen der Bauwirtschaft zu stabilisieren.

Zentral sind Investitionen in das Gesundheitswesen, den öffentlichen Nahverkehr, die Netzinfrastruktur, die Infrastruktur für die emissionsneutrale Mobilität sowie in den Breitbandausbau und in die Digitalisierung von Behörden und Schulen. Dabei muss der Staat nicht immer selbst als Investor auftreten, sondern kann gegebenenfalls durch Zuschüsse Anreize für private Investitionen setzen oder eine Koordinationsfunktion übernehmen.

[…]

Mit einem solchen Maßnahmenpaket, das mit der Lockerungsstrategie abgestimmt ist, kann die wirtschaftliche Erholung unterstützt werden. Gleichzeitig können damit die richtigen Anreize für eine Stärkung der Wettbewerbsfähigkeit und Nachhaltigkeit der deutschen Volkswirtschaft gesetzt werden.

Lars P. Feld, Veronika Grimm, Monika Schnitzer, Achim Truger, Volker Wieland: So kann sich die Wirtschaft erholen, SVR vom 22.05.2020, S. 17 (gekürzt), https://www.sachverstaendigenrat-wirtschaft.de/themen/konjunktur-und-wachstum/aktuelles/ein-konjunkturpaket-im-zeichen-des-strukturwandels-2345.html?returnUrl=%2Fpublikationen%2Fstellungnahmen.html&cHash=92e5ae73742a432ee5843773c80caba1

Zugelassene Hilfsmittel:
Wörterbuch zur deutschen Rechtschreibung
Taschenrechner

Zu den Autorinnen und Autoren:
Der Text wurde verfasst von den fünf Mitgliedern des Sachverständigenrates zur Begutachtung der gesamtwirtschaftlichen Entwicklung („Fünf Wirtschaftsweise"). Sie alle haben wirtschaftswissenschaftliche Professuren an deutschen Hochschulen inne.

Begriffserklärungen:
1 der Restriktionen zur Begrenzung der Corona-Ausbreitung
2 Erneuerbare-Energien-Gesetz (2017): Zur Förderung erneuerbarer Energien werden deren Erzeugern feste Preise garantiert. Hierdurch entstehende Kosten werden mittels einer Umlage von den Stromverbrauchern erhoben.
3 regressiv: rückläufig (Mit steigendem Haushaltseinkommen sinken prozentual die Ausgaben für Energie.)
4 Humankapital: Summe der wirtschaftlich nutzbaren Fähigkeiten, Kenntnisse und Verhaltensweisen aller Arbeitskräfte einer Volkswirtschaft

Lösungsvorschläge

Aufgabenart B *(Darstellung – Analyse – Erörterung)*
Inhaltliche Schwerpunkte:

- *Wirtschaftspolitik: Zielgrößen der gesamtwirtschaftlichen Entwicklung in Deutschland; Konjunktur- und Wachstumsschwankungen; wirtschaftspolitische Konzeptionen*
- *Strukturen sozialer Ungleichheit, sozialer Wandel und soziale Sicherung: Erscheinungsformen und Auswirkungen sozialer Ungleichheit; sozialstaatliches Handeln*

1. *In dieser Aufgabe sollen das nachfragetheoretische und das angebotstheoretische Konzept der Wirtschaftspolitik dargestellt und in jeweils einem Beispiel verdeutlicht werden. (AFB I)*

In der Wirtschaftspolitik dominieren zwei große Konzeptionen, die sich sowohl hinsichtlich ihrer Analyse als auch ihrer Problemlösungsansätze widersprechen. Einleitung

Die **nachfrageorientierte Wirtschaftspolitik**, die maßgeblich von J. M. Keynes entwickelt wurde, geht davon aus, dass ein Wirtschaftssystem nicht unbedingt zu einem Gleichgewicht tendieren muss. Marktwirtschaftliche Systeme neigen demnach eher zu **Instabilität** und es kann zu **Marktversagen** kommen. Ursache dafür ist ein **gesamtwirtschaftliches Problem auf der Nachfrageseite**. Die Konsumnachfrage der privaten Haushalte und die Investitionsnachfrage der Unternehmen hängen von vielen Variablen ab und sind daher ziemlich ungleichmäßig. Auch die ausländische Nachfrage variiert deutlich. Ist die **gesamtwirtschaftliche Nachfrage zu gering**, kann es zu **Unterbeschäftigung** kommen. Keynes identifizierte in einer solchen Krisensituation den **Staat** als einzigen **verlässlichen Nachfrager** und somit als die **zentrale Steuerungsinstanz** für ökonomische Impulse. Konzeptionell ist hierbei vorgesehen, dass der Staat in Krisenzeiten investiv tätig wird und seine Kreditnachfrage erhöht, um Geld in die Wirtschaft zu pumpen, was als *deficit spending* bezeichnet wird. In Boomphasen soll er dann fiskalisch auf die Bremse treten, um durch sog. *surplus saving* seine Mehrausgaben wieder einzuholen. Der Staat wird so zu einem Wirtschaftsakteur, der über die **Anpassung der Staatsausgaben** ein wichtiges Element ökonomischer Steuerung darstellt. Grundlagen der Nachfragetheorie

Eine **typische Politikmaßnahme** sind durch Kredite finanzierte **staatliche Investitionen** z. B. in die Infrastruktur. Befindet sich die Wirtschaft in einer Krise, kann der Staat durch **belebende expansive Fiskalpolitik** zu einer ökonomischen Erholung bei- Politikmaßnahme: staatliche Investitionen tragen. Über den sog. Multiplikator-Effekt wirken die Maßnahmen des Staates sogar noch verstärkt, da sie auch die privaten Haushalte und die Unternehmen zu höherer Nachfrage antreiben.

Grundlagen der Angebotstheorie

Demgegenüber geht der **angebotsorientierte Ansatz** davon aus, dass die **Ursache ökonomischer Instabilität** in den oben geschilderten **Staatseingriffen** oder in **fehlendem Wettbewerb** liegt. Diese Theorie geht auf die Ökonomen Milton Friedman und Friedrich von Hayek zurück. Die Grundannahme der Theorie ist, dass Marktsysteme nachweislich zu einem **Gleichgewicht** tendieren und **jedes Angebot sich seine eigene Nachfrage schafft**. In diesem Konzept spielt also die Angebotsseite in Form der Unternehmen die entscheidende Rolle. Dem Staat kommt nur die Funktion eines **Nachtwächterstaates** zu, der Rechts- und Vertragssicherheit gewährleisten und so ein für Unternehmen planbares und günstiges Wachstumsklima erzeugen soll.

Politikmaßnahme: Senkung der Unternehmenssteuer

Eine **typische Politikmaßnahme** ist daher zum Beispiel die **Senkung von Unternehmenssteuern**. Der **Standort** soll damit **attraktiv** gemacht werden, um **neue Unternehmen anzuziehen** und bestehende zu **größeren Investitionen** zu animieren.

2. a) *In dieser Aufgabe soll der Text in seinem Argumentationsgang und mit Blick auf die Kernforderungen erklärt werden. Hierbei sind auch weitere Ausführungen und Verknüpfungen einzelner Elemente gefordert. (AFB II)*

Einstieg

Der Text „So kann die Wirtschaft sich erholen“ wurde von führenden Wirtschaftswissenschaftlerinnen und -wissenschaftlern („Fünf Wirtschaftsweise“) verfasst und am 22.05.2020 auf der Website des Sachverständigenrates Wirtschaft veröffentlicht. Thematisch befasst sich der Beitrag mit Empfehlungen zu **wirtschaftspolitischen Strategien in der Corona-Krise**.

Darlegung der Position

Die Autoren schlagen insgesamt ein Maßnahmenbündel vor, das auf beiden Marktseiten, also der **angebots- und der nachfragepolitischen Seite**, ankert und in der Zeitschiene sowohl **kurz- als auch langfristige Wirkung** zeigen soll. Umfassende fiskalpolitische Impulse sind hier die für wichtig erachteten Instrumente, um die **Konjunktur zu stützen**. Gleichzeitig sollen diese Impulse aber auch einen **Strukturwandel** anstoßen.

Begründungsgang

Zu Beginn des Textes konstatieren die Autorinnen und Autoren die **Schwere der Krise**: So habe die Pandemie „praktisch alle Länder erfasst“ und ein „weltweite[r] Rückgang der Wirtschaftsleistung“ (Z. 1 f.) ginge hiermit einher. „Einkommensausfälle“, „erhöhte Unsicherheit“ und die Befürchtung von „Insolvenz" bestimmen das **ökonomische Klima** (Z. 8 ff.). Zwar habe der deutsche Staat bereits „umfangreiche Hilfspakete auf den Weg gebracht" (Z. 3 f.), aber weitere von den Autoren klar als **fiskalpolitisch** benannte **Maßnahmen** seien nötig. Diese sollten zielgenau Unterstützung bieten und nicht einseitig die **Nachfrage** in den Blick nehmen (vgl. Z. 11 f.), sondern auch die **Angebotsseite** angemessen berücksichtigen (vgl. „Strukturwandel" Z. 17, 35, 52 f.) und dazu ein **Gleichgewicht zwischen der Gesundheitsfürsorge** und **ökonomischen Erholung** im Blick behalten (vgl. Z. 22 ff.).

Im Folgenden werden **zwei Maßnahmen** etwas genauer dargelegt: Eine **Energiepreisreform** und **Investitionsförderung** (vgl. Z. 35 f.). Die Energiepreisreform sieht eine **Reduktion der festen Abgaben** vor. Namentlich werden hier die EEG-Umlage und die Stromsteuer angesprochen, die gesenkt werden sollten. Dabei spielt die regressive Wirkung dieser Steuern und Abgaben eine große Rolle, denn als Fixsteuern belasten sie **geringe und mittlere Einkommen** stärker als die oberen Einkommensgruppen. Eine Senkung ergäbe also eine **Freisetzung finanzieller Mittel** eben dieser Einkommensgruppen, die durch ihre relativ **höhere Konsumneigung** diese Mittel verkonsumieren würden, was einem **volkswirtschaftlichen Nachfrageimpuls** entspräche (vgl. Z. 38 ff.).

Eher **angebotsseitige Ansätze** verfolgt die zweite angesprochene Maßnahme: Frei werdende Zeitressourcen, die durch Kurzarbeit oder zwischenzeitliche Arbeitslosigkeit entstehen, sollten für gezielte **Aus- und Weiterbildung** genutzt werden. Dieser **Aufbau von Humankapital** könnte in Kombination mit **Investitionen in die digitale Infrastruktur** Innovationen auslösen und somit die **Wettbewerbsfähigkeit** und den **digitalen Strukturwandel** fördern (vgl. Z. 47 ff.).

Anschließend nennen die Autoren noch einige **Einzelmaßnahmen**, wie z. B. Investitionen in das **Gesundheitswesen**, die **Infrastruktur** (z. B. Breitbandausbau, emissionsneutrale Mobilität) und die **Digitalisierung von Behörden** (vgl. Z. 60 ff.), und schließen mit der Aussage, dass durch dieses Maßnahmenbündel die „**wirtschaftliche Erholung**" (Z. 68) gestützt und eine „**Stärkung der Wettbewerbsfähigkeit und Nachhaltigkeit**" (Z. 69) erreicht würde.

Argumentationsweise und Sprache

Die Autoren wägen in ihrem Beitrag sehr **sachlich** ab und auch **wertende und folgernde Passagen** werden in **erklärende Kontexte eingebettet**. So werden durch Aussagen wie „Lockerungen sollten […] Erst dann kann" (Z. 24 ff.) oder

„Die fiskalischen Impulse werden nur dann ihre […] Wirkung entfalten, wenn […] (Z. 30 ff.) **Kausalketten** aufgestellt, die die **sachlogische Argumentationsweise** betonen.

Damit werden sie ihrem Anspruch auf ein politikberatendes Gremium gerecht und **klären über eine zielführende Politik auf**. Hierbei argumentieren sie **abwägend** („nicht allein […] sondern zugleich", Z. 16/„der maßvolle Umgang", Z. 28) und kritisieren eine nur kurzfristig oder an Lobbyinteressen orientierte Politik, indem sie den „Einfluss einzelner Branchen" (Z. 18) herausstellen.

Intension der Wirtschaftsweisen

b) *In dieser Aufgabe sollen zwei Textbelege angeführt und deren Ausrichtung in Bezug auf die wirtschaftspolitischen Grundkonzeptionen gedeutet werden. (AFB II/III)*

Einstieg

Die Autoren und Autorinnen befürworten in ihrem Text **nachfrageorientierte** wie auch **angebotsorientierte** Maßnahmen.

Bezüge zur Nachfragetheorie

Die bereits dargestellte **Reform der Energiepreise** ist eine auf den **privaten Konsum** zielende Maßnahme, da das zusätzliche **verfügbare Einkommen** der **unteren Einkommensgruppen** erhöht werden soll (vgl. Z. 44 ff.). Damit soll das **Konsumverhalten** dieser Gruppe **belebt** werden. Eine solche Erhöhung der privaten Nachfrage durch Steuersenkungen, ist eine **keynesianische Maßnahme** und damit **nachfrageorientiert**.

Bezüge zur Angebotstheorie

Gleichzeitig machen die Autorinnen und Autoren aber klar, es sei eben „nicht allein die Nachfrage zu stärken" (vgl. Z. 16). Vielmehr plädieren sie dafür, den „**Strukturwandel** sinnvoll zu unterstützen" (Z. 17), und fordern – ebenso typisch für eine **angebotsseitige Argumentation** – langfristige **Planungssicherheit**. Erst dadurch würde sich „die Konsumzurückhaltung der Haushalte abbauen, Unternehmen können verlässlich planen […] und Investitionen tätigen" (Z. 25 ff.).

3. *Mit dem genauen Blick auf die Pro- und Kontra-Argumente der Bereiche Ökonomie und Soziales soll eine spezifische Maßnahme des Textes untersucht werden. Dazu bieten sich beispielsweise die Energiepreisreform und der Ausbau der Digitalisierung an. Es bietet sich an, die Maßnahme zunächst anhand der ökonomischen Auswirkungen und anschließend der sozialen Auswirkungen zu untersuchen. Mögliche Kriterien sind Wirksamkeit, Wachstumsförderung, soziale Gerechtigkeit oder Zielgenauigkeit. Abschließend sollen Sie zu einem an Kriterien orientierten Entscheidungsurteil in Bezug auf die Umsetzung kommen. (AFB III)*

Die Fünf Wirtschaftsweisen schlagen im Text zur **Wiederbelebung der Wirtschaft** nach der Corona-Krise eine Energiepreisreform vor. Sie fordern dabei, die **Energiepreise zu senken**. Eine solche Maßnahme hätte sowohl **ökonomische als auch soziale Auswirkungen**. Im Folgenden werde ich diese Auswirkungen untersuchen und erörtern, ob die Energiepreisreform umgesetzt werden sollte. Einleitung

Die Reform der Energiepreise kann unter **ökonomischen Gesichtspunkten** dazu führen, dass einerseits die durch die EEG systematisch **ansteigenden Kosten für Energie** in ihrem Anstieg **gebremst oder gestoppt** würden. Hierdurch würde **Kapital für andere Verwendungszwecke** freigesetzt. Dies würde zu einer Erhöhung des unternehmerischen Spielraums führen, der das **Wachstum fördern** könnte, zumal hiermit auch Abstrahleffekte in andere Sektoren der Volkswirtschaft gegeben sein könnten. ökonomische Vorteile

Kritisch wäre dem entgegenzuhalten, dass damit ein zentrales Staatsziel (**Umweltschutz, Generationengerechtigkeit**) konterkariert würde, da niedrigere Energiepreise zu **fragwürdigen Anreizen** führen könnten. Die geringeren Preise würden zu einer **erhöhten Energienachfrage** führen, die dann auch durch fossile Energieträger gedeckt werden müsste. ökonomische Nachteile

Weiterhin könnte man sich fragen, ob die **Wirksamkeit** hoch genug wäre, oder nicht **andere Impulse**, wie z. B. eine Mehrwertsteuer- oder Lohnsteuersenkung, unmittelbarer wirksam würden. Gerade bei **Konjunkturkrisen** ist es wichtig, dass die Maßnahmen **kurzfristig** wirken, und dies ist hier nicht unbedingt gegeben bzw. könnte durch andere Maßnahmen besser erreicht werden.

Neben den ökonomischen Folgen lohnt es sich, auch einen Blick auf die **sozialen Folgen** zu werfen. Überleitung

Unter dem Gesichtspunkt der „**sozialen Gerechtigkeit**" wäre die **Maßnahme sinnvoll**, da **einkommensschwache Haushalte** überproportional **davon profitieren** würden. Wenn man dann davon ausgeht, dass ein höheres verbleibendes Einkommen der Haushalte genutzt würde, um Bildungs- und andere soziale Nachteile auszugleichen, die gerade im Zuge der Pandemie noch verstärkt wurden, führt die Maßnahme auch zu einer **höheren gesellschaftlichen Teilhabe**. soziale Vorteile

Allerdings könnten diese einkommensschwachen Haushalte auch deutlich **zielgenauer** durch **erhöhte Transferzahlungen** oder **Bildungszuschüsse** gefördert werden. Auch eine Senkung der Mehrwertsteuer würde diese Gruppe noch mehr entlasten. soziale Nachteile

ALGII-Empfänger würden zudem von den geringeren Energiekosten gar **nicht profitieren**, da diese ohnehin staatlich getragen werden.

Sollte sich der vorgeschlagene Umbau der Energiepreise durch etwa eine **Anhebung von Verbrauchssteuern** (z. B. Brennstoff) kompensieren lassen, dann stimme ich dieser Maßnahme unter dem Aspekt der **Wirtschaftlichkeit** und dem **Ziel nachhaltiger Entwicklung** zu. Die Lenkungswirkung von an den Verbrauch gekoppelten Steuern ist enorm. Gerade auch die **Entlastung der schwächeren Haushalt**e ist an dieser Stelle zu **befürworten**, da sich in diesen Bevölkerungsgruppen vermutlich auch die meisten ökonomisch Belasteten der Corona-Krise finden lassen (Gastronomie, Kultur, Kleinkunst); trotzdem müssten auch direkte Transfers und „Nothilfen“ weiter begleitende Instrumente eines Wegs aus der Krise sein. Fazit

Abiturprüfung 2021 NRW – Grundkurs Sozialwissenschaften
Aufgabe 2

Thema:
Die Europäische Union –
eine treibende Kraft für Frieden und Fortschritt in der Welt?

Aufgabenstellung Punkte

1. Stellen Sie Zusammensetzung und Aufgaben von zwei Institutionen der Europäischen Union dar. 24

2. a) Analysieren Sie den Text im Hinblick auf die Position und Argumentation der Rednerin zur Weiterentwicklung der Europäischen Union (EU). 30
   b) Erläutern Sie Bezüge zwischen den Ausführungen der Rednerin in den Zeilen 3 bis 8 zu zwei Stationen des bisherigen europäischen Integrationsprozesses. 16

3. Gestalten Sie als Mitglied des Europäischen Parlaments einen Redebeitrag als Antwort auf die Äußerungen Ursula von der Leyens. Beziehen Sie sich dabei auf zwei ihrer Überlegungen zur Weiterentwicklung der EU und bringen Sie einen eigenen Vorschlag ein zur Weiterentwicklung der EU als „treibende Kraft für Frieden und Veränderungen zum Besseren hin" (Z. 19 f.). 30

M: Rede der gewählten Kommissionspräsidentin Ursula von der Leyen im Europäischen Parlament anlässlich der Debatte zur Vorstellung des Kollegiums der Kommissionsmitglieder und seines Programms

Herr Präsident, meine Damen und Herren Abgeordnete,
[…]

Wir haben unseren Mut unter Beweis gestellt, als wir aus dem Schmerz heraus nach Frieden strebten.

Wir haben unseren Mut unter Beweis gestellt, als wir einen gemeinsamen Markt und eine gemeinsame Währung schufen.

Wir haben unseren Mut unter Beweis gestellt, als wir einen Teil unserer europäischen Familie, der zu lange in der Kälte ausharren musste, willkommen hießen.

Doch in den vergangenen Jahren mussten wir uns auf das Hier und Jetzt konzentrieren, Krisen bewältigen und um den Bestand unserer Einheit und Solidarität kämpfen.

[…]

Meine Botschaft ist einfach. Sie lautet: Lasst uns an die Arbeit gehen.

Meine Damen und Herren Abgeordnete,
wir leben in einer unruhigen Welt, in der zu viele Mächte nur die Sprache der Konfrontation und des Unilateralismus[1] sprechen. Doch gehen in dieser Welt auch Millionen Menschen auf die Straße, um gegen Korruption zu demonstrieren oder demokratischen Wandel einzufordern.

Die Welt braucht unsere Führung mehr denn je. Wir müssen in dieser Welt auch weiterhin eine verantwortungsvolle Macht bleiben. Treibende Kraft für Frieden und Veränderungen zum Besseren hin sein.

Wir müssen unseren Partnern bei den Vereinten Nationen zeigen, dass sie sich auf uns als einen Vorreiter des Multilateralismus[2] verlassen können.

Wir müssen unseren Freunden im westlichen Balkan zeigen, dass wir demselben Kontinent angehören, eine Geschichte teilen, eine Kultur teilen und auch unser Schicksal teilen werden.

Unsere Tür bleibt offen.

Auch mit unseren transatlantischen Partnern verbindet uns ein gemeinsames Schicksal.

Ja, es gibt Meinungsverschiedenheiten – ganz ohne Frage. Doch unsere Bande haben den Prüfungen der Zeit standgehalten. Während wir hier sprechen, bahnen Tausende Studenten, Wissenschaftler, Unternehmer und Künstler auch weiterhin zahllose Freundschaften, Geschäftskontakte und Forschungsprojekte an.

Diese unzähligen feinen Bande ergeben zusammengenommen eine Verbindung, die jede Meinungsverschiedenheit übersteht.

Von Ost nach West und von Süd nach Nord brauchen die Länder dieser Welt Europa als echten Partner. **Wir können diejenigen sein, die die Weltordnung zum Besseren hin formen.**

[…]

Wir werden in Allianzen und Koalitionen investieren, um unsere Werte voranzubringen. Wir werden die Interessen Europas durch einen offenen und fairen Handel fördern und schützen. Wir werden unsere Partner durch Kooperation stärken, denn starke Partner stärken auch Europa.

[…]

Meine Damen und Herren Abgeordnete,
wenn es einen Bereich gibt, in dem die Welt unsere Führung benötigt, dann ist es der Klimaschutz. Er ist für Europa und für den Rest der Welt von existenzieller Bedeutung.

Wie kann dies anders sein, wenn 85 % der ärmsten Menschen in den 20 am stärksten vom Klimawandel betroffenen Ländern leben?

Wie kann dies anders sein, wenn Venedig unter Wasser steht, Portugals Wälder brennen und Litauens Ernten aufgrund von Trockenheit um die Hälfte eingebrochen sind?

Zweifellos hat es all dies auch vorher schon gegeben, aber noch nie in dieser Häufigkeit und in dieser Stärke.

Bei der Bekämpfung des Klimawandels haben wir keine Zeit zu verschwenden. Je schneller Europa sich bewegt, desto besser wird dies für unsere Bürgerinnen und Bürger, unsere Wettbewerbsfähigkeit und unseren Wohlstand sein.

Der Europäische Grüne Deal ist ein Muss, wenn wir die Gesundheit unserer Erde und unserer Menschen – und nicht zuletzt auch unserer Wirtschaft schützen wollen.

[…]

Im Zentrum wird eine Industriestrategie stehen, die unsere Unternehmen – ob groß oder klein – in die Lage versetzen wird, innovativ zu sein, neue Technologien zu entwickeln und gleichzeitig neue Märkte zu schaffen. Wir werden globale Standards setzen. Dies ist unser Wettbewerbsvorteil. Und es ist der beste Weg, faire Wettbewerbsbedingungen zu gewährleisten.

[…]

Es wird massiver Investitionen in Innovation, Forschung, Infrastruktur, Wohnungsbau und Gebäudesanierung und in die Kompetenzen der Menschen bedürfen. Dies wird öffentliche und private Investitionen auf europäischer wie auf nationaler Ebene erfordern.

Und erneut zeigt Europa hier schon heute den Weg auf. So wird die Europäische Union Klimaschutzmaßnahmen sowohl über ihren Haushalt finanzieren als auch auf die Kapitalmärkte und die gesamte Investitionskette zurückgreifen.

In Regionen, in denen größere Anstrengungen unternommen werden müssen als in den meisten anderen, werden wir die Menschen und Unternehmen mit einem gezielten und gerechten Übergangsmechanismus unterstützen. Dieser wird sich aus unterschiedlichen Fonds und Instrumenten speisen und auch die nötigen privaten Investitionen mobilisieren.

[…]

Meine Damen und Herren Abgeordnete,
die Digitalisierung ermöglicht Dinge, die noch eine Generation vorher undenkbar waren.

[…]

Digitalisierung wird unsere Gesellschaft, unsere Wirtschaft, unsere Verwaltung von Grund auf verändern, tut es bereits heute.

Um die großen Chancen zu nutzen und die Risiken zu adressieren, müssen wir klug ausgleichen, dort wo es der Markt nicht macht, wir müssen sowohl unseren europäischen Wohlstand als auch unsere Werte schützen. **Wir müssen unseren europäischen Weg auch im digitalen Zeitalter weitergehen.**

[…]

Das alles kann uns gelingen, wenn wir gemeinsam vorgehen, wenn wir auf unseren europäischen Werten aufbauen. Und dann bin ich zuversichtlich, dass Europa auch im digitalen Zeitalter eine führende Rolle spielen wird.

Europa kann das!

[…]

Lassen Sie uns an die Arbeit gehen, damit wir auch in dreißig Jahren sagen können:
Vive l'Europe, es lebe Europa, long live Europe![4]

Ursula von der Leyen: Rede der gewählten Kommissionspräsidentin von der Leyen im Europäischen Parlament anlässlich der Debatte zur Vorstellung des Kollegiums der Kommissionsmitglieder und seines Programms. Straßburg, 27. November 2019 (Auszug; Kürzungen betreffen teilweise die Präsentation der Ressorts der neuen Kommissionsmitglieder. Hervorhebungen entsprechen dem Original. Anpassungen an die sprachliche Richtigkeit wurden vorgenommen.)

URL: https://ec.europa.eu/commission/presscorner/detail/de/SPEECH_19_6408 (Zugriff am 22. 03. 2020)

Zugelassene Hilfsmittel:
Wörterbuch zur deutschen Rechtschreibung
Taschenrechner

Zur Rednerin:
Ursula von der Leyen, geb. 1958, ist seit dem 1. Dezember 2019 Präsidentin der Europäischen Kommission.

Zum Material:
Die Rede wurde am 27. November 2019 anlässlich der Debatte zur Vorstellung des Kollegiums der Kommissionsmitglieder und seines Programms vor den Mitgliedern des Europäischen Parlamentes in Straßburg gehalten.

Begriffserklärungen:
1 Unilateralismus: Handeln eines Staates im eigenen Interesse ohne Rücksicht auf die Interessen anderer
2 Multilateralismus: Zusammenarbeit mehrerer Staaten bei der Lösung grenzübergreifender Probleme
3 Europäischer Grüner Deal (auch: *European Green Deal*): Umweltpolitisches Konzept der Europäischen Union mit dem Ziel, bis 2050 die Netto-Emissionen von Treibhausgasen in der EU auf Null zu reduzieren.
4 Bei vive *l'Europe* und *long live Europe* handelt es sich um die französisch- bzw. englischsprachige Entsprechung von *„es lebe Europa"*

Lösungsvorschläge

***Aufgabenart D** (Darstellung – Analyse – Gestaltung)*
Inhaltliche Schwerpunkte:

- *Europäische Union: Historische Entwicklung der EU als wirtschaftliche und politische Union; Europäischer Binnenmarkt; Strategien und Maßnahmen europäischer Krisenbewältigung*
- *Globale Strukturen und Prozesse: Internationale Friedens- und Sicherheitspolitik*

1. *In dieser Aufgabe sollen zwei Institutionen der Europäischen Union dargestellt werden. Dabei sollen sowohl die Zusammensetzung als auch die Aufgaben dargelegt werden. Sie haben die freie Auswahl zwischen den möglichen Institutionen, im Folgenden werden das Europäische Parlament und der Europäische Rat vorgestellt. (AFB I)*

Einleitung

Im Institutionengefüge der Europäischen Union nehmen der Europäische Rat und das Europäische Parlament wichtige Positionen ein.

Zusammensetzung des Europäischen Rates

Der **Europäische Rat** ist das Gremium der 27 Staats- und Regierungschefs und Staats- und Regierungschefinnen der EU-Länder. Ergänzt wird die Zusammenkunft durch den Präsidenten bzw. die Präsidentin des Europäischen Rates und den Präsidenten bzw. die Präsidentin der EU-Kommission. In lediglich beratender Funktion ist außerdem der Hohe Vertreter bzw. die Hohe Vertreterin der EU für Außen- und Sicherheitspolitik mit dabei. Die Zusammenkunft dieses Gremiums findet mindestens zweimal pro Jahr statt.

Aufgaben des Europäischen Rates

Zu den **Aufgaben** des Europäischen Rates gehört vor allem die Festlegung der allgemeinen **politischen Zielvorstellungen** der EU. Der Rat legt dabei die **Leitlinien der europäischen Politik** fest und tritt als Impulsgeber für die **Weiterentwicklung des europäischen Integrationsprozesses** auf.
Weiterhin behandelt der Rat Fragen, für die im Ministerrat (Rat der Europäischen Union) keine Einigung gefunden wurde.
Als dritte wichtige Aufgabe ist der **Vorschlag der Kommissionspräsidentin bzw. des Kommissionspräsidenten** nach der Europawahl zu nennen. Der Rat einigt sich darauf, wer die zukünftige EU-Kommission anführen soll.

Zusammensetzung des EU-Parlaments

In dieser Europawahl, die alle fünf Jahre stattfindet, wird das **EU-Parlament** gewählt. Die Wahl findet in allen 27 Staaten der EU statt, wobei in jedem Land eine **nationale Liste mit den nationalen Parteien gewählt** wird, auf deren Grundlage dann die 705 Abgeordneten ins Parlament entsendet werden. Die **Anzahl der Abgeordneten** pro Land ist dabei degressiv proportional zur Bevölkerung der EU-Mitgliedsstaaten.

Zu den **Aufgaben** des Parlaments gehören zunächst die **Wahl der Kommissionspräsidentin bzw. des Kommissionspräsidenten** und die Zustimmung zur gesamten Kommission.
Auch die **Kontrolle der Kommission** und weiterer EU-Institutionen liegen im Aufgabenbereich des Parlaments. Dabei kann es auf die Einrichtung von Untersuchungsausschüssen oder Klagen vor dem Europäischen Gerichtshof zurückgreifen.
Weiterhin ist das Parlament zusammen mit dem Ministerrat für die **Verabschiedung des EU-Haushalts** zuständig.
Gemeinsam mit dem Ministerrat ist das Parlament darüber hinaus auch für die **Erörterung und Verabschiedung von EU-Rechtsvorschriften** verantwortlich.

Aufgaben des EU-Parlaments

2. a) *Im ersten Teil der zweiten Aufgabe soll die vorliegende Rede zunächst analysiert werden. Das bedeutet, dass die Position und die Argumentation der Autorin herausgearbeitet werden sollen. Dabei soll besonders auf ihre Position zur Weiterentwicklung der Europäischen Union und den anstehenden Herausforderungen eingegangen werden. (AFB II)*

Beim vorliegenden Text handelt es sich um eine Rede der EU-Kommissionspräsidentin Ursula von der Leyen, die sie am 27. November 2019 im Europäischen Parlament in Straßburg hielt. Anlass war die Vorstellung der Kommissionsmitglieder ihrer Kommission sowie ihres Programms. Thema der Rede war die **Weiterentwicklung der Europäischen Union**.

Einstieg

Von der Leyen legt ausgehend von der Beschreibung **erfolgreicher Integrationsschritte der EU** dar, die internationale Gemeinschaft brauche eine **EU als Führungskraft** und man müsse sich weltweit auf eine **EU als „Vorreiter[in] des Multilateralismus“** (Z. 23) verlassen können. Dazu müsse die EU auf Grundlage europäischer Werte handeln, und diese müssten dazu weiterentwickelt werden.

Darlegung der Position

Die Rednerin beginnt dazu mit einem Rückblick, in dem sie die couragierten Entscheidungen lobt, die zu einem erfolgreichen Integrationsprozess geführt hätten. In der letzten Zeit wäre die EU aber dann vor allem mit der **Bearbeitung und Bewältigung von Krisen** beschäftigt gewesen.
Danach macht sie auf die **aktuellen Probleme der internationalen Gemeinschaft** aufmerksam. Staaten suchten immer häufiger Konfrontationen und der **Unilateralismus** greife immer mehr um sich. (vgl. Z. 15 ff.)

Begründungszusammenhang des Textes

Daher sei es umso wichtiger, dass **Europa als „Vorreiter[in] des Multilateralismus“** (Z. 23) eine **Führungsrolle in der Welt** übernehme und so für **Frieden** und ganz allgemein eine „Veränderung zum Besseren hin“ (Z. 21) stehe. Anschließend an diese grundlegenden Forderungen legt von der Leyen die **vier großen Felder** dar, in denen sie den meisten Handlungsbedarf sieht (vgl. Z. 40 ff.).

Im Politikfeld **Äußeres** fordert sie, die gemeinsamen Werte mehr voranzubringen. Die Bedeutung des supranationalen Handelns müsse mehr betont werden. Im Bereich des **Klimaschutzes** bestehe akuter Handlungsbedarf, hier sei ein „europäischer Grüner Deal [...] ein Muss“ (Z. 58). **Ökonomisch** sei darüber hinaus eine gemeinsame Industriestrategie vonnöten, es sei Zeit für große Innovationen und Investitionen. Als letzten Punkt nennt die Rednerin das Thema **Digitalisierung**. Von der Leyen fordert hier, den „europäischen Weg auch im Zeitalter der Digitalisierung“ (Z. 89 f.) weiterzugehen.

Ihre Rede schließt sie dann mit einer **mehrsprachigen Parole** für das lange Fortbestehen der EU ab (vgl. Z. 98).

Um ihre Argumentation zu untermauern, nutzt die Rednerin verschiedene **sprachliche Mittel**.

Argumentationsweise der Autorin

Durch die **Verwendung des Plural** („Wir haben“, „Wir müssen“, „Wir werden“; vgl. Z. 3, 22, 40) möchte sie die **Identifikation** der Zuhörer*innen mit ihren Ideen erreichen. Außerdem greift sie auf eine sehr **emotionale Sprache** zurück, spricht z. B. davon, dass „unsere Bande [...] den Prüfungen der Zeit standgehalten [hätten]“ (Z. 30 f.) oder dass sie die „Weltordnung zum Besseren hin formen“ (Z. 37 f.) wolle. Ein drittes Stilmittel ist die **Wiederholung ihres Leitmotivs** „Lasst uns an die Arbeit gehen“, mit dem sie ihren unbedingten **Handlungswillen bekräftigen** will.

Mit dieser Rede möchte von der Leyen **drei Dinge erreichen**. Zuerst versucht sie ein **Bewusstsein zu erzeugen** für den bisherigen erfolgreichen Integrationsprozess der EU. In einem zweiten Schritt geht es ihr darum **aufzuklären**, wie **wichtig die Europäische Union als internationale Führungskraft** und **Vorreiterin des Multilateralismus** für eine friedliche internationale Gemeinschaft ist. Und drittens will sie **zum Handeln auffordern**. Sie strebt dabei eine Vertiefung der EU in den Bereichen Äußeres, Klimapolitik, Wirtschaft und Digitalisierung auf Grundlage der europäischen Werte an.

Zentrale Intention der Autorin

b) *Im b-Teil der zweiten Aufgabe sollen anhand von zwei Textbelegen Bezüge zu wichtigen Schritten der europäischen Integration hergestellt werden. (AFB II/III)*

Von der Leyen nimmt in ihrer Rede Bezug zu **wichtigen Integrationsschritten der Europäischen Union**, die ich im Folgenden anhand von Textausschnitten darlegen möchte. — Einstieg

„Wir haben unseren Mut unter Beweis gestellt, als wir aus dem Schmerz heraus nach Frieden strebten." (Z. 3 f.) — Textstelle I

Mit diesem Satz nimmt von der Leyen Bezug auf den ersten Integrationsschritt nach dem Zweiten Weltkrieg, die **Gründung der Europäischen Gemeinschaft für Kohle und Stahl (EGKS)** im Jahr 1951. Durch die Schaffung eines gemeinsamen Marktes für Kohle und Stahl wurde das Fundament für innereuropäischen Frieden gelegt, da nun diese kriegswichtigen Güter gegenseitig kontrolliert wurden. Außerdem wurde durch die EGKS die Wirtschaftskraft gesteigert und dadurch der Lebensstandard verbessert. Auch dies trug zur Sicherung des Friedens bei. — Gründung der EGKS

„Wir haben unseren Mut unter Beweis gestellt, als wir einen Teil unserer europäischen Familie, der zu lange in der Kälte ausharren musste, willkommen hießen." (Z. 7 f.) — Textstelle II

Dieser Satz verweist auf die **EU-Osterweiterung** in den Jahren 2004 (zehn mittel- und osteuropäische Staaten), 2007 (Rumänien und Bulgarien) und 2013 (Kroatien). Von der Leyen meint damit, dass die Länder, die nach dem Zweiten Weltkrieg im Einzugsgebiet der Sowjetunion und damit hinter dem ‚Eisernen Vorhang' ausharrten, in die Europäische Union, die bis dahin aus westeuropäischen Staaten bestand, aufgenommen wurden. Da diese Länder eine vor allem ökonomisch, aber auch kulturell andere Prägung als die westeuropäischen Staaten aufwiesen, war diese deutliche Erweiterung ein sehr mutiger Schritt. — EU-Osterweiterung

3. *In der dritten Aufgabe sollen Sie einen Redebeitrag eines EU-Parlamentariers gestalten, der sich mit der Rede von der Leyens auseinandersetzt. Achten Sie darauf, durch sprachliche Mittel (direkte Anrede, Fragen, Ausrufe) klarzumachen, dass es sich um eine Rede handelt, mit der Sie überzeugen wollen. Inhaltlich sollen Sie sich zunächst mit zwei Punkten von der Leyens auseinandersetzen, und dann einen eigenen Vorschlag zur Weiterentwicklung der Union darlegen. (AFB III)*

Herr Präsident, meine Damen und Herren Abgeordnete, — Einleitung
sehr geehrte Frau Kommissionspräsidentin,

vielen Dank, Frau von der Leyen, für Ihre Ausführungen zur Weiterentwicklung der Europäischen Union. Ihre Rede hört sich gut an, sie sprechen die **großen Probleme der Union** an, allein es fehlt an der **nötigen Klarheit**.
Es reicht, meine sehr geehrten Damen und Herren, nämlich nicht, die Probleme zu benennen, auch wenn dies zweifellos der erste Schritt ist. Nein, wir brauchen auch klare und deutliche Ansagen, was in den nächsten Jahren genau passieren soll!
Schauen wir uns hierzu Ihre Aussagen zu den **Staaten im westlichen Balkan** an. Sie bleiben hier sehr vage. „Unsere Tür ist offen" (Z. 27), sagen Sie. Das Problem ist nur, Nordmazedonien versucht seit nunmehr 17 Jahren durch diese Türe zu gehen, leider ohne Erfolg, meine sehr geehrten Damen und Herren.

Anmerkung zu Balkanstaaten

Wir sind hier im Hohen Haus in dieser Frage des Beitritts zerstritten, die jeweiligen Regierungen der Mitgliedsstaaten sind sich uneins, dabei wäre es wichtig, sowohl für uns als Abgeordnete der Europäischen Union als auch für diese Staaten, zu wissen, wie es hier weitergehen soll. Eine klarere Ansage Ihrerseits wäre absolut nötig. Ich für meinen Teil kann nur sagen, vor allem aus **friedenssichernden Überlegungen** – und auf dem Westbalkan herrscht erst seit kurzem Frieden – wäre ein Beitritt dieser Staaten mehr als wünschenswert, er wäre überfällig.
Und noch zu einem zweiten Punkt Ihrer Rede möchte ich einiges anmerken. Sie sagen, ein europäischer **Green Deal** wäre nötig, um den **Klimawandel zu bekämpfen**, der unseren Planeten bedroht. Damit haben Sie absolut recht! Allein, es fehlt wieder an der nötigen Klarheit. Wie soll denn dieser Green Deal **finanziert** werden? Dazu machen Sie überhaupt keine Ansagen. Doch seien wir einmal ehrlich! Um einen so großen Umbau zu finanzieren, brauchen wir viel Geld. Und dieses Geld wird irgendwoher kommen müssen.

Anmerkung zum Green Deal

Wir haben genau zwei Möglichkeiten, dieses Geld zu besorgen. Wir haben es auch innerhalb der EU mit einer **großen Ungleichheit** zu tun, es gibt sehr reiche, aber auch ziemlich arme Menschen. Wir können also nicht alle gleich behandeln. Wir sollten daher durch **höhere Steuern für die Wohlhabenden** die nötigen Finanzmittel besorgen, mit denen wir den Green Deal finanzieren können. Und auch eine **Kreditfinanzierung**, also eine **Erhöhung der Staatsverschuldung**, zur Finanzierung des ökologischen Umbaus darf nicht ausgeschlossen werden. Nur so werden wir dieses große Projekt umsetzen können, meine Damen und Herren! Und diese Umsetzung ist überlebenswichtig!

Abschließend möchte ich hier noch etwas ansprechen, wozu wir von Ihnen, Frau von der Leyen, auch nur wenig Schwammiges gehört haben. Sie fordern ja, die Union solle eine treibende „Kraft für Frieden sein" (Z. 20 f.). Nun, wenn das so ist, und es sollte meiner Meinung nach so sein, dann brauchen wir auch eine **gemeinsame Sicherheits- und Verteidigungspolitik**. Und diese gemeinsame Politik sollte auch im Aufbau einer **gemeinsamen europäischen Armee** münden. Natürlich sollten wir dies mit unseren Partnern wie der NATO abstimmen. Aber wir als Union, die wir einen Führungsanspruch in der Welt formulieren wollen, brauchen diese gemeinsame Armee als **Gegengewicht zu Staaten wie den USA, Russland oder China**. Die einzelnen Nationalstaaten der EU sind zu klein und zu unbedeutend, um alleine auf der Weltbühne auftreten zu können. Nur mit einer solchen eigenen Armee können wir in der Welt **überzeugend für unsere Werte**, für **Demokratie** und für **Menschenrechte** eintreten! Nur mit einer solchen Armee können wir wirkliche **Konfliktprävention betreiben** und **global Verantwortung** übernehmen

Vorschlag zur Weiterentwicklung: gemeinsame EU-Armee

Lassen Sie uns also zusammen nach vorne gehen. Sagen wir klar, was wir uns von Europa erhoffen, aber sagen wir auch genauso klar, was dann auf uns zukommt und was genau zu tun ist!
Vielen Dank für Ihre Aufmerksamkeit!

Schlussworte

Abiturprüfung 2021 NRW – Grundkurs Sozialwissenschaften
Aufgabe 3

Thema:
Verkürzung globaler Lieferketten – eine zwingende Lehre aus der Corona-Krise?

Aufgabenstellung Punkte

1. Stellen Sie jeweils zwei Ursachen, Merkmale und Indikatoren der ökonomischen Globalisierung dar. 24

2. a) Analysieren Sie den Text im Hinblick auf die Position und Argumentation der Autorin zu den Auswirkungen der Corona-Pandemie auf die Weltwirtschaft und zum Handlungsbedarf in Europa. 36
   b) Erläutern Sie anhand von zwei Textbelegen Bezüge zu Vorstellungen von internationalem Handel. 10

3. Erörtern Sie unter Einbeziehung der Position der Autorin aus einerseits ökonomischer und andererseits politischer Perspektive, ob sich die Europäische Union für die Verkürzung globaler Lieferketten einsetzen sollte. 30

M: Camille Rustici: Kommando zurück

[…]

Der Ausbruch des Corona-Virus in China führte bereits Ende Januar dazu, dass eine große Zahl von Fabriken im Land geschlossen wurde. Kein einziger Industriesektor in anderen Teilen der Welt ist von den Auswirkungen verschont geblieben. Unter anderem die Automobil-, Elektronik- und Textilindustrie erlitten und erleiden weiterhin beispiellose Verluste. […] In Europa kam die Automobilproduktion zum Erliegen, weil mehrere Produktionsstätten geschlossen sind.

Obwohl die Auswirkungen auf die Weltwirtschaft schwer zu quantifizieren sind, rechnet der Internationale Währungsfonds (IWF) bereits jetzt mit einem negativen Wachstum von 3,3 Prozent für dieses Jahr. Mit anderen Worten: Die Weltwirtschaft wird schrumpfen. Etwas optimistischer ist die Prognose der OECD[1]: Laut einem im März 2020 veröffentlichten Zwischenbericht geht sie für 2020 von einem positiven Wachstum zwischen 1,5 und 2,4 Prozent aus, gegenüber 2,9 Prozent im Jahr 2019.

Der „Shutdown“ in China hat fast jedes andere Land der Welt in Mitleidenschaft gezogen, da China allein für ein Drittel des weltweiten Wirtschaftswachstums verantwortlich ist. Weil die meisten westlichen Volkswirtschaften den Fokus vor allem auf Kostenersparnis gelegt haben, hat sich China zur Fabrik der Welt entwickelt. Die Volksrepublik produziert heute fast 30 Prozent aller hergestellten Waren, 50 Prozent des Edelstahls und 80 Prozent aller Schaltplatinen, die für die Herstellung von Smartphones und Laptops benötigt werden. […] Deutschland, Frankreich, Italien und Großbritannien sind heute extrem abhängig von chinesischen Lieferanten, sowohl bei Bau- und Ersatzteilen als auch bei Rohstoffen. […]

Die europäischen Länder haben sich auch bei der Produktion von Schutzmasken auf die industriellen Kapazitäten Chinas verlassen, anstatt diese in nationaler Produktion herzustellen. […]

Als sich das Virus ausbreitete, stieg die weltweite Nachfrage nach medizinischen Produkten wie Handdesinfektionsmittel und Schutzmasken stark und schnell an. Doch die chinesischen Fabriken, in denen diese Produkte seit Jahren serienmäßig hergestellt werden, waren geschlossen. In einigen Ländern ist der Mangel an medizinischer Ausrüstung aufgrund der Unterbrechung der Lieferketten fatal.

Auch der Automobilsektor wurde hart getroffen. Ein Auto besteht aus rund 20 000 Teilen, die im Durchschnitt in über 30 verschiedenen Ländern hergestellt werden, darunter auch in China. Zusätzlich bedeutet die weit verbreitete Praxis der Just-in-Time Produktion, dass die Lagerbestände begrenzt sind.

Als die chinesischen Fabriken im Januar plötzlich schlossen, war klar, dass es zu einem Dominoeffekt und damit zu einer Lieferunterbrechung kommen würde. Die chinesischen Exporte stürzten ab. Innerhalb weniger Wochen gingen mehreren europäischen Herstellern benötigte Einzelteile für die Endmontage von Produkten aus und sie waren gezwungen, die Produktion einzustellen. […]

Heute werden die Fabriken in China nach und nach wieder geöffnet, aber die globalen Lieferketten sind nach wie vor gefährdet. Grenzschließungen und Abriegelungen in verschiedenen europäischen Ländern sowie die Einschränkung des Luftfrachtverkehrs machen den Transport von Produkten zu einer Herausforderung. […]

In nur zwei Monaten hat die Corona-Pandemie die Karten der Globalisierung neu gemischt. Sie hat gezeigt, wie anfällig unser globales Produktionssystem ist. Wie abhängig unsere Volkswirtschaften von den über den ganzen Planeten verstreuten Produktionsketten sind, wie weit ein Produkt vom Ort der Herstellung bis zum Ort, an dem es gebraucht wird, reisen muss und wie bei jeder Störung eines Teils der Kette womöglich die gesamte Herstellung zum Erliegen kommt. Die internationale Arbeitsteilung, die jahrzehntelang die Weltwirtschaft beherrschte, ist nicht mehr tragbar und wurde als Quelle großer Unsicherheit ausgemacht.

Dennoch könnte die Pandemie ein positiver Wendepunkt sein. Sie hat das Nearshoring[2] und die Notwendigkeit, die Lieferketten zu verkürzen, in den Vordergrund gerückt. Anstatt Entscheidungen auf der Grundlage von Kostenoptimierung zu treffen, was die Unternehmen veranlasst hat, ihre Produktion in Niedriglohnländer zu verlagern, sollte Europa eine ausgewogenere Verteilung der Bezugsquellen einführen und Produktionsmittel entwickeln, die näher am Verbraucher liegen. Dies würde Versorgungsrisiken und Verknappung im Krisenfall begrenzen und gleichzeitig Logistikkosten senken. Der Versand von Produkten von China nach Europa dauert vier Wochen. Würden wir näher am Ort des Verbrauchs produzieren, könnten wir flexibler sein und uns effizienter an sich verändernde Märkte und Ereignisse anpassen. […]

Die Pandemie ist auch eine Chance für Europa, seine Souveränität über wichtige Industrien wie die medizinische und pharmazeutische Produktion zurückzugewinnen. In einem derart unsicheren geopolitischen Umfeld ist es heute so wichtig wie nie, die

Grundversorgung zu sichern, um die Abhängigkeit der Europäischen Union vom Rest der Welt zu verringern. [...] [D]ie EU muss eine echte Strategie für Lieferketten medizinischer Produkte beschließen. Das fängt bei der Beschaffung von Rohstoffen an und reicht bis zur Herstellung, Montage, Verpackung und dem Vertrieb in Produktionsstätten auf europäischem Boden.

Europäische Arbeitskräfte sind vergleichsweise teuer, aber ein kombinierter Prozess aus automatisierter und manueller Arbeit sollte es den Unternehmen ermöglichen, die Produktion wieder nach Europa zurückzubringen. [...]

Eines ist sicher: Die vor uns liegende Zeit erfordert ein umgestaltetes globales Lieferkettenmodell. Denn die Globalisierung, wie wir sie kannten, ist vorbei.

Camille Rustici: Kommando zurück. In: ipg-journal, 19. April 2020, aus dem Englischen übersetzt von Marius Mühlhausen (gekürzt), https://www.ipg-journal.de/regionen/europa/artikel/kommando-zurueck-1-4258/

Zugelassene Hilfsmittel:
Wörterbuch zur deutschen Rechtschreibung
Taschenrechner

Zur Autorin:
Camille Rustici, geb. 1984, ist Journalistin. Sie hat einen Abschluss des Instituts für politische Studien der Universität Sciences Po in Paris.

Begriffserklärungen:
1 OECD (*Organization for Economic Co-operation and Development*): Die Organisation für wirtschaftliche Zusammenarbeit und Entwicklung ist eine internationale Organisation mit 37 Mitgliedstaaten, die sich der Demokratie und Marktwirtschaft verpflichtet fühlen. Die meisten Mitglieder gehören zu den Ländern mit hohem Pro-Kopf-Einkommen und gelten als entwickelte Länder.
2 Nearshoring (dt. „Nahverlagerung"): Verlagerung betrieblicher Aktivitäten ins nahegelegene Ausland. Für Mitteleuropa wäre dies beispielsweise Polen, die Ukraine oder Serbien.

Lösungsvorschläge

***Aufgabenart B** (Darstellung – Analyse – Erörterung)*
Inhaltliche Schwerpunkte:

- *Globale Strukturen und Prozesse: Merkmale, Dimensionen und Auswirkungen der Globalisierung; internationale Wirtschaftsbeziehungen – Debatten um Freihandel und Protektionismus*
- *Europäische Union: Historische Entwicklung der EU als wirtschaftliche und politische Union; Europäischer Binnenmarkt; Strategien und Maßnahmen europäischer Krisenbewältigung*

1. *Der Operator „darstellen" verlangt bei dieser ersten Aufgabe, dass jeweils zwei Ursachen, Merkmale und Indikatoren der ökonomischen Globalisierung dargelegt werden. (AFB I)*

Einleitung

Die Entwicklung des Welthandels gehört wohl zu den größten Erfolgsgeschichten der internationalen Politik. Die Welthandelsorganisation (WTO) umfasst mittlerweile fast alle Länder der Erde.

Ursache I: Deregulierung und Liberalisierung

Eine der Hauptursachen für diese Entwicklung war die sog. **Deregulierung und Liberalisierung** des Welthandels, also der **Abbau von Handelsbeschränkungen** und die **Öffnung der Weltmärkte**. Diese Deregulierung beschleunigt(e) die ökonomische Globalisierung. Einzelne Staaten spielen in den wirtschaftlichen globalen Prozessen nur noch eine untergeordnete Rolle. Nur die Kräfte des Marktes werden für die Regulierung aller Funktionen nationaler und internationaler Ökonomien auf lokalem, regionalem und globalem Niveau benötigt.

Ursache II: Transport und Informations- und Kommunikationstechnologie

Außerdem haben sich die **Transporttechnologien** verbessert und es entstanden neue **Informations- und Kommunikationstechniken**. Im Rahmen von technologischem Fortschritt und Digitalisierung hat sich die internationale Vernetzung von Kommunikations- und Transportwegen deutlich **vereinfacht** und **beschleunigt**. Dabei sind diese Funktionen und Wege nicht nur effizienter, sondern auch kostengünstiger geworden.

Merkmale der Globalisierung

Der Austausch von Gütern, Kapital, Ideen und Dienstleistungen bezeichnet den Kern der Globalisierung. Zu deren wesentlichen Merkmalen gehören neben der bereits beschriebenen **Liberalisierung** die **stetige Zunahme von internationalen Handelsbeziehungen** bzw. **wirtschaftlichen Verflechtungen**. Gleichzeitig expandieren ausländische Direktinvestitionen und die massiven **grenzüberschreitenden Finanzströme** erleichtern den Austausch von Gütern und Dienstleistungen.
Damit sind wesentliche Grundlagen für einen multilateralen Austausch gelegt.

Die Merkmale lassen sich mithilfe von entsprechenden **Indikatoren** überprüfen. Diese Indikatoren messen nicht nur die allgemeine Bedeutung von Import und Export, sondern sie geben ebenfalls Auskunft über grenzüberschreitende Unternehmensverbindungen, Auslandsinvestitionen und den internationalen Finanzaustausch. Dabei werden sowohl die **Export-** wie auch die **Importquote** eines Landes betrachtet, um genauere Rückschlüsse in Bezug auf die wachsende Globalisierung ziehen zu können. In Deutschland könnte dies mit dem wirtschaftspolitischen Ziel des außenwirtschaftlichen Gleichgewichts in Verbindung gebracht werden.

Indikator I: Export- und Importquote

Des Weiteren kann der **Zuwachs an international operierenden Unternehmen** *(Global Player)* untersucht werden und dabei Informationen zur wachsenden ökonomischen Globalisierung bieten.

Indikator II: Anstieg der Global Player

2. a) *Im ersten Teil der zweiten Aufgabe soll der vorliegende Textauszug zunächst analysiert werden. Das bedeutet, dass die Position und die Argumentation der Autorin herausgearbeitet werden sollen. Dabei soll besonders auf die Position zu den Auswirkungen der Corona-Pandemie auf die Weltwirtschaft und den europäischen Handlungsbedarf eingegangen werden. (AFB II)*

Der Text „Kommando zurück" der Journalistin Camille Rustici, der am 19. 04. 2020 im jpg-journal als Diskussionsbeitrag veröffentlicht wurde, befasst sich mit der Frage, ob der **Welthandel einer Reform bedarf** und damit die (wachsende) **Globalisierung ein Ende** hat bzw. **neu definiert** werden muss.

Einstieg

Die Autorin vertritt die Position, dass aufgrund der **massiven Abhängigkeit der Weltwirtschaft von chinesischen Lieferketten** alle Volkswirtschaften während der Pandemie in Mitleidenschaft gezogen wurden. Die Krise habe gezeigt, wie **anfällig ein globales Produktionssystem** sei und wie abhängig die Volkswirtschaften von den globalen Produktionsketten seien. Die **internationale Arbeitsteilung** ist nach Meinung der Autorin **nicht mehr tragbar**, daher sollten die **globalen Lieferketten verkürzt** und ins nähere Ausland oder **innerhalb der EU** gelegt werden. Damit könne die **Abhängigkeit** vom weit entfernten Ausland **eingedämmt** werden.

Darlegung der Position

Ihre Position begründet die Autorin, Camille Rustici, mit verschiedenen Argumenten. Dabei lässt sich der Begründungsgang nach der Aufgabenstellung in **zwei inhaltliche**

Begründungsgang

Schwerpunkte unterteilen. Im Hinblick auf die **Auswirkungen der Corona-Pandemie** auf die Weltwirtschaft beginnt die Autorin mit dem Ursprung der Pandemie in China und den Auswirkungen auf die Wirtschaft weltweit. Der aus der Pandemie resultierende „Shutdown" in China habe fast **jedes andere Land der Erde wirtschaftlich in Mitleidenschaft gezogen** (Z. 14–15) und gezeigt, wie **abhängig die globale Welt von China** als „Fabrik der Welt" (Z. 17) sei (vgl. Z. 14 ff.)

Die wirtschaftlichen Folgen erläutert Rustici damit, dass **China** einen **enormen Beitrag** in fast allen Industriezweigen der Welt leiste und einen großen Teil der globalen Lieferketten ausmache. Damit waren die Auswirkungen der Pandemie auf die einzelnen Volkswirtschaften enorm, es kam zu **Lieferengpässen** und sogar zu „**Lieferunterbrechung[en]**" (Z. 36), die dazu führten, dass mehrere **europäische Unternehmen** ihre **Produktion einstellen** mussten. Als Beispiele nennt die Autorin die Automobilindustrie sowie den Bereich der medizinischen Produkte, deren Nachfrage während der Krise besonders anstieg (vgl. Z. 35 ff.).

Der zweite inhaltliche Schwerpunkt bezieht sich auf die Position der Autorin im Hinblick auf den **Handlungsbedarf in Europa**, der sich aus der Corona-Pandemie ergibt. Die Autorin sieht in der **Krise** einen möglichen „**positive[n] Wendepunkt**" (Z. 52), denn sie ist der Meinung, dass die „**internationale Arbeitsteilung**" **nicht mehr tragbar** sei und als „**Quelle der Unsicherheit**" gesehen werden müsse (Z. 49 f., 51). Sie fordert daher, dass Europa eine **ausgewogenere Verteilung der Bezugsquellen** und **verkürzte Lieferketten** einführen solle (vgl. Z. 56 ff.). Dieses wirtschaftliche Umdenken auf europäischer Ebene würde Versorgungsengpässe und Güterknappheit in Krisenzeiten entgegenwirken und trotz einer Krise die **wirtschaftliche Handlungsfähigkeit garantieren**. Das sog. *Nearshoring* (Z. 52 f.) setzt eine Produktion näher am Verbraucher voraus, was zu **mehr Flexibilität und Effizienz** führen könnte. Camille Rustici sieht in der Krise die **Chance für Europa, wieder mehr Souveränität** über wichtige Industrien zu erlangen, um damit die **Grundversorgung besser sichern** zu können und die Abhängigkeit der EU vom Rest der Welt zu verringern (vgl. Z. 61 ff.)).

Argumentationsweise und Sprache

Zur Argumentationsweise der Autorin kann festgehalten werden, dass sie den Ursprung der Pandemie in China als Anlass betrachtet, ein Umdenken im Bereich der Globalisierung zu initiieren. Die Autorin sieht in Chinas Rolle im

Lieferkettensystem das Problem der globalen Abhängigkeit, diese **Behauptung stützt sie mithilfe der Zahlen des IWF** (vgl. Z. 10 ff.). Die Autorin nennt Prozentangaben, um die dramatischen Auswirkungen der Pandemie in Bezug auf die Globalisierung herauszustellen. Besonders wird diese Entwicklung in Zeile 17 ff. deutlich: „Die Volksrepublik produziert heute fast 30 Prozent aller hergestellten Waren […]".

Um ihre Thesen weiterhin zu verdeutlichen, verwendet die Autorin eine **sehr bildhafte Sprache**, z. B. „Fabrik der Welt" (Z. 17) oder „Dominoeffekt" (Z. 36).

Intention der Autorin

Die Intention der Autorin ist es, auf die **Problematik der Globalisierung** und damit verbunden auf die **global vernetzten Lieferketten** aufmerksam zu machen und dabei auch **Kritik an der Globalisierung** zu äußern. Sie **fordert** ein **Umdenken** und eine **Verkürzung der Lieferketten**, damit verbunden eine nähere Produktion von lebenswichtigen Produkten innerhalb der EU bzw. dem näheren europäischen Ausland.

b) *Im b-Teil der zweiten Aufgabe sollen anhand von zwei Textbelegen Bezüge zu den Vorstellungen internationalen Handelns hergestellt werden. (AFB II/III)*

Einstieg

Im Folgenden wird anhand von zwei Textbelegen der Bezug zum **Freihandel** und zum **Protektionismus** hergestellt.

Textstelle I

„Weil die meisten westlichen Volkswirtschaften den Fokus vor allem auf die Kostenersparnis gelegt haben, hat China sich zur Fabrik der Welt entwickelt." (Z. 16 f.)

Freihandel

Dieses Zitats verweist auf die Theorie des **Freihandels**. Dem Konzept des freien Handels liegt der **Grundsatz des Liberalismus** zugrunde, nach dessen Vorstellung der Wohlstand aller Länder am größten ist, wenn **staatliche Beschränkungen des internationalen Handels beseitigt** sind. Jedes Land soll nach diesem Konzept am besten nur die Güter herstellen, die es **günstiger und schneller produzieren** kann als die Konkurrenz. Der weltweite Austausch von Gütern und Dienstleistungen ist frei von Zöllen, Handelshemmnissen o.Ä.

Textstelle II

Den **protektionistischen Ansatz** als Gegensatz zum Freihandel findet man ebenfalls in einem Textauszug wieder. Ab Zeile 62 schreibt die Autorin von der Chance, die sich für die EU aus der Pandemie ergeben könnte, die Produktionsketten vermehrt in das nahe europäische Ausland zu verlegen. Nach Meinung von Camille Rustici müsse man „[…] Souveränität über wichtige Industrien wie medizinische und pharmazeutische Produktion zurück[...]gewinnen. In einem derart unsicheren geopolitischen Umfeld ist es heute so wichtig wie nie, die Grundversorgung zu sichern, um die Abhängigkeit der Europäischen Union vom Rest der Welt zu verringern." (Z. 62–67)

Protektionismus

Der Protektionismus ist eine Form der Handelspolitik, mit der ein Staat durch Handelshemmnisse versucht, **ausländische Anbieter** auf dem **Inlandsmarkt zu benachteiligen**, um **inländische Anbieter** vor ausländischer Konkurrenz **zu schützen**.

Der Staat **greift damit direkt in die Wirtschaft** ein, mögliche Mittel können die Einführung von **Zöllen** oder **Einfuhrkontingente** sein.

3. *In einer Erörterung wird eine reflektierte und kontroverse Auseinandersetzung mit einer vorgegebenen Problemstellung erwartet. Es soll unter Berücksichtigung der Position der Autorin sowohl aus ökonomischer als auch aus politischer Perspektive bewertet werden, ob sich die EU für die Verkürzung globaler Lieferketten einsetzen sollte. (AFB III)*

Einleitung

Camille Rustici fordert von der Europäischen Union, sich für **verkürzte Lieferketten** einzusetzen (vgl. Z. 53 f., 73 f.). Im Folgenden wird anhand **ökonomischer** und **politischer Aspekte** erörtert, ob dies **umgesetzt** werden sollte.

ökonomische Perspektive

Aus **ökonomischer Perspektive** wäre eine Verlegung der Produktionen in das nähere europäische Ausland mit einem **geringeren Risiko** verbunden bzw. bei einer erneuten Krise wäre die **Produktion weniger störanfällig**. Die Corona-Pandemie hat gezeigt, wie schnell Versorgungslücken und -engpässe entstehen können. Mit Verlagerung der Produktionsketten könnte eine **bessere Grundversorgung in Krisenzeiten** garantiert werden, nicht nur im medizinischen Bereich, sondern auch in anderen Branchen könnte ein möglicher erneuter Produktionsausfall eventuell vermieden werden. **Kritisch** zu betrachten ist jedoch die **Umsetzbarkeit**, da viele Unternehmen bewusst ihre Produktion ins weitere Ausland verlagert haben, um **Kosten einzusparen**. Diese Verlagerung der Produktionsketten würde eine **Kostensteigerung** für die Unternehmen mit sich bringen und deren Umsatz wie auch hohe Gewinnspannen gefährden.

politische Perspektive

Aus **politischer Perspektive** sollte sich die EU für verkürzte Lieferketten einsetzen, weil damit der **gesamteuropäische Zusammenhalt gestärkt** werden könnte und eine **gewisse Unabhängigkeit von anderen Großmächten** erreicht werden könnte.

Andererseits ist der **Multilateralismus** ein wesentlicher Grundsatz der europäischen Außenpolitik und eine stärkere wirtschaftliche „Abschottung" nach **protektionistischem Vorbild** könnte weitreichende Folgen haben und zu weiteren **Krisen und Spannungen führen**.

Unter Abwägung der Vor- und Nachteile zur Frage, ob die EU sich für eine Verkürzung der Lieferketten einsetzen sollte, würde ich mich **dagegen** aussprechen. Fazit

Sicherlich ist der **Gedanke** gerade in **Krisenzeiten**, wie während der Corona-Pandemie, **nachvollziehbar** und könnte bei **bestimmten Unternehmen in zukünftige Planungen miteinbezogen** werden. Die Überlegung, die **Verlegung der Produktionsketten** wie auch das sog. *Nearshoring* **verpflichtend** für alle Unternehmen einzuführen, ist meiner Meinung nach **nicht realisierbar**. Mit großer Wahrscheinlichkeit wäre es für die Europäische Union eine Stärkung und ein Beitrag zur politischen Stabilität, der jedoch eine politische wie auch wirtschaftliche Geschlossenheit und Einigkeit voraussetzen würde. Es müssten die **nationalen Interessen der Mitgliedsländer der europäischen Entscheidungsebene untergeordnet** werden. Bisherige Versuche dieser Art, Probleme und Krisen geschlossen auf europäischer Ebene anzugehen, sind in den letzten Jahren genau an dieser **Einigkeit gescheitert**. Die einzelnen Mitgliedsstaaten möchten keinen größeren Einfluss der EU auf ihre nationale Politik bzw. ihre Wirtschaft. Stellungnahme

Außerdem wäre eine Verlegung bzw. Verkürzung der Lieferketten ein **Rückschritt im Bereich Globalisierung**. Der errungene **Wohlstand**, der mit der Globalisierung verbunden ist, könnte **zukünftig in Gefahr** sein.

Um Produktionen von Unternehmen in der EU bzw. im näheren Ausland anzusiedeln, bedarf es einiger **Anreize**, besonders im finanziellen Bereich. Dafür müssten **Steuern wie auch Lohnkosten gesenkt werden**, was zulasten der Menschen und damit verbunden dem europäischen Wohlstand gehen würde. Damit wäre die **soziale Gerechtigkeit** innerhalb der EU weiter **gefährdet**.

Was dagegen ein Umdenken der EU-Bevölkerung hervorrufen könnte, wäre die **Abschaffung des Niedriglohnsektors** in einigen Ländern und eine **höhere Steuerlast für ausländische Unternehmen**. Aber auch dies scheint **nicht realisierbar**, auch wenn es aus sozialpolitischer Perspektive wünschenswert wäre.

Abiturprüfung 2021 NRW – Leistungskurs Sozialwissenschaften
Aufgabe 1

Thema:
Konjunkturpolitik in Zeiten der Corona-Krise – auf der Suche nach einer angemessenen Strategie für Deutschland und Europa

Aufgabenstellung	Punkte
1. Stellen Sie die vier Phasen eines idealtypischen Konjunkturzyklus anhand der Entwicklung von Wirtschaftswachstum, Preisniveau und Beschäftigungsstand dar.	24
2. a) Analysieren Sie vergleichend die wirtschaftliche Entwicklung in Deutschland und der Eurozone (M 1, M 2, M 3) hinsichtlich … – … des Erreichens dreier wirtschaftspolitischer Ziele, – … einer Einordnung in das Konjunkturzyklus-Modell, – … finanzpolitischer Spielräume für expansive Fiskalpolitik.	30
b) Erläutern Sie – auch unter Berücksichtigung der Entwicklung des Leitzinses (M 3) – die Möglichkeiten der Europäischen Zentralbank (EZB), mit ihrem Instrumentarium auf die dargestellte Konjunkturentwicklung zu reagieren.	16
3. Entwickeln Sie in der Rolle einer Gutachterin bzw. eines Gutachters eine an die deutsche Bundesregierung gerichtete, zwei Maßnahmen umfassende, begründete konjunkturpolitische Handlungsempfehlung. Berücksichtigen Sie dabei auch gesamteuropäische Interessen.	30

M 1: Eckdaten der Prognose für Deutschland

	2017	2018	2019	2020	2021
Reales Bruttoinlandsprodukt[1]	2,5	1,5	0,6	−4,2	5,8
Erwerbstätige[2] (1 000 Personen)	44 248	44 854	45 251	44 969	45 232
Arbeitslose (1 000 Personen)	2 533	2 340	2 267	2 503	2 391
Arbeitslosenquote[3] (in %)	5,7	5,2	5,0	5,5	5,3
Verbraucherpreise[1, 4]	1,5	1,8	1,4	0,6	1,2
Lohnstückkosten[1, 5]	1,2	2,5	3,4	3,4	−0,9
Finanzierungssaldo des Staates					
in Mrd Euro	40,3	62,4	49,8	−159,1	−0,8
in % des nominalen Bruttoinlandsprodukts	1,2	1,9	1,4	−4,7	0,0
Leistungsbilanzsaldo					
in Milliarden Euro	253,9	247,4	245,5	198,0	215,0
in % des nominalen Bruttoinlandsprodukts	7,8	7,4	7,1	5,9	6,0

Statistisches Bundesamt; Bundesagentur für Arbeit; Deutsche Bundesbank; 2020 und 2021: Prognosen der Institute Projektgruppe Gemeinschaftsdiagnose (Hrsg.): Wirtschaft unter Schock – Finanzpolitik hält dagegen. Gemeinschaftsdiagnose Frühjahr 2020, Berlin, April 2020 (daraus mit Anpassungen entnommen: Tabelle 1.3, S. 24)

Begriffserklärungen:
1 Veränderung gegenüber dem Vorjahr in %.
2 Inlandskonzept.
3 Arbeitslose in % der zivilen Erwerbspersonen (Definition gemäß Bundesagentur für Arbeit)
4 Verbraucherpreisindex (2015 = 100)
5 Im Inland entstandene Arbeitnehmerentgelte je Arbeitnehmerstunde bezogen auf das reale Bruttoinlandsprodukt je Erwerbstätigenstunde.

M 2: Eckdaten zur Wirtschaftsentwicklung im Euroraum

	2019	2020	2021
	Veränderung gegenüber dem Vorjahr in %		
Reales Bruttoinlandsprodukt	1,2	–5,3	5,8
Inländische Verwendung	2,2	–4,2	6,8
Privater Konsum	1,3	–6,9	8,8
Staatskonsum	1,6	1,3	1,6
Bruttoanlageinvestitionen	5,1	–2,6	7,2
Außenbeitrag[1]	–0,5	–1,4	0,8
Exporte	2,5	–7,6	11,4
Importe	3,9	–5,2	10,9
Verbraucherpreise[2]	1,2	0,2	0,7
	in % des nominalen Bruttoinlandsprodukts		
Finanzierungssaldo[3]	–0,8	–6,5	–2,6
Leistungsbilanzsaldo	3,0	3,4	2,2
	in % der Erwerbspersonen		
Arbeitslosenquote[4]	7,6	9,3	8,7

Eurostat; Europäische Kommission, Internationale Arbeitsorganisation (ILO); Berechnungen der Institute; 2020 bis 2021 (Budgetsaldo und Leistungsbilanzsaldo 2019 bis 2021): Prognose der Institute Projektgruppe Gemeinschaftsdiagnose (Hrsg.): Wirtschaft unter Schock – Finanzpolitik hält dagegen. Gemeinschaftsdiagnose Frühjahr 2020, Berlin, April 2020 (daraus mit Anpassungen entnommen: Tabelle 2.4, S. 35)

Begriffserklärungen:
1 Wachstumsbeitrag.
2 Harmonisierter Verbraucherpreisindex.
3 Gesamtstaatlich, berechnet als das Aggregat der fünf Euroraumländer.
4 Standardisiert.

Anmerkung zum Material M 1 und M 2:
Die „Gemeinschaftsdiagnose“ ist eine Konjunkturanalyse und -prognose, die jeweils im Frühjahr und im Herbst im Auftrag der Bundesregierung von zurzeit fünf Wirtschaftsforschungsinstituten gemeinschaftlich erstellt und publiziert wird. Die Institute verwenden diverse Datenquellen für vergangene Jahre und erstellen darauf aufbauend eigene Prognosen. Die hier verwendete Veröffentlichung erfolgte zu einem frühen Zeitpunkt der Covid-19-Pandemie.

M 3: Leitzins der Europäischen Zentralbank (EZB) in %

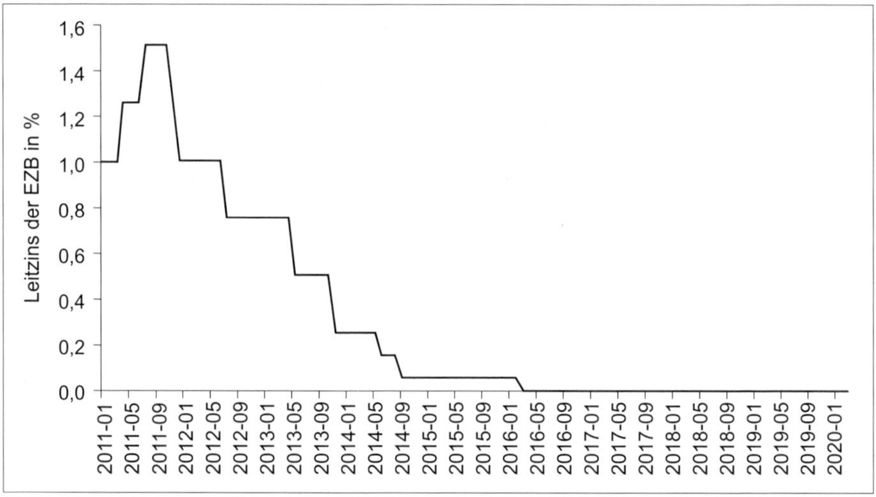

eigene Darstellung, Daten nach: Europäische Zentralbank

Zugelassene Hilfsmittel:
Wörterbuch zur deutschen Rechtschreibung
Taschenrechner

Lösungsvorschläge

Aufgabenart D *(Darstellung – Analyse – Gestaltung)*
Inhaltliche Schwerpunkte:

- *Wirtschaftspolitik: Legitimation staatlichen Handelns im Bereich der Wirtschaftspolitik; Zielgrößen der gesamtwirtschaftlichen Entwicklung in Deutschland; Konjunktur- und Wachstumsschwankungen – Analyse von Daten zur konjunkturellen Entwicklung; wirtschaftspolitische Konzeptionen*
- *Europäische Union: Europäische Währung und europäische Integration; Strategien und Maßnahmen europäischer Krisenbewältigung*

1. *Bei der Bearbeitung dieser Aufgabe ist darauf zu achten, dass neben der reinen Beschreibung der drei wirtschaftspolitischen Zielsetzungen Wirtschaftswachstum, Preisniveau und Beschäftigungsstand auch die wechselseitigen Beziehungen der Entwicklung aufgezeigt werden, da sich diese in Abhängigkeit zueinander entwickeln. (AFB I)*

Einleitung

Der **Konjunkturzyklus** beschreibt die wirtschaftliche Entwicklung einer Volkswirtschaft und lässt sich idealtypisch in die **vier** aufeinanderfolgenden Phasen Aufschwung, Hochkonjunktur, Abschwung und Konjunkturtief unterteilen. Im Folgenden wird die Entwicklung von Wirtschaftswachstum, Beschäftigungsstand und Preisniveau, also drei der vier wirtschaftspolitischen Zielsetzungen des Magischen Vierecks, in diesen vier Phasen beschrieben.

Aufschwung

In der **Aufschwungphase** nimmt das Wirtschaftswachstum aufgrund einer wachsenden Nachfrage und optimistischer Zukunftserwartungen zu. Neueinstellungen sorgen für eine sinkende Arbeitslosenquote. Das Preisniveau bleibt aber weitgehend konstant, da die Produktionskapazitäten der Volkswirtschaft noch nicht voll ausgelastet sind.

Boom

Dies ändert sich in der Phase der **Hochkonjunktur (Boom)**. Die unveränderte hohe Nachfrage sorgt für einen besonders hohen Beschäftigungsstand und steigende Löhne. Allerdings hat die weitgehende Kapazitätsauslastung zur Folge, dass sich das Wirtschaftswachstum verlangsamt. Da die Nachfrage das Angebot übersteigt und auch die Kosten für steigende Löhne an die Verbraucher weitergegeben werden, kommt es zu einem stark steigenden Preisniveau.

Rezession

Aufgrund dieser Verteuerung lässt im **Abschwung** die Nachfrage nach und das Wachstum schwächt sich wieder ab. Da das Angebot nun die Nachfrage übersteigt, nimmt das Preisniveau deutlich langsamer zu. Eine Schwächung der Auftragslage zwingt Unternehmen, die Produktion zu drosseln. Selbst wenn es zu keinen Entlassungen kommt, halten sich die Unternehmen bei den Neueinstellungen zurück, sodass das Beschäftigungsniveau sinkt.

In der Phase des **Konjunkturtiefs** wird der Tiefpunkt des Wachstums erreicht, das in einer starken Wirtschaftskrise sogar negativ ausfallen kann. Aufgrund der zu geringen Produktionsauslastung, dem daraus resultierenden niedrigen Beschäftigungsniveau und der insgesamt eingetrübten Wirtschaftserwartungen besteht ein Nachfragemangel, sodass das Preisniveau konstant bleibt. Depression

2. a) *Diese Materialanalyse stellt Sie vor die Aufgabe, die wesentlichen Informationen der drei Quellen M 1 bis M 3 mit Blick auf die drei Aspekte zu untersuchen, im Zusammenhang einzuordnen und entsprechende Hintergründe und Beziehungen herauszuarbeiten. Einleitend sollten die Quellen eingeordnet und auch auf die begrenzte Aussagekraft bzw. den eingeschränkten Geltungsbereich der Materialien hingewiesen werden. Damit sich die Analyse genau an den geforderten Aspekten orientiert, empfiehlt sich eine kurze einleitende Definition der entsprechenden Begrifflichkeiten. (AFB II)*

Bei den Materialien M 1 und M 2 handelt es sich um **statistische Daten** aus dem gemeinschaftlichen Gutachten verschiedener Wirtschaftsforschungsinstitute aus dem Frühjahr 2020. In M 1 werden **zentrale Kennzahlen zur wirtschaftlichen Entwicklung** für Deutschland für die Jahre 2017 bis 2019 erfasst bzw. für die Jahre 2020 und 2021 prognostiziert. In M 2 werden **Eckdaten der Eurozone** für das Jahr 2019 erfasst und ebenfalls für die Jahre 2020 und 2021 prognostiziert. M 1 und M 2: statistische Wirtschaftsdaten

In M 3 wird die **Entwicklung des Leitzinses der EZB** in Form eines Liniendiagramms dargestellt und kann nur flankierend zur Analyse der jeweiligen Konjunkturphase genutzt werden. Allerdings können Rückschlüsse zu möglichen Verschuldungsspielräumen (vgl. Aufgabe 3) getroffen werden. M 3: Leitzins

Die Aussagekraft der beiden Quellen M 1 und M 2 wird dadurch begrenzt, dass **unterschiedliche** und auch **vergleichsweise kurze Zeiträume** abgebildet werden, die offensichtlich keinen ganzen Konjunkturzyklus umfassen. Die Angaben 2020 und 2021 basieren auf **Prognosen** und sind damit weniger verlässlich als die tatsächlich gemessenen Werte für die Jahre 2017 bis 2019. M 1 und M 2: Aussagekraft

M 1 und M 2 umfassen ökonomische Daten, die sich teilweise auf das Stabilitäts- und Wachstumsgesetz beziehen lassen, sodass eine Überprüfung im Hinblick auf **Ziele des Magischen Vierecks** naheliegt.

Nach dem **Stabilitäts- und Wachstumsgesetz** soll versucht werden, die vier Ziele

vier Ziele des Magischen Vierecks

a) angemessenes und stetiges Wirtschaftswachstum,
b) ein hoher Beschäftigungsstand,
c) Preisniveaustabilität und
d) außenwirtschaftliches Gleichgewicht

zu erreichen.

Da diese Ziele aufgrund von **Zielkonkurrenz** – zum Beispiel führt Wirtschaftswachstum in der Regel zu Preissteigerungen und gefährdet so die Preisniveaustabilität – **nicht gleichzeitig erreicht** werden können, spricht man in diesem Zusammenhang auch von einem Magischen Viereck. Im Folgenden werde ich die drei Zielsetzungen Wirtschaftswachstum, Beschäftigungsniveau und Preisniveaustabilität untersuchen:

Ziel Wirtschaftswachstum nicht erreicht

Weder in Deutschland noch in der Eurozone ist ein **angemessenes und stetiges Wirtschaftswachstum** festzustellen. Das Wachstum sank in Deutschland von 2017 mit 2,5 % bis 2019 auf 0,6 %. Für 2020 wurde zum Zeitpunkt der Veröffentlichung ein Wirtschaftsrückgang von 4,2 % prognostiziert und man ging von einer anschließenden schnellen Erholung in 2021 und einem Wachstum von 5,8 % aus. Die gleiche Entwicklung wurde auch für die Eurozone erwartet, wenngleich hier das Wachstum im Jahr 2019 noch bei 1,2 % lag und man von einem etwas stärkeren Einbruch ausging.

Ziel Hoher Beschäftigungsstand in Deutschland erreicht

Das **Ziel eines hohen Beschäftigungsstands** wird in **Deutschland durchgehend erreicht**. Die Zahl der Erwerbstätigen nahm kontinuierlich zu, sodass die Arbeitslosenquote von 2017 bis 2019 von 5,7 % auf 5,0 % sank, womit ein sehr gutes Beschäftigungsniveau erreicht wurde. Auch für den Prognosezeitraum wurde kein Beschäftigungseinbruch erwartet.

Ziel ‚Hoher Beschäftigungsstand' im Euroraum nicht erreicht

In der **Eurozone** war die **Arbeitslosenquote** bereits im Jahr 2019 mit 7,6 % deutlich höher und es wurde nicht nur für das Jahr 2020 ein heftiger Beschäftigungseinbruch, sondern auch nur eine schwache Erholung für das Jahr 2021 prognostiziert. Allerdings muss an dieser Stelle deutlich darauf verwiesen werden, dass hier die Daten von sehr unterschiedlichen Volkswirtschaften zusammengefasst wurden. Neben Deutschland haben auch die Niederlande eine vergleichsweise geringe Arbeitslosenquote, während Italien und Spanien aufgrund struktureller Probleme mit besonders hohen Arbeitslosenzahlen zu kämpfen haben.

Ziel Preisniveaustabilität teilweise erreicht

Das **Ziel der Preisniveaustabilität** wird in Deutschland in den Jahren 2017 bis 2019 annähernd erreicht. Die EZB strebt eine Inflation von unter, aber nahe 2 % an und die Werte in

Deutschland schwanken zwischen 1,4 % und 1,8 %. Allerdings wird dieses Ziel nach der Prognose für 2020 mit 0,6 % deutlich und für 2021 mit 1,2 % immer noch weitgehend verfehlt. In der Eurozone wird das Ziel im Jahr 2019 mit 1,2 % klar und im Prognosezeitraum 2020/2021 noch deutlicher verfehlt.

Einordung in Konjunkturzyklus

Eine **Einordnung in das Konjunkturzyklus-Modell** ist aufgrund des vergleichsweise kurzen Zeitraums, der in M 1 und M 2 dargestellt wird und der keinen ganzen Konjunkturzyklus umfasst, nur mit Einschränkungen möglich.

Auswirkungen der Coronapandemie

Für beide Wirtschaftsräume wird von den Wissenschaftlern der Projektgruppe zu Beginn der Coronapandemie im Jahr 2020 eine **ausgeprägte Rezession** mit Negativwachstum und ein **ausgeprägter Aufschwung** für das Folgejahr 2021 prognostiziert.

Konjunktur in Deutschland

In den Vorjahren sind in **Deutschland** nur geringe konjunkturelle Ausschläge zu beobachten. Die zuletzt geringfügige Abnahme in der Arbeitslosenquote auf ein insgesamt niedriges Niveau spricht für eine beginnende Ausschöpfung des Beschäftigungspotenzials und der positive Finanzierungssaldo des Staates für sprudelnde Steuereinnahmen bei gleichzeitig niedrigen Staatsausgaben. Beide Indikatoren legen nahe, dass sich Deutschland im Jahr 2019 in einer langsam **ausebbenden Hochkonjunktur-Phase** befand.

Konjunktur im Euroraum

Für die Eurozone werden in M 2 nur drei Jahre dargestellt, sodass sich die Konjunkturphase noch schwerer bestimmen lässt. Aber das geringe Wirtschaftswachstum in Verbindung mit einer vergleichsweise höheren Arbeitslosenquote und einer niedrigeren Inflationsrate legt nahe, dass sich die **Eurozone** im Jahr 2019 im Gegensatz zu Deutschland eher in einer **konjunkturellen Schwächephase** befand.

Expansive Fiskalpolitik

Unter einer **expansiven Fiskalpolitik** versteht man einen wirtschaftspolitischen Ansatz, der entweder eine Steigerung der Staatsausgaben oder eine Senkung der Staatseinnahmen vorsieht. Finanziert wird dies in der Regel durch eine Erhöhung der Staatsverschuldung.

Expansive Fiskalpolitik in Deutschland

Aufgrund des seit Längerem extrem niedrigen Leitzinses der EZB, der seit 2016 bei 0 % liegt, können sich Deutschland und auch die anderen Staaten der Eurozone zu sehr günstigen Konditionen verschulden. Der Verschuldungsspielraum ist zwar aufgrund der Schuldenbremse beschränkt, da nach dieser „nur“ eine Verschuldung in Höhe von 0,5 % des Bruttoinlandsproduktes zulässig ist. Dies würde **Deutschland** zum Beispiel eine Neuverschuldung von über 150 Milliarden Euro erlauben. Diese unwahrscheinlich hohe Summe bietet also einen **erheblichen Spielraum für eine expansive Fiskalpolitik**, die angesichts des positiven Leistungsbilanzsaldos in den Jahren 2017 bis 2019 auch zu rechtfertigen wäre.

Expansive Fiskalpolitik im Euroraum

Aufgrund der **Aussetzung der Defizitregeln** infolge der Coronakrise bestünde auch für die **Staaten der Eurozone** die Möglichkeit für eine **expansive Fiskalpolitik**. Allerdings weist der negative Fianzierungssaldo darauf hin, dass hier anders als in Deutschland ein geringerer haushaltspolitischer Spielraum besteht. Allerdings finden sich in M 2 keine Angaben zum aktuellen Schuldenstand der Staaten der Eurozone.

b) *Der Operator „Erläutern" verlangt hier, dass Sie das Instrumentarium der EZB in Bezug auf seine Möglichkeiten zur Reaktion auf die konjunkturelle Entwicklung einordnen und deuten und mithilfe zusätzlicher Informationen und Beispiele verdeutlichen. (AFB II/III)*

Möglichkeiten der Zinspolitik der EZB

Vor der erwarteten Rezession im Jahr 2020 und einem prognostizierten Aufschwung für 2021 befand sich Deutschland in einer anderen konjunkturellen Phase als die Eurozone. Aufgrund der **erwarteten Rezession** würde die EZB normalerweise versuchen, den Unternehmen durch **Zinssenkungen** einen Anreiz für Investitionen bzw. Konsumgüter zu verschaffen. Allerdings verlangte die EZB **seit fast 10 Jahren nur einen sehr geringen Leitzins**, der **seit 2016 sogar bei 0 %** liegt. Die **Möglichkeiten** der EZB, auf die erwartete Abschwächung des Wirtschaftswachstums mit **weiteren Zinssenkungen** zu reagieren, sind daher **ausgeschöpft**. Der Leitzins könnte zwar in den **negativen Bereich gesenkt** werden. Allerdings kann man angesichts der sehr geringen Leitzinsen davon ausgehen, dass die **Zurückhaltung bei den Investitionen andere Ursachen**, zum Beispiel pessimistische Absatzerwartungen, hat.

Mögliche alternative Politikmaßnahmen der EZB: Quantitative Lockerung

Eine weitere Möglichkeit der EZB, mit ihrem Instrumentarium auf die erwartete Konjunkturentwicklung zu reagieren, wäre im Rahmen einer **quantitativen Lockerung** (*quantitative easing*) **Staatsanleihen von Staaten der Eurozone aufzukaufen**. Auf diese Weise kann die Zinslast stark verschuldeter Staaten wie Italien oder Griechenland verringert werden, sodass diese mehr **Spielraum für eine expansive Fiskalpolitik** erhalten. Gleichzeitig hilft diese Maßnahme dabei, das übergeordnete Inflationsziel von nahe, aber unter 2 % zu erreichen.

3. *Der Operator „Entwickeln" wird mit der Aufgabenstellung genau erfasst und präzisiert. Sie müssen hier die Perspektive einer Spezialistin bzw. eines Spezialisten einnehmen, um einen entsprechenden Vorschlag zu formulieren. Gefragt wird nach einer konjunkturpolitischen Handlungsempfehlung. Da Angebotstheoretiker eine intervenierende Rolle des Staates und damit auch konjunkturpolitische Maßnahmen grundsätzlich ablehnen, sollten Sie die von Ihnen vorgeschlagenen Maßnahmen mithilfe der Nachfragetheorie begründen. Im Zusammenhang mit der Begründung sollten Sie auch auf Gefahren bzw. Schwächen dieses Ansatzes verweisen und sich an explizit zu nennenden Kriterien orientieren. (AFB III)*

Einleitung

Nach eingehender Analyse der vorliegenden Daten und aufgrund der Prognose der Projektgruppe Gemeinschaftsdiagnose ist für Deutschland ebenso wie für die Staaten der Eurozone eine **schwere Rezession für das Jahr 2020** zu erwarten. Ohne wirtschaftspolitische Maßnahmen drohen daher erhebliche Probleme. Neben den Folgen, die sich aus einer sinkenden Beschäftigung ergeben, ist in einer Rezession auch mit einem **Einbruch bei den Steuereinnahmen** zu rechnen, was den haushaltspolitischen Spielraum der nächsten Jahre einschränken würde. Da der wirtschaftliche Erfolg Deutschlands als **Exportnation** auch von der Lage insbesondere der Mitgliedsstaaten der Eurozone abhängt, ist eine Berücksichtigung der dortigen Situation auch im Interesse der Bundesrepublik.

Als Gutachter*in empfehle ich der deutschen Bundesregierung angesichts der sich zuspitzenden konjunkturellen Situationen daher folgende Maßnahmen:

Beschreibung der Finanzsituation

Aufgrund der insgesamt **sehr günstigen Refinanzierungsmöglichkeiten** aufgrund des extrem niedrigen Leitzinses der EZB, des **positiven Finanzierungssaldos des Staates** in den letzten Jahren vor Beginn der Coronapandemie und nicht zuletzt aufgrund der sich bereits für 2021 abzeichnenden wirtschaftlichen Erholung besteht ein **erheblicher finanzpolitischer Spielraum** für Mehrausgaben.

Maßnahme I: staatliches Investitionsprogramm

Mit einem **staatlichen Investitionsprogramm** in die digitale Infrastruktur und den Breitbandausbau, in das Schienennetz und den weiteren öffentlichen Personennahverkehr und insbesondere in die Bildungsinstitutionen kann Positives bewirkt werden. **Kurzfristig** kann die Erhöhung der Staatsausgaben **Beschäftigung sichern**. Aufgrund von **Multiplikatoreffekten** profitieren auch andere Branchen von den staatlichen Investitionen und die zusätzlichen Staatsausgaben erzielen aufgrund ihrer Hebelwirkung **zusätzliches Wirtschaftswachstum**. Dieses wird durch die erforderlichen Investitionen in die Modernisierung der digitalen Infrastruktur, der Sicherstellung der Mobilität und in das Bildungssystem auch **langfristig** gesichert. Gleichzeitig wird durch eine **Erhöhung der Binnennachfrage** der Leistungsbilanzüberschuss Deutschlands gesenkt, der von den europäischen Partnern immer wieder kritisiert wird.

Maßnahme II: Kurzarbeitergeld

Parallel zu diesem Investitionsprogramm sollte auch in der sich abzeichnenden Krise für 2021 eine großzügige und unbürokratische Regelung für das **Kurzarbeitergeld** entwickelt werden. Bereits in der letzten gravierenden Wirtschaftskrise vor 10 Jahren hat sich das Kurzarbeitergeld als eine überaus sinnvolle Maßnahme herausgestellt.

Auswirkungen des Kurzarbeitergelds auf Beschäftigte und Nachfrage

Aus Sicht der **Beschäftigten** ist das Kurzarbeitergeld zwar mit finanziellen Einbußen gegenüber den ursprünglichen Lohnzahlungen verbunden, gleichzeitig bietet es aber auch ein erhebliches Maß an **Sicherheit** für die persönliche Zukunft. Auf diese Weise kann ein **Einbruch der Binnennachfrage** zumindest abgeschwächt werden.

Auswirkungen des Kurzarbeitergelds auf Unternehmen

Für **Unternehmen**, die mit sinkenden Absatzmöglichkeiten rechnen müssen, bietet diese Maßnahme eine unkomplizierte Möglichkeit, **Beschäftigte weiter zu halten**. Möglicherweise kann die Phase auch für die **Weiterqualifizierung** des Personals genutzt werden. Und anstatt Mitarbeiter*innen zu entlassen und nach der Krise mit erheblichem Aufwand, zeitlicher Verzögerung und einem wahrscheinlichen Qualifikationsverlust der Mitarbeiter*innen den ursprünglichen Personalbestand wieder aufzubauen, können Betriebe nach Ende der Krise sofort starten. Insbesondere dieser Vorteil trug nach der Wirtschafts- und Finanzkrise zur schnellen Erholung und einer lange anhaltenden Wachstumsphase der deutschen Wirtschaft bei.

Einordnung und Gefahren der Maßnahmen

Während das Kurzarbeitergeld dem Kriterium der Marktkonformität gerecht wird, da vom Staat nur ein Ordnungsrahmen gesetzt wird, tritt der Staat mit dem oben umrissenen Investitionsprogramm als starker Nachfrager auf. Solange er sich dabei auf Investitionen beschränkt, die im Verantwortungsbereich der verschiedenen staatlichen Ebenen liegen, schafft er damit die wirtschaftlichen Rahmenbedingungen für eine erfolgreiche Volkswirtschaft. Allerdings müssen bei Planung und Umsetzung zwei **wesentliche Gefahrenquellen analysiert und berücksichtigt** werden. Zum einen besteht die Gefahr einer **prozyklischen Wirkung** staatlicher Investitionen, wenn die Planung, Ausschreibung und Umsetzung zu erheblichen **zeitlichen Verzögerungen**, sogenannten *timelags* führen. Im Idealfall liegen aber geeignete Investitionsvorhaben bereits in der Schublade, sodass sie schnell umgesetzt werden können.

Gefahren I: zeitliche Verzögerungen

Gefahr II: Verdrängung privater Nachfrage

Die zweite wesentliche Gefahr, die es zu berücksichtigen gilt, besteht in einer **Verdrängung privater Nachfrage**, dem sog. *crowding out*. Dies wäre der Fall, wenn z. B. Kapazitäten im

Bausektor durch die Realisierung staatlicher Bauvorhaben verteuert oder sogar vollständig gebunden werden, sodass Bauvorhaben von Unternehmen oder Konsumenten nicht bzw. verspätet realisiert werden können.

Wichtigstes Ziel der Maßnahmen: Beschäftigungssicherung

Beide Einzelmaßnahmen – sowohl das Investitionsprogramm als auch das Kurzarbeitergeld – setzen einen besonderen Fokus auf die **Förderung bzw. Sicherstellung eines hohen Beschäftigungsniveaus** in der sich anbahnenden Krise. Eine steigende Arbeitslosigkeit kann verheerende Auswirkungen auf die Stimmung im Land haben, die zu einer – in dieser Konjunkturphase besonders kontraproduktiven – zunehmenden Sparneigung und Investitionszurückhaltung führen könnte.

Vorteile der vorgeschlagenen Maßnahmen

Bei Umsetzung des von mir konzipierten Maßnahmenpaketes wird nicht nur die Gefahr von staatlichen Mehrausgaben für Transferzahlungen in der Zukunft begrenzt und das künftige Steueraufkommen gesichert. Die Maßnahmen dürften auch eine **erhebliche psychologische Wirkung** erzeugen: Unternehmen und Arbeitnehmer gewinnen den Eindruck, dass sie in der Krise nicht alleingelassen werden. Die Schwerpunktsetzung auf Zukunftstechnologien, auf Nachhaltigkeit im Bereich der Mobilität, auf Bildung und auf Beschäftigungssicherung **wirken pessimistischen Zukunftserwartungen der Akteure entgegen**. Damit kann einer Verschärfung entgegengewirkt werden, sodass es tatsächlich zu der prognostizierten **schnellen Erholung der Wirtschaft in Deutschland** und den anderen Staaten der Eurozone kommen kann.

Abiturprüfung 2021 NRW – Leistungskurs Sozialwissenschaften
Aufgabe 2

Thema:
Eine Vertiefung der Europäischen Union als Antwort auf globale Herausforderungen?

Aufgabenstellung Punkte

1. Stellen Sie drei zentrale Stationen des europäischen Integrationsprozesses nach dem Zweiten Weltkrieg dar. 24

2. a) Analysieren Sie den Text im Hinblick auf die Position und Argumentation des Autors zur Entwicklung der europäischen Integration. 30
   b) Erläutern Sie anhand von zwei Textbelegen Bezüge des Autors zu Modellen der europäischen Integration. 16

3. Erörtern Sie unter Einbeziehung der Position des Autors, ob eine vertiefte europäische Integration eine angemessene Antwort auf globale Herausforderungen ist. Berücksichtigen Sie zwei Herausforderungen. 30

M: Emmanuel Macron: Für einen Neubeginn in Europa

Bürgerinnen und Bürger Europas,
wenn ich mir heute erlaube, mich direkt an Sie zu wenden, dann tue ich das nicht nur im Namen der Geschichte und der Werte, die uns einen, sondern weil dringend gehandelt werden muss. In wenigen Wochen wird die Europawahl[1] über die Zukunft unseres Kontinents entscheiden.

Noch nie seit dem Zweiten Weltkrieg war Europa so wichtig. Und doch war Europa noch nie in so großer Gefahr.

Der Brexit ist dafür ein Symbol. Ein Symbol für die Krise in Europa, das nicht angemessen auf die Schutzbedürfnisse der Völker angesichts der Umwälzungen in der heutigen Welt reagiert hat. […] Eine nationalistische Abschottung hat nichts anzubieten, sie bedeutet Ablehnung ohne jegliche Perspektive. Und diese Falle bedroht ganz Europa: Jene, die mittels falscher Behauptungen die Wut der Menschen ausnutzen, versprechen alles Mögliche und sein Gegenteil.

Gegen diese Manipulationen müssen wir uns zur Wehr setzen. Stolz und nüchtern. Wir müssen zuallererst betonen, dass das vereinte Europa ein historischer Erfolg ist – die Versöhnung eines zerstörten Kontinents durch ein einzigartiges Projekt für Frieden, Wohlstand und Freiheit. Das dürfen wir nie vergessen. Und dieses Projekt schützt uns auch heute noch. Welches Land kann sich allein der aggressiven Strategien der Großmächte erwehren? […]

Aber es muss mehr getan werden und schneller. Denn die andere Falle ist, dass wir uns mit dem Status quo abfinden und resignieren. Angesichts der globalen Umwälzungen sagen uns die Bürgerinnen und Bürger nur allzu oft: „Wo ist Europa? Was unternimmt die EU?“. Europa ist in ihren Augen ein seelenloser Markt geworden. Aber Europa ist nicht nur ein Markt, es ist ein Projekt. Ein Markt ist durchaus nützlich, aber er darf nicht die Notwendigkeit schützender Grenzen und einigender Werte vergessen machen. Die Nationalisten irren, wenn sie behaupten, sie schützten unsere Identität durch den Rückzug aus Europa. Denn es ist die europäische Zivilisation, die uns eint, uns frei macht und uns schützt. Aber all diejenigen, die nichts ändern wollen, irren ebenfalls, denn sie verleugnen die Ängste, die sich quer durch unsere Völker ziehen, die Zweifel, die unsere Demokratien aushöhlen. Unser Kontinent steht an einem Scheidepunkt, an dem wir gemeinsam in politischer und kultureller Hinsicht die Ausgestaltung unserer Zivilisation in einer sich verändernden Welt neu erfinden müssen. Das ist der Moment des Neubeginns in Europa. Deshalb biete ich Ihnen als Maßnahme gegen Abschottung und Spaltung an, diesen Neubeginn gemeinsam anhand von drei Ambitionen zu gestalten – *Freiheit, Schutz und Fortschritt.*

[…]

Das europäische Modell beruht auf der Freiheit des Menschen, auf der Vielfalt der Meinungen und des Schaffens. Unsere wichtigste Freiheit ist die demokratische Freiheit, unsere Volksvertreter zu wählen, während bei jeder Wahl fremde Mächte unser Wahlverhalten zu beeinflussen suchen. Ich schlage die Gründung **einer europäischen Agentur für den Schutz der Demokratie** vor, die in jeden Mitgliedstaat europäische Experten entsenden wird, um seine Wahlen vor Hackerangriffen und Manipulationen zu schützen. […]

Die Europäische Union wurde für die Aussöhnung innerhalb ihrer Grenzen geschaffen und hat darüber die Realitäten der Welt aus den Augen verloren. Aber ein Gefühl der Zugehörigkeit zu einer Gemeinschaft kann nur entstehen, wenn diese Grenzen hat, die sie beschützt. Eine Grenze bedeutet Freiheit in Sicherheit. Deshalb müssen wir **den Schengen-Raum neu überdenken:** Alle, die ihm angehören wollen, müssen Bedingungen für Verantwortung (strenge Grenzkontrollen) und Solidarität (gemeinsame Asylpolitik mit einheitlichen Regeln für Anerkennung und Ablehnung) erfüllen. Eine **gemeinsame Grenzpolizei und eine europäische Asylbehörde**, strenge Kontrollbedingungen, eine europäische Solidarität, zu der jedes Land seinen Teil beiträgt, unter der Aufsicht eines **Europäischen Rats für innere Sicherheit**. Ich glaube angesichts der Migration an ein Europa, das sowohl seine Werte als auch seine Grenzen beschützt.

Die gleichen Anforderungen müssen an die Verteidigung gestellt werden. Dort wurden seit zwei Jahren erhebliche Fortschritte gemacht, aber wir müssen ein klares Ziel setzen. Wir müssen unsere unentbehrlichen Verpflichtungen in einem **Vertrag über Verteidigung und Sicherheit** festlegen, im Einklang mit der NATO und unseren europäischen Verbündeten: Erhöhung der Militärausgaben, Anwendungsfähigkeit der Klausel über die gegenseitige Verteidigung, Europäischer Sicherheitsrat unter Einbeziehung Großbritanniens zur Vorbereitung unserer gemeinsamen Entscheidungen.

Unsere Grenzen müssen auch einen **gerechten Wettbewerb** gewährleisten. […] Wir müssen unsere Wettbewerbspolitik reformieren, unsere Handelspolitik neu ausrichten: **in Europa Unternehmen bestrafen oder verbieten, die unsere strategischen Interessen und unsere wesentlichen Werte untergraben**, wie Umweltstandards, Datenschutz und eine Entrichtung von Steuern in angemessener Höhe; und in strategischen Branchen und bei öffentlichen Aufträgen zu einer **bevorzugten Behandlung europäischer Unternehmen** stehen, wie es unsere Konkurrenten in den USA und in China tun.

[…]

Europa ist keine Macht zweiten Ranges. Europa als Ganzes spielt eine Vorreiterrolle, denn es hat von jeher die **Maßstäbe für Fortschritt** gesetzt. Dazu muss es ein Projekt anbieten, das eher dem Zusammenwirken als der Konkurrenz dient: In Europa, wo die Sozialversicherung erfunden wurde, muss für alle Arbeitnehmerinnen und Arbeitnehmer, von Ost nach West und von Nord nach Süd, eine **soziale Grundsicherung** eingeführt werden, die ihnen gleiche Bezahlung am gleichen Arbeitsplatz und einen an jedes Land angepassten und jedes Jahr gemeinsam neu verhandelten europaweiten Mindestlohn gewährleistet.

Wieder an die Idee des Fortschritts anzuknüpfen bedeutet auch, sich an die Spitze des Kampfes für unsere Umwelt zu stellen. Werden wir unseren Kindern in die Augen blicken können, wenn wir nicht auch unsere Klimaschuld begleichen? Die Europäische Union muss ihr Ziel festlegen – Reduzierung der CO_2-Emissionen auf Null bis 2050 […]. Dieser Imperativ[2] muss all unserem Handeln zugrunde liegen: von der Zentralbank bis hin zur Europäischen Kommission, vom EU-Haushalt bis hin zum Investitionsplan für Europa – alle unsere Institutionen müssen den Schutz des Klimas zum Ziel haben.

[…]

Freiheit, Schutz, Fortschritt. Auf diesen Säulen muss unser Neubeginn in Europa ruhen. Wir dürfen nicht zulassen, dass die Nationalisten, die keine Lösungen anzubieten haben, die Wut der Völker ausnutzen. Wir dürfen nicht Schlafwandler in einem erschlafften Europa sein. Wir dürfen nicht weitermachen wie bisher und uns auf Beschwörungsformeln beschränken. Der europäische Humanismus[3] erfordert Handeln. […] Wir werden uns nicht in allem einig sein, aber was ist besser: ein erstarrtes Europa oder ein Europa, das voranschreitet, zwar nicht immer im Gleichschritt, aber offen für alle?

[…]

Bürgerinnen und Bürger Europas, die Sackgasse des Brexits ist eine Lehre für uns alle. Aus dieser Falle müssen wir uns befreien und der kommenden Wahl und unserem Projekt Sinn verleihen. Ihnen obliegt die Entscheidung, ob Europa und die Werte des Fortschritts, die es vertritt, mehr sein sollen als ein Intermezzo[4] in der Geschichte. Das ist die Entscheidung, die ich Ihnen anbiete, damit wir gemeinsam den Weg eines Neubeginns in Europa betreten.

Emmanuel Macron

Emmanuel Macron: Für einen Neubeginn in Europa. 04. März 2019 (Gekürzt; Hervorhebungen entsprechen dem Original. Anpassungen an die sprachliche Richtigkeit wurden vorgenommen.), https://www.elysee.fr/emmanuel-macron/2019/03/04/fur-einen-neubeginn-in-europa.de

Zugelassene Hilfsmittel:
Wörterbuch zur deutschen Rechtschreibung
Taschenrechner

Zum Autor
Emmanuel Macron, geb. 1977, ist seit dem 14. Mai 2017 Staatspräsident von Frankreich.

Zum Material
Neben der Publikation auf der Webpräsenz des Élysée-Palastes (dem Amtssitz des französischen Staatsoberhauptes) wurde der Text zeitgleich auch in führenden Tageszeitungen in allen damaligen Mitgliedstaaten der Europäischen Union veröffentlicht.

Begriffserklärungen:
1 Gemeint ist die Wahl zum 9. Europäischen Parlament vom 23.–26. Mai 2019.
2 Imperativ: (*hier:*) sittliches Gebot/moralische Forderung
3 Humanismus: Streben nach Menschlichkeit
4 Intermezzo: (*hier:*) kleine, unbedeutende historische Episode oder Phase

Lösungsvorschläge

***Aufgabenart B** (Darstellung – Analyse – Erörterung)*
Inhaltliche Schwerpunkte:

- *Europäische Union: Historische Entwicklung der EU als wirtschaftliche und politische Union; europäische Integrationsmodelle – Föderalismus, Intergouvernementalismus, Funktionalismus; Strategien und Maßnahmen europäischer Krisenbewältigung*
- *Globale Strukturen und Prozesse: Internationale Friedens- und Sicherheitspolitik; Merkmale, Dimensionen und Auswirkungen der Globalisierung*

1. *Hier sollen wichtige Stationen der europäischen Integration dargestellt werden, dass heißt, sie sollen sachbezogen und objektiv ausgeführt werden. Achten Sie also auf eine neutrale, sachliche Sprache ohne Wertung. In der vorliegenden Lösung werden die Gründung der EGKS, die Römischen Verträge und der Vertrag über die Europäische Union (Vertrag von Maastricht) dargestellt. Als weitere Station würde sich auch der Vertrag von Lissabon anbieten. (AFB I)*

Einleitung

Die **europäische Integration** nahm ihren Anfang **nach dem Zweiten Weltkrieg**. Wichtige Integrationsschritte waren die Gründung der Europäischen Gemeinschaft für Kohle und Stahl (EGKS) 1952, die Römischen Verträge von 1957 und der Vertrag über die Europäische Union, auch Vertrag von Maastricht genannt, von 1992.

Station I: Gründung der EGKS

Die **Gründung der EGKS** im Jahr 1952 war der **erste Integrationsschritt** und sehr von den **Erfahrungen des Zweiten Weltkriegs** geprägt. Zur **Sicherung** des **innereuropäischen Friedens** gründeten sechs Länder (Frankreich, Italien, Deutschland und die Benelux-Staaten) daher die EGKS. Ziel war ein **gemeinsamer Markt für die kriegswichtigen Güter Kohle und Stahl**, deren Produktion die Staaten so gegenseitig kontrollierten. Eine sog. Hohe Behörde überwachte diesen Markt und die Einhaltung der Wettbewerbsregeln sowie die Preistransparenz. Durch die Gründung der EGKS konnte die **Wirtschaftskraft ausgeweitet** und so der **Lebensstandard angehoben** werden.

Station II: Römische Verträge

Fünf Jahre nach der Gründung wurden 1957 die **Römischen Verträge** unterzeichnet. Mit diesen Verträgen wurde die **Europäische Wirtschaftsgemeinschaft** (EWG) gegründet. Innerhalb der EWG wurden die **Handelshemmnisse abgebaut** und die nationalen **Wirtschaftspolitiken homogenisiert**. Außerdem wurde die **Europäische Atomgemeinschaft** gegründet, die die friedliche Nutzung der Kernenergie und eine gemeinsame Forschung zum Ziel hatte. Außerdem wurden gemeinsame Institutionen gegründet, wie die **gemeinsame parlamentarische Versammlung**, die später zum Europäischen Parlament wurde, der gemeinsame **Gerichtshof** und ein gemeinsamer **Wirtschafts- und Sozialausschuss**.

Anfang der 1990er-Jahre wurde dann mit dem **Vertrag über die Europäische Union /Vertrag von Maastricht** die **Europäische Union (EU) gegründet**. Gründungsstaaten waren die sechs schon genannten Staaten plus Dänemark, Großbritannien, Irland, Griechenland, Spanien und Portugal. Die EU diente als übergeordneter Verbund für die Europäischen Gemeinschaften. In zwei wichtigen Bereichen wurde die Zusammenarbeit der Mitgliedsstaaten erweitert, nämlich in der **Gemeinsamen Außen- und Sicherheitspolitik (GASP)** sowie im Bereich **Recht und Justiz**. Außerdem wurde die schrittweise Realisierung einer **Wirtschafts- und Währungsunion** beschlossen, womit auch die **Einführung des Euro** als **gemeinsame Währung** verbunden war. Ebenfalls im wirtschaftlichen Bereich wurde die Vollendung des **EU-Binnenmarkts** vollbracht. In Zusammenhang mit der **Freizügigkeit** wurde dabei auch die **Unionsbürgerschaft** eingeführt, was bedeutet, dass sich EU-Bürger in jedem Mitgliedsstaat aufhalten können und bei Kommunalwahlen im jeweiligen Wohnstaat aktives und passives Wahlrecht erhalten.

Station II: Vertrag über die Europäische Union

2. a) *Diese Aufgabe verlangt eine Analyse des vorliegenden Textes. Nach einer klassischen Einleitung sollten Sie zunächst die grundlegende Position des Autors darstellen und dann seinen Begründungsgang näher untersuchen. Anschließend sollten Sie noch sprachliche und stilistische Mittel und als Abschluss die Absicht hinter dem Text herausarbeiten. (AFB II)*

Beim vorliegenden Text handelt es sich um einen **Diskussionsbeitrag** des französischen Präsidenten Emmanuel Macron, der im März 2019 auf dessen Website sowie in führenden Tageszeitungen aller EU-Mitgliedsstaaten erschienen ist. Macron stellt darin im Angesicht nationalistischer Abschottungstendenzen die **Notwendigkeit der Weiterentwicklung der EU** fest.

Einstieg

Der Autor sieht die **Europäische Union** durch **„nationalistische Abschottung“** (Z. 10) **gefährdet**. Damit das **historische Erfolgsprojekt EU**, das auf Werten wie Friede, Wohlstand und Freiheit fuße, weiter erfolgreich sein könnte, brauche es dringend **neue Strukturen und Institutionen**. Dieser Neuanfang müsse auf den **tragenden Säulen „Freiheit, Schutz und Fortschritt“** (Z. 35) basieren, und müsse schnellstmöglich umgesetzt werden.

Position des Autors

Begründungsgang

Macron beginnt seine Ausführungen mit einer einleitenden Ansprache an die Bürger*innen Europas. Die im Mai 2019 anstehende Europawahl nimmt er als Anlass, auf **wichtige Entscheidungen** hinzuweisen, die für die **Zukunft der EU** zu treffen seien (vgl. Z. 1 ff.). Dazu stellt er zunächst das **Problem** dar, mit dem die EU konfrontiert sei, nämlich **nationalistische Abschottung**. Als Beispiel führt er den Brexit an. Diese nationalistische Abschottung sei Folge davon, dass die EU nicht ausreichend auf **globale Herausforderungen** reagiert habe und die Bevölkerung auf dieser Grundlage **bewusster Desinformation** ausgesetzt war (vgl. Z. 8 ff.).

Daran schließt er eine erste Forderung an, nämlich dass die EU sich gegen solche Falschbehauptungen und solch manipulatives Vorgehen zur Wehr setzen müsse, indem sie die **Erfolge der EU** bzw. des vereinten Europas mehr **betont** und **hervorhebt** (vgl. Z. 14 ff.).

Außerdem gelte es, die **Ängste der europäischen Bevölkerung**, teilweise hervorgerufen durch gravierende globale Umwälzungen, **ernst zu nehmen**. Es seien Maßnahmen, die einer Art Neuanfang glichen, gegen eine zunehmende Abschottung und Spaltung durchzuführen, und diese müssten sich an den zentralen **Leitlinien Freiheit, Schutz und Fortschritt** orientieren (vgl. Z. 20 ff.).

Macron formuliert dazu auch **konkrete Maßnahmen**, die durchgeführt werden sollten. Er denkt dabei an die **Gründung einer europäischen Agentur für den Schutz der Demokratie**, die verhindert, dass die EU-Demokratie manipuliert wird (vgl. Z. 37 ff.). Weiterhin fordert er **strengere Grenzkontrollen** an den Schengen-Grenzen und eine **gemeinsame Asylpolitik** (vgl. Z. 44 ff.). Auch eine **gemeinsame Verteidigungspolitik** steht auf seiner Agenda (vgl. Z. 56 ff.). Darüber hinaus stellt er Forderungen nach einer **Reform der Wettbewerbspolitik** (vgl. Z. 63 ff.) und der **Gewährleistung von Fortschritt**, worunter er u. a. soziale Grundsicherung durch einen **europäischen Mindestlohn** (vgl. Z. 72 ff.) und die **Reduktion der CO_2-Emmissionen** versteht (vgl. Z. 80 ff.).

Der französische Präsident schließt seinen Text mit einer **Aufforderung** an die Bevölkerung Europas ab, sie könnte bei der anstehenden Europawahl ihr **Schicksal selbst wählen** (vgl. Z. 98 ff.). Er plädiert dafür, die EU müsse handeln, sie dürfe nicht erstarren. Da er davon ausgeht, dass es bei diesem Prozess zu **Meinungsverschiedenheiten** kommen werde, zieht er ein Europa, das für **unterschiedliche Geschwindigkeiten offen** sei, einem Europa vor, das gar nicht erst anfange zu handeln (vgl. Z. 89 ff.).

Argumentationsweise: sprachliche und stilistische Mittel

Um seine Argumente zu verstärken, nutzt Macron **verschiedene sprachliche und stilistische Mittel**. Um eine **Steigerung der Identifikation** mit der EU und seinen Forderungen und gleichzeitig **Abgrenzung** zu den Nationalisten zu erreichen, verwendet er den **Plural** („wir gemeinsam" (Z. 31, 102), „wir müssen" (Z. 15, 57, 64), „Unsere wichtigste Freiheit" (Z. 38)). Außerdem argumentiert er in einem **alternativlosen Stil** mit **klaren Normen**, damit Zweifel an seiner Position erst gar nicht aufkommen können („dürfen nicht" (Z. 90 ff.), „Der europäische Humanismus erfordert Handeln" (Z. 93)). Als drittes Mittel nutzt er eine **stark wertende Sprache**, um die Leser auf seine Seite zu ziehen („einzigartiges Projekt für Frieden, Wohlstand und Freiheit" (Z. 16 f.), „Nationalisten, die keine Lösungen anzubieten haben" (Z. 90 f.)).

Absicht des Autors

Die **Absicht** dieses offenen Briefes vor der Europawahl ist zum einen die **Warnung vor einem erstarrten Europa**, das sich nicht dagegen wehrt, dass die Nationalisten die Wut der Bevölkerung instrumentalisieren und somit das ganze Projekt gefährden. Weiterhin will er klar **darstellen, was konkret getan** werden muss, damit die bislang unberücksichtigten Ängste der Menschen ernst genommen werden und Europa eben nicht den Nationalisten überlassen wird. Und drittens ist es ein **Appell** an die Leser*innen, seinen Ideen zu folgen und für eine **progressive Reform** zu stimmen, statt sich den Nationalisten hinzugeben.

b) *Der b-Teil der zweiten Aufgabe verlangt von Ihnen, Bezüge des Autors zu verschiedenen Integrationsmodellen zu erkennen und auszuführen. Dazu sollten Sie die drei wichtigsten Integrationsmodelle kennen: Europäischer Bundesstaat, Staatenbund und Europa der zwei Geschwindigkeiten. (AFB II/III)*

Einstieg

Es gibt **verschiedene Modelle, wie die europäische Integration** aussehen kann. Auch Macron spricht in seinem Text verschiedene davon an. Anhand von Textpassagen werde ich zwei dieser Modelle vorstellen.

Integrationsmodell I: Europäischer Bundesstaat

Macron bezeichnet die EU als „keine Macht zweiten Ranges" (Z. 72), er möchte also eine **EU**, die als **Weltmacht** auftreten kann. Man kann daher davon ausgehen, dass er das

Integrationsmodell des Europäischen Bundesstaates anstrebt. Dies deckt sich auch mit zahlreichen Forderungen, die er in seinem Text anspricht. Er fordert beispielsweise eine **gemeinsame Asylpolitik** und einen **EU-weiten Mindestlohn**. Auch die von ihm angeregte **Gründung neuer gemeinsamer Institutionen** geht in Richtung einer **integrierten, supranationalen Politik**.

Integrationsmodell II: Europa der zwei Geschwindigkeiten

Ebenso plädiert Macron aber auch für das **Integrationsmodell des Europas der zwei Geschwindigkeiten**. Dies wird in seiner rhetorischen Frage „was ist besser: ein erstarrtes Europa oder ein Europa, das voranschreitet, zwar nicht immer im Gleichschritt, aber offen für alle?“ (Z. 94 ff.) deutlich. Es wird hier offensichtlich, dass er dieses Modell für teilweise nötig hält, da sich die EU sonst **nicht auf gemeinsame Ziele wird einigen** können und **stagniere**.

Fazit

Macron **strebt** also nach dem Integrationsmodell des Europäischen Bundesstaates. Da er aber **realpolitisch** davon ausgeht, dass dies nicht gemeinsam zu erreichen sein wird, ist er offen für das Integrationsmodell Europa der zwei Geschwindigkeiten. Somit möchte er erreichen, dass die **integrationswilligen Staaten** weiter **vorangehen können** und nicht von den **integrationsunwilligen Staaten aufgehalten** werden.

3. *Im dritten Aufgabenteil sollen Sie erörtern, ob und inwiefern eine vertiefte europäische Integration hilfreich ist, den großen Herausforderungen zu begegnen. Es bietet sich an, zunächst jene Argumente anzuführen, die Ihre Position nicht unterstützen. Achten Sie auch darauf, kriteriengestützt zu argumentieren. (AFB II)*

Einleitung

Macron plädiert in seinem offenen Brief für eine **vertiefte Integration der Europäischen Union**. Nur dadurch sei es möglich, den **gravierenden globalen Problemen zu begegnen**. Ich möchte im Folgenden anhand der Herausforderungen **Migration** und **Klimawandel** erörtern, ob und inwiefern eine vertiefte Integration der Europäischen Union eine **angemessene Antwort** auf diese Fragen ist.

Gemeinsame Asylpolitik: Kontra-Argumente

Zwar ist die Frage einer gemeinsamen Asylpolitik der EU durchaus **spannungsgeladen**, und man kann nicht ohne Weiteres davon ausgehen, dass eine solche Politik in allen Mitgliedsstaaten **akzeptiert** würde. Dies hat sich auch schon in der Vergangenheit gezeigt, als beispielsweise bei der Verteilung von Flüchtlingen innerhalb der EU **keine Einigung** zu erzielen war bzw. sich manche Staaten geweigert haben, mehr Flüchtlinge aufzunehmen.

Auch die **Umsetzbarkeit** ist angesichts offener Binnengrenzen innerhalb der Union nicht einfach. Die Migrationsbewegungen innerhalb der Schengen-Raums sind schwer zu kontrollieren.

Gemeinsame Asylpolitik: Pro-Argumente

Es ist aber festzuhalten, dass eine solch große Herausforderung wie Migration **nicht auf der Ebene der Nationalstaaten gelöst werden** kann. Nur eine wirklich einige EU wird in der Lage sein, dieser Herausforderung **nachhaltig** zu begegnen und **wirksame Politik umsetzen** zu können. Auch würden die **europäischen Werte**, vor allem die **Solidarität**, sehr infrage gestellt werden, wenn die Mitgliedsstaaten an den Außengrenzen, allen voran die Mittelmeerstaaten, mit der Migrationsproblematik alleine gelassen würden. Diese Staaten sind in ungleich höherem Maße dazu gezwungen, auf die Themen Flucht und Migration zu reagieren als die Staaten in Nordwesteuropa. Gleichzeitig sind diese Staaten aber tendenziell die ärmeren Mitgliedsstaaten. Im Hinblick auf die **innereuropäische Solidarität** ist es daher unabdingbar, diesen **Herausforderungen gemeinsam** zu begegnen.

Gemeinsame Klimapolitik: Kontra-Argumente

Auch beim Thema Klimaschutz gilt es abzuwägen, ob eine vertiefte Integration hilfreich sein kann. Auch hier wäre man natürlich mit **gewissen Problemen** konfrontiert. So könnte das Streben nach **Klimaschutz mit dem Ziel des Wirtschaftswachstums in Konflik**t stehen. Darin könnte eine **Bedrohung des Wohlstands** gesehen werden und manche Mitgliedsstaaten könnten sich weigern, am Ziel des Klimaschutzes mitzuarbeiten. Das kann auch daran liegen, dass der Klimaschutz durchaus **kostenintensiv** ist. Einzelne Mitgliedsstaaten könnten ihre **Zustimmung** zu Zielen der EU von Hilfen für ihre Länder **abhängig** machen. Und Nettozahler könnten weitere **Zahlungen** an die EU **verweigern**.

Gemeinsame Klimapolitik: Pro-Argumente

Nichtsdestotrotz ist es auch hier so, dass die Herausforderung zu groß sein könnte, um sie lediglich auf nationalstaatlicher Ebene anzugehen. Nur eine **breite europäische Klimapolitik wäre wohl imstande**, den **Klimawandel aufzuhalten**. Die Auswirkung der Maßnahmen einzelner Staaten wäre vermutlich zu gering. Weiterhin könnte die Europäische Union mit einer vertieften europäischen Klimapolitik **internationale Vorreiterin** sein und anderen Staaten als **positives Beispiel** dienen. Denn im Endeffekt reicht vermutlich auch eine europäische Klimapolitik alleine nicht aus, wenn nicht andere Staaten wie vor allem China und die USA eine aktive Klimapolitik betreiben.

Stellungnahme

Wie oben genannte Punkte zeigen, ist es nicht einfach, eine gemeinsame europäische Politik umzusetzen, da es zahlreiche **innereuropäische Konflikte** gibt und geben könnte. Andererseits sind die **Herausforderungen zu groß**, um ihnen auf der Ebene der Nationalstaaten zu begegnen. Insofern **stimme ich**

der Analyse Macrons zu, dass es einer **vertieften europäischen Integration bedarf**, um auf die Herausforderungen angemessen antworten zu können. Im Bereich der Migration sind es vor allem die **europäischen Werte** der Solidarität, sowohl mit den einzelnen Mitgliedsstaaten als auch mit den Flüchtenden selbst, die eine gemeinsame Politik verlangen. Beim Klimawandel ist es der **Schutz der natürlichen Lebensgrundlage**, der alle Mitgliedsstaaten vereinen muss. Nur wenn es gemeinsam gelingt, an diesen Themenfeldern zu arbeiten, wird auch die **politische Stabilität der Europäischen Union** gewährleistet werden können.

Abiturprüfung 2021 NRW – Leistungskurs Sozialwissenschaften
Aufgabe 3

Thema:
Sozialstruktur im Wandel – Eine Herausforderung für Sozial- und Wirtschaftspolitik?

Aufgabenstellung	Punkte
1. Stellen Sie für zwei Modelle sozialer Ungleichheit jeweils Kriterien zur Einordnung und eine beispielhafte Gruppe dar.	24
2. a) Analysieren Sie den Text im Hinblick auf die Position und Argumentation des Autors zur Entwicklung der sozialen Ungleichheit in Deutschland.	30
b) Erläutern Sie an zwei Textbelegen vom Autor unterstellte Zusammenhänge zwischen wirtschaftspolitischen Maßnahmen und sozialstrukturellen Entwicklungen.	16
3. Erörtern Sie unter Berücksichtigung der Position des Autors anhand von jeweils einer sozial- und einer wirtschaftspolitischen Maßnahme, inwiefern diese ein angemessener Beitrag zur Reduzierung sozialer Ungleichheit sind.	30

M: Oliver Nachtwey: Die Abstiegsgesellschaft

Über das Aufbegehren in der regressiven[1] Moderne

Einleitung

Hauptsache ruhig und sicher: Nach den beruflichen Zielen gefragt, gab im Jahr 2014 eine(r) von drei Studierenden an, eine Festanstellung im öffentlichen Dienst anzustreben. […] Der öffentliche Dienst erscheint ihnen […] als einer der wenigen Orte, an denen Beschäftigungsstabilität, Sicherheit und kalkulierbarer Aufstieg zu erwarten sind. Die geradezu spießige Berufsperspektive der jungen Akademikerinnen und Akademiker ist nur ein kleiner Ausschnitt aus einer Gesellschaft, in der die kollektive Angst vor dem sozialen Abstieg allgegenwärtig zu sein scheint. Wie konnte es dazu kommen?

[…]

Seit dem Wirtschaftswunder galt Deutschland als eines der Länder, in denen Armut nur eine marginale Rolle spielte. Angesichts der Euphorie über »die neue Vollbeschäftigung«[2], wie sie in Büchern und Tageszeitungen verkündet wird, übersieht man allerdings leicht, wie groß die soziale Ungleichheit hierzulande geworden, wie stark der Niedriglohnsektor gewachsen ist und die Prekarität[3] zugenommen hat. Unter der

Oberfläche einer scheinbar stabilen Gesellschaft erodieren seit Langem die Pfeiler der sozialen Integration, mehren sich Abstürze und Abstiege.

[…]

In der sozialen Moderne[4] gedieh der Sozialstaat, alte Klassenschranken wurden abgetragen, soziale Mobilität und Bildungschancen nahmen zu. Vor allem Kinder aus Arbeiterklassenfamilien erreichten ein bislang nicht gekanntes Niveau individueller Entfaltungsmöglichkeiten. Ulrich Beck prägte für diese Entwicklung den Begriff des kollektiven »Fahrstuhleffekts«. Aus Proletariern wurden Bürger – allerdings nur eingeschränkt Bürgerinnen, denn in der sozialen Moderne herrschte das Modell des männlichen Familienernährers vor.

Die Konstellation der sozialen Moderne verlor seit den siebziger Jahren nach und nach an Prägekraft, vor allem weil der Kapitalismus […] nicht mehr die phänomenalen Wachstumsraten des Goldenen Zeitalters[5] erreichte. Nach 1973 begann der lange Niedergang der westlichen Ökonomien, eine Krise, für die sie bis heute keine Lösung gefunden haben. Alle Anstrengungen – ob nun keynesianische Programme, neoliberale Deregulierung oder eine Flut billigen Geldes – haben nichts gefruchtet. […]

Mit der Dauerschwäche der Wirtschaft schwanden die Ressourcen und der Wille zur sozialen Integration. Öffentliche Unternehmen gerieten unter Privatisierungsdruck, der Sozialstaat wurde umgebaut, die sozialen Bürgerrechte wurden reduziert. In nahezu allen gesellschaftlichen Bereichen […] implementierte[6] man Markt- und Wettbewerbsmechanismen. Am Ende wurden viele Errungenschaften der sozialen Moderne einer erneuten, aber diesmal *regressiven Modernisierung* unterzogen […] Prozesse regressiver Modernisierung verknüpfen häufig gesellschaftliche Liberalisierungen mit ökonomischer Deregulierung. Horizontal, zwischen Gruppen mit unterschiedlichen sexuellen Orientierungen, zwischen den Geschlechtern und in bestimmten Bereichen sogar zwischen den Ethnien, wird die Gesellschaft gleichberechtigter und inklusiver, vertikal geht diese Gleichberechtigung mit größeren ökonomischen Ungleichheiten einher.

[…] Gewiss, das steigende Ausmaß von Armut, Prekarität und sozialer Ungleichheit wird in der politischen Öffentlichkeit mittlerweile immer häufiger thematisiert, die neuen Ungleichheiten werden bisher aber nicht adäquat verhandelt. Sehnsuchtsobjekt, Handlungsnorm, politisches Leitbild bleibt der soziale Aufstieg: Aufstieg durch Leistung, Aufstieg durch Chancengleichheit, Aufstieg durch Bildung. Was die Chancengleichheit betrifft, ist es keine neue Nachricht, dass Kinder aus Arbeiterfamilien eben häufig nicht dieselben Bildungschancen haben. Im gesellschaftlichen Wettkampf um Chancen bleiben trotz der formalen Gleichheit am Ende doch diejenigen mit dem geringeren kulturellen Kapital auf der Strecke, während die von vornherein Bessergestellten zuweilen auch ohne besondere eigene Leistungen Erfolge erzielen.

Reden wir vielleicht deshalb die ganze Zeit über Aufstieg, weil er in der Realität immer seltener anzutreffen ist? Das ist zumindest eine der Thesen dieses Buches. Der Wandel zur Abstiegsgesellschaft vollzieht sich in mehreren Dimensionen. Zwar bestehen weiterhin große Zonen der sozialen Stabilität, zentral ist jedoch, dass die Entwicklungsdynamik der deutschen Gesellschaft sich verändert hat. So sind beispielsweise die Realeinkommen bis Anfang der neunziger Jahre gestiegen, das sogenannte »Normalarbeitsverhältnis« (die unbefristete Arbeitsstelle mit Kündigungsschutz, die ein gewisses Maß an sozialer Sicherheit gewährt) war in dieser Zeit die Regel. Die soziale Dynamik hat sich in den letzten dreißig Jahren zuungunsten der abhängig Beschäftigten entwickelt. Prekarität, in der sozialen Moderne ein Randphänomen, hat sich in der Abstiegsgesellschaft ausgebreitet […] Zudem ist die sogenannte Mitte geschrumpft, ein Teil ihrer Angehörigen ist abgestiegen – ein Novum in der deutschen Nachkriegsgeschichte. Dass Frauen deutlich häufiger erwerbstätig sind, bedeutet zwar einen Zugewinn an Emanzipation, in vielen Fällen sind Frauen nun allerdings gezwungen, Niedriglohnjobs anzunehmen, weil das Einkommen des Mannes nicht mehr ausreicht, um die Familie über die Runden zu bringen.

Die Moderne entwickelt sich weiter, aber gleichzeitig zurück. Probleme, die längst als überwunden galten, werden erneut relevant. Gerade durch den Umbau des Sozialstaats und den Rückbau sozialer Staatsbürgerrechte kehren »Klassenstrukturierungen« auf die Bühne der sozialen Ungleichheit zurück. Gleichwohl präsentieren sich soziale Klassen vorerst nicht wie im späten 19. Jahrhundert als kollektive Milieus mit kampferprobten Organisationen. Deshalb erfährt der traditionelle Klassenkampf keine Neuauflage, obwohl es eine Vielzahl neuer sozialer Konflikte gibt. […] Es zeichnet sich ein neues *Aufbegehren* ab, ein demokratischer Klassenkonflikt, der in seinem Kern vom Kampf um politische und soziale Bürgerrechte getrieben wird. Neue Bürgerproteste sind ein Nebenprodukt der politischen Entfremdung in der Postdemokratie[7]. Allerdings, und hierin besteht eine große Gefahr, breiten sich auch Apathie[8] soziale Abgrenzung und antidemokratische Affekte[9] aus. Auf der einen Seite produzieren Abstiegsängste – insbesondere in der Mittelschicht – mitunter das Bedürfnis nach sozialdarwinistischer oder xenophobischer Distinktion[10], ein Phänomen, das zum Beispiel in den Debatten darüber zum Ausdruck kommt, ob Deutschland sich abschafft oder ob die Kultur der Unterklasse unproduktiv ist. […]

Auf der anderen Seite regt sich ein zuweilen neuartiger Protest, bei dem es sowohl um soziale Themen als auch um demokratische Partizipation geht. Ob bei den Gebäudereinigerinnen, in den Kitas, bei Amazon oder in Krankenhäusern: Es wird wieder vermehrt gestreikt – und zwar von Gruppen, von denen man früher annahm, sie ließen sich gewerkschaftlich nur schlecht organisieren, weil die Jobs häufig temporär und prekär sind. […] Abstiegsangst und Prekarität werden nicht länger als individuelles Schicksal wahrgenommen, es handelt sich vielmehr um eine kollektive Erfahrung. […]

Was allen Protesten bisher allerdings fehlt, ist eine Idee von einer gelingenden Zukunft. Man sehnt sich lediglich nach den vermeintlich besseren Zeiten der sozialen Moderne zurück. […] Auf eine Periode vermehrter sozialer Proteste folgt alsbald wieder eine seltsame Ruhe. Doch solange die Probleme, auf die die Proteste reagieren, nicht gelöst sind, wird die gesellschaftliche Spannung aller Voraussicht nach anhalten. […]

Sollte sich die hier präsentierte Diagnose als richtig erweisen, könnten wir vor einem neuen Zyklus sozialer Auseinandersetzungen stehen, in denen einmal mehr um eine bessere Gesellschaft gerungen wird. Und in diesen Konflikten entscheidet sich womöglich die Zukunft unserer Demokratie.

Oliver Nachtwey: Die Abstiegsgesellschaft. Über das Aufbegehren in der regressiven Moderne, 1. Aufl., Suhrkamp, Berlin 2016 (Auszug; Hervorhebungen entsprechen dem Original; Konkrete Verweise auf wissenschaftliche Literatur wurden entfernt.)

Zugelassene Hilfsmittel:
Wörterbuch zur deutschen Rechtschreibung
Taschenrechner

Zum Autor:
Oliver Nachtwey, geb. 1975, ist ein deutscher Professor für Sozialstrukturanalyse an der Universität Basel.

Begriffserklärungen:
1 regressiv: (*hier:*) eine Regression aufweisend; rückläufig, rückschrittlich
2 Anführungszeichen erfolgen hier und im Folgenden in einer nicht normgerechten Schreibweise.
3 Prekarität: (*hier:*) schwierige Lage, problematische soziale Situation
4 soziale Moderne: (*hier:*) wertende Beschreibung eines Zeitraums, in dem soziale Ungleichheiten abgebaut worden seien und eine Demokratisierung der Gesellschaft stattgefunden habe (1950er–1970er-Jahre)
5 Goldenes Zeitalter (*hier:*) Zeitraum der sozialen Moderne
6 implementieren: (*hier:*) in ein bestehendes System einbauen
7 Postdemokratie: von verringerten Partizipationsmöglichkeiten geprägte Demokratie
8 Apathie: (*hier:*) Teilnahmslosigkeit; Zustand der Gleichgültigkeit gegenüber den Menschen und der Umwelt
9 Affekt: (*hier:*) heftige Erregung, Gemütsbewegung
10 Bedürfnis nach sozialdarwinistischer oder xenophobischer Distinktion: (hier:) Bedürfnis nach einer gesellschaftlichen Abgrenzung entlang als natürlich angenommener sozialer Unterschiede bzw. einer feindlichen Ausgrenzung fremder Menschen

Lösungsvorschläge

***Aufgabenart B** (Darstellung – Analyse – Erörterung)*
Inhaltliche Schwerpunkte:

- *Strukturen sozialer Ungleichheit, sozialer Wandel und soziale Sicherung: Modelle und Theorien gesellschaftlicher Ungleichheit – Schichten-, Lagen- und Milieumodelle; Wandel gesellschaftlicher und wirtschaftlicher Strukturen; Erscheinungsformen und Auswirkungen sozialer Ungleichheit*
- *Wirtschaftspolitik: Wirtschaftspolitische Konzeptionen; qualitatives Wachstum und nachhaltige Entwicklung*

1. *Hier sollen zwei Modelle sozialer Ungleichheit dargestellt werden. Achten Sie bei diesem Operator auf eine neutrale, nicht wertende Sprache und stellen Sie die Modelle prägnant, sachlich und vollständig dar. In dieser Lösung werden das Schichtmodell nach Geißler und das Milieumodell des SINUS-Instituts dargestellt. Als weiteres Modell würde sich das Lagenmodell nach Hradil anbieten. (AFB I)*

Einleitung

In der **Sozialforschung** gibt es **verschiedene Modelle**, um die Ungleichheit in der Gesellschaft abzubilden. Zwei der wichtigsten sind das **Schichtmodell nach Geißler** und das **Milieumodell des SINUS-Instituts**.

Schichtmodell nach Geißler

Im **Schichtmodell nach Geißler** wird die **Status-Ordnung der Gesellschaft** abgebildet, also die **Hierarchie**, die innerhalb einer Gesellschaft aufgrund von **Ungleichheit** besteht. Das Modell weist dabei **zwei Dimensionen** auf. **Vertikal** ist es ein **klassisches Schichtmodell**, oben sind die Gruppen mit dem höchsten Status abgebildet, weiter unten dann jene mit geringerem Status. So befinden sich die Eliten ganz oben, während ungelernte Arbeiter und Dienstleister die unterste Gruppe ausmachen. **Horizontal** unterscheidet das Modell dagegen nach **Mentalitäten** bzw. nach der **jeweiligen Funktion der Gruppe im Wirtschaftssystem**. So wird innerhalb einer Schicht in gelernte Dienstleister, Facharbeiter und Landwirte unterschieden.

beispielhafte Gruppe: Eliten

Eine **beispielhafte Gruppe** innerhalb dieses Modells sind die **Eliten**. Diese Gruppe steht ganz an der **Spitze des Schichtmodells** und umfasst Führungskräfte in den verschiedenen gesellschaftlichen Bereichen, weshalb sie den **höchsten Status** aufweisen. Es ist allerdings eine Durchlässigkeit dieser Gruppe zur Gruppe der Dienstklasse und des Mittelstandes vorhanden.

Milieumodell des SINUS-Instituts

Das **Milieumodell des SINUS-Instituts** baut auch auf einer **Status-Ordnung** auf, verbindet diese aber mit **unterschiedlichen Grundorientierungen**. **Vertikal** wird hier daher nach **Oberschicht/ Obere Mittelschicht, Mittelschicht und Untere Mittelschicht/ Unterschicht** eingeordnet. **Horizontal** wird nach den **jeweiligen Werten** der Gruppe unterschieden, wobei von links nach rechts nach den Werten **Tradition, Modernisierung/ Individualisierung und Neuorientierung** unterteilt wird.

Eine **beispielhafte Gruppe** innerhalb dieses Modells sind die sog. **Performer**. Die Gruppe wird auf der vertikalen Achse in der **oberen Mittelschicht** verortet, vor allem aufgrund ihres **ökonomischen Status** und ihres **Bildungsniveaus**. Die Gruppe sieht sich als Avantgarde, was vor allem mit dem Streben nach **Neuorientierung**, aber auch noch teilweise **Modernisierung** einhergeht. Die Performer werden daher horizontal ziemlich weit rechts angeordnet, allerdings gibt es Gruppen wie die Expeditiven, die noch weiter rechts in dieser Skala stehen.

beispielhafte Gruppe: Performer

2. a) *Diese Aufgabe verlangt eine Analyse des vorliegenden Textes. Nach einer klassischen Einleitung sollten Sie zunächst die grundlegende Position des Autors darstellen und dann seinen Begründungsgang näher untersuchen. Anschließend sollten Sie noch sprachliche und stilistische Mittel und als Abschluss die Absicht hinter dem Text herausarbeiten. (AFB II)*

Beim vorliegenden Text handelt es sich um einen **Auszug aus der Einleitung des Buches** „Die Abstiegsgesellschaft. Über das Aufbegehren in der regressiven Moderne“ von Oliver Nachtwey, das erstmals 2016 veröffentlicht wurde. Der Professor für Sozialstrukturanalyse behandelt darin das Thema der **sozialen Ungleichheit in Deutschland**, in dem er deren **sozialstrukturelle Folgen** und **mögliche Ursachen** untersucht.

Einstieg

Die **Grundthese** des Autors ist, dass sich eine **wachsende Ungleichheit** und **weitreichende Prekarisierung** in der deutschen Gesellschaft abzeichne. Ursachen dieser Entwicklung seien vor allem **wirtschaftsliberale Reformen** in der Sozial- und Wirtschaftspolitik. Folge davon sei eine **Rückentwicklung** hin zu bereits **überwundenen Klassenstrukturen**, für die es zahlreiche Belege gebe. Mit dieser Rückentwicklung gehe außerdem eine **Gefahr für das demokratische System** einher. Gesellschaftliche Spannungen und die daraus resultierende **Ablehnung bestehender demokratischer Strukturen** seien im **Fehlen positiver Zukunftsideen** begründet. Ursache dieses Fehlens sei wiederum die wachsende Ungleichheit.

Position des Autors

Der Autor begründet seine These, indem er zunächst die Leitfrage des Buches entwickelt, wie es dazu kommen könne, dass sich **junge Menschen** bei ihrer **Berufsplanung** hauptsächlich an Themen wie **sozialer Sicherheit orientierten**

Begründungsgang

(vgl. Z. 3 ff.). Daran anschließend analysiert er die aktuelle Lage und kommt zu dem Schluss, dass wachsende soziale Ungleichheit und Prekarisierung zu einer **Erosion der gesellschaftlichen Stabilität** geführt hätten. Diese Entwicklung sei **übersehen** worden, da die **positiven Wirtschaftsindikatoren**, vor allem die Arbeitslosenquote, dies überlagert hätten (vgl. Z. 12 ff.).

In einem **historischen Teil** analysiert der Autor dann die Entwicklung seit den 1950er-Jahren. Sei es bis zum Ende der 1960er-Jahre noch für alle Teile der Gesellschaft aufwärtsgegangen, sei es seit den 1970er-Jahren, als die **sozialstaatlichen Maßnahmen zurückgenommen** wurden, wieder zu **wachsender ökonomischer Ungleichheit** gekommen (vgl. Z. 20 ff.).

Diese **gesellschaftlich problematische Entwicklung** führt Nachtwey dann an den Bereichen **Arbeitswelt** und **Bildung** näher aus. Der erhebliche **Rückgang an Normalarbeitsverhältnissen** in den letzten Jahrzehnten habe eine Ausweitung der Prekarisierung und damit eine **Schrumpfung der Mittelschicht** zur Folge (vgl. Z. 55 ff.). Die weibliche Erwerbstätigkeit, aus emanzipatorischer Sicht eine erfreuliche Entwicklung, sei vor allem aus ökonomischen Gründen vermehrt aufgetreten (vgl. Z. 67 ff.). Man könne daher **nicht mehr von dem Leitbild ausgehen**, dass **Bildung und Leistung zu Aufstieg führten**. So bestehe mittlerweile kaum noch **Chancengleichheit**, vielmehr sei die **Ausstattung mit kulturellem Kapital**, gleichzusetzen mit der Herkunft, maßgeblich (vgl. Z. 45 ff.).

Diese soziokulturellen Entwicklungen wertet der Autor als **Gefahr für das politische System**. So sei eine mangelnde Unterstützung und sogar eine Ablehnung für das demokratische System zu beobachten und auch – zumindest teilweise – eine **Rückkehr zur Klassengesellschaft** (vgl. Z. 71 ff.).

Die **Zukunft der Demokratie** hänge daher von den **weiteren gesellschaftlichen Entwicklungen** ab. Die aktuellen Spannungen blieben so lange erhalten, bis die gesellschaftlichen Probleme gelöst seien (vgl. Z. 94 ff.).

Argumentationsweise: sprachliche und stilistische Mittel

Nachtwey nutzt in seiner Argumentation verschiedene **sprachliche und stilistische Mittel**, um seine Ausführungen zu unterstützen. So nutzt er eine **metaphorische und verstärkende Sprache**, wenn er beispielsweise ausführt, „unter der Oberfläche einer scheinbar stabilen Gesellschaft erodieren seit Langem die Pfeiler der sozialen Integration, mehren sich Abstürze und Abstiege" (Z. 16 f.). Damit **dramatisiert** er die gesellschaftlichen Entwicklungen. Auch nutzt er **historisch und ideologisch aufgeladene Positionen**, wenn er aktuelle Entwicklungen mit dem Klassenkampf des 19. Jahrhunderts vergleicht. Aber auch die **Bezugnahme auf wissenschaftliche Autoritäten** wie Ulrich Beck nutzt er, um seine eigene Position und Theorie zu untermauern.

Absicht des Autors

Mit seinem Beitrag verfolgt Nachtwey verschiedene Absichten. Zum einen möchte er über sich vollziehende **gesellschaftliche Entwicklungen aufklären** und diese auch **bewerten**, indem er auch auf die Ursachen eingeht. Hier geht es ihm vor allem um politische Entscheidungen. Weiterhin spricht er eine **Warnung** aus, dass diese Entwicklungen zu einer ernsten **Bedrohung für das demokratische System** werden können. Außerdem möchte er **aufzeigen**, dass **keine Strategien** zu einer **dauerhaften Lösung** dieser Probleme bestünden.

b) *Der b-Teil der zweiten Aufgabe verlangt von Ihnen, die Zusammenhänge zwischen wirtschaftspolitischen Maßnahmen und soziostrukturellen Entwicklungen, die vom Autor abgeleitet werden, zu erkennen und zu erläutern. Nennen Sie also die explizite Textstelle und erläutern sie in eigenen Worten, welchen Zusammenhang der Autor dort beschreibt. (AFB II/III)*

Einstieg

Nachtweys Grundthese besteht darin, dass **wirtschaftspolitische (angebotstheoretische) Entscheidungen** zu **unvorteilhaften soziostrukturellen Entwicklungen geführt** hätten.
Im Folgenden werde ich diesen unterstellten Zusammenhang anhand von zwei Textstellen erläutern.

Textstelle I

„Gerade durch den Umbau des Sozialstaates und den Rückbau sozialer Staatsbürgerrechte kehren ‚Klassenstrukturierungen' auf die Bühne sozialer Ungleichheit zurück." (Z. 72 ff.)

Arbeitsmarktreformen und Klassenstrukturen

Mit dieser Aussage nimmt der Autor Bezug auf **zahlreiche Arbeitsmarktreformen**, die der **Angebotstheorie** zugeordnet werden können. Diese Reformen hätten dann dazu geführt, dass längst **überwunden geglaubte Klassenstrukturen** wieder aufgetreten seien. Nachtwey sieht also einen **direkten Zusammenhang** zwischen **angebotstheoretischen Wirtschaftsreformen** – hier die Deregulierung der Arbeitsmärkte – und dem **Wiederauftreten von Klassenstrukturen**.

„So sind beispielsweise die Realeinkommen bis Anfang der neunziger Jahre gestiegen, das sogenannte ‚Normalarbeitsverhältnis' […] war in dieser Zeit die Regel." (Z. 59 ff.)

Textstelle II

In dieser zweiten Textstelle erkennt der Autor einen Zusammenhang erneut zwischen **angebotsorientierten Arbeitsmarktreformen**, wie beispielsweise einer Lockerung des Kündigungsschutzes, und **ausbleibenden Lohnsteigerungen**, also finanzieller Benachteiligung der Erwerbstätigen. Nachtwey begründet dies damit, dass es in Zeiten, in denen eine Regulierung der Arbeitsmärkte bestand, diese Probleme (ausbleibende Lohnsteigerungen) nicht gegeben hätte.

Arbeitsmarktreformen und finanzielle Benachteiligung

3. *Im dritten Aufgabenteil sollen Sie anhand einer sozial- und einer wirtschaftspolitische Maßnahme erörtern, ob und inwiefern diese hilfreich bei der Bekämpfung sozialer Ungleichheit sein können. Es bietet sich an, zunächst jene Argumente anzuführen, die Ihre Position nicht unterstützen. Achten Sie darauf, kriteriengestützt zu argumentieren. (AFB III)*

Oliver Nachtwey thematisiert in seinem Buch die **gravierende soziale Ungleichheit** in Deutschland und die von ihr ausgehende **Bedrohung für die Demokratie**. Er sieht die Ursache für diesen Anstieg der sozialen Ungleichheit vor allem in wirtschaftspolitischen Entscheidungen. Im Folgenden möchte ich **zwei mögliche Maßnahmen**, eine **sozial- und eine wirtschaftspolitischer Natur**, erörtern, und beantworten, inwiefern diese geeignet sein könnten, die wachsende Ungleichheit zu bekämpfen. Die **sozialpolitische Maßnahme** wäre die **Einführung eines Bildungs- und Teilhabepaketes**, die **wirtschaftspolitische** eine weitere **Deregulierung der Arbeitsmärkte**, wie sie von Angebotstheoretikern gefordert wird.

Einleitung

Ein **Bildungs- und Teilhabepaket**, das Maßnahmen zur Lernförderung und die Ausstattung mit Schulbedarf, aber auch den besseren Zugang zu Sport und Kultur beinhaltet, könnte einen Beitrag zur **Chancengleichheit** leisten. Es würde **die Dimensionen soziale Beziehungen** und **Freizeitbedingungen** im Modell der sozialen Lagen verbessern. Auch im Hinblick auf die **Effektivität** könnte diese Maßnahme funktionieren. Sie könnte Kinder und Jugendliche **zielgerichtet** unterstützen und so eine **Überwindung sozialer Benachteiligung** gewährleisten. Auch die **Dimension der formalen Bildung** würde aufgewertet.

Bildungs- und Teilnahmepakete: Pro-Argumente

Andererseits gibt es auch **gravierende Gründe**, die gegen eine solche Maßnahme herangeführt werden können. So würden die **grundlegenden Ursachen nicht angegangen**, sondern nur

Bildungs- und Teilnahmepakete: Kontra-Argumente

Symptome bekämpft. Die gesellschaftliche Entwicklung müsste so beeinflusst werden, dass die **Herkunftsfamilie kein Kriterium** mehr ist. Die **Dimension der sozialen Beziehungen bliebe hier negativ** behaftet, was **keine dauerhafte Verbesserung der Chancengleichheit** zur Folge hätte. Weiterhin kann angeführt werden, dass die Ausstattung mit Sachleistungen und Gutscheinen **stigmatisierend wirken** kann. **Soziale Ungleichheiten** würden so in den Bezugsgruppen der Jugendlichen **sichtbar** gemacht. Die Jugendlichen würden somit im Modell der sozialen Lagen an **Prestige verlieren**. Die **Effektivität** der Maßnahme wäre damit **infrage** gestellt.

Flexibilisierung der Arbeitsmärkte: Pro-Argumente

Angebotstheoretiker fordern eine weitere **Flexibilisierung der Arbeitsmärkte**, um der sozialen Ungleichheit zu begegnen. Sie argumentieren, dass dann **mehr Arbeitsplätze geschaffen** würden und somit **mehr Beschäftigung** entstünde. Mehr Menschen kämen so in den Genuss einer Verbesserung in punkto **Prestige und Wohlstand**. Auch führe eine Flexibilisierung der Arbeitsmärkte zu einer **Vereinfachung des Arbeitsmarkteintritts**. Damit könnte **lange Arbeitslosigkeit**, die mit einer schlechten sozialen Absicherung einhergeht, **verhindert** werden. Es würde also auch hier zu einer Verbesserung bezüglich der **Dimension Wohlstand** kommen.

Flexibilisierung der Arbeitsmärkte: Kontra-Argumente

Andererseits würde eine solche Arbeitsmarktreform die **soziale Sicherheit gefährden**. So führe diese Reform zu **erhöhten Risiken** bezüglich der **Arbeitsverhältnisse**, zum Beispiel in Bezug auf eine Aufweichung des Kündigungsschutzes oder schlechtere Arbeitszeiten. Die **soziale Lage** der Arbeitnehmer könnte sich also **verschlechtern**. Auch führe eine Flexibilisierung dazu, dass die **Marktmechanismen** für **sinkende Löhne** sorgen würden. Mittlere soziale Lagen hätten so einen **Abstieg** zu befürchten, ihr **Wohlstand wäre in Gefahr**.

Stellungnahme

In Anlehnung an die Ausführungen Nachtweys stehe ich beiden Maßnahmen eher ablehnend gegenüber. Die Maßnahme Bildungs- und Teilhabepaket ist nicht schlecht, ändert aber nichts an den **strukturellen Ursachen der sozialen Ungleichheit** und bekämpft nur die Symptome. Hier wäre eine **grundlegende Neuordnung der gesellschaftlichen Strukturen** und Prozesse zu begrüßen, um **Chancengleichheit** wirklich herzustellen. Auch die **Effektivität** der Maßnahme wäre fraglich, da die zunehmende Stigmatisierung positive Effekte überlagern könnte.

Die Maßnahme Flexibilisierung der Arbeitsmärkte wurde von Nachtwey als eine der **Hauptursachen** für die aktuelle Situation ausgemacht. Es erscheint mir daher unsinnig, mit einer weiteren Flexibilisierung Verbesserungen zu erhoffen. Diese Maßnahme lehne ich daher ab, da sie die **soziale Sicherheit** und den **Wohlstand** der Arbeitnehmer gefährden würde. Auch im Hinblick auf eine **Stabilisierung der Demokratie** ist diese Maßnahme nicht sinnvoll, da sie die Arbeitsnehmer eher gegen die Politik aufbringen würde.

Abiturprüfung 2022 NRW – Grundkurs Sozialwissenschaften
Aufgabe 1

Thema:
Schuldenfinanzierte Investitionen des Staates – (k)ein Problem?

Aufgabenstellung	Punkte
1. Stellen Sie für jedes Ziel des „magischen Sechsecks" einen Indikator (jeweils mit Definition bzw. Berechnung) dar.	24
2. a) Analysieren Sie den Text im Hinblick auf die Position und Argumentation der Autoren zur Staatsverschuldung.	30
b) Erläutern Sie anhand von zwei Textbelegen Bezüge zwischen den Aussagen der Autoren und Zielen des „magischen Sechsecks".	16
3. Erörtern Sie, ob der Staat seine Investitionen im Bildungsbereich und in einem weiteren von den Autoren genannten Bereich (vgl. Z. 36–38) ausweiten sollte, auch wenn dies über Kredite finanziert würde.	30

M: Moritz Schularick, Jens Südekum: Schulden müssen kommende Generationen nicht belasten

[…]

Staatsschulden belasten kommende Generationen. Nicht erst seit der Corona-Krise hört man diesen Satz tagein, tagaus. Doch stimmt er überhaupt? Dieser Frage haben sich kürzlich die Ökonomen Christian Bayer und Philip Jung in der F.A.Z.[1] intensiv gewidmet. Sie argumentieren, dass es sehr wohl echte Belastungen geben kann und man deshalb sorgsam im Umgang mit Staatsschulden sein muss.

Dieser allgemeinen Warnung ist sicherlich zuzustimmen. Ihre Analyse ist wohltuend differenziert. Das ist keine Selbstverständlichkeit bei diesem emotionalen Thema, das Wissenschaft wie Politik umtreibt wie kaum ein zweites. Es fehlt jedoch ein wesentlicher Aspekt, der in der aktuellen wirtschaftspolitischen Diskussion von zentraler Bedeutung ist.

Zur Illustration zeichnen wir das theoretische Argument zunächst anhand eines grob vereinfachten Beispiels nach. Nehmen wir an, der Bund wäre auf die Idee gekommen, allen derzeitigen Rentnern eine Urlaubsreise nach Lanzarote zu schenken. Die Rentner konsumieren also nicht im Inland, was zusätzliche Nachfrage schaffen könnte. Vielmehr ist das Geld einfach weg. Zur Finanzierung könnte der Staat Steuern erheben und die aktuell aktive Generation direkt zur Kasse bitten. Aber das schließen wir aus. Stattdessen begibt[2] er eine 30-jährige Anleihe – praktischerweise zu Nullzinsen, so wie derzeit tatsächlich der Fall.

[…]

Was passiert nun? Die heutigen Rentner erfreuen sich am geschenkten Urlaub und sind zum Rückzahlungszeitpunkt tot. Das Problem hat die junge Generation von heute. Sie muss in 30 Jahren die Lanzarote-Anleihen bedienen. Das geht auf zweierlei Art. Entweder werden dann die Steuern angehoben, um die Schulden zu tilgen. Oder der Staat begibt eine neue Anleihe zum dann gültigen Zinssatz und löst die alten Schulden damit ab. Hierdurch wird die Rückzahlung einfach in die Zukunft geschoben und die übernächste Generation muss sich darum kümmern. Aber diese Strategie birgt Risiken, denn wer weiß schon, wie hoch die Zinsen dann sind?

Die Lanzarote-Schulden belasten also tatsächlich die kommenden Generationen. [...] Doch welche Relevanz hat dieses theoretische Ergebnis für die Fragen, um die es gerade geht?

Niemand schlägt ernsthaft schuldenfinanzierte Einkommenstransfers an die alte Generation vor. Vielmehr geht es in der aktuellen Diskussion doch um die Frage, welche Rolle Schuldenfinanzierung in einem historisch niedrigen Zinsumfeld spielen kann, um die großen gesellschaftlichen Herausforderungen unserer Zeit zu meistern.

Es geht nicht um imaginäre Rentner-Urlaube, sondern um Investitionen: in die Energiewende und nachhaltige Mobilität, Digitalisierung, Bildung, die Stärkung Europas im geostrategischen Gefüge zwischen Amerika und China. Alles Dinge, die das Produktionspotential der Volkswirtschaft erhöhen und die Lebensbedingungen kommender Generationen maßgeblich mitbestimmen werden.

Es ist gut möglich, dass sich die alte Generation bei Schuldenfinanzierung weniger an diesen Investitionen beteiligt als die jüngere Generation. Aber das ist auch völlig in Ordnung, da die Alten nicht mehr leben werden, wenn der Handyempfang in der Bahn irgendwann nicht mehr alle fünf Minuten verlorengeht. Nutzen und Lasten fallen komplett in der jungen Generation an.

Wenn wir Schuldenfinanzierung ausschließen, könnte es zu einem anderen Problem kommen, das sich gedanklich nahtlos an die obige Generationenbetrachtung anschließt. Die heute Alten haben von den Erträgen von Zukunftsinvestitionen nichts mehr. Wenn die Ausgaben komplett aus heutigen Steuern finanziert werden müssen, dann werden ältere Haushalte finanziell belastet, ohne daraus Vorteile ziehen zu können.

Sie müssten zum Beispiel für eine grüne und digitale Zukunft zahlen, die sie selbst gar nicht mehr erleben. Viele werden zum Wohle ihrer Enkel wohl trotzdem dazu bereit sein und höhere Steuern akzeptieren.

Doch wie Bayer und Jung schreiben, Altruismus[3] zwischen den Generationen hat auch Grenzen – etwa dort, wo Haushalte gar keine Enkel haben. Im Resultat investieren wir bei einem strikten Verbot von Schuldenfinanzierung heute zu wenig für wichtige Zukunftsprojekte und belasten dadurch künftige Generationen, aber nicht durch zu viele Schulden. Beim Klimaschutz wird das besonders deutlich.

[...]

Es stimmt: Im Umgang mit Staatsschulden ist immer Vorsicht geboten. Konsum auf Pump ist eine schlechte Idee. Doch die realere Gefahr zurzeit liegt darin, dass der Schuldenbremsen-Michel[4] die Zukunftschancen verschläft, die das gegenwärtige Zinsniveau eröffnet. An diesem Punkt muss die aktuelle wirtschaftspolitische Debatte ansetzen. Natürlich gilt es weiterhin zu entscheiden, welche Investitionen sinnvoll sind und eine positive Rendite erbringen. An dieser Abwägung führt kein Weg vorbei.

Hier kann man mehr oder weniger optimistisch sein, inwiefern es der Politik gelingt, solche Projekte zu finden und umzusetzen. Aber wenn das Kernproblem in dieser Auswahl liegt, dann sollte mehr unabhängige Expertise in den politischen Entscheidungsprozess eingebracht werden.

Es ist auch absehbar, dass die ökonomischen Folgen der Pandemie die Konjunktur noch lange belasten werden. In dem Maße, in dem eine schuldenfinanzierte Stabilisierungspolitik dafür sorgt, dass sich die deutsche und europäische Wirtschaft so schnell wie möglich von der Pandemie erholt, kommt dies allen künftigen Generationen zugute. Auch aus dieser Perspektive gibt es keinen Grund, im vermeintlichen Interesse künftiger Generationen übereilt auf die Schuldenbremse zu treten.

Moritz Schularick, Jens Südekum: Schulden müssen kommende Generationen nicht belasten, FAZ.net vom 28.12.2020, https://www.faz.net/aktuell/wirtschaft/schulden-muessen-kommende-generationen-nicht-belasten-17120418.html

Zugelassene Hilfsmittel:
Wörterbuch zur deutschen Rechtschreibung
Taschenrechner

Zu den Autorinnen und Autoren:
Moritz Schularick, geb. 1975, ist Professor für Makroökonomie an der Rheinischen Friedrich-Wilhelms-Universität Bonn.
Jens Südekum, geb. 1975, ist Professor für internationale Volkswirtschaftslehre an der Heinrich-Heine-Universität Düsseldorf.

Begriffserklärungen:
1 F.A.Z.: Frankfurter Allgemeine Zeitung
2 begeben: herausgeben
3 Altruismus: Selbstlosigkeit
4 Deutscher Michel: Personifikation der Deutschen; u. a. sprichwörtlich und in Karikaturen verwendet

Lösungsvorschläge

Aufgabenart B *(Darstellung – Analyse – Erörterung)*
Inhaltliche Schwerpunkte:

- *Wirtschaftspolitik: Konjunktur- und Wachstumsschwankungen; Wirtschaftspolitische Konzeptionen – Auseinandersetzungen über den Umgang mit Staatsverschuldung; Bereiche und Instrumente der Wirtschaftspolitik*
- *Strukturen sozialer Ungleichheit, sozialer Wandel und soziale Sicherung: Erscheinungsformen und Auswirkungen sozialer Ungleichheit; sozialstaatliches Handeln*
- *Globale Strukturen und Prozesse: Merkmale, Dimensionen und Auswirkungen der Globalisierung; Wirtschaftsstandort Deutschland*

1. *Der Operator „Darstellen“ verlangt, dass Sie wesentliche Aspekte eines Sachverhalts in einem logischen Zusammenhang wiedergeben und dabei Fachsprache verwenden. Bei dieser ersten Aufgabe müssen Sie für alle Ziele des „magischen Sechsecks“ jeweils einen Indikator mit Definition bzw. Berechnungsweise angeben. Es ist sinnvoll, wenn Sie zunächst auf das „magische Viereck“ eingehen und dann die entsprechenden Erweiterungen zum „magischen Sechseck“ ergänzen. (AFB I)*

Einleitung

Im **Stabilitäts- und Wachstumsgesetz von 1967** wurden **vier zentrale Zielsetzungen** für eine stabile Wirtschaftspolitik in Deutschland festgehalten. Diese Ziele waren: außenwirtschaftliches Gleichgewicht, ein hoher Beschäftigungsstand, ein stetiges und angemessenes Wirtschaftswachstum und die Preisniveaustabilität.

Erweiterung zum Sechseck

In einer **späteren Erweiterung** wurden die Ziele **gerechte Einkommens- und Vermögensverteilung** sowie der **Erhalt einer lebenswerten Umwelt** ergänzt. Man spricht vom „**magischen Viereck**“ bzw. „**magischen Sechseck**“, da nicht alle Ziele gleichzeitig erreicht werden können.

außenwirtschaftliches Gleichgewicht

Das **außenwirtschaftliche Gleichgewicht** wird mit dem Indikator der **Außenbeitragsquote** angegeben, die sich aus der Differenz zwischen Exporten und Importen von Waren und Dienstleistungen im Verhältnis zum Bruttoinlandsprodukt ergibt.

hoher Beschäftigungsstand

Der **Beschäftigungsstand** wird mit der **Arbeitslosenquote** ausgedrückt. Diese wird aus dem Verhältnis von registrierten Arbeitslosen zu Erwerbspersonen (Erwerbstätige und Erwerbslose) berechnet.

stetiges und angemessenes Wirtschaftswachstum

Das Ziel des **stetigen und angemessenen Wirtschaftswachstums** wird mithilfe der **Veränderungsrate des realen Bruttoinlandsprodukts** ermittelt. Das Bruttoinlandsprodukt wird als Marktwert aller Waren und Dienstleistungen, die im Inland in einem bestimmten Zeitraum hergestellt werden, definiert. Allerdings nur, soweit diese nicht als Vorleistungen für die Produktion anderer Waren und Dienstleistungen verwendet werden.

Preisniveaustabilität

Zur Messung der **Preisniveaustabilität** wird die **Preissteigerungsrate bzw. Inflationsrate** herangezogen. Diese wird mittels des **Harmonisierten Verbraucherpreisindexes** (HVPI) berechnet, für den Preisänderungen ausgewählter bedarfsgewichteter Güter (sog. Warenkorb) ermittelt werden.

gerechte Verteilung von Einkommen und Vermögen

Der **Gini-Koeffizient** gilt als Indikator für eine **gerechte Verteilung von Einkommen und Vermögen**. Dieser gibt den Anteil der Fläche zwischen der Gleichverteilungsgeraden und der sog. Lorenzkurve an der Gesamtfläche unter der Gleichverteilungsgeraden an. Der Wert „0“ drückt dabei eine absolute Gleichverteilung und der Wert „1“ eine maximale Ungleichverteilung aus. Mithilfe dieses Indikators kann jedoch nur der Grad der Ungleichheit angegeben werden, der Aspekt der Gerechtigkeit wird nicht berücksichtigt.

Erhaltung einer lebenswerten Umwelt

Der **ökologische Fußabdruck** gilt als Indikator für die **Erhaltung einer lebenswerten Umwelt**. Definiert wird er als Fläche auf der Erde, die notwendig ist, um den Lebensstandard eines Menschen unter heutigen Produktionsbedingungen dauerhaft zu ermöglichen.

2. a) *Im ersten Teil der zweiten Aufgabe müssen Sie den vorliegenden Textauszug zunächst analysieren. Das bedeutet, dass Sie die Position und die Argumentation der Autoren herausarbeiten sollen. Gehen Sie, wie in der Aufgabenstellung verlangt, besonders auf die Position zum Thema Staatsverschuldung ein. (AFB II)*

Einstieg

Der Text „Schulden müssen kommende Generationen nicht belasten“ ist am 28.12.2020 auf der Internetseite der FAZ als Kommentar von Moritz Schularick und Jens Südekum erschienen. Das Thema sind mögliche **Belastungen der zukünftigen Generationen** durch wachsende Staatsverschuldung.

Position der Autoren

Die **Position der Autoren** in Bezug auf Staatsschulden lässt sich wie folgt beschreiben: Schuldenfinanzierte Einkommenstransfers an die ältere Generation würden nachfolgende Generationen tatsächlich belasten, jedoch stünden diese gar nicht zur Debatte. In der aktuellen Diskussion gehe es hauptsächlich um **Investitionen** in Bereiche, die die Lebensbedingungen **kommender Generationen maßgeblich mitbestimmen** würden. Somit stünde den **Kosten** auch ein dementsprechender **Nutzen** gegenüber. Im Umgang mit Staatsverschuldung sei somit zwar immer Vorsicht geboten. Es dürfe jedoch nicht aus Furcht zu einer noch größeren Belastung künftiger Generationen kommen, indem auf wichtige Investitionen verzichtet werde.

Begründungsgang

Der **Begründungsgang** der Autoren Schularick und Südekum ist folgendermaßen aufgebaut: Sie beginnen die Argumentation damit, dass sie auf einen Artikel von Bayer und Jung verweisen. Deren Aussage ist es, dass **sorgsam mit Staatsschulden umgegangen** werden muss, da „es sehr wohl **echte Belastungen** geben kann" (Z. 5). Schularick und Südekum **stimmen** der allgemeinen Warnung **generell zu** (vgl. z. B. Z. 7), allerdings verweisen sie auf das **Fehlen eines wesentlichen Aspekts** (vgl. Z. 9 f.). Sie führen das theoretische Beispiel der „Lanzarote-Schulden" an: Hier verschenkt der Staat kreditfinanziert einen Urlaub an Rentner*innen. In der Annahme sind diese zum Rückzahlungszeitpunkt tot und die Refinanzierung muss entweder über Steuererhöhungen zulasten der noch Lebenden oder eine erneute Schuldenaufnahme laufen (vgl. Z. 12 ff.). Allerdings gehe es **in der Realität** eben nicht um irgendwelche Urlaube, sondern um **Investitionen, deren Kosten und Nutzen in der Zukunft lägen** (vgl. Z. 36 ff.). Wichtig sei die Beantwortung der Frage, inwieweit „Schuldenfinanzierung in einem historisch niedrigen Zinsumfeld" (Z. 34) bei der Bewältigung der großen gesellschaftlichen Herausforderungen der Gegenwart helfen kann. Nach Meinung der Autoren ist es in Ordnung, dass sich die ältere Generation weniger an den Investitionen beteilige als die jüngere Generation (vgl. Z. 41 ff.).

Schularick und Südekam heben hervor, dass der Verzicht auf schuldenfinanzierte Investitionen viele Nachteile für künftige Generationen mit sich bringe. Ein Beispiel sind die Folgen des **Klimawandels** (vgl. Z. 59). Auch in Bezug auf die **Coronapandemie** sei es wichtig, eine **schuldenfinanzierte Stabilisierungspolitik** zu betreiben, damit sich die Wirtschaft wieder erholen könne – und **nicht übereilt auf die Schuldenbremse zu treten** (vgl. Z. 71 ff.).

Argumentationsweise

Die Autoren verwenden in ihrer Argumentationsweise das „**Lanzarote-Beispiel**", um einen komplexen Sachverhalt zu vereinfachen. Gleichzeitig grenzen sie ihre Position mithilfe dieses Beispiels von der der Autoren Bayer und Jung ab. Zudem verwenden sie **rhetorische Fragen**, wie zum Beispiel in Zeile 3 („Doch stimmt er überhaupt?") und Zeile 21 („Was passiert nun?"), um die Leser*innen zu lenken.

Mithilfe einer **Metapher** (Verbildlichung des „Schuldenbremsen-Michel[s]“, Z. 63) wird das aktuelle Problem noch einmal deutlich herausgestellt: die Gefahr, Chancen zu verschlafen!
Generell ist der Text **sachlich und gut verständlich** geschrieben.
Die **Intention** der Autoren ist es, die Position von Bayer und Jung zu **ergänzen**, an einigen Stellen auch etwas zu **entkräften**. Sie kritisieren die **strikte und einseitige Ablehnung schuldenfinanzierter Investitionen** und halten ein **Plädoyer für** einen **abwägenden Umgang** unter Berücksichtigung der Belastung und der Interessen künftiger Generationen.

Intention

b) *Nachdem Sie im ersten Teil der zweiten Aufgabe (a) die Position und Argumentation nach dem Ihnen bekannten Verfahren analysiert haben, müssen Sie im zweiten Teil (b) eine Verbindung zur ersten Aufgabe herstellen. Sie sollen mithilfe von zwei Textbelegen Bezüge zu zwei Zielen des „magischen Sechsecks“ nachweisen. Hierbei bietet es sich an, auf ein Ziel aus dem „magischen Viereck“ und auf eines aus der Erweiterung „magisches Sechseck“ Bezug zu nehmen. Direkt verlangt ist dies allerdings nicht. (AFB II)*

Im Folgenden wird anhand von zwei Textbelegen der Bezug zum „**magischen Sechseck**“ – also der Erweiterung des „magischen Vierecks“ (Aufgabe 1) – hergestellt und erläutert.

Einstieg

Ein Verweis auf das Ziel des **stetigen und angemessenen Wirtschaftswachstums** ist im letzten Absatz des Textes zu finden. Ab **Zeile 71** stellen die Autoren die ökonomischen Herausforderungen der Coronapandemie in den Fokus. Es ist davon auszugehen, dass die Folgen das **Wirtschaftswachstum** auch in den nächsten Jahren noch **ausbremsen** und so die **Konjunktur belasten** werden. Das wirtschaftspolitische Ziel des stetigen und angemessenen Wirtschaftswachstums dient dazu, extreme Schwankungen im Verlauf der BIP-Rate zu vermeiden. Die Autoren sprechen in diesem Absatz davon, dass eine **schuldenfinanzierte Stabilisierungspolitik** möglicherweise dafür sorgen könne, dass sich die deutsche und europäische Wirtschaft **schnell erholt** (vgl. Z. 72 ff.). Damit käme diese Art der Wirtschaftspolitik auch zukünftigen Generationen zugute.

stetiges und angemessenes Wirtschaftswachstum

Ein weiteres Ziel des „magischen Sechsecks“ ist die **Erhaltung einer lebenswerten Umwelt**. Darauf beziehen sich die Autoren im Absatz ab Zeile 36 („Es geht […] um Investitionen: in die Energiewende und nachhaltige Mobilität

Erhaltung einer lebenswerten Umwelt

[…]“). Sie stellen heraus, dass Investitionen notwendig seien, um den **Klimaschutz besser gewährleisten** zu können. Die Durchführung würde weniger Belastungen mit sich bringen als das Unterlassen. Die **Probleme** für künftige Generationen durch den Klimawandel könnten so **reduziert werden**. Andernfalls würden die bereits existierende Ressourcenknappheit und weitere heute schon spürbare **Folgen des Klimawandels noch verschärft** werden.

3. *In einer Erörterung wird eine reflektierte und kontroverse Auseinandersetzung mit einer vorgegebenen Problemstellung erwartet. Bei dieser Aufgabenstellung müssen Sie zunächst erörtern, inwiefern der Staat seine Investitionen im Bereich der Bildung ausweiten sollte. Da Bildung die Gesellschaft stärkt und Kinder und Jugendliche die Zukunft des Landes sind, ist es schwierig, Gegenargumente für diesen Aspekt zu finden. Dennoch müssen besonders beim Thema Nachhaltigkeit Argumente abgewogen werden. Anschließend soll ein weiterer Bereich, der von den Autoren angesprochen wird, erörtert werden. Achten Sie bei dieser Aufgabe auf den Zusatz der Kreditfinanzierung. Es geht darum, ob das Finanzmittel das richtige ist, und nicht nur darum, ob generell in Bildung investiert werden sollte. (AFB III)*

Bildungsbereich

Eine Erhöhung der staatlichen **Investitionen im Bildungsbereich** bringt mit Blick auf die Zukunft einige **Vorteile** mit sich: Die **Lebenssituation** der Menschen könnte sich **nachhaltig verbessern**. Oftmals ist mit höherer Bildung auch ein **erweiterter Lebensstandard** verknüpft und damit möglicherweise auch eine verbesserte **gesamtwirtschaftliche Leistung** und der Abbau **sozialer Ungleichheiten**. Bestenfalls **sinken** die **Arbeitslosigkeit** und somit die **sozialstaatlichen Leistungen**. Damit könnte der Staat höhere Steuereinnahmen generieren und **Staatsschulden gegebenenfalls schnell wieder abbauen**. Insofern wäre eine Aufnahme von **Krediten unproblematisch**.
Auf der anderen Seite müsste genau überlegt werden, wie und an welchen Stellen im Bildungsbereich Investitionen vorgenommen werden sollten, um einen **nachhaltigen Erfolg** gewährleisten zu können. Nur so lässt sich die Kreditaufnahme rechtfertigen.
Es bleibt das Risiko, ob die **Verschuldung wirklich in naher Zukunft wieder reduziert** werden kann. Ansonsten handelt es sich lediglich um ein **Strohfeuer** und die Ausgaben im Bildungsbereich würden langfristig wieder sinken müssen.

Digitalisierung

Neben dem Bildungsbereich fordern die Autoren auch mehr Investitionen in die **Digitalisierung:** Staatliche Investitionen in diesem Bereich können für Unternehmen ein höheres Maß an

Wettbewerbsfähigkeit bedeuten. Der Ausbau von neuen Technologien würde gegebenenfalls auch den **Wirtschaftsstandort Deutschland stärken** und neue Arbeitsformen wie das „Home Office“ fördern. Dies käme der **Vereinbarkeit von Familie und Beruf** und damit der **Zufriedenheit der Arbeitnehmer*innen** zugute.
Wie im Bereich der Bildung muss im Blick behalten werden, ob sich die Kreditfinanzierung auch **langfristig auszahlt**.
Des Weiteren kommt es gerade in Deutschland in Verbindung mit der Digitalisierung oftmals zu einer **wachsenden Bürokratie**, die eher bremst; man beachte als Beispiel den Digitalpakt.
Der Bereich entwickelt sich außerdem so schnell, dass es sich um **konsequente, möglicherweise auch konstante Investitionen** handeln müsste, um die Zukunftsfähigkeit Deutschlands dauerhaft gewährleisten zu können.

Fazit

Abschließend lässt sich festhalten, dass höhere staatliche Investitionen in die **Bildung** sicherlich **mehr Vorteile als Nachteile** mit sich bringen – auch eine **Kreditfinanzierung ergibt hier Sinn**. Die Bildung der Bevölkerung ist eine der wichtigsten Aufgaben des Staates, um der immer größer werdenden **Schere zwischen Arm und Reich entgegenzuwirken**. Damit kann mehr **Gerechtigkeit** innerhalb der Gesellschaft gewährleistet werden und mehr Menschen die Freiheit gegeben werden, über sich und ihre Zukunft selbst zu entscheiden.
In Bezug auf **Gerechtigkeit** kommt auch die Digitalisierung zum Tragen. Wie die Pandemie gezeigt hat, waren beziehungsweise sind nicht alle Menschen/Kinder mit den entsprechenden Endgeräten ausgestattet, sodass der Staat einschreiten muss, damit vor allem **sozial Benachteiligte nicht den Anschluss verlieren**.
Natürlich muss im Blick behalten werden, dass der Staat die hohen Kosten auch irgendwie tragen muss. Allerdings lohnen sich gerade Investitionen, die jungen Menschen zugutekommen, da sie sich in der Zukunft auszahlen und damit **nachhaltig positiv** wirken, vor allem im Bereich der **menschlichen Ressourcen** und in Bezug auf **Gerechtigkeit** und **persönliche Freiheit**.
Nicht zuletzt tragen diese Entwicklungen auf der kollektiven Ebene zu einer **positiven gesamtwirtschaftlichen Entwicklung** bei und lassen somit auch eine Kreditfinanzierung sinnvoll erscheinen.

Abiturprüfung 2022 NRW – Grundkurs Sozialwissenschaften
Aufgabe 2

Thema:
Vertiefung der europäischen Integration – eine angemessene Antwort auf globale Herausforderungen?

Aufgabenstellung Punkte

1. Stellen Sie für zwei Modelle der europäischen Integration jeweils deren Zielvorstellungen und Wege der Umsetzung dar. 24

2. a) Analysieren Sie den Text im Hinblick auf die Position und Argumentation der Autorin zur europäischen Integration. 30
   b) Erläutern Sie anhand zweier Textbelege Bezüge zu einem Modell europäischer Integration. 16

3. Erörtern Sie unter Berücksichtigung der Position der Autorin, inwiefern die Vertiefung der europäischen Integration eine angemessene Antwort auf globale Herausforderungen darstellt. Berücksichtigen Sie hierfür zwei globale Herausforderungen, darunter mindestens eine ökonomische. 30

M: Ulrike Guérot: Alles wird anders, als es war?

[…]
Wer erinnert sich noch? Kaum sechs Monate ist es her, dass ganz Europa im Lockdown war. Beängstigende Bilder aus Bergamo[1] flimmerten über die Bildschirme, nationale Grenzen wurden geschlossen, Europa war im Ausnahmezustand. Dann war plötzlich auf einmal alles möglich, was zuvor als politisch unmöglich gegolten hatte: Die Schuldenbremse in Europa wurde aufgehoben, die 3-Prozent-Regel für Haushaltsdefizite suspendiert, Frankreichs Präsident Emmanuel Macron setzte seine umkämpfte Rentenreform aus, die EZB mobilisierte im Handumdrehen einen Rettungsschirm, unter dessen Schutz viel Geld für nationale Hilfsprogramme luftgebucht[2] wurde. […]

Alles werde anders, als es war, hieß es doch zu Beginn von Covid-19, oder nicht? Nun, wagen wir eine Bestandsaufnahme, ob jetzt wirklich etwas anders wird in Europa.

Krisen sind die Substanz, aus der die Zukunft gemacht wird. […] [P]olitische Krisen [sind] jene Momente […], in denen aus traumatischen Erfahrungen heraus ein utopischer Wurf entstehen kann. Das Europa, die EU, in der wir heute leben, ist nichts anderes als der utopische Entwurf eines Europas, das nach dem Zweiten Weltkrieg aus einem schreienden „Nie wieder!“ heraus entstehen konnte: nie wieder Krieg, nie wieder Holocaust.

In den 1950ern gelang es, den utopischen Entwurf eines Europas ohne militärische Konkurrenz zu verrechtlichen: Indem die Produktion von Kohle und Stahl vergemeinschaftet wurde, buchstäblich also kein Land mehr Panzer bauen konnte, waren Kriege fortan auf dem europäischen Kontinent nicht mehr möglich. Das europäische Prinzip wurde es von da an über nunmehr 70 Jahre Europäische Integration, stets jene Dinge zu vergemeinschaften, an denen sich in Krisen mangelnde Solidarität festmachen ließ. […]

Als in den 1970ern der europäische Friede zwar gesichert war, Europa aber durch die Beendigung des Bretton-Woods-Systems[3] in wirtschaftliche Turbulenzen und währungspolitische Konkurrenz geriet, beschloss man die Schaffung eines europäischen Binnenmarktes, um wirtschaftlich und währungspolitisch solidarisch zu sein. 1992 folgte daraufhin der Binnenmarkt, aus dem einen Markt wurde dann 2002 die eine Währung, der Euro. Zentral dabei ist, dass die solidarische, europäische Antwort, die Reaktion auf die jeweils vorausgehende Krise, immer die Vergemeinschaftung substanzieller Politikbereiche war. Die systemische Umstellung von Politikbereichen auf Europa war also lange Jahre die europäische Antwort beziehungsweise die Reaktion auf Krisen. Binnenmarkt und Euro, die heutigen Erfolgsprojekte der EU, sind – es ist in Vergessenheit geraten – alles Produkte konsequenter europäischer Vergemeinschaftung.

Diese Essenz der Vergemeinschaftung, das eigentliche Lebenselixier europäischer Politik, wurde nach der gescheiterten europäischen Verfassung von 2003 im Wesentlichen aufgegeben. Krisen in Europa dienen seither eigentlich nur noch als Vorwand für fortschreitende Nationalisierung. In der Bankenkrise 2009 gelang genau nicht eine Vergemeinschaftung jener Dinge, in denen die Solidarität während der Krise fehlte. Eurobonds waren damals das Unwort der Stunde, politisch nicht durchsetzbar. Dabei fehlte Europa in der Bankenkrise vor rund einer Dekade genau das: gleiche Zinssätze für Staatsanleihen von Eurostaaten, um zu verhindern, dass die Finanzmärkte mit Europas Budgets und Zinssätzen jonglieren. […]

Und jetzt? Eine der vielleicht überzeugendsten Krisenreaktionen der EU nach der Pandemie sind jene wohl tatsächlich historischen Beschlüsse vom Juli 2020, durch die sie erstmals in ihrer Geschichte gemeinsame Anleihen über 750 Milliarden Euro aufnimmt. Das ist kein Einstieg in eine Schulden-, wohl aber in eine Zinsgemeinschaft – ein Novum.

Wie in früheren europäischen Epochen wurde mithin versucht, die Pandemie zum Anlass für einen Einstieg in eine systemische Verlagerung zugunsten Europas zu nutzen, und das ist gut. Ob die Juli-Beschlüsse aber […] den Beginn einer europäischen Staatlichkeit darstellen, ist zweifelhaft. Selbst wenn das europäische Budget durch das Rettungspaket fast verdoppelt wurde, ist es mit rund 1,5 Prozent des europäischen BIP doch viel zu gering, um auch nur ansatzweise in Richtung Staatshaushalt zu kommen. Dennoch liegt durch diese Beschlüsse perspektivisch und nicht zum ersten Mal die Frage einer europäischen Staatlichkeit auf dem Tisch, denn das europäische Rettungspaket wirft demokratietheoretische und legitimatorische Probleme auf, nämlich wie dem Grundsatz „No taxation without representation“[4] künftig in EU-Europa entsprochen werden soll.

[…]

Wenn nach Corona in Europa nichts so bleiben soll, wie es ist, dann ist jetzt die Frage der Ausgestaltung der europäischen Demokratie in Angriff zu nehmen: Wie wollen wir gemeinsam in Europa entscheiden? Die vielbeschworene europäische Souveränität ist nicht länger bei den Staaten, sondern bei Europas Bürgerinnen und Bürgern zu suchen. Diese sind die eigentlichen politischen Subjekte. Die Zukunft von Post-Corona-Europa wird sich daran festmachen, welche Stellung sie – und nicht der Europäische Rat – in Zukunft in Europa haben. Die Gleichheit aller Bürgerinnen und Bürger vor dem Recht ist notwendige, wenn auch nicht hinreichende Bedingung für jede Demokratie.

Diesem Grundsatz endlich in Europa gerecht zu werden, ist das Gebot der Stunde, damit Bürgerinnen und Bürger innerhalb Europas nicht mehr zueinander in Konkurrenz gestellt werden. Egal, ob es […] um eine europäische Arbeitslosenversicherung oder einen europäischen Gesundheitsschutz geht: Post-Corona-Europa ist das Europa der Bürgerinnen und Bürger, nicht der Staaten. Das wäre das schönste Take-away der Krise und die beste Art, aus den traumatischen Bergamo-Bildern ein anderes, soziales und bürgernahes Europa hervorzubringen.

Ulrike Guérot: Alles wird anders, als es war?, Wiener Zeitung vom 21.09.2020, (gekürzt; Anpassungen an die sprachliche Richtigkeit wurden vorgenommen), https://www.wienerzeitung.at/meinung/gastkommentare/2075867-Alles-wird-anders-%20als-es-war.html

Zugelassene Hilfsmittel:
Wörterbuch zur deutschen Rechtschreibung
Taschenrechner

Zur Autorin:
Ulrike Guérot, geb. 1964, ist Professorin für Europapolitik an der Rheinischen Friedrich-Wilhelms-Universität Bonn.

Begriffserklärungen:
1 Bergamo: Stadt und gleichnamige Provinz in der italienischen Region Lombardei, die im Frühjahr 2020 zu den am stärksten von der Corona-Pandemie betroffenen Regionen Europas zählte
2 Luftbuchung, *hier:* Mittel zur Verfügung stellen, ohne die Finanzierung geklärt zu haben
3 Bretton-Woods-System: 1944 beschlossenes System stabiler Wechselkurse mit dem US-Dollar als Leitwährung, welches den internationalen Handel nach dem Zweiten Weltkrieg stimulieren sollte
4 „No taxation without representation“: Slogan aus dem Kontext der amerikanischen Unabhängigkeitsbewegung im 18. Jahrhundert. *Dt. etwa:* Keine Besteuerung ohne [gewählte politische] Vertretung, also ohne Teilhabemöglichkeit.

Lösungsvorschläge

Aufgabenart B *(Darstellung – Analyse – Erörterung)*
Inhaltliche Schwerpunkte:

- *Europäische Union: Historische Entwicklung der EU als wirtschaftliche und politische Union; Europäischer Binnenmarkt; Europäische Integrationsmodelle – Föderalismus, Intergouvernementalismus, Funktionalismus; Strategien und Maßnahmen europäischer Krisenbewältigung*
- *Globale Strukturen und Prozesse: Merkmale, Dimensionen und Auswirkungen der Globalisierung; Internationale Wirtschaftsbeziehungen*

1. *„Darstellen" bedeutet, dass wesentliche Aspekte eines Sachverhaltes in einem logischen Zusammenhang wiedergegeben werden. Wichtig ist hierbei auch die Verwendung der entsprechenden Fachbegriffe. Bei dieser Aufgabe ist genau angegeben, was Sie tun müssen. Verlangt sind zwei Modelle, deren Zielvorstellungen und Wege der Umsetzung. Achten Sie darauf, dass Sie die Aspekte wirklich alle abhaken, um nicht durch Unachtsamkeit Punkte zu verschenken. Am besten, Sie machen sich zuvor Stichpunkte, was Sie bei den „Zielvorstellungen" und bei den „Wegen der Umsetzung" abarbeiten möchten. (AFB I)*

Modell des europäischen Bundesstaates – Zielvorstellungen

Ein mögliches Modell der europäischen Integration ist das des **europäischen Bundesstaates**. Es basiert auf einem **föderalen Konzept** mit **demokratisch legitimierten Institutionen** als Grundlage. Basis ist außerdem eine **Verfassung mit gemeinsamen Grundrechten**. Bei diesem Modells wird die **Zusammenarbeit** auf europäischer Ebene **in allen Politikfeldern weiter vertieft**. Mithilfe von **supranationalen Institutionen** soll Schritt für Schritt ein Gesamtstaat, wie zum Beispiel die „**Vereinigten Staaten von Europa**", geschaffen werden.

Wege der Umsetzung

Wie ein solches System umgesetzt werden könnte, hängt von der **Bereitschaft der Mitgliedsstaaten** ab. Diese müssten weitere **Kompetenzbereiche an die europäische Ebene** abgeben. Damit würden die Zentralisierung der Kompetenzen auf die EU-Organe, die Verabschiedung einer gesamteuropäischen Verfassung und die Stärkung des europäischen Rechts gegenüber nationalem Recht einhergehen.

Modell des europäischen Staatenbundes – Zielvorstellungen

Ein zweites Modell der europäischen Integration ist der **europäische Staatenbund**. Er ist gekennzeichnet durch eine **beherrschende Stellung der nationalen Regierungen**. Im Vordergrund steht das Bemühen, **Probleme zwar gemeinsam zu lösen**, aber letztendlich auf **nationaler Ebene selbst entscheiden** zu können (Letztentscheidungsrecht). Es gibt keine Mehrheitsentscheidungen, daher ist das Verfahren der Entscheidungsfindung meist schwerfällig beziehungsweise langwierig. In diesem Modell wird auf starke **supranationale Institutionen verzichtet**, aktuelle Probleme sollen durch **Bündelung der Kräfte** gemeinsam und effizienter gelöst werden.

Zur Umsetzung des Modells bedürfte es einer **Revision bestehender EU-Verträge**, da die heutige Europäische Union in der Praxis schon merklich über das Modell des Staatenbundes hinausgewachsen ist.

Wege der Umsetzung

2. a) *Bei der Aufgabe der Textanalyse sollen Sie nach dem Ihnen bekannten Analyseverfahren vorgehen. Stellen Sie die Position, den Begründungsgang der Argumentation, sprachliche Besonderheiten und die Intention, also das Ziel, das mit dem Text erreicht werden soll, heraus. (AFB II)*

Einstieg

Der Text „Alles wird anders, als es war?“ wurde am 21. September 2020 als Kommentar der Politikwissenschaftlerin Ulrike Guérot in der Wiener Zeitung veröffentlicht. Das Thema des Textes ist die **Bedeutung von Krisen** für die bisherige und künftige **Ausgestaltung der EU**.

Position der Autorin

Nach Meinung der Autorin führte die europäische Integration bereits zu einigen **positiven Entwicklungen**. Durch Krisen seien in der Vergangenheit **Prozesse der Vergemeinschaftung** in Politikbereichen initiiert worden, in denen es zuvor kaum Solidarität gegeben habe. Im Sinne einer starken Demokratie fordert Guérot die Gleichheit aller Bürger*innen Europas – also eine weitere Vertiefung der Integration.

Begründungsgang

Der Kommentar beginnt mit der Beschreibung von Europa im Lockdown. Die **Reaktionen auf die Coronapandemie** hätten deutlich gezeigt, **was in Krisen möglich sei**, zum Beispiel in Bezug auf die Schuldenbremse (vgl. Z. 4 ff.).

Die Autorin nennt **Beispiele aus der Vergangenheit**, wie den zunächst utopischen Entwurf eines Europas nach dem Zweiten Weltkrieg (vgl. Z. 15 ff.), und bezeichnet es als das „**europäische Prinzip** […], stets jene Dinge zu vergemeinschaften, an denen sich in Krisen **mangelnde Solidarität** festmachen ließ“ (Z. 22 ff.). Als weiteres Beispiel dient die **Errichtung eines europäischen Binnenmarktes**, um den Wohlstand innerhalb der Europäischen Union zu gewährleisten (vgl. Z. 26 ff.).

Diese Entwicklung kam ihrer Meinung nach jedoch mit dem **gescheiterten Verfassungsentwurf von 2003** und der **Bankenkrise 2009** zum Erliegen. In diesen Krisen fehlte die Solidarität und auch die **Vergemeinschaftung gelang nicht mehr** (vgl. Z. 38 ff.).

Der Umgang mit der **Corona-Krise** zeige in Ansätzen wieder die **Rückkehr zum europäischen Prinzip der Vergemeinschaftung**, jedoch käme die **Frage nach der Ausgestaltung der europäischen Demokratie** erneut auf (vgl. Z. 58 ff.). Die Autorin fordert die **Gleichheit aller** vor dem Recht, um die Konkurrenz zwischen den verschiedenen Staatsbürgern zu stoppen (vgl. Z. 70 ff.). Ein **Europa der Bürgerinnen und Bürger** und nicht der Staaten bezeichnet sie als das schönste „Take-away" (Z. 77) der Krise, um das Corona-Trauma zu verarbeiten.

Argumentationsweise

Die **Argumentationsweise** lässt sich folgendermaßen beschreiben: Um ihre These zu stützen, dass die Vergemeinschaftung nach Krisen Sinn ergibt, nennt Guérot **zahlreiche Beispiele aus der Historie** der Europäischen Union (vgl. Z. 15 ff.): „Krisen sind die Substanz, aus der die Zukunft gemacht wird." (Z. 13) Außerdem verwendet die Politikwissenschaftlerin eine **wertende Sprache**, die keinerlei Zweifel an ihrer Position zulässt („die solidarische, europäische Antwort", Z. 31). Des Weiteren baut sie **rhetorische Fragen** in ihre Argumentation ein, wie zum Beispiel „Und jetzt?" (Z. 47).

Intention

Die **Intention** Ulrike Guérots ist die **Aufklärung** über die Bedeutung der historischen Krisen für die Entwicklung der heutigen Europäischen Union. Gleichzeitig **kritisiert** sie die **fehlende demokratische Basis** und eine **Nationalisierung** in Krisensituationen, die eine Rückwärtsbewegung bedeute. Sie plädiert für eine **demokratischere und sozialere Europäische Union**, in der die Mitglieder gemeinsam und solidarisch entscheiden können.

b) *Im zweiten Teil der zweiten Aufgabe (b) sollen Sie textgestützt den Bezug zu einem Modell der europäischen Integration erläutern. Hierbei kann Ihnen die Darstellung aus der ersten Aufgabe helfen. (AFB II)*

Einstieg

Mithilfe von zwei Textbelegen werden im Folgenden Bezüge zu einem Modell der europäischen Integration hergestellt. Wie bereits in der ersten Aufgabe beschrieben, basiert das Modell des **europäischen Bundesstaates** auf einem **föderalen Konzept**, bei dem nationalstaatliche Souveränität zugunsten eines Bundesstaates eingeschränkt wird.

Textbeispiele

Die Autorin kritisiert in ihrem Text die **fehlende Vergemeinschaftung** und damit **ausbleibende Solidarität** nach der Bankenkrise 2009: „Dabei fehlte Europa in der Bankenkrise vor rund einer Dekade genau das: gleiche Zinssätze für

Staatsanleihen von Eurostaaten […].“ (Z. 43 ff.) Auch die **Forderung** von Guérot nach einer **europäischen Arbeitslosenversicherung** oder einem **europäischen Gesundheitsschutz** (vgl. Z. 75 ff.) lässt sich dem Integrationsmodell eines **europäischen Bundesstaates** zuordnen.
Ihr Wunsch ist es, dass diese Politikbereiche auf die europäische Ebene übertragen werden, damit alle Bürger*innen der EU gleichbehandelt werden. Diese **Vergemeinschaftung** der verschiedenen Politikbereiche trage zu **mehr Solidarität und Demokratisierung** bei.

3. *Hier sollen Sie unter Berücksichtigung der Position der Autorin darstellen, inwiefern die europäische Integration eine angemessene Antwort auf globale Herausforderungen darstellt. Dabei sollen Sie sich auf zwei mögliche Aspekte konzentrieren, wobei mindestens einer aus dem Bereich der Ökonomie stammen muss. Nachdem Sie die verschiedenen Argumente einander gegenübergestellt haben, sollen Sie zu einem begründeten Urteil gelangen. Sie können in Ihrer Erörterung individuelle Schwerpunkte setzen. Vergessen Sie aber nicht, kontrovers abzuwägen. Eine einseitige Ausrichtung der Argumente ist nicht ausreichend. (AFB III)*

Einleitung – Position der Autorin

Bereits in Aufgabe 2 wurde beschrieben, dass die Autorin der Meinung ist, dass die Europäische Union ihre **größten Erfolge** der **sukzessiven Vertiefung ihrer Integration** zu verdanken habe (vgl. Z. 13 ff.). Durch Krisen sei es in der Vergangenheit zu einem schrittweisen Prozess der Vergemeinschaftung verschiedener Politikbereiche gekommen. Dies habe zu **mehr Solidarität geführt** und die **Europäische Union weiter gestärkt**.
Inwiefern die Vertiefung der europäischen Integration eine Antwort auf globale Herausforderungen darstellt, soll im Folgenden erörtert werden.

internationale Handelskonflikte

In Bezug auf **internationale Handelskonflikte** könnte mit einer weiteren Integration eine **Steigerung der Durchsetzbarkeit europäischer Handelsinteressen** im internationalen Vergleich erreicht werden. Allerdings sind mit dem starken europäischen Binnenmarkt bereits Handelsabkommen in Kraft. Ein weiterer Ausbau beziehungsweise eine **weitere Integration** in diesem Politikfeld könnte sich **schwierig** gestalten. Große Handelspartner könnten sich sogar überfordert fühlen. Zudem könnten Nationalstaaten innerhalb der Europäischen Union **nationalstaatliche Entscheidungen beeinträchtigt sehen**.
Ein weiteres Argument für den Ausbau des europäischen Binnenmarktes ist die **Unabhängigkeit von globalen Lieferketten** (ökonomische Unabhängigkeit). Dies kann unter Umständen

auch der **inneren Solidarität** helfen. Allerdings würde möglicherweise ein **europäischer Protektionismus** vorangetrieben. Eine solche Entwicklung war bereits während der Corona-Pandemie zu beobachten: Dabei wurden die Grenzen des Binnenmarktes auf nationalstaatlichen Gebieten geschlossen und eine Abschottung vorangetrieben.

Migration

Ein weiteres Themenfeld, in dem eine vertiefte europäische Integration sicherlich Vorteile mit sich bringen würde, wäre die **Migration**. Leider hat die Europäische Union vor dem Hintergrund dieser Herausforderung bisher keine Fortschritte bei der Vergemeinschaftung erzielen können. Doch genau dies wäre ein wichtiger Aspekt, um humanitären Krisen vorzubeugen. Sollte eine Vergemeinschaftung im Bereich Asyl- und Migrationspolitik gelingen, könnte **anstehenden Krisen und Flüchtlingsströmen effektiver entgegengewirkt werden**. Es könnten umfassendere Maßnahmen ergriffen werden und der Abbau sozialer Differenzen würde vorangebracht. Ein **einheitliches Vorgehen** würde die Solidarität und den Zusammenhalt innerhalb der Europäischen Union stärken.

Andererseits könnte der **soziale Frieden gestört** werden: Besonders in den Mitgliedsstaaten, die direkt von Flüchtlingsströmen betroffen sind und die zudem in einigen Fällen im europäischen Vergleich wirtschaftlich schwächer aufgestellt sind, ist Unmut wahrscheinlich. Wenn es nicht gelingt, den Fokus auf die Vorteile der Vergemeinschaftung zu legen und den Ländern aufzuzeigen, dass auch für sie eine Entlastung die Folge wäre, könnten **nationalistische und antieuropäische Gruppierungen** die Mehrheit in der Bevölkerung für sich gewinnen. Trotzdem sollte mit allen Mitteln versucht werden, eine erneute Flüchtlingskrise zu vermeiden. Daher wäre ein Zusammenschluss der europäischen Staaten in diesem politischen Bereich sinnvoll.

Fazit

Generell kann ein weiterer **Ausbau der Vergemeinschaftung** verschiedener Politikbereiche als **vorteilhaft für die Europäische Union** gesehen werden. Viele Krisen betreffen alle Länder gleichermaßen und sind **nur gemeinsam zu lösen**. Ein gemeinsames Handeln führt zu **mehr Akzeptanz** innerhalb der Bevölkerung und gleichzeitig zu mehr **politischer Stabilität**, das hat der bisherige Weg der europäischen Integration unter Beweis gestellt.

Abiturprüfung 2022 NRW – Grundkurs Sozialwissenschaften
Aufgabe 3

Thema:
Grenzen der ökonomischen Globalisierung – Kann die Welthandelsorganisation (WTO) zur weltweiten Wohlstandsmehrung beitragen?

Aufgabenstellung — Punkte

1. Stellen Sie je zwei Ursachen, Merkmale und Indikatoren der ökonomischen Globalisierung dar. — 24

2. a) Analysieren Sie den Text M 1 im Hinblick auf die Position und Argumentation des Autors zur Rolle der WTO in der Weltwirtschaft. — 30
   b) Interpretieren Sie die Karikatur M 2 im Hinblick auf die Position des Karikaturisten zur Rolle der WTO in der Weltwirtschaft und vergleichen Sie die Position des Autors von M 1 mit der Position des Karikaturisten. — 16

3. Erörtern Sie, ob es sich bei Protektionismus um ein „wohlstandszersetzende[s] Übel“ (Z. 16) handelt, indem Sie sich auf einerseits ökonomische und andererseits soziale Aspekte beziehen. Berücksichtigen Sie dabei auch die Position des Autors. — 30

M 1: Jan Dirk Herbermann: Die WTO muss sich neu erfinden – sonst droht sie unterzugehen

[…]
Drei Frauen und fünf Männer aus vier Kontinenten wollen den Job an der Spitze der krisengeplagten Welthandelsorganisation. Egal wer sich durchsetzen wird, die neue Generaldirektorin oder der neue Generaldirektor übernimmt die WTO-Chefposition in einer dramatischen Zeitenwende.[1]

In dieser Zeitenwende muss die Institution in Genf eine neue Rolle finden. Falls das nicht gelingt, wird die vor 25 Jahren mit viel Vorschusslorbeeren gegründete Organisation immer weiter in die Bedeutungslosigkeit abrutschen. Sie wäre dann ein weiteres Opfer der Abkehr vom Multilateralismus.

Es ist eine Zeitenwende, in der die bisher gültigen Regeln der Weltwirtschaft und vor allem des Welthandels auf der Kippe stehen. Die marktgesteuerte Globalisierung könnte in eine „Deglobalisierung“ umschlagen: Wuchs die Weltwirtschaft bislang immer enger zusammen, angetrieben durch den zunehmenden Warenaustausch, durch Direktinvestitionen in nahen und fernen Ländern, durch Kapitalströme und Digitalisierung, geht der Trend nun in die entgegengesetzte Richtung.

Protektionismus und Handelskriege, diese wohlstandszersetzenden Übel, dominieren die Agenda des Welthandels und damit der WTO. Die WTO meldete in den vergangenen Jahren historische Höchststände an Zöllen, Kontingenten und anderen Abschottungsmechanismen.

Zu all dem kommt jetzt die epochale Corona-Pandemie. [...]

Die Pandemie könnte zu einer langfristigen Abriegelung von Märkten vor fremden Anbietern führen. Viele Regierungen dürften Gefallen an dem Argument finden, die Grenzen für Personen und Waren zu schließen, um die Gesundheit des Volkes zu schützen.

[...]

Die WTO läuft Gefahr, in dem Strudel aus Protektionismus, Handelskriegen und der Angst vor Corona und neuen Pandemien unterzugehen. Dabei könnte sie als Forum der Vernunft helfen, den Weg aus der Krise zu finden.

Dem Nachfolger oder der Nachfolgerin des glücklosen WTO-Generaldirektors Roberto Azevêdo kommt dabei ein wichtiger Part[2] zu. Zwar verfügt der Generaldirektor gegenüber den WTO-Mitgliedern nicht über formale Macht. Er oder sie kann aber Reformdebatten antreten, mutig Position beziehen. Vor allem muss sich die oder der Neue viel stärker öffentlich und hinter verschlossenen Türen für einen möglichst freien Welthandel einsetzen.

Azevêdo, ein diskreter Handelsdiplomat der alten Schule, bot Protektionisten wie US-Präsident Donald Trump nie ernsthaft Paroli[3]. Selbst in seiner zweiten Amtszeit, als er wusste, dass seine Zeit in dieser Funktion zu Ende geht, schwieg er zu oft. Dass Politiker wie Trump sowieso nicht zuhören, darf kein Argument für Leisetreterei sein. Im Gegenteil.

Innerhalb der WTO warten ebenfalls eine Menge Baustellen auf die neue Frau oder den neuen Mann. Ganz oben auf der To-do-Liste steht das lahmgelegte WTO-Streitschlichtungssystem. Die USA haben sich gegen Neubesetzungen von Richtern in der Berufungsinstanz gesperrt und so das „Herzstück“ der WTO arbeitsunfähig gemacht.

[...]

Zudem gilt es, die Scherben der letzten Welthandelsrunde zusammenzukehren. Im Jahr 2001 startete die WTO in Doha ihr bis dato größtes Projekt: Ein neuer viele Bereiche umfassender Welthandelsvertrag sollte in drei Jahren unterschriftsreif vorliegen. Damit wollten die WTO-Granden[4] die Globalisierung weiter beschleunigen und die Entwicklungsländer stärker einbinden.

Doch die vielen Streitpunkte zwischen Armen und Reichen, zwischen EU, China, Indien und den USA, vor allem die leidigen Agrarsubventionen, ließen das ehrgeizige Projekt versanden. Es ist an der Zeit, das Scheitern offiziell einzugestehen. Darauf sollte die neue Person an der Spitze der Welthandelsorganisation dringen.

Die nächste WTO-Führung muss mit den Mitgliedern eine neue, attraktive Agenda ausloten. Angesichts des Klimawandels könnten Umweltfragen und Warenaustausch besser integriert werden. Die faire Verteilung von Medikamenten und Impfstoffen könnte die WTO nach den Erfahrungen in der Coronakrise in den Blick nehmen.

Zudem muss die lähmende Konsensregel auf den Prüfstand. Schon oft verhinderten einzelne Mitglieder Fortschritte hin zu offeneren Märkten. Doch zunächst müssen die 164 WTO-Mitglieder die beste Besetzung für den Topjob finden. Bei der Auswahl sollte weder das Geschlecht noch die regionale Herkunft eine Rolle spielen, sondern Ideen und Durchsetzungsfähigkeit.

„Die WTO neu erfinden": HB Print vom 10.07.2020, Autor: Herbermann, Jan Dirk.
Handelsblatt Online, 09. Juli 2020
URL: https://www.handelsblatt.com/meinung/kommentare/kommentar-die-wto-muss- sich-neu-erfinden-sonst-droht-sie-unterzugehen/25992110.html (Zugriff am 05.02.2021)

Zugelassene Hilfsmittel:
Wörterbuch zur deutschen Rechtschreibung
Taschenrechner

Zum Autor:
Jan Dirk Herbermann, geb. 1966, ist Journalist und arbeitet als UN- und Schweiz-Korrespondent für verschiedene deutsche Medien.

Begriffserklärungen:
1 Zwischenzeitlich wurde die Nigerianerin Ngozi Okonjo-Iweala gewählt. Sie trat das Amt am 1. März 2021 an.
2 Part: Rolle
3 Paroli bieten: ebenbürtig zur Wehr setzen
4 Granden, *hier:* Personen von besonderer Bedeutung, Schlüsselfiguren

M 2:

Burkhard Mohr
Karikatur zum Artikel: Die WTO muss sich neu erfinden – sonst droht sie unterzugehen. In: Handelsblatt Online, 09. Juli 2020
URL: https://www.handelsblatt.com/meinung/kommentare/kommentar-die-wto-muss- sich-neu-erfinden-sonst-droht-sie-unterzugehen/25992110.html (Zugriff am 05.02.2021)

Zum Karikaturisten:
Burkhard Mohr, geb. 1959, ist Karikaturist und Bildhauer. Seine Karikaturen wurden in zahlreichen deutschen Printmedien veröffentlicht.

Lösungsvorschläge

***Aufgabenart B** (Darstellung – Analyse – Erörterung)*
Inhaltliche Schwerpunkte:

- *Globale Strukturen und Prozesse: Merkmale, Dimensionen und Auswirkungen der Globalisierung; Internationale Wirtschaftsbeziehungen; Debatten um Freihandel und Protektionismus; Wirtschaftsstandort Deutschland*
- *Strukturen sozialer Ungleichheit, sozialer Wandel und soziale Sicherung: Erscheinungsformen und Auswirkungen sozialer Ungleichheit; Sozialer Wandel; Sozialstaatliches Handeln*

1. *Die inhaltliche Fokussierung stellt Sie vor die durchaus anspruchsvolle Aufgabe, die Aspekte der Globalisierung prägnant zusammenzufassen. Es kann helfen, sich anhand kurzer Stichpunktnotizen vorher mögliche Verbindungspunkte zwischen den Ursachen, Merkmalen und Indikatoren in Erinnerung zu rufen. Ansonsten könnte dem zu verfassenden Text ein roter Faden fehlen.*

Einleitung

Die sogenannte Globalisierung ist ein komplexer Prozess, der sich klassischerweise in verschiedene Bereiche unterteilen lässt, die jeweils miteinander verwoben sind: Politik, Wirtschaft, Umwelt sowie Kultur. Bei einer genaueren Betrachtung der **wirtschaftlichen Globalisierung** lassen sich exemplarisch einige Ursachen, Merkmale und Indikatoren identifizieren.

Ursachen

Die starke **Vergünstigung globaler Transportwege** sowie die „grenzenlosen" **Möglichkeiten digitaler Kommunikationstechnologie** lassen den Handel schneller werden und vereinfachen den Austausch von Informationen über Ländergrenzen und Kontinente hinweg. Dies vervielfacht die Möglichkeiten für ökonomische Akteure, **neue Absatzmärkte** zu bevölkern, und **verbilligt potenziell signifikante Teile der Produktion**. Als eine weitere Ursache der wirtschaftlichen Globalisierung lässt sich die **politische Förderung des Abbaus von Handelsbeschränkungen wie Zöllen** nennen, der zu einer Vereinfachung des Handels über Ländergrenzen hinweg führt. Ein Beispiel hierfür ist der **Binnenmarkt der Europäischen Union**.

Merkmale

Die genannten Entwicklungen führen unter anderem dazu, dass **Kapital global eingesetzt** werden kann und Investitionen in andere Länder und Märkte immens an Wichtigkeit gewinnen. Durch **internationale Arbeitsteilung und Produktion** sind die Unternehmen auf Teile mehrerer Volkswirtschaften angewiesen. Ziele sind eine **kostengünstige Produktion** sowie ein **breites Angebot**.

Die mittlerweile **große Anzahl sogenannter Global Player** ist daher ein Indikator für die wirtschaftliche Globalisierung. Zudem verdeutlicht die **steigende Anzahl von Direktinvestitionen in die Volkswirtschaften** anderer Länder die weit fortgeschrittene wirtschaftliche Verflechtung.

Indikatoren

2. a) *Bei der Betrachtung der gesamten Aufgabe 2 (a und b) wird deutlich, dass es sich um eine Kombination von zwei Materialien handelt – eine textliche Grundlage sowie eine Karikatur. Bei Teilaufgabe 2 a müssen Sie also bedenken, dass die zeitliche Planung angepasst werden muss. Sie sollten die Bearbeitung in etwa 2/3 der sonst veranschlagten Zeit beendet haben. Die Reihenfolge der Analysepunkte bleibt hingegen bestehen.*

Einstieg

Der Text „Die WTO muss sich neu erfinden – sonst droht sie unterzugehen" erschien am 09.07.2020 auf der Website des Handelsblatts. Der Autor Jan Dirk Herbermann beschäftigt sich darin mit **dem Reformbedarf der Welthandelsorganisation** (WTO).

Position des Autors

Herbermann vertritt die Position, dass eine **Reform** der WTO dringend **notwendig** sei. Durch das Wiederaufleben **protektionistischer Bestrebungen** in der Weltwirtschaft drohe die WTO bedeutungslos zu werden. Nicht nur die Blockade neuer Richter*innen durch die USA, auch das **überholte Konsensprinzip** machte es nötig, jetzt eine fähige Führungspersönlichkeit an die Spitze der WTO zu wählen.

Begründungsgang

In seinem Begründungsgang macht Herbermann gleich zu Beginn die **Tragweite der Problematik** deutlich, indem er von einer „Zeitenwende" (Z. 6) spricht. Er sieht die **WTO** als ebenso **gefährdet** an wie den **Freihandel** insgesamt, denn die „marktgesteuerte Globalisierung könnte in eine ‚Deglobalisierung' umschlagen" (Z. 11 f.). Herbermann bezeichnet Protektionismus und Handelskriege als **„wohlstandszersetzende[] Übel"** (Z. 16). Zudem sieht er die Corona-Pandemie als existenzgefährdend für die WTO an (vgl. Z. 20 ff.).
Um die WTO und damit den Freihandel zu stützen, braucht es laut dem Journalisten jemanden, der **selbstbewusst** auftritt, der „mutig Position beziehen" (Z. 32) und im Gegensatz zum bisherigen WTO-Generaldirektor auch großen Handelsnationen und deren Führungspersönlichkeiten „ernsthaft Paroli" (Z. 36) bieten kann. Darüber hinaus müsse das „lahmgelegte **WTO-Streitschlichtungssystem**" (Z. 41 f.) **reformiert** und der **gescheiterte „Welthandelsvertrag**" (Z. 47) in den Blick genommen werden. Als zentrales Element für

eine effizientere Entscheidungsfindung sieht Herbermann die **Änderung der Konsensregel** an (vgl. Z. 58 ff.).
All diese Forderungen machen es aus Sicht des Autors notwendig, eine **neue fähige Person** für das Amt der Generaldirektion zu finden (vgl. Z. 59 ff.).

Argumentationsweise

Herbermanns Argumentationsweise ist geprägt von **dramatisierender Wortwahl**, die die aus seiner Sicht tiefgreifenden Probleme betont. So schreibt er von „historische[n] Höchststände[n] an Zöllen“ (Z. 18) sowie der Gefahr, die WTO könne „in dem Strudel aus Protektionismus“ (Z. 26) untergehen. Zudem lässt der Autor seine Forderungen durch seinen **einseitigen Argumentationsstil** als **alternativlos** erscheinen. Man müsse „eine neue Rolle finden“ (Z. 6), bisherige Herangehensweisen müssten „auf den Prüfstand“ (Z. 58).

Intention

Mit seinem Artikel verfolgt der Autor die Intention, über die schwierige Lage der WTO und die Wichtigkeit einer Neubesetzung der Führungsposition **aufzuklären**. In seinem **Appell** zu einer Reformierung der WTO wird auch seine **Kritik** an protektionistischen Bestrebungen großer Handelsnationen deutlich, die seiner Ansicht nach wohlstandsgefährdend sind.

b) *Die Analyse der Karikatur sowie der Vergleich der Position des Karikaturisten mit der des Autors erfordern neben einer klaren Beschreibung und Interpretation der Karikatur einen guten Überblick über die Argumente im Text. Es kann Ihnen helfen, wenn Sie sich bereits während des Betrachtens der Karikatur Notizen zu beidem (Karikatur und Text) machen.*

Einstieg

Die Karikatur M 2 wurde von Burkhard Mohr gezeichnet und zeitgleich mit dem Artikel von Herbermann auf der Website des Handelsblatts veröffentlicht.

Beschreibung der Bildelemente

Die Zeichnung zeigt eine große schwarz-weiße **Weltkugel**, die in der rechten Bildhälfte auf dem Boden liegt und verschiedene **Beschädigungen** aufweist. Es sind **Pflaster** zu sehen und es tritt Luft bzw. Rauch aus Rissen in der Weltkugel aus. Auf der Kugel steht in großen Buchstaben das Wort „**Globalisierung**“. In der linken Bildhälfte sieht man eine **Person**, die gerade ein **frisches Pflaster** auf die Kugel drückt. In einem **kleinen Wagen** hat sie neben **Schere und Verbandsmaterial** auch eine **Flasche**, die wie eine **Arznei** aussieht, sowie eine klassische Waage und einen Zirkel dabei. Auf dem Wagen sind die Buchstaben **„WTO“** zu lesen.

Man kann erkennen, dass die sehr lädiert anmutende „Globalisierung“ bereits zuvor von der WTO mit Pflastern (stehen für Maßnahmen der WTO) geflickt wurde. Ihr **„geht die Luft aus“** und es scheint nicht so, als wären die Bemühungen/Maßnahmen der WTO von Erfolg gekrönt. Sie wirken eher nutz- und sinnlos. Die **Person** (steht für die WTO) ist viel **zu klein und zu schlecht ausgestattet**, um wirklich etwas ausrichten zu können. Die Pflaster einerseits, sowie Waage und Zirkel andererseits (die für das Rechtssystem stehen könnten) **scheinen auf lange Sicht keinerlei Effekt** zu haben. Es fällt auf, dass die WTO nur im Sinne einer **„Notfallbehandlung“** tätig zu werden scheint.

Bedeutung der Bildelemente und Interpretation

Die Darstellung des Zustands der Globalisierung in der Karikatur ist nahezu **deckungsgleich** mit der im Text Herbermanns durchgeführten Analyse. Die **WTO** wird hier wie dort als **zentraler Akteur** aufgezeigt, der etwas ändern bzw. verbessern könnte.

Vergleich

Im **Text** allerdings wird die **WTO** nach der Durchsetzung **notwendiger Reformen** wieder als **schlagkräftig und einsatzbereit** angesehen. Besonders hervorgehoben wird die Notwendigkeit einer neuen Führungsperson. In der **Karikatur** hingegen scheinen alle Maßnahmen, die die WTO durchführt, **letztlich wirkungslos** zu sein. Eine Besserung scheint nicht in Sicht.

3. *Die hier vorliegende Erörterungsaufgabe nimmt direkt Bezug auf die in den Abiturvorgaben für 2022 (auch 2023 und 2024) genannte Konkretisierung „Debatten um Freihandel und Protektionismus“. Insofern können Sie sich auf Ihr im Unterricht erlerntes Faktenwissen stützen. Darüber hinaus bietet der zu analysierende Texte verschiedene Argumente, auf die Sie kritisch prüfend eingehen sollten.*

Die Frage, ob es sich bei Protektionismus um ein „wohlstandszersetzende[s] Übel“ handelt, lässt sich aus verschiedenen Blickwinkeln beleuchten. Hierbei können sowohl **ökonomische** wie auch **soziale Aspekte** eine Rolle spielen.

Einleitung

Aus ökonomischer Sicht lässt sich sagen, dass unternehmerische Tätigkeit unter markt-theoretischem Blick nur dann **optimal funktionieren** kann, wenn **wirklich freier Handel** möglich ist. Die Unternehmer*innen müssen die Gelegenheit haben, auch in anderen Ländern einzukaufen oder zu verkaufen (ohne Zölle oder andere Handelshemmnisse). Nur so können **Kostenvorteile ausgeschöpft werden** und eine **Wohlstandsmehrung** eintreten. Auf individueller Ebene kann Protektionismus zudem als **Eingriff in die unternehmerische Freiheit** gesehen werden.

ökonomische Aspekte

Allerdings kann Protektionismus auch **positive Auswirkungen** haben. Zum einen können **Branchen und Beschäftigte geschützt** werden, die ansonsten Gefahr liefen, unterzugehen. Zum anderen können Schutzmaßnahmen dazu beitragen, dass **junge Industriezweige** sich erst einmal entwickeln können und nicht sofort der geballten Konkurrenz aus dem Ausland ausgesetzt sind.

soziale Aspekte

Aus sozialer Sicht lässt sich argumentieren, dass erst ein **wohlhabendes Land** die finanzielle Grundlage hat, für die soziale Sicherung ihrer Bürger*innen zu sorgen. Wird also auf wirtschaftlicher Seite alles für die **Wohlstandsmaximierung** getan, sorgt man für die Finanzierbarkeit des Sozialstaates. Tendenziell sorgt der freie Handel zudem dafür, dass Güter billiger werden, was Geringverdienenden zugutekommt.

Allerdings gibt es auch potenziell **positive Nebenwirkungen** von Protektionismus: Einzelne Arbeiter*innen würden vor der **Arbeitslosigkeit geschützt**, harter **Strukturwandel** würde **abgeschwächt** und soziale Verwerfungen würden insofern zumindest aufgeschoben.

Position des Autors und Fazit

Zusammengefasst lässt sich jedoch sagen, dass **die Argumente dafür**, dass es sich bei Protektionismus um ein „wohlstandzersetzende[s] Übel" (Z. 16) handelt, deutlich **überwiegen**. Herbermann akzentuiert in seinem Artikel **die Gefahren**, die sich mit einer schwachen WTO und einem dominierenden Protektionismus für den Welthandel ergeben könnten.

Kommt es durch die Maßnahmen zu einer **Wohlstandsminderung** und ergo einer Finanzierungsproblematik für Sozialstaaten, so ist die **soziale Sicherung** stark gefährdet. Zudem ist die **Freiheit** ein hohes Gut, das nicht so einfach eingeschränkt werden sollte. In einer global vernetzten Wirtschaft könnten die Wiedereinführung von mehr Handelshemmnissen sowie die Einflussnahme auf die weltweiten Handelsströme Staaten zudem unter **großen finanziellen Druck setzen** und notwendige **Reformen** der Volkswirtschaften unnötig **verzögern**. Ein im globalen Sinne nicht mehr wettbewerbsfähiger Industriezweig sollte zudem nicht „künstlich" erhalten bleiben, da er auf lange Sicht die **Wohlstandsmehrung** der Volkswirtschaft **behindert**.

Abiturprüfung 2022 NRW – Leistungskurs Sozialwissenschaften
Aufgabe 1

Thema:
Weniger staatliche Investitionen – Eine angemessene wirtschaftspolitische Maßnahme für die Zeit nach Corona?

Aufgabenstellung Punkte

1. a) Analysieren Sie den Text M 1 im Hinblick auf die Position und Argumentation des Autors zu nachfrageorientierter Wirtschaftspolitik in Deutschland. 30
   b) Überprüfen Sie anhand des statistischen Materials M 2, inwieweit die Bundesregierung im Zeitraum von 2018 bis 2021 eine nachfrageorientierte Wirtschaftspolitik betrieben hat. 16

2. Stellen Sie die angebotsorientierte wirtschaftspolitische Konzeption (Grundannahmen, Rolle des Staates, Maßnahmen und deren erhoffte Effekte) dar. 24

3. Erörtern Sie unter Einbeziehung der Position des Autors, ob der Staat seine Investitionstätigkeit nach dem Überwinden der Corona-Krise reduzieren sollte. Berücksichtigen Sie sowohl eine ökonomische als auch eine soziale Perspektive. 30

M 1: Uwe Jean Heuser: Die reine Leere

[…]

Jünger übertreiben gern die Lehre ihrer Meister, gerade wenn es um Wirtschaft geht. […] Derzeit führen die Jünger eines […] Meisters ihr Vorbild ad absurdum: John Maynard Keynes und seine Lehre vom starken Staat.

Um zu verstehen, was da los ist, muss man kurz zurückschauen.

Aus den Schriften des großen britischen Ökonomen entwickelte sich nach dem Zweiten Weltkrieg der Keynesianismus, dem zufolge der Staat die Wirtschaft stimulieren und die Konjunktur lenken kann. 1971 erklärte sogar der konservative US-Präsident Richard Nixon, er sei nun Keynesianer. In den Krisen der Siebzigerjahre setzte dann das Misstrauen gegen den Staat ein, die neoliberale Gegenrevolution begann und hörte nicht mehr auf. Erst 30 Jahre später, in der Finanzkrise, wurden die Regierungen wieder als Retter gefeiert, sodass der Keynes-Jünger und Nobelpreisträger Paul Krugman den ersten „keynesianischen Moment" seit Langem ausrufen konnte.

Zu diesem historischen Moment gehörte nicht nur, dass der Staat Konjunkturpakete schnürte, sondern auch, dass die Zentralbank mit einer Geldschwemme die Zinsen am Boden hielt. Seither beherrschen die Staatsfreunde die wirtschaftliche Debatte, auch wenn sie sich manchmal noch als Underdog[1] geben. Und der Staat traut sich wieder was: erweitert mit Früh- und Mütterrente das soziale Umverteilungssystem, legt Mindestlöhne fest, engagiert sich in der Technologieförderung, erhebt Sanktionen und neue Zölle gegen andere Länder.

Dann kommt 2020 – und Corona. Das Virus löst einen Schock aus, für den der Kapitalismus ausnahmsweise nichts kann. Der Staat wird zum Retter. Die europäische wie auch die amerikanische Zentralbank lassen der großen Geldschwemme eine noch größere folgen. Und was sagen die Keynesianer angesichts dieser Verausgabung des Staates in höchster Not? Mehr davon! So soll das neue Normal aussehen.

[…]

Das Problem dabei ist eine Art selektiver[2] Wahrnehmung. Warum konnte Deutschland denn so vehement auf die Pandemie reagieren und allein 2020 mehr als 200 Milliarden Euro zusätzliche Schulden machen? Warum konnte man den allermeisten Firmen helfen? Warum wurden immer noch weitere Hilfen erfunden, wenn eine Lobby nur laut genug rief? Die Antwort: Weil die Bundesrepublik als einziges führendes Industrieland im vergangenen Jahrzehnt solide wirtschaftete und den Anteil der Staatsschulden an der jährlichen Wirtschaftsleistung von rund 80 auf knapp 60 Prozent gedrückt hatte. Sie kann es sich leisten.

Das ist jedoch nur möglich, weil die Regierung den Lockrufen der Keynesianer im vergangenen Jahrzehnt nicht gefolgt ist. In beschleunigtem Takt forderten sie, Deutschland möge neue Schulden aufnehmen. Egal ob deutsche oder angelsächsische Ökonomen: Sie hielten es kaum aus, dass die Bundesrepublik sich von der internationalen Verschuldungslust nicht mitreißen ließ und an ihrer – als Konsequenz der Finanzkrise eingeführten – Schuldenbremse festhielt. Berlin solle in die Infrastruktur investieren, forderten sie etwa noch zu einer Zeit, als schon gefühlt jede zweite Autobahn- und Bahnbrücke zur Baustelle geworden war. Es sei gerade so günstig für den Staat, weil er sich Geld zum Nulltarif leihen könne oder sogar noch Negativzinsen hinzuerhalte.

Gegen den wütenden Rat der Keynesianer ist Deutschland bisher lieber den Vorschlägen von John Maynard Keynes selbst gefolgt. Vereinfacht gesagt, forderte der 1946 verstorbene Ökonom und Mathematiker in etwa das, was auch Josef[3] dem Pharao in der Bibel deutet: in den fetten Jahren sparen, um in der Krise umso entschiedener handeln zu können. Aktive Konjunkturpolitik hat also zwei Seiten: Der Staat hält sich zurück, wenn die Wirtschaft läuft, und wirft sich ins Geschehen, wenn sie stockt. Genau diese Dialektik[4] verdrängen die Keynesianer von heute, obwohl sie in der Pandemie so offensichtlich zutage tritt.

Man muss kein Sigmund Freud[5] sein, um das zu erklären. Drei Jahrzehnte lang beherrschten die Prediger des freien Marktes die Debatte, weshalb nun die Gegenbewegung mit Vehemenz betrieben wird. Bloß liegt da ein Irrtum vor, weil sich die Diskursherrschaft der Neoliberalen in Deutschland schon lange nicht mehr in der Politik niederschlug. Spätestens seit Angela Merkel Kanzlerin ist, geben die Wirtschaftsliberalen in Berlin kaum mehr den Ausschlag.

[…]

Ein ums andere Mal hat Berlin sein Rettungsprogramm ausgeweitet, ohne zu warten, ob es denn nicht auch so tragen würde. Zum Beispiel gab es zu Beginn der Corona-Krise ein Notkreditprogramm für Firmen, bei dem Banken alle Anträge noch eingehend prüfen mussten – schon weil sie selbst einen Teil der Haftung übernahmen. Doch da ging noch mehr: Bald gab es Kredite, die zu hundert Prozent vom Staat garantiert wurden und von Geldhäusern nur noch marginal geprüft wurden. Also wuchs die Gefahr, dass sich auch Firmen Geld leihen konnten, die schon vor dem Virus schwach waren. Auch beim Kurzarbeitergeld wurde die großzügige Unterstützung noch einmal gesteigert, sodass sich weitere Firmen am Leben halten konnten, die es unter normalen Umständen nicht mehr geben sollte.

Neuer Wohlstand entsteht aus neuen Ideen und Unternehmen, nicht aus der Rettung jedes alten Betriebs.

[…]

[W]er gerade den Staat mit noch mehr Kraft vollpumpt und ihn zum Alleskonner erhebt, sorgt unweigerlich für seine Überforderung. Auf einmal soll dieser Staat nicht nur mehr ausgeben, sondern auch am besten wissen, wer in der Wirtschaft überleben soll und wer nicht. Welche Technologien die Zukunft bestimmen und daher in Deutschland und Europa entwickelt werden müssen. Wer heimische Firmen kaufen darf und wer nicht.

Tatsächlich läuft der Staat den Unternehmerinnen und Unternehmern mit ihren Ideen dabei zwangsläufig hinterher. Deshalb entstehen auch stets verdeckte Kosten, wenn er selbst versucht, die Wirtschaft zu lenken. Stärke und Größe sind eben auch beim Gemeinwesen nicht dasselbe. Stark ist der Staat nicht, wenn er wächst und sich immer neue Aufgaben anmaßt, sondern wenn er effizient handelt und mit knappen Mitteln möglichst viel Wohlstand und Fairness schafft. Die Ausnahmesituation der Krise darf gerade nicht zur Regel werden.

Wir alle sollten uns an diese Weisheiten erinnern – und mal wieder Keynes lesen.

Uwe Jean Heuser: Die reine Leere, DIE ZEIT 45/2020 (29.10.2020), https://www.zeit.de/2020/45/konjunkturpolitik-schuldenbremse-deutschland-coronakrise-handlungsfaehig

Begriffserklärungen:
1 Underdog, *hier:* Benachteiligte, Unterlegene
2 selektiv, *hier:* einseitig, beschränkt
3 Josef: biblische Figur aus dem Alten Testament
4 Dialektik, *hier:* (einer Sache innewohnende) Gegensätzlichkeit
5 Sigmund Freud: Begründer der Psychoanalyse

Zum Autor:
Uwe Jean Heuser, geb. 1963, ist Volkswirt und Journalist. Zum Zeitpunkt der Veröffentlichung des Textes leitete er das Wirtschaftsressort der Wochenzeitung *Die Zeit.*

M 2: Wirtschaftliche Eckdaten [Deutschlands]

	Einheit	2018	2019	2020[1]	2021[1]
Bruttoinlandsprodukt[2]	Wachstum in %	1,3	0,6	−5,1	3,7
Private Konsumausgaben[2, 3]	Wachstum in %	1,5	1,6	−6,8	3,4
Konsumausgaben des Staates[2]	Wachstum in %	1,2	2,7	3,4	1,9
Finanzierungssaldo des Staates[4]	%	1,8	1,5	−5,6	−3,5

nach: Sachverständigenrat zur Begutachtung der gesamtwirtschaftlichen Entwicklung: Corona-Krise gemeinsam bewältigen, Resilienz und Wachstum stärken. Jahresgutachten 20/21, November 2020, S. 40, Quellen: BA, Statistisches Bundesamt, eigene Berechnungen

Anmerkungen:
1 Prognose des Sachverständigenrates.
2 Preisbereinigt. Veränderung zum Vorjahr.
3 Einschließlich privater Organisationen ohne Erwerbszweck.
4 Einnahmen minus Ausgaben des Staates in Relation zum BIP.

Zugelassene Hilfsmittel:
Wörterbuch zur deutschen Rechtschreibung
Taschenrechner

Lösungsvorschläge

***Aufgabenart A** (Analyse – Darstellung – Erörterung)*
Inhaltliche Schwerpunkte:

- *Wirtschaftspolitik: Legitimation staatlichen Handelns im Bereich der Wirtschaftspolitik; Konjunktur- und Wachstumsschwankungen – Analyse von Daten zur konjunkturellen Entwicklung; wirtschaftspolitische Konzeptionen*
- *Strukturen sozialer Ungleichheit, sozialer Wandel und soziale Sicherung: sozialstaatliches Handeln*

1. a) *Der erste Operator der Aufgabenstellung „Analysieren" verlangt, dass die Position des Autors zur nachfrageorientierten Wirtschaftspolitik dargelegt wird. Dazu gehört nach einer Einordnung des Textes, einer Ausführung des Argumentationsgangs und einem Verweis auf sprachliche Besonderheiten auch die Herstellung inhaltlicher Bezüge zur Nachfragepolitik. Schließlich muss die Intention, also der Beweggrund des Verfassers, aufgezeigt werden. (AFB II)*

Einleitung

Der Artikel mit dem Titel „Die reine Leere" wurde am 29. Oktober 2020 auf Zeit online veröffentlicht. Es handelt sich um einen Diskussionsbeitrag des Volkswirts und Journalisten Uwe Jean Heuser, in dem er die **wirtschaftspolitische Rolle des Staates angesichts der Coronakrise** thematisiert.

Position des Autors

Dabei vertritt der Autor eine **kritische Position gegenüber einer andauernden nachfrageorientierten Wirtschaftspolitik** in Deutschland. Seit der Finanzkrise und insbesondere seit der Coronakrise seien konjunkturpolitische Maßnahmen vom nachfrageorientierten Ansatz geprägt. Die während der Coronakrise verfolgte **expansive Konjunkturpolitik** des Staates dürfe **nicht zum Standard** wirtschaftspolitischen Handelns werden. Es gelte, sich auf die ursprüngliche **keynesianische Lehre zurückzubesinnen** und das staatliche wirtschaftspolitische Handeln an der **tatsächlichen konjunkturellen Lage** auszurichten.

Begründungsgang

Der Autor leitet seinen Artikel mit einem **historischen Rückblick** ein: Der nach dem Zweiten Weltkrieg entwickelte **Keynesianismus** habe bis zu den Wirtschaftskrisen der 70er-Jahre und, nach einer etwa **30 Jahre anhaltenden neoliberalen Gegenbewegung**, seit **Beginn der Finanzkrise** 2008 und damit auch während der Coronakrise die deutsche Wirtschaftspolitik bestimmt (vgl. Z. 6 ff.).
In Folge dieser Entwicklung seien **Vertreter der nachfrageorientierten Wirtschaftspolitik** dazu übergegangen, **starke staatliche Eingriffe**, insbesondere der Notenbanken, als **Normalzustand** einzufordern (vgl. Z. 25). Diesem Ansatz

hält Uwe Jean Heuser entgegen, dass Deutschland nur deswegen in der Lage gewesen sei, auf die Pandemie mit **intensiven nachfrageorientierten Maßnahmen** zu reagieren, weil es aufgrund des Festhaltens an der **Schuldenbremse** über ausreichend finanzielle Mittel verfügt habe (vgl. Z. 27 ff.). Während Deutschland, im Sinne der eigentlichen Lehre von Keynes, bislang eine **antizyklische Konjunkturpolitik** verfolgt habe („Gegen den wütenden Rat der Keynesianer ist Deutschland bisher lieber den Vorschlägen von John Maynard Keynes selbst gefolgt", Z. 45 f.), seien die sogenannten Keynesianer dazu übergegangen, nachfrageorientierte Wirtschaftspolitik **einseitig auszulegen**, sich also in wirtschaftlich starken Zeiten nicht mehr entsprechend zurückzuhalten (vgl. Z. 35 ff.). Er warnt davor, dass eine Zunahme des wirtschaftspolitischen Engagements des Staates zu dessen **Überforderung** (vgl. Z. 73 ff.) und auch zu **versteckten Kosten** führe, da der **Staat dem Markt im Hinblick auf Innovationen und Investitionen unterlegen** sei (vgl. Z. 79 ff.). Daraus zieht der Autor den Schluss, dass ein Staat dann stark ist, wenn er sich auf **bestimmte Aufgaben beschränkt** und „mit knappen Mitteln möglichst viel **Wohlstand und Fairness** schafft" (Z. 83 f.).

Der Text ist in einem **normativen Stil** verfasst. So verhindert Uwe Jean Heuser potenzielle Zweifel an seiner Position und stellt die **eigenen Forderungen** als **alternativlos** dar („sorgt unweigerlich für seine Überforderung", Z. 74; „obwohl sie in der Pandemie so offensichtlich zutage tritt", Z. 51 f.; „Die Ausnahmesituation der Krise darf gerade nicht zur Regel werden", Z. 84 f.). Der Autor **beruft sich auf Keynes als Autorität**, um zum einen den eigenen Überlegungen mehr Gewicht zu verleihen und gleichzeitig den heutigen Vertretern der Nachfragepolitik, die er spöttisch als „Jünger" (Z. 2 f.) bezeichnet, lediglich oberflächliche Kenntnisse des ursprünglichen Ansatzes von Keynes zu unterstellen.

sprachliche Besonderheiten

Der Autor möchte auf die aus seiner Sicht **falsche Interpretation und Umsetzung** nachfrageorientierter Wirtschaftspolitik und auf die damit verbundenen Gefahren für die deutsche Volkswirtschaft hinweisen. Er fordert eine Rückbesinnung auf die **Lehre von Keynes**, die in **wirtschaftlich starken Zeiten** eine **wirtschaftspolitische Zurückhaltung** verlangt.

Intention

b) *Die Überprüfung der genannten Aussage erfordert, dass Sie diese auf der Grundlage eigener Kenntnisse und der Informationen, die sich aus dem Material selbst ergeben (hier die tabellarischen Angaben, M 2), auf ihre sachliche Richtigkeit bzw. auf ihre innere Logik hin untersuchen. Die vorliegende Aufgabenstellung ist mit der Formulierung „inwieweit" ergebnisoffen. Machen Sie also mögliche Einschränkungen ebenso begründet kenntlich wie Bestätigungen. (AFB II)*

M 2: statistische Wirtschaftsdaten

Im Material M 2 werden in tabellarischer Form **wirtschaftliche Eckdaten Deutschlands** dargestellt, die vom Sachverständigenrat zur Begutachtung der gesamtwirtschaftlichen Entwicklung im Jahresgutachten 20/21 veröffentlicht wurden. Bei den Zahlen für die Jahre 2018 und 2019 handelt es sich um Angaben des Statistischen Bundesamts, bei den Werten für die Jahre 2020 und 2021 um Prognosen des Sachverständigenrats.

Bruttoinlandsprodukt

Nach einem **geringen Wirtschaftswachstum** in den Jahren 2018 und 2019 wurde für 2020 ein **deutlicher Einbruch** beim **Bruttoinlandsprodukt** in Höhe von –5,1 % prognostiziert. Allerdings geht der Sachverständigenrat von einer **Erholung** im Jahr 2021 von 3,7 % aus.

private Konsumausgaben

Eine ähnliche Entwicklung zeigt sich bei den **privaten Konsumausgaben**. Auch in diesem Bereich gab es in den Jahren 2018 und 2019 eine **moderate Zunahme** und im Jahr 2020 einen **deutlichen Einbruch**, hier sogar in Höhe von fast 7 %. Und auch beim privaten Konsum geht der Sachverständigenrat von **einer deutlichen Erholung** im Jahr 2021 aus.

Konsumausgaben des Staates

Die **Konsumausgaben des Staates** zeigen eine andere Entwicklung: Von 2018 bis 2020 kommt es fast zu einer Verdreifachung des Wachstums der Staatsausgaben von 1,2 % auf 3,4 %. Erst mit dem Einsetzen der wirtschaftlichen Erholung im Jahr 2021 werden die Staatsausgaben wieder zurückgefahren und bleiben mit einem Wachstum von 1,9 % hinter dem prognostizierten Wachstum des Bruttoinlandsprodukts zurück.

Finanzierungssaldo

Anhand der **Entwicklung des Finanzierungssaldos** des Staates ist erkennbar, dass die **zunehmenden Konsumausgaben vermutlich über Schulden finanziert** wurden. Während der **Finanzierungssaldo** in den Jahren 2018 und 2019 **positiv** war, fiel er in den Jahren 2020 und 2021 mit –5,6 beziehungsweise –3,5 **negativ** aus, was sowohl auf einen **Rückgang der Staatseinnahmen** als auch auf eine **Ausweitung der Staatsausgaben** zurückzuführen sein kann.

Anhand dieser Kerndaten ist zu erkennen, dass die deutsche Wirtschaftspolitik im dargestellten Zeitraum tendenziell einem **nachfrageorientierten Ansatz** folgte – und zwar im ursprünglich von Keynes geforderten Sinne. Es gab also nicht nur eine **Ausweitung der Staatsausgaben** als Reaktion auf die prognostizierte Rezession 2020, für die ein **negativer Finanzierungssaldo** und eine **steigende Staatsverschuldung** (*deficit spending*) in Kauf genommen wurden. Es ist auch eine **Zurückhaltung bei den staatlichen Konsumausgaben** mit Einsetzen des Aufschwungs 2021 zu beobachten. In den Jahren 2018 und 2019 führte ein positiver Finanzierungssaldo dazu, dass die **Staatsschulden abgebaut** werden (*surplus saving*) konnten. Fazit

Allerdings ist die **Aussagekraft der Daten begrenzt**, da nur ein vergleichsweiser **kurzer Zeitraum** abgebildet wurde und die Angaben für 2020 und 2021 auf **Prognosen** beruhen.

Darüber hinaus wären weitere Daten, zum Beispiel zur **Entwicklung der Staatsschulden** und der **staatlichen Investitionen**, erforderlich, um die oben getroffene Aussage weiter abzusichern.

2. *Der Operator „Darstellen" verlangt von Ihnen, dass Sie die genannten Aspekte in einem strukturierten logischen Zusammenhang darlegen und dabei besonders auf die Verwendung der Fachsprache achten. Im Zusammenhang mit der Angebotstheorie gibt es einige wesentliche Fachbegriffe, die in einen solchen Text eingebaut werden sollten (z. B. Say'sches Theorem, Selbstheilungskräfte, Crowding out, Flexibilisierung, Liberalisierung, Deregulierung). (AFB I)*

Die **angebotsorientierte Wirtschaftspolitik** basiert auf verschiedenen Grundannahmen. Nach dem **Say'schen Theorem** wird davon ausgegangen, dass jedes **Angebot automatisch** seine **Nachfrage findet**, sodass man sich auf die Angebotsseite des Marktgeschehens konzentrieren sollte. Laut Theorie führen die Selbstheilungskräfte des Marktes dazu, dass es langfristig zu einem **Gleichgewicht zwischen Angebot und Nachfrage** kommt, solange der **Wettbewerb gesichert** ist. **Löhne** werden in erster Linie als **Kostenfaktor** betrachtet, der die Rentabilität wirtschaftlicher Unternehmungen schmälert und in der Folge **Investitionen verhindert**. Wirtschaftskrisen werden darauf zurückgeführt, dass die Angebotsbedingungen durch **staatliche Eingriffe in den Marktmechanismus** gestört wurden. Grundannahmen

Die **Rolle des Staates** besteht nach Ansicht der Angebotstheoretiker darin, **stabile Rahmenbedingungen** zu schaffen und die unternehmerische Freiheit sicherzustellen. Die **Fiskalpolitik** Rolle des Staates sollte **verstetigt** werden, da in wirtschaftspolitischen Maßnahmen des Staates die Hauptursache für Konjunkturschwankungen gesehen wird. Gleichzeitig müsse der Staat darauf achten, sogenannte **Crowding-out-Effekte**, also die Verdrängung privatwirtschaftliche Investitionen durch den Staat, zu **vermeiden**.

Maßnahmen

Die Angebotstheoretiker empfehlen insgesamt eine **Senkung der Lohnkosten** sowie der **Lohnnebenkosten**, eine Flexibilisierung des Arbeitsmarktes, Bürokratieabbau, Privatisierungen und Steuersenkungen für Unternehmen. Auf diese Weise erhoffen sie sich eine Schaffung **günstiger Produktions- und Investitionsbedingungen**, die Sicherstellung internationaler **Wettbewerbsfähigkeit**, die Anregung der **Investitionstätigkeit**, eine **Belebung der Konjunktur** und eine **Erhöhung des Produktionspotenzials**, von der die gesamte Gesellschaft, zum Beispiel in Form **sicherer Arbeitsplätze**, profitiert.

3. *In einer Erörterung wird eine reflektierte und kontroverse Auseinandersetzung mit einer vorgegebenen Problemstellung erwartet. Sie müssen also die widerstreitenden Standpunkte zu einer Reduzierung der staatlichen Investitionstätigkeit einander gegenüberstellen und zu einer eigenen begründeten Bewertung gelangen. Die besondere Schwierigkeit in der Aufgabenstellung liegt darin, dass eine „staatlichen Investitionstätigkeit" die unterschiedlichsten Maßnahmen umfassen kann. Aus diesem Grund ist es sinnvoll, hier wichtige Kriterien für eine angemessene Investitionstätigkeit zu benennen. Es ist von besonderer Bedeutung, explizit auf die Urteilskriterien hinzuweisen, auf die Sie sich in Ihrer Argumentation beziehen. (AFB III)*

Einstieg

In den letzten Jahren hat der Staat **erhebliche Investitionen** getätigt, um einen **wirtschaftlichen Einbruch in Deutschland zu verhindern**. Nicht nur der Autor Uwe Jean Heuser stellt sich die Frage, ob sich der Staat auch nach dem Ende der Coronakrise weiterhin so stark engagieren oder ob er sich ab diesem Zeitpunkt **wirtschaftspolitisch zurückhalten** sollte.

ökonomische Perspektive

Aus **ökonomischer Perspektive** spricht **für eine Reduktion**, dass staatliche Investitionen zu sogenannten **Crowding-out-Effekten** führen könnten. Da die entsprechenden **Kapazitäten** z. B. von Bauunternehmen durch staatliche Aufträge **gebunden** werden, käme es zu einer Verzögerung oder Verteuerung von Unternehmensinvestitionen. Gleichzeitig könnte ein Verzicht auf die entsprechenden Staatsausgaben bewirken, dass die Gelder in Form von **Steuersenkungen an die Bürger*innen** zurückgegeben werden und so eine **Stärkung des Konsumgüternachfrage** der privaten Haushalte die Folge wäre.

Allerdings würde eine Verringerung der staatlichen Investitionen die Gefahr mit sich bringen, dass **zentrale Zukunftsaufgaben** wie zum Beispiel der Glasfaser-Ausbau, der massive Ausbau erneuerbarer Energien, der Aufbau und die Verbesserung des Schienennetzes oder auch der Abbau des Investitionsstaus in der Infrastruktur (Autobahnbrücken, Schulen etc.) verschleppt werden. Dies würde letztlich zu einer **massiven Verschlechterung der Angebotsbedingungen** in Deutschland und damit einer **Gefährdung der Zukunftsfähigkeit** führen.

soziale Perspektive

Aus **sozialer Perspektive** spricht **für einen Abbau der staatlichen Investitionen** nach der Coronakrise, dass diese den Staatshaushalt belasten und zu einer **Erhöhung der Staatsverschuldung** bzw. einer Verlangsamung des Schuldenabbaus **zu Lasten künftiger Generationen** führen können. Zudem ist es möglich, dass hohe Investitionen eine **Verringerung der Staatsausgaben in sozialen Bereichen** (Sozialleistungen) zur Folge haben.

Auf der anderen Seite könnte der Verzicht auf staatliche Investitionen dazu führen, dass der **Strukturwandel**, wie zum Beispiel im rheinischen Braunkohlerevier, **nicht abgefedert werden kann**. In der Folge käme es zu **Beschäftigungsverlusten** mit entsprechend harten wirtschaftlichen und sozialen Konsequenzen für die Betroffenen, sodass der **soziale Friede** in den betroffenen Regionen **bedroht** wäre.

Fazit

Zusammenfassend spreche ich mich **gegen eine Reduzierung staatlicher Investitionen** nach der Coronakrise aus, sofern diese einen erkennbaren Beitrag zur **Verbesserung der Angebotsbedingungen** und zur **Sicherstellung des sozialen Friedens** leisten. Dabei sollte aber darauf geachtet werden, dass **Crowding-out-Effekte** so weit wie möglich **vermieden** werden und die angestrebte Zukunftsfähigkeit nicht durch eine **Überschuldung des Staates** ausgehebelt wird.

Abiturprüfung 2022 NRW – Leistungskurs Sozialwissenschaften
Aufgabe 2

Thema:
Europäische Integration – Welche Rolle soll die Europäische Union (EU) in einer globalisierten Welt übernehmen?

Aufgabenstellung	Punkte
1. Stellen Sie anhand von drei Stationen des europäischen Integrationsprozesses nach dem Zweiten Weltkrieg die Bedeutung der europäischen Integration für Demokratie und Menschenrechte dar.	24
2. a) Analysieren Sie die Rede von Angela Merkel im Hinblick auf ihre Position und Argumentation zur Lage der EU.	30
b) Erläutern Sie anhand von zwei Textbelegen Bezüge zu Modellen der europäischen Integration.	16
3. Gestalten Sie als Mitglied des Europäischen Parlaments einen Redebeitrag als Antwort auf Angela Merkels Rede. Beziehen Sie sich dabei auf zwei globale Herausforderungen, die Merkel hinsichtlich Europas Rolle in der Welt anspricht, und bringen Sie einen eigenen Vorschlag ein, der sich auf eine dieser Herausforderungen bezieht.	30

M: Rede von Bundeskanzlerin Angela Merkel zur deutschen EU-Ratspräsidentschaft vor dem Europäischen Parlament am 8. Juli 2020 in Brüssel

Sehr geehrter Herr Präsident,
sehr geehrte Frau Kommissionspräsidentin,
liebe Kolleginnen und Kollegen im Europäischen Parlament,
meine Damen und Herren,
es ist mir eine Freude, zu Beginn der deutschen EU-Ratspräsidentschaft vor dem Plenum des Europäischen Parlaments zu sprechen. […]

Uns allen ist bewusst, dass mein heutiger Besuch vor dem Hintergrund der größten Bewährungsprobe in der Geschichte der Europäischen Union stattfindet. Die weltweite Coronavirus-Pandemie hat auch in Europa Menschen hart und unerbittlich getroffen. […]

Unsere Wirtschaft wurde und wird europaweit schwer erschüttert. Millionen Beschäftigte haben ihren Arbeitsplatz verloren. Zusätzlich zu den Sorgen um ihre Gesundheit und die Gesundheit ihrer Familien ist bei vielen Bürgerinnen und Bürgern so auch noch die Angst um ihre wirtschaftliche Existenz dazugekommen. Sie alle brauchen jetzt unsere gemeinsame Unterstützung.

Um die Infektionsketten zu durchbrechen, mussten vorübergehend die elementarsten Grundrechte eingeschränkt werden. Das war ein sehr hoher Preis, denn für diese Grundrechte haben Generationen in Europa hart gerungen. Menschen- und Bürgerrechte sind das wertvollste Gut, das wir in Europa haben. Sie dürfen nur aus sehr gewichtigen Gründen und nur sehr kurzfristig eingeschränkt werden. Eine Pandemie darf nie Vorwand sein, um demokratische Prinzipien auszuhebeln. […]

In dieser historischen Phase übernimmt nun Deutschland die EU-Ratspräsidentschaft. Diese Aufgabe erfüllt mich mit Respekt, aber auch mit großer Leidenschaft. Denn ich glaube an Europa. Ich bin überzeugt von Europa – nicht nur als Erbe der Vergangenheit, sondern als Hoffnung und Vision für die Zukunft.

Europa ist nicht nur etwas, das uns übergeben wurde, etwas Schicksalhaftes, das uns verpflichtet, sondern Europa ist etwas Lebendiges, das wir gestalten und verändern können. Europa nimmt uns keine Handlungsmöglichkeiten, sondern in einer globalisierten Welt gibt Europa uns erst welche. Nicht ohne, sondern nur mit Europa können wir unsere Überzeugungen und Freiheiten erhalten.

Dafür brauchen wir eben mehr denn je die Orientierung an den Grundrechten, zugleich mehr denn je die wechselseitige Unterstützung und den gemeinschaftlichen Zusammenhalt.

[…]

Die Pandemie hat uns allen nur zu deutlich vor Augen geführt, wie kostbar die Grundrechte sind, wie elementar die Freiheiten sind, die sie garantieren. Über den Schutz dieser Grundrechte wachen in der Europäischen Union starke Institutionen: die Europäische Kommission, der Europäische Gerichtshof und das Europäische Parlament. Die Grundrechte sind das erste, was mir in dieser Ratspräsidentschaft am Herzen liegt.

Gestützt und ergänzt werden muss das durch das zweite Prinzip, das Europa ausmacht: unseren Zusammenhalt. […] Allein kommt niemand durch diese Krise. Wir alle sind verwundbar. Europäische Solidarität ist nicht einfach nur eine humane Geste, sondern eine nachhaltige Investition. Europäischer Zusammenhalt ist nicht nur etwas, das politisch geboten ist, sondern etwas, das sich lohnen wird. […]

Gemeinsam mit dem französischen Staatspräsidenten Emmanuel Macron habe ich einen europäischen Aufbaufonds in Höhe von 500 Milliarden Euro vorgeschlagen. […] Ich bin davon überzeugt, dass die soziale Dimension ebenso entscheidend ist wie die wirtschaftliche. Ein sozial und wirtschaftlich gerechtes Europa ist für den demokratischen Zusammenhalt entscheidend. Es ist das beste Rezept gegen all jene, die unsere Demokratien schwächen und unsere Gemeinsamkeiten infrage stellen wollen. […]

In vielen Mitgliedstaaten warten die Europagegner nur darauf, die Krise für ihre Zwecke zu missbrauchen. All jenen müssen wir jetzt zeigen, wo der Mehrwert der Zusammenarbeit in der Europäischen Union liegt. Wir müssen zeigen, dass die Rückkehr zum Nationalismus nicht mehr, sondern weniger Kontrolle bedeutet und dass uns nur gemeinsames Handeln als Europa schützt und stärkt. […]

Aber gleichzeitig heißt das im Ergebnis immer auch, dass die Kraftanstrengung, die jetzt zum Wohle aller notwendig ist, nicht einseitig die wirtschaftlich starken Mitgliedstaaten über Gebühr belasten darf, sondern dass jeder von uns gefordert ist, sich in die Lage des anderen zu versetzen. Also bedenken Sie auch, was die einzelnen Mitgliedstaaten leisten können und was nicht – wirtschaftlich, gesellschaftlich und politisch. Bei all dem bitte ich Sie als europäische Abgeordnete heute um Ihre Unterstützung. Ich bin davon überzeugt, dass jeder in dieser Krise zur außergewöhnlichen Solidarität bereit ist. Deutschland ist es.

Die Bewältigung der Pandemie und ihrer Folgen wird unsere Ratspräsidentschaft prägen. Zugleich müssen wir immer auch die weiterhin bestehenden anderen großen Herausforderungen unserer Zeit im Blick haben. […]

Zunächst: der Klimawandel. […] Auch ich bin davon überzeugt, dass eine globale Lösung des Klimawandels nur dann möglich ist, wenn Europa eine Vorreiterrolle beim Klimaschutz einnimmt. Die Strategie für einen grünen Deal der Europäischen Kommission ist daher für uns eine wichtige Leitlinie. Mit ihrer engen Begleitung im Verlauf unserer Ratspräsidentschaft wollen wir den Wandel hin zu einer kohlenstoffneutralen Wirtschaft und Gesellschaft und zu einer grünen Wirtschaft mit starken und innovativen Unternehmen schaffen – einer Wirtschaft, die die natürlichen Lebensgrundlagen und die Wettbewerbsfähigkeit Europas für die kommenden Generationen schützt und stärkt. […]

Die weitere große Herausforderung […] ist der digitale Wandel. Wie auch der Klimaschutz erfordert er, dass wir unsere Art zu leben und zu wirtschaften nachhaltig ändern. Das löst bei vielen Menschen Angst aus – Angst vor dem Verlust von Vertrautem und Angst vor dem Tempo der Veränderung. Und das ist auch verständlich.

Aber lassen Sie mich sehr deutlich sagen: Das Engagement für die Digitalisierung wie für den Klimaschutz bedeutet nicht, dass wir alles Etablierte aufgeben und damit die Arbeitsplätze von Millionen Europäerinnen und Europäern aufs Spiel setzen. Im Gegenteil, es geht um einen notwendigen Wandel unserer Gesellschaft, der langfristig mehr Schutz und mehr Nachhaltigkeit bieten wird. […]

Wir können und müssen selbst entscheiden, wer Europa in dieser sich rasant verändernden Weltordnung sein will. Es kommt mehr denn je darauf an, ob wir es ernst meinen mit Europa und ob wir ein Europa wollen, das seine Freiheit und seine Identität auch in Zeiten der Globalisierung bewahrt. In dieser Lage ergibt sich die Notwendigkeit einer starken europäischen Außen- und Sicherheitspolitik. […]

Während der deutschen Ratspräsidentschaft wollen wir außerdem unsere Überlegungen darüber fortführen, ob wir in Fragen der Außen- und Sicherheitspolitik am Einstimmigkeitsprinzip festhalten wollen oder nicht und welche Lehren Europa aus der Coronaviruskrise ziehen soll, zum Beispiel mit Blick darauf, wie Europas Souveränität im Gesundheitssektor gestärkt werden könnte.

Herr Präsident, Frau Kommissionspräsidentin, meine Damen und Herren, wollen wir Europa? Dann braucht es das, wovon ich heute gesprochen habe. Dann braucht es die Grundrechte und den Zusammenhalt. Dann braucht es Antworten auf den Klimawandel und die Digitalisierung. Dann braucht es Europas Verantwortung in der Welt. Dann müssen wir Europa grüner, digitaler und damit innovativer und wettbewerbsfähiger gestalten. Denn Europa soll international für eine Ordnung des Rechts und für Innovation und Nachhaltigkeit stehen. Das ist die Vision für Europa. […]

Herzlichen Dank!

Rede von Bundeskanzlerin Angela Merkel zur deutschen EU-Ratspräsidentschaft 2020 vor dem Europäischen Parlament am 8. Juli 2020 in Brüssel (gekürzt), https://www.bundesregierung.de/breg-de/suche/rede-von-bundeskanzlerin-merkel-zur-deutschen-eu-ratspraesidentschaft-2020-vor-dem-europaeischen-parlament-am-8-juli-2020-in-bruessel-1767368 (Zugriff am 01.10.2021)

Zugelassene Hilfsmittel:
Wörterbuch zur deutschen Rechtschreibung
Taschenrechner

Zur Rednerin und zum Material:
Angela Merkel, geb. 1954, war von 2005 bis 2021 Bundeskanzlerin der Bundesrepublik Deutschland. Vom 01. Juli bis zum 31. Dezember 2020 übernahm Deutschland die EU-Ratspräsidentschaft.

Lösungsvorschläge

Aufgabenart B *(Darstellung – Analyse – Erörterung)*
Inhaltliche Schwerpunkte:

- *Europäische Union: EU-Normen, Interventions- und Regulationsmechanismen sowie Institutionen; historische Entwicklung der EU als wirtschaftliche und politische Union; europäische Integrationsmodelle; Föderalismus, Intergouvernementalismus, Funktionalismus; Strategien und Maßnahmen europäischer Krisenbewältigung*
- *Globale Strukturen und Prozesse: internationale Bedeutung von Menschenrechten und Demokratie; internationale Friedens- und Sicherheitspolitik; Merkmale, Dimensionen und Auswirkungen der Globalisierung*

1. *Der Operator „Darstellen" fordert hier eine bündige Ausführung zu drei Stationen des europäischen Integrationsprozesses und der Bedeutung der europäischen Integration für Demokratie und Menschenrechte. Um hier präzise und ausführlich genug antworten zu können, müssen Sie die wesentlichen Schritte der europäischen Integration kennen und spezifische Aspekte nennen können.*
   Sie sollten drei Stationen auswählen, die Ihnen sowohl relevant genug erscheinen als auch hinreichend ausführlich erklärt werden können. Es bieten sich z. B. wesentliche (Gründungs-)Verträge wie die Gründung der EGKS, der Vertrag von Maastricht oder der Vertrag von Lissabon an. Ebenso denkbar wären große politisch-wirtschaftliche Schritte wie die Schaffung des Binnenmarktes, die Einführung des Euro oder die sogenannte EU-Osterweiterung.
   Tipp zum Vorgehen: Notieren Sie zuerst Ihnen bekannte Stationen der europäischen Integration kurz auf einem Zettel und prüfen Sie dann, welche drei sich aus Ihrer Sicht am besten eignen, um auf die Bedeutung für Demokratie und Menschenrechte einzugehen. (AFB I)

   Der europäische Integrationsprozess nach dem Zweiten Weltkrieg ist durch eine Vielzahl kleinerer und größerer Entwicklungen gekennzeichnet. Drei von ihnen sollen im Folgenden angerissen werden, wobei der Fokus auf wesentlichen vertrag- Einleitung liche Einigungen liegt, die das Zusammenwachsen der Europäischen Union begründet und die für Demokratie und Menschenrechte relevanten Grundlagen geschaffen haben.

EGKS

Der **Vertrag zur Gründung der EGKS (1951)** verdeutlicht die **vertiefte Zusammenarbeit** der sechs unterzeichnenden Staaten Deutschland, Italien, Frankreich, Belgien, die Niederlande sowie Luxemburg **im wirtschaftlichen Bereich**. Wenn diese sich auch zunächst auf Kohle und Stahl beschränkte, so waren hiermit doch **unterschiedliche Grundsteine** gelegt: die gegenseitige Kontrolle kriegswichtiger Güter (im Sinne der **Friedenssicherung**), die **Schaffung eines gemeinsamen Marktes** für diese Güter sowie die **Stärkung der Wirtschaftskraft** der unterzeichnenden Staaten.

Vertrag von Maastricht

Der **Vertrag von Maastricht**, der 1992 unterzeichnet wurde, ist hingegen die **formale Gründung der EU**. Er kann als der bislang wesentlichste Schritt der europäischen Integration angesehen werden. In ihm ist neben der gemeinsamen **Außen- und Sicherheitspolitik** und der **Zusammenarbeit in den Bereichen Justiz und Inneres** vor allem die schrittweise Schaffung der **Europäischen Wirtschafts- und Währungsunion** geregelt. Ziel war hier unter anderem die Herstellung vergleichbarer Lebensstandards in den Mitgliedstaaten. Dazu gehörte auch die **Einführung des Euro**. Zudem sind die sogenannten **Konvergenzkriterien**, die die wirtschaftliche Stabilität der Eurozone sichern sollen, ein wichtiger Punkt.

Vertrag von Lissabon

Der **Vertrag von Lissabon**, welcher 2009 in Kraft trat, sollte ursprünglich die Funktion einer EU-weiten Verfassung übernehmen und eine stark vertiefte Integration der EU ermöglichen. In seiner letztlich verabschiedeten Version hat er durch die **neu geschaffene Position des Präsidenten/der Präsidentin des Europäischen Rates**, die Aufwertung der Position des **Hohen Vertreters für Außen- und Sicherheitspolitik** und **die Einführung der Europäischen Bürgerinitiative** die Handlungsfähigkeit der EU erhöht und die demokratische Mitwirkung verbessert.

Bedeutung für Demokratie und Menschenrechte

Bezüglich der Bedeutung der europäischen Integration für Demokratie und Menschenrechte ist festzustellen, dass ein **Beitritt zur EU auf klaren Kriterien beruht** (Kopenhagener Kriterien): Eine **demokratische und rechtsstaatliche Ordnung**, die Wahrung der **Menschenrechte** sowie der **Minderheitenschutz** sind notwendige Voraussetzungen für eine Aufnahme in den Staatenverbund. Alle drei oben genannten Verträge zeigen, dass diese **Werte** für die EU wichtig sind: Die Gründung der EGKS leistete einen großen Beitrag zur **Friedenssicherung** und damit natürlich auch zur **Wahrung von Demokratie und Menschenrechten**. Im Zusammenhang mit dem Vertrag von Maastricht stehen Ziele wie die vertiefte Zusammenarbeit, vergleichbare Lebensstandards und wirtschaftliche Stabilität ebenfalls für **Friedens- und Demokratiesicherung**. Im Vertrag von Lissabon schließlich werden in **Artikel 2** die **Werte direkt genannt**.

2. a) *Hier sollen Sie die mehrschrittige Textanalyse (Texteinordnung, Position, Begründungsgang, Argumentationsweise, Intention) auf die Rede Angela Merkels anwenden. Es lässt sich bereits nach einem ersten Lesen sagen, dass die genannten Aspekte und die Struktur der Rede ein schrittweises Vorgehen begünstigen, da Merkels Rede klare Schwerpunkte hat. Wie immer lohnt es sich, dies mit klaren Randnotizen und ggfs. farbigen Markierungen für den eigenen Analysetext vorzubereiten. (AFB II)*

Einstieg

In ihrer Rede zur deutschen EU-Ratspräsidentschaft 2020 vor dem Europäischen Parlament am 8. Juli in Brüssel umreißt Bundeskanzlerin Angela Merkel die **Aufgaben** während der **deutschen EU-Ratspräsidentschaft**.

Position der Rednerin

Angela Merkel sieht weitreichende **Herausforderungen** auf Europa zukommen. Nur durch die **Solidarität mit den wirtschaftlich und sozial getroffenen Staaten** können ihrer Meinung nach die krisenhaften Rahmenbedingungen gemeistert werden. Im Sinne einer **pro-europäischen Position** kündigt Merkel daher an, Deutschland werde sich innerhalb der EU-Ratspräsidentschaft dafür einsetzen, dass die **Orientierung an Grundrechten** in der EU und der **Einsatz für den innereuropäischen Zusammenhalt** Fokuspunkte sind.

Begründungsgang

Hinsichtlich des Begründungsgangs lässt sich sagen, dass Merkel zuerst die **tiefgreifenden Einschnitte** benennt, die durch die **Coronapandemie** EU-weit zu **wirtschaftlichen und sozialen Einschränkungen** geführt haben. Sie nennt die Pandemie die „größte[] Bewährungsprobe in der Geschichte der Europäischen Union“ (Z. 7 f.) und spricht davon, dass die Wirtschaft „europaweit schwer erschüttert“ (Z. 11) worden sei. Insofern macht Merkel gleich zu Beginn ihrer Rede die **Tragweite der aktuellen Probleme** deutlich. Sie leitet hieraus ab, dass es zwar nötig gewesen sei, „vorübergehend die elementarsten **Grundrechte**“ (Z. 16 f.) **einzuschränken**, dies aber ein „**sehr hoher Preis**“ (Z. 17) gewesen sei. Historisch gesehen seien die Menschen- und Bürgerrechte Europas **wertvollstes Gut** (vgl. Z. 18 ff.). Die Stärkung des „gemeinschaftlichen Zusammenhalt[es]“ (Z. 32 f.) und das Wissen, dass Europa etwas Lebendiges ist, „das wir gestalten und verändern können“ (Z. 27 f.), seien die Triebfedern für die deutsche EU-Ratspräsidentschaft.

Hieraus entfaltet Angela Merkel ihre zentrale These: Nur mit einer „Orientierung an den **Grundrechten**" (Z. 31) und „[e]uropäische[r] **Solidarität**" (Z. 43) sei die Europäische Union stark. Sie stellt klar, dass dies zur wirtschaftlichen und sozialen Bewältigung der aktuellen Krise wichtig sei. Man müsse die **Vorteile der Zusammenarbeit** besonders gegenüber Europagegnern deutlich machen (vgl. Z. 50 ff.). Für die nach Merkel notwendige innereuropäische „Kraftanstrengung" (Z. 57) sieht die Rednerin **alle Staaten in der Pflicht** und appelliert dabei direkt an ihr Publikum, die Abgeordneten des Europäischen Parlamentes: „Also bedenken Sie auch, **was die einzelnen Mitgliedstaaten leisten können** und was nicht – wirtschaftlich, gesellschaftlich und politisch" (Z. 60 ff.).

Die folgenden Teile ihrer Rede nutzt Merkel, um über die Pandemie hinaus **globale Herausforderungen** zu benennen, die ihrer Ansicht nach ebenso nur mit einer **grundrechtsorientierten und solidarischen Europäischen Union** zu bewältigen sind: **Klimaschutz** und **Digitalisierung**.

Bezüglich des Themas **Klimaschutz** fordert sie von der EU eine „Vorreiterrolle" (Z. 69) und verweist auf den *Green Deal* der Europäischen Kommission (vgl. Z. 70 f.). Diesen wolle Deutschland während der Ratspräsidentschaft eng begleiten (vgl. Z. 71 ff.). Im Hinblick auf die **Digitalisierung** gehe es darum, aktiv zu gestalten und „**notwendigen Wandel**" (Z. 84) voranzutreiben, zugleich jedoch nicht „alles Etablierte auf[zu]geben" (Z. 82) und die in der Bevölkerung bestehende „Angst vor dem Verlust von Vertrautem" (Z. 79 f.) zu übergehen.

Schließlich ergibt sich für Angela Merkel die Frage, „wer Europa in dieser sich **rasant verändernden Weltordnung** sein will" (Z. 86 f.). Es müsse die Frage gestellt werden, wie Europa seine **Identität bewahren** möchte, wie der **innereuropäische Zusammenhalt** gestärkt werden kann und wie **globale Verantwortung** zukunftsfähig übernommen werden kann (vgl. Z. 88 f., 97 ff.). Sie beschreibt die **Vision eines Europas**, das „international für eine Ordnung des Rechts und für Innovation und Nachhaltigkeit [steht]" (Z. 101 f.).

Merkels Argumentationsweise ist unter anderem geprägt von **Gegenüberstellungen** und rhetorischen **Kontrastierungen**. So stellt sie heraus: „Europa nimmt uns keine Handlungsmöglichkeiten, sondern in einer globalisierten Welt gibt Europa uns erst welche" (Z. 28 f.). Auch Formulierungen wie „[n]icht ohne, sondern nur mit Europa" (Z. 29) oder „nicht

Argumentationsweise

mehr, sondern weniger Kontrolle“ (Z. 55) spielen mit **Gegenüberstellungen**. Darüber hinaus nutzt Merkel die **direkte Adressierung** an die Abgeordneten, vor denen sie spricht, und appelliert an gemeinsames Handeln. Sie weist ihre Zuhörer*innen darauf hin, dass sie „gestalten und verändern können“ (Z. 27 f.) und „dass jeder […] gefordert ist, sich in die Lage des anderen zu versetzen“ (Z. 59 f.).

Zur Intention lässt sich sagen, dass Angela Merkel die Abgeordneten über die **Ziele Deutschlands** während der EU-Ratspräsidentschaft informieren möchte. Sie hält ein klares Plädoyer für die **Einhaltung der Grundrechte** und den **innereuropäischen Zusammenhalt** sowie eine **Vorreiterrolle Europas** in der Welt. Intention

b) *Auch diese Aufgabenstellung folgt dem klassischen Muster, anhand zweier Textbelege Bezüge zu Integrationsmodellen Europas zu erläutern. Die hier genannten Belege sind nur Beispiele. Es sind eine Reihe weiterer Bezüge denkbar. In diesem Fall bieten sich die Modelle des Föderalismus oder der differenzierten Integration an. (AFB II)*

In ihrer Rede bezieht sich Angela Merkel mehrfach indirekt auf Modelle europäischer Integration. Einstieg

Insbesondere mit ihren Verweisen auf die **nötige Solidarität zwischen den europäischen Staaten** macht Merkel deutlich, dass sie ein **Modell des Europäischen Staatenbundes**, bei dem die nationalen Regierungen eine vorherrschende Stellung haben und supranationale Institutionen abgelehnt werden, **für wenig sinnvoll hält**. Sie spricht beispielsweise davon, dass eine „Rückkehr zum Nationalismus nicht mehr, sondern weniger Kontrolle bedeutet und […] nur **gemeinsames Handeln als Europa** schützt und stärkt“ (Z. 54 ff.). Diese Aussage deutet bereits darauf hin, dass Merkel das Modell des **Europäischen Bundesstaates** bevorzugt, was auch die folgende Textpassage zum *Green Deal* der Europäischen Kommission untermauert. Modell „Europäischer Staatenbund“

Dass „eine globale Lösung des Klimawandels nur dann möglich ist, wenn Europa eine **Vorreiterrolle beim Klimaschutz** einnimmt“ (Z. 68 ff.) lässt sich eindeutig dem Modell des „Europäischen Bundesstaates“ zuordnen. Bei diesem wird auf vertiefte Integration und die Stärkung supranationaler Institutionen und Absprachen abgezielt. Die Umsetzung des *Green Deal* bringt eine starke **Richtungsweisung der Europäischen Kommission gegenüber den Nationalstaaten** mit Modell „Europäischer Bundesstaat“:

sich. Letztlich bereitet es eine **Abgabe von nationalstaatlichen Souveränitäten** an die EU vor, wenn **gesamteuropäische Zielsetzungen** in den Vordergrund rücken.

3. *Das Format der Gestaltungsaufgabe (hier: Redebeitrag) verlangt neben den in der Aufgabenstellung vorgegebenen inhaltlichen Bezügen auch, dass ein klarer Kontextbezug zu erkennen ist (Einbeziehung des Publikums, Rückbezug auf Merkels Rede u. Ä.). Zudem muss der Rede ein Überzeugungswille zu entnehmen sein, etwa durch deutlich herausgestellte leitende Kriterien (diese können effizienz- oder legitimitätsbasiert sein) und klare argumentative Positionierungen. (AFB III)*

Sehr geehrter Herr Präsident,
liebe Abgeordnete im Europäischen Parlament,
meine Damen und Herren,

Grußformel

wir alle haben Angela Merkel aufmerksam zugehört, als sie am 8. Juli zu Beginn der **deutschen EU-Ratspräsidentschaft** hier vor uns gesprochen hat. Sie hat uns dargelegt, worauf **Deutschland** während der EU-Ratspräsidentschaft **Wert legt**. Es ging um die **tiefgreifenden Herausforderungen**, vor die uns die **Coronapandemie** gestellt hat. Es ging um den **Zusammenhalt** in der Europäischen Union, um den **Klimawandel** und die **Digitalisierung**.

Einstieg

Lassen Sie mich zuerst etwas zum Umgang mit der Pandemie sagen. Selbstverständlich können wir Corona und die weitreichenden wirtschaftlichen, gesellschaftlichen und politischen Auswirkungen der Pandemie nur **gemeinsam bewältigen**. Die wichtigen europäischen **Grundrechte Freiheit** und **Demokratie** gehen dabei meiner Ansicht nach gestärkt aus der Krise. Der politische Diskurs wird notwendigerweise darum ringen müssen, **wo und inwieweit Einschränkungen sinnvoll waren und sind**. Doch wird dies stets auf der **Basis unserer historisch gewachsenen, starken Grundrechte** geschehen. Populistische und **europafeindliche Stimmen** werden es nicht schaffen, den **innereuropäischen Zusammenhalt** zu stürzen. Ich bin dabei stolz auf die **Solidargemeinschaft**, die es auch im Bereich der Impfstoff-Versorgung schaffen wird, Europa durch diese Krise zu navigieren.

Herausforderung „Coronapandemie“

Auf **globaler Ebene** wird es nun umso mehr Zeit, dass Europa die **Führungsposition** einnimmt, die auch Frau Merkel fordert. Die Coronapandemie ist eines der vielen **ausschließlich global zu lösenden Probleme**. Nur eine starke Europäische Union kann **global Einfluss nehmen** und den **weltweiten Gesundheitsschutz verbessern**. Wollen wir Freiheit und Demokratie wirklich vorbildhaft in der Welt vertreten, so muss dies auch gegenüber unseren Brüdern und Schwestern außerhalb der Europäischen Union geschehen.

Gleiches gilt für die Herausforderungen des **Klimaschutzes**. Das Bekenntnis, das Frau Merkel hier zum *Green Deal* gibt, ist wichtig. Einzelne Staaten werden mit ihren Maßnahmen nie das erreichen können, was die Europäische Union gemeinschaftlich auf den Weg bringen kann. Der Umbau der europäischen Wirtschaft hin zu **CO_2-Neutralität**, die notwendigen **Änderungen im Transport- und Verkehrswesen**, die **Änderung des Lebensstils auf individueller Ebene** – all das sind **immense Herausforderungen**. Dieser Wandel kann von keinem Nationalstaat allein bewältigt werden. Die **Klima- und Energiepolitik** fällt in **gemischte Zuständigkeiten** zwischen der Europäischen Union und ihren Mitgliedstaaten.

Herausforderung „Klimaschutz“

Mein **dringender Vorschlag** ist, die Energiepolitik der Europäischen Union als Vehikel für eine **vertiefte Zusammenarbeit zwischen willigen Mitgliedstaaten** zu nutzen. Wenn sich dabei zu Beginn **unterschiedliche Geschwindigkeiten** ergeben sollten, ist das meiner Ansicht nach zu **akzeptieren**. Deutschland hat seine Position in den letzten Jahren bereits klar gemacht – unter anderem durch den **Ausstieg aus der Atomkraft**. Welche Energiequellen im **europäischen Energiemix** für alle Länder wichtig sind, muss weiterhin auf **supranationaler Ebene koordiniert** werden. Welche **Investitionen für die Begleitung der Energiewende** aufgenommen werden müssen, kann ebenfalls nur auf **europäischer Ebene** angegangen werden. Hierbei dürfen **keine nationalstaatlichen Interessen gegeneinander ausgespielt** werden. Die starken **Institutionen** der Europäischen Union müssen in diesem Prozess **selbstbewusst auftreten** und **langfristig noch mehr richtungweisende Kompetenzen bekommen**. Frau Merkel sprach sinnvollerweise an, dass wir in Fragen der Außen- und Sicherheitspolitik über **Entscheidungsfindungen und Einstimmigkeit** beraten müssen – wo sind sie noch sinnvoll, wo nicht? Das gilt aus meiner Sicht auch für den **Bereich der Energiepolitik und des Klimaschutzes**.

eigener Vorschlag

Lassen Sie uns in einem gestärkten Europa mutig Zukunft gestalten – mit **mehr Kompetenz für die EU**.

Herzlichen Dank!

Schlussworte und Schlussformel

Abiturprüfung 2022 NRW – Leistungskurs Sozialwissenschaften
Aufgabe 3

Thema:
Die internationalen Wirtschaftsbeziehungen in Folge der Corona-Krise – Soll der Freihandel ausgeweitet werden?

Aufgabenstellung Punkte

1. a) Analysieren Sie den Text im Hinblick auf die Position und Argumentation der Autorin und des Autors zur Entwicklung der internationalen Wirtschaftsbeziehungen. 30
   b) Erläutern Sie anhand von zwei Textbelegen Bezüge zu unterschiedlichen Grundfreiheiten des europäischen Binnenmarktes. 16
2. Stellen Sie drei Standortfaktoren und deren jeweilige Bedeutung für den Wirtschaftsstandort Deutschland dar. 24
3. Erörtern Sie unter Berücksichtigung der Position der Autorin und des Autors aus einerseits ökonomischer und andererseits politischer Perspektive, ob sich Deutschland für eine Ausweitung des globalen Freihandels einsetzen sollte. 30

M: Lisandra Flach und Martin T. Braml: Bedeutet Corona das Ende der Globalisierung?

[...]
Die Corona-Pandemie ist in vielerlei Hinsicht eine Zäsur. Sie zeigte die Anfälligkeiten und Schwächen unserer Gesellschaften und Volkswirtschaften auf dramatische Weise auf. Auch der globale Warenaustausch erwies sich als krisenanfällig. Das wirft die Frage auf, wie sich die Globalisierung unter dem anhaltenden Eindruck von Covid-19 verändern wird.

In Normalzeiten organisieren freie Märkte komplexe Produktionsschritte, verteilen diese hocheffizient auf die entsprechenden Akteure in verschiedenen Ländern, nutzen dabei Spezialisierungsvorteile durch internationale Arbeitsteilung aus und schaffen somit eine optimale Güterversorgung zu niedrigen Preisen – und das just in time[1]. Doch die Corona-Pandemie unterbrach viele Lieferketten durch Grenzkontrollen, Exportverbote und Lockdowns, der Ausfall einiger Zulieferer legte ganze Wertschöpfungsketten lahm. Viele Branchen waren betroffen: vom Autobauer bis zum Netzwerkausrüster.

Aber: Hätte es bessere Alternativszenarien als unsere offenen und verflochtenen Volkswirtschaften gegeben? Eine Studie des ifo Instituts[2] zeigt, dass die wirtschaftlichen Folgen der Pandemie nur marginal kleiner gewesen wären, wenn die globalen

Produktionsnetzwerke reduziert und die Produktion nach Hause zurückverlagert worden wäre. Gleichzeitig würde dies in Deutschland zu enormen Wohlstandsverlusten führen, da das Land stark vom Export abhängig ist. 17 Prozent der hiesigen Wertschöpfung finden über globale Wertschöpfungsketten statt, weltweit sind es zwölf Prozent.

[…] Dass eine Pandemie mit erheblichen ökonomischen Störungen einhergeht, ist offenkundig. Das ist aber nicht in erster Linie ein Problem des internationalen Handels. Beispielsweise setzten die Lockdowns global zu unterschiedlichen Zeitpunkten ein, weshalb Produktionsausfälle teilweise durch Importe ersetzt werden mussten. Außerdem wurden die Grenzen für Waren auch schnell wieder geöffnet, eine umfassende Güterversorgung war zu keinem Zeitpunkt ernsthaft gefährdet. Engpässe wie etwa bei Atemschutzmasken oder Desinfektionsmitteln entstanden hauptsächlich nachfrageseitig aufgrund des pandemiebedingt gestiegenen Bedarfs. Angebotsseitig wurde die Produktion ausgeweitet, nach kurzer Zeit waren Spezialgüter nicht mehr knapp.

Trotzdem muss man fragen, wie Wertschöpfungsketten widerstandsfähiger gegenüber solchen Schocks werden können. Störungen des Welthandels haben derzeit ihren Ursprung nicht nur in der Pandemie, sondern auch in Naturkatastrophen und politischen Entscheidungen, beispielsweise im Handelsstreit zwischen den USA und China. Lieferrisiken und Versorgungsunsicherheiten müssen somit gerade ohnehin laufend neu bewertet werden.

In diesem Zusammenhang fällt oftmals der Begriff des „Near-Shorings“, also der stärkeren Regionalisierung von Produktionsnetzwerken. Dies mag auch zum Teil mit verstärkter Automatisierung einhergehen. Wenn neue Produktionstechnologien wie etwa die additive Fertigung („3D-Druck“) Lohnkostenunterschiede irrelevant machen, gibt es aufgrund der Transportkosten einen Anreiz, Wertschöpfungsketten zu verkürzen und die Produktion näher an den Ort des Konsums heranzuführen. Aber auch räumliche Nähe ist kein Allheilmittel: So war der Güterimport aus Vietnam im März 2020 stabiler als der aus der Lombardei.[3]

Außerdem sollte beim Thema Near-Shoring nicht vergessen werden, dass das Produktionsnetzwerk Europa schon heute für Deutschland viel wichtiger ist als die Zulieferung von und nach Asien und Nordamerika, deren Anteil an der deutschen Wertschöpfung sich jeweils nur im einstelligen Prozentbereich bewegt. Außerdem wurde die globale Wertschöpfungskette Deutschlands über die Zeit bereits regionaler. Abgesehen davon sind die Arbeitsmärkte Mittel- und Osteuropas weitestgehend leergefegt, was stark mit deren Einbindung in die „Factory Europe“ (Fabrik Europa) zusammenhängt. Somit bliebe aus deutscher Sicht eine Verlagerung von Wertschöpfung allenfalls in strukturschwache Hochlohnländer wie Italien, also Standorte, die weltweit nur unzureichend wettbewerbsfähig sind.

[…] Als Alternative sollten Firmen künftig verstärkt Überlegungen unternehmen, ob unter Umständen eine verstärkte Lagerhaltung von kritischen Vorprodukten der Just-in-Time-Produktion vorzuziehen ist. Bei niedrigen Kapitalkosten und hohem Automatisierungsgrad mag dabei der Nutzen den möglichen Schaden durch Lieferausfälle überkompensieren. Darüber hinaus wird das erfolgreiche Risikomanagement entlang der Lieferkette eine verstärkte Diversifizierung der Lieferketten oder auch mehrere potentielle Zulieferer für ein Produkt verlangen.

Die damit gewonnene Widerstandsfähigkeit gegen Störungen verspricht mehr als die wirtschaftliche Abschottung. Zur globalen Arbeitsteilung gibt es nach unserem Dafürhalten keine wirkliche Alternative. Die gewaltigen Globalisierungsgewinne sowohl in den Industrieländern als auch in vielen Schwellenländern sollten nicht aufgegeben werden. Davon abgesehen hat Deutschland bei einer global einsetzenden Protektionismusspirale[4] durch seinen hohen Handelsüberschuss viel zu verlieren. Alle politischen Anstrengungen sollten daher darauf gerichtet sein, die Märkte offen zu halten. […]

Die Globalisierung nach Corona wird folglich nicht rückabgewickelt, sondern zum einen um den Gesichtspunkt der Resilienz[5] der Lieferketten ergänzt. Zum anderen wird sie im Bereich des internationalen Dienstleistungshandels gewaltig voranschreiten.

[…] Die Europäische Union (EU) ist stolz darauf, den größten Binnenmarkt der Welt errichtet zu haben, der mit vielen Volkswirtschaften durch Freihandelsabkommen eng verflochten ist. Die Corona-Pandemie wirft allerdings einen Schatten auf diese erfolgreiche Bilanz: Die Krisenbewältigung war zunächst vor allem vom Handeln der Nationalstaaten geprägt. Zeitweilige innereuropäische Exportverbote und Grenzschließungen zogen sogar die Integrität[6] des Binnenmarktes in Zweifel. Damit wurde die Handlungsfähigkeit der Union einmal mehr als unzureichend entlarvt.

Dabei steht der Kontinent vor großen Herausforderungen. Unabhängig von der US-amerikanischen Präsidentschaftswahl im November und der Corona-Krise bleibt die geopolitische Rivalität zwischen den USA und China die größte strategische Herausforderung für die EU.

[…]

In Brüssel spricht man mittlerweile gerne von der strategischen Autonomie, die neben technologischen Aspekten auch das Militärische umfasst. Stand jetzt ist Europa auf vielen Feldern verwundbar. Am wenigsten allerdings auf dem Feld der Industriegüterproduktion. Auch deshalb sollten politische Anstrengungen nicht darauf gerichtet sein, die Globalisierung in ihrer jetzigen Form rückabzuwickeln und Near-Shoring oder Ähnliches aktiv voranzutreiben.

Für die strategische Souveränität Europas benötigt es zuallererst Investitionen in Bildung, Forschung, Infrastruktur und Verteidigung sowie verstärkte Zusammenarbeit auf Feldern, auf denen hohe Synergieeffekte[7] und somit Kosteneinsparungen auf europäischer Ebene möglich sind (vor allem im Verteidigungsbereich). Staatsausgaben für diese Zwecke müssen gegenüber stets steigenden Sozialausgaben abgewogen werden. Ferner muss es die EU schaffen, den Binnenmarkt zu einem vollintegrierten Dienstleistungsmarkt weiterzuentwickeln. Kleinteilige Regulierung behindert noch vielerorts Innovationen.

Europas Stärke ist seine Vielfalt. Um diese Stärke allerdings ausspielen zu können, muss man (innereuropäischen) Wettbewerb zulassen. Die von Bundeswirtschaftsminister Peter Altmaier ins Spiel gebrachten „European Champions“, also das Zulassen von Monopolen auf dem Heimatmarkt zum Zweck der Dominanz auf dem Weltmarkt, sind gegen die Prinzipien der Marktwirtschaft und gehen allein deshalb zu Lasten der Verbraucherinnen und Verbraucher.

Zuletzt benötigt Europa mehr Bereitschaft – regulatorisch wie steuerrechtlich – Innovation zu fördern, im Feld zu testen und schnell zu adaptieren. Die Corona-Krise hat nämlich auch gezeigt, dass die Politik in der Lage ist, weitreichende und zukunftsweisende Entscheidungen unverzüglich zu treffen, wenn es notwendig ist. Von diesem Momentum[8] sollte sich die Wirtschaftspolitik inspirieren lassen.

Lisandra Flach und Martin T. Braml: Bedeutet Corona das Ende der Globalisierung? bpb vom 19.11.2020 (gekürzt), https://www.bpb.de/politik/wirtschaft/schuldenkrise/318378/bedeutet-corona-dasende-der-globalisierung

Zugelassene Hilfsmittel:
Wörterbuch zur deutschen Rechtschreibung
Taschenrechner

Zur Autorin und zum Autor:
Lisandra Flach, geboren 1983, ist Professorin für Volkswirtschaftslehre, insbesondere für Ökonomik der Globalisierung, an der Ludwig-Maximilians-Universität München und Bereichsleiterin für Außenwirtschaft beim ifo Institut in München.
Martin T. Braml, geboren 1993, war bis 2021 wissenschaftlicher Mitarbeiter am ifo Institut in München. Er forscht schwerpunktmäßig zu internationalem Handel.

Begriffserklärungen:
1 just in time: Bezeichnung in der Logistik, bei dem die Lieferung genau im Moment des Bedarfs beim Kunden eintrifft
2 ifo Institut: Das ifo Institut (Leibniz-Institut für Wirtschaftsforschung an der Universität München e. V.) ist eine Forschungseinrichtung, die sich mit der Analyse wirtschaftspolitischer Entwicklungen beschäftigt.
3 Lombardei: Region in Norditalien, die im Frühjahr 2020 zu den am stärksten von der Corona-Pandemie betroffenen Regionen Europas zählte
4 Protektionismusspirale: sich gegenseitig bedingende Reaktion von Staaten auf protektionistische Maßnahmen mit weiteren protektionistischen Maßnahmen
5 Resilienz: Widerstandsfähigkeit
6 Integrität: Unverletzlichkeit, Unversehrtheit
7 Synergieeffekte: positive Effekte, die sich aus dem Zusammenschluss oder der Zusammenarbeit von zwei Akteuren ergeben
8 Momentum: geeigneter Zeitpunkt

Lösungsvorschläge

Aufgabenart A *(Analyse – Darstellung – Erörterung)*
Inhaltliche Schwerpunkte:

- *Globale Strukturen und Prozesse: Merkmale, Dimensionen und Auswirkungen der Globalisierung; Wirtschaftsstandort Deutschland; internationale Wirtschaftsbeziehungen;*
- *Europäische Union: Europäischer Binnenmarkt; Strategien und Maßnahmen europäischer Krisenbewältigung*

1. a) *Die Aufgabenstellung verlangt, dass Sie nach einer Einordung des Textes die Position der Autoren benennen und den Begründungsgang im Zusammenhang mit der Argumentationsweise darlegen. Den Analysen im Abitur liegt immer das gleiche Schema zugrunde. Sie finden die Gliederungspunkte in der Randspalte rechts neben dem Fließtext. Wenn Sie alle diese Inhalte abarbeiten, gehen Sie sicher, dass Sie nichts vergessen. (AFB II)*

Einleitung

Der Text „Bedeutet Corona das Ende der Globalisierung?", der am 19.11.2020 im Onlineangebot der Bundeszentrale für politische Bildung veröffentlicht wurde, ist ein **Diskussionsbeitrag** von Lisandra Flach und Martin T. Braml, die beide am ifo Institut (München) tätig sind. Sie setzen sich mit der **Entwicklung der internationalen Wirtschaftsbeziehungen** in Folge der Coronakrise auseinander. Dabei nehmen sie eine deutsche/europäische Perspektive ein.

Position der Autorin und des Autors

Die Autorin und der Autor beziehen eine deutlich **liberale Grundposition**. So zeige die Krise zwar die **Störanfälligkeit** der ökonomischen Systeme (vgl. Z. 4), jedoch gäbe es im Grunde **keine Alternative zu freien Märkten** (vgl. Z. 14 ff., 62 ff.). Sie fordern eine **„strategische Souveränität"** (Z. 89) der EU, die es ermögliche, auf den Weltmärkten als **erfolgreicher „Spieler"** aufzutreten (vgl. Z. 97 ff.).

Begründungsgang

Zu Beginn des Textes wird auf das Problem der **Störanfälligkeit des internationalen Handels** eingegangen. Flach und Braml verweisen auf Wohlstandsverluste durch gestörte Lieferketten während der Coronakrise (vgl. Z. 10 ff.), machen aber deutlich, dass die Verluste im Falle der **Rückverlagerung der Produktion** und **Reduzierung der Lieferketten** enorm gewesen wären und in keinem Verhältnis stünden (vgl. Z. 15 ff.).
Sie konstatieren, dass die **Versorgungssicherheit der Bevölkerung zu keinem Zeitpunkt der Krise ernsthaft in Gefahr** gewesen sei, und beschreiben die Anpassungsprozesse, die sich auf den Märkten vollzogen haben (vgl. Z. 24 ff.).

Hierbei zeige sich also, dass das **System des internationalen Welthandels funktioniere**.

Dennoch sehen es Flach und Braml als erforderlich an, die **Wertschöpfungskette widerstandsfähiger** („resilienter") gegen externe Schocks zu machen (vgl. Z. 30 f.)

„*Near-Shoring*" ist ihrer Meinung nach keine Alternative, die politisch aktiv vorangetrieben werden sollte. **Räumliche Nähe** sei kein **„Allheilmittel"** (Z. 42). Vielmehr sei eine **Lagerhaltung kritischer Vorprodukte** sinnvoll (vgl. Z. 54 f.). Die Lieferketten selbst sollten in Zukunft durch ein **umfassendes Risikomanagement** abgesichert werden (vgl. Z. 58 ff.).

Allerdings entstünde ein Gros der Wertschöpfung ohnehin im Rahmen des Binnenhandels der EU (vgl. Z. 44 ff.). Insofern fordern sie eine Neuaufstellung der EU im Rahmen einer **„strategische[n] Souveränität"** (Z. 89). Diese Autonomie bestünde im Wesentlichen im **Ausbau und in der Suche nach Synergien** in „Bildung, Forschung, Infrastruktur und Verteidigung" (Z. 90). Diese müssten im Spannungsfeld der Opportunitätskosten von Staatsausgaben in diese Politikfelder und dem Bereich der **sozialen Sicherung** erfolgen (vgl. Z. 92 f.). Hierbei sprechen sich die beiden deutlich für eine **weitere Integration im Sinne einer Deregulierung** des Binnenmarktes im Bereich der Dienstleistungen aus (vgl. Z. 94 f.). Außerdem solle der **innereuropäische Wettbewerb** gestärkt werden und das **freie Spiel der Marktkräfte** durch die Verhinderung der Monopolbildung abgesichert werden. Hier erfolgt eine deutliche Absage an das Konzept der „European Champions", welches von Peter Altmaier präferiert wurde (vgl. Z. 97 ff.).

Argumentationsweise

Die Autorin und der Autor stützen ihr Aussagen im Wesentlichen durch das Anführen **wissenschaftlicher Belege bzw. unstrittiger Tatsachen:** So ist eine Studie des ifo Institutes entscheidend, die aufführt, dass „17 % der […] Wertschöpfung […] über globale Wertschöpfungsketten statt[findet]" (Z. 19 f.), weltweit zwölf Prozent (vgl. Z. 20). Zudem verweisen Flach und Braml auf die Tatsache, dass „Güterimport aus Vietnam im März 2020 stabiler als der aus der Lombardei" (Z. 42 f.) gewesen sei. Des Weiteren geben sie **direkte Handlungsempfehlungen**, wenn sie z. B. das „*Near-Shoring*" argumentativ widerlegen und stattdessen fordern, dass „[a]lle politischen Anstrengungen […] darauf gerichtet sein [sollten], die Märkte offen zu halten" (Z. 66 f.).

Das Autoren-Duo möchte durch seinen Beitrag in erster Linie über die Außenhandelsperspektiven nach der Coronapandemie **aufklären**. Die beiden **entkräften** den Ruf nach mehr „*Near-shoring*" und **argumentieren** für das freie Spiel der Märkte in einem liberalisierten Welthandel. Damit einher geht die **Forderung nach dem Ausbau der Widerstandsfähigkeit** des internationalen Handels, also der **Absicherung der Lieferketten**, die flankiert werden soll von einem **Ausbau der „strategische[n] Souveränität"** (Z. 89) der EU in den bereits angesprochenen Bereichen.

Intention

b) *In dieser Aufgabe sollen Sie die Grundfreiheiten des europäischen Binnenmarktes, die im Text angesprochen werden, erläutern und auf die entsprechenden Textstellen beziehen. Für Ihre Lösung benötigen Sie zwingend zwei Textbelege. Im Folgenden sind beispielhaft drei aufgeführt. (AFB II)*

Flach und Braml stellen Bezüge zur Grundfreiheit des **freien Personenverkehrs** her, indem sie behaupten, dass „die Arbeitsmärkte Mittel- und Osteuropas weitestgehend leergefegt [seien]. […] Somit bliebe aus deutscher Sicht eine Verlagerung von Wertschöpfung allenfalls in strukturschwache Hochlohnländer wie Italien" (Z. 49 ff.). Es wird deutlich, dass sich im Rahmen der angesprochenen Grundfreiheit **alle Bürgerinnen und Bürger der EU frei bewegen dürfen** und eine **Arbeit annehmen** können. In Bezug auf die angesprochene Verlagerung der Wertschöpfung zeigen sich auch Bezüge zur **freien Beweglichkeit weiterer Produktionsfaktoren**, wie z. B. Kapital zu Anlage- und Investitionszwecken.

Grundfreiheit „freier Personenverkehr"

Dadurch, dass das Autoren-Duo herausstellt, dass „das Produktionsnetzwerk Europa […] wichtiger […] als die Zulieferung von und nach Asien und Nordamerika" (Z. 44 ff.) sei, stellen sie einen Bezug zur **Grundfreiheit des freien Warenverkehrs** her. Innerhalb der EU fallen Zölle und mengenmäßige Beschränkungen weg, sodass es leichter ist, Synergieeffekte effizient zu nutzen.

Grundfreiheit „freier Austausch von Produkton und Dienstleistungen"

Alternative: Grundfreiheiten „freier Personen- und Warenverkehr"
Die Autoren stellen im Bereich der Krisenbeschreibung fest, dass zeitweise „innereuropäische Exportverbote und Grenzschließungen […] die Integrität des Binnenmarktes in Zweifel" (Z. 75 f.) zogen.
Hierdurch beziehen sie sich im Wesentlichen auf die Grundfreiheiten des freien Personenverkehrs und des freien Warenverkehrs. Es wird deutlich, dass die Gewährung dieser Freiheiten ein wichtiges Element für die Funktionsfähigkeit des Binnenmarktes ist.

2. *In dieser Aufgabe müssen Sie drei Standortfaktoren benennen und darauf eingehen, inwiefern sie bedeutsam sind. Im Folgenden werden beispielhaft vier Standortfaktoren dargestellt. Achten Sie darauf, dass Sie Ihre Angaben durch Beispiele zur Erläuterung ergänzen. (AFB I)*

Im Folgenden werden die **Standortfaktoren** Infrastruktur, Nähe zu Einrichtungen der Forschung und Entwicklung sowie Bildung (Qualifikation der Erwerbstätigen) dargestellt:

Die **Infrastruktur** ist ein wesentlicher Standortfaktor. Sie beeinflusst im Wesentlichen die **Beschaffung** und den **Absatz** von Vorprodukten bzw. Produkten. Die Qualität definiert sich im Kern über die Nähe zu **klassischer (Verkehrs-)Infrastruktur**, also der Erreichbarkeit von Autobahnen, Häfen und Flughäfen, zunehmend aber auch über die Verfügbarkeit funktionaler **Informations-** und **Kommunikations-Infrastruktur**. Dabei ist gerade mit Blick auf Deutschland als Hochtechnologie-Standort die Verfügbarkeit **schnellen Breitbandnetzes** entscheidend. Hier spielen eine erfolgreiche Logistik und die digitale Transformation zusammen, um Deutschland als Hochlohnland mit starker Exportorientierung zu stärken. Infrastruktur

Auch die **Nähe zu Forschungs- und Bildungseinrichtungen** ist ein wichtiger Standortfaktor – insbesondere für stark wissens- und forschungsbasierte Unternehmen. Durch die Zusammenarbeit kann es zu **sinnvollen Kooperationen und Synergien** kommen. Gerade in Verbindung mit dem Standortfaktor „Bildung (Qualifikation der Erwerbstätigen)“ wird hierbei eine weitere Erhöhung der Attraktivität des Standortes erreicht. Nähe zu Institutionen der Forschung und Bildung

Ob Unternehmen **geeignetes Personal** für ihre unternehmerischen Pläne finden, ist ein zwar weicher, aber dennoch nicht unerheblicher Standortfaktor. Im Zuge zunehmend spezialisierter Produktion und der Erzeugung wissensbasierter Hochtechnologiegüter und Dienstleistungen ist es entscheidend, inwiefern Unternehmen geeignetes, also **entsprechend qualifiziertes Personal** vor Ort finden können. Bildungs- und Qualifikationsniveau der Erwerbspersonen

Alternative: Höhe der Steuern und Abgaben
Auch der Bereich der Steuern und Abgaben ist ein wichtiger Standortfaktor, der sich erheblich auf die Kostenstruktur der Unternehmen auswirkt. Im Kern sind es die Grund- und Gewerbesteuern, aber z. B. auch die Umweltauflagen an einem Standort, die von Bedeutung sind. Hierbei ist festzustellen, dass Deutschland durch bestehende Ausgaben in z. B. die Sozialsysteme, Infrastruktur und das Bildungssystem usw. eher kein Niedrigsteuerland darstellt.

3. *In dieser Aufgabe müssen Sie eine reflektierte und kontroverse Erörterung der Frage vornehmen, ob eine Ausweitung des Welthandels seitens der politischen Entscheider vorangetrieben werden sollte. Dabei sollten Sie in jedem Fall die Perspektiven von Ökonomie und Politik explizit benennen. (AFB III)*

Einleitung

Im Folgenden wird aus ökonomischer und politischer Perspektive erörtert, inwiefern Deutschland sich für eine **Ausweitung des globalen Freihandels** einsetzen soll.

ökonomische Perspektive I: Wachstum & Wohlstand

Aus **ökonomischer Sicht** ist entscheidend, inwiefern Deutschland seine **komparativen Kostenvorteile** zu nutzen vermag. Es ist wichtig, zu beachten, wie sich z. B. Unterschiede im Bereich der Technologie oder der Faktorausstattung (bzw. Faktorkosten) auf die **Produktivität** auswirken. Eine Ausweitung des Freihandels könnte Deutschland unter Umständen helfen, **neue Märkte zu erschließen** und hierbei **Wachstumsgewinne** und **Wohlstand** zu generieren.

ökonomische Perspektive II: ökonomische Autonomie / Stabilität

Andererseits ist es von großer ökonomischer **Bedeutung, bestimmte Industriezweige** und besonders sog. *infant industries* **vor ruinöser Konkurrenz zu schützen**. Nicht zuletzt macht es Sinn, auch über eine tarifäre Absicherung eine **ökonomische Autonomie** in bestimmten – vielleicht auch in einer Pandemie – vulnerablen Bereichen zu erhalten.

Im ökonomischen Bereich geraten also **ökonomische Prosperität** und **ökonomische Sicherheit** in Konflikt.

politische Perspektive I: Friedenssicherung & Stabilität

Aus **politischer Perspektive** kann eine Ausweitung des Freihandels, verstanden als eine zunehmende **Verflechtung der Volkswirtschaften**, in vielerlei Hinsicht **Vorteile** mit sich bringen. Wenn die Nationalstaaten enger kooperieren müssen, werden z. B. **Demokratisierungsprozesse angeschoben** und insgesamt **sinkt die Wahrscheinlichkeit von Konflikten**. Es ist also eine **friedenssichernde Maßnahme**, wenn Staaten intensiven Handel miteinander treiben. Hiermit verknüpft ist nicht zuletzt auch der Faktor der **politischen Stabilität:** Interdependenzen befördern **wiederkehrende Kooperationsstrukturen** zwischen ganz unterschiedlichen Akteuren, sodass politische Stabilität entstehen kann.

politische Perspektive II: Souveränität & Handlungsfähigkeit

Andererseits bedeuten solche Kooperationen auch, dass Entscheidungsprozesse in den Bereich der Partner ausgelagert werden und man Gefahr läuft, **politische Souveränität** einzubüßen. Ein Umstand, der sich auch auf den Bereich der **politischen Handlungsfähigkeit** auswirkt. Eine **nationalstaatliche Wirtschaftspolitik** stellt sich **zunehmend schwieriger** dar, weil die national erwünschten Effekte (z. B. Subventionspolitik) nicht nur dem Gedanken des Freihandels entgegenstehen, sondern mitunter auch über **Streuungseffekte** in den anderen Wirtschaftsraum übergehen.

Mit Blick auf die Kriterien ist bei dieser Erörterung eigentlich **keine klare Position möglich**. Wohlstand, Prosperität und Friedenssicherung stehen hier der ökonomischen Autonomie und der politischen Souveränität bzw. Handlungsfähigkeit gegenüber und letztlich kann es nur darum gehen, zwischen diesen Kriterien ein wohlbalanciertes Verhältnis zu finden. Fazit

Abiturprüfung 2023 NRW
Sozialwissenschaften

Um Ihnen die Prüfung 2023 schnellstmöglich zur Verfügung stellen zu können, bringen wir sie in digitaler Form heraus.

Sobald die Original-Prüfungsaufgaben 2023 freigegeben sind, können sie als PDF auf der Plattform **MyStark** heruntergeladen werden (Zugangscode vgl. Umschlaginnenseite).

Aktuelle Prüfung

www.stark-verlag.de/mystark